Unter dem funkelnden Sternenhimmel von Paris versucht Sophia, ihr Leben neu zu ordnen: Nach einer schwierigen Scheidung und dem Verlust ihres Traumjobs als TV-Journalistin steht sie an einem Wendepunkt. Als sie unerwartet das Erbe ihrer Großmutter in Form einer kleinen Bar im Quartier Latin antreten soll, wird Sophia in eine Welt hineingezogen, die absolut nichts mit ihrem bisherigen Leben zu tun hat. In der Bar *Le Lulu* trifft sie auf den charmanten, aber geheimnisvollen Louis, einen alten Freund ihrer Großmutter, und beginnt, die vielen Geheimnisse ihrer Familie zu entdecken. Während sie tiefer in die Geschichte ihrer Großmutter eintaucht, erkennt sie, dass Paris mehr für sie bereithält, als sie jemals gedacht hätte – vielleicht sogar eine zweite Chance auf die Liebe.

Karolina Schützer, geboren 1984, ist eine schwedische Journalistin und Autorin. Ihr Debütroman *Unter den Sternen von Paris* wurde sofort zum Bestseller.

Nora Pröfrock, geboren 1981 in Duisburg, übersetzt aus dem Norwegischen, Schwedischen, Englischen und Dänischen.

Karolina Schützer

Unter den Sternen von Paris

Roman

Aus dem Schwedischen
von Nora Pröfrock

Insel Verlag

Das Original erschien 2023 unter dem Titel
Under stjärnorna i Paris bei LB Förlag, Stockholm.

Erste Auflage 2025
Deutsche Erstausgabe

Umschlaggestaltung: Rothfos und Gabler, Hamburg,
unter Verwendung einer Illustration von
Kristin Lidström, Undenäs
Satz: Greiner & Reichel, Köln
Druck: GGP Media GmbH, Pößneck
Printed in Germany
ISBN 978-3-458-64481-1

Insel Verlag Anton Kippenberg GmbH & Co. KG
Torstraße 44, 10119 Berlin
info@insel-verlag.de
www.insel-verlag.de

Für Mama und Papa

Prolog

Mit einem Rums stellt Sophia das Stativ vor dem Sagerschen Palais, der Dienstwohnung des schwedischen Ministerpräsidenten, ab. Sie lehnt sich an die Wand und atmet ein paarmal tief durch. *Wie konnte das passieren? Was habe ich nur falsch gemacht?*

Während Fatima einen geeigneten Platz für die Übertragung auswählt und mit dem Aufbau beginnt, lässt Sophia die Stirn leicht gegen die harte Hauswand fallen. In wenigen Minuten ist es halb acht und sie soll live in der Abendsendung berichten. Hoffentlich bekommt sie das überhaupt noch hin.

Dabei habe ich so gekämpft. Was soll ich jetzt machen?

Hätte sie doch nur diese E-Mail nicht geöffnet. Fatima wird sie erst einmal nichts davon erzählen, das muss bis nach der Sendung warten. Ein älteres Pärchen spaziert vorbei und bleibt stehen, als die beiden die Kamera und das Mikrofon mit dem Logo des Fernsehsenders entdecken.

»Was ist denn hier los?«, fragt der Mann neugierig.

Reflexartig drückt Sophia den Oberkörper durch und bemüht sich, mit möglichst fester Stimme zu antworten.

»Im Verfassungsausschuss hat heute eine Anhörung stattgefunden. Wir erwarten die Reaktion des Ministerpräsidenten und berichten gleich live im Fernsehen.«

Sie versucht zu lächeln, bringt jedoch nur eine Grimasse zustande. Ein seichter Regen fällt vom Himmel und sie sieht, wie Fatima schützend einen großen Regenschirm über die Ausrüstung hält. Ein Stück entfernt stehen weitere Medienteams. Als die neugierigen Passanten endlich vorübergezogen sind, trägt Sophia rasch ein wenig Puder und Lippenstift auf. Zumindest äußerlich ist ihr nichts anzumerken, stellt sie mit einem Blick in den kleinen Taschenspiegel fest. Auch wenn sie innerlich völlig durch den Wind ist.

Das wird schon. Zusammenbrechen kann ich in einer Stunde, wenn ich zu Hause bin.

Eilig macht sie ein paar Schritte auf Fatima und die Kamera zu, bis sie plötzlich etwas Kaltes am Fuß spürt. Als sie stehen bleibt und an sich hinunterschaut, sieht sie, dass sie mitten in eine Pfütze getreten ist. In ihren Schuh dringt Wasser ein, und der Strumpf ist augenblicklich vollgesogen. Sie stößt einen leisen Fluch aus und zieht den Fuß aus der Pfütze. Wie gern läge sie jetzt mit einem Glas Wein zu Hause auf dem Sofa, anstatt hier vor der Dienstwohnung des Ministerpräsidenten durch Regenpfützen zu stiefeln. Den nassen Fuß möglichst ignorierend, stellt sie sich breitbeinig vor die Kamera.

Alles klar.

Ihr Herz schlägt beunruhigend schnell. Sie dreht das Mikrofon in der Hand und spürt, wie ihr unter dem Puder der Angstschweiß ausbricht.

»In dreißig Sekunden geht's los, Sophia. Bist du bereit?«

Sie nickt stumm, legt sich eine Hand auf die Brust und versucht, tief und ruhig zu atmen. Das ältere Pärchen ist wieder da und schaut interessiert aus einiger Entfernung zu.

Jetzt starrt mich doch nicht so an, verdammt noch mal!

Sophia wirft einen Blick in ihre Unterlagen und geht noch ein letztes Mal alles durch. Der nasse Fuß lässt sie frösteln, und ihr regenfeuchtes Haar beginnt sich zu kräuseln. Mit einer energischen Bewegung streicht sie es zurück.

»Ich muss meinen Atem beruhigen«, murmelt sie vor sich hin. Doch die Panik wächst weiter. Zum ersten Mal in ihrer Karriere, oder besser gesagt zum ersten Mal überhaupt, hat sie das Gefühl, nur mit größter Mühe die Fassade aufrechtzuerhalten.

Alle werden mich auslachen. Mich als Verliererin abstempeln. Sie wussten, dass der Job für mich bestimmt war. Dass ich jahrelang für diese Position gekämpft habe.

Meine Wohnung. Oh Gott. Ich habe die Wohnung ja schon vermietet. Wo soll ich jetzt bleiben?

»Noch fünf Sekunden«, sagt Fatima.

Sophia schaut auf und sieht gerade noch Fatimas letzten Finger verschwinden. Schon leuchtet das rote Lämpchen über der Kamera.

Sophia öffnet den Mund, doch es kommt nichts heraus. Kein Ton.

»Sophia, sag was!«, zischt Fatima ihr zu und gestikuliert wild mit dem Arm.

Sophia starrt in die Kamera und hört die Stimme ihrer Kollegin nur leise im Hintergrund. Sie hat vergessen, warum sie dort im Regen steht. Doch irgendwo im Inneren spürt sie, dass sie auf einen Abgrund zuschlittert.

1

24 Stunden zuvor

Der letzte Schluck Kaffee aus dem Pappbecher war bitter und kalt. Sophia kippte das Gesöff hinunter und verzog das Gesicht. Dann steckte sie den Kopf durch die Glastür und rief der Nachrichtenchefin zu: »Noch fünf Minuten, dann laden wir den Beitrag hoch!«

Sie zielte mit dem leeren Becher auf den Papierkorb und landete einen Volltreffer.

»Fünf Minuten? In viereinhalb gehen wir live, ladet ihn *jetzt* hoch!«, schrie Nettan vom Newsdesk zurück, wo Journalisten, Redakteure, Programmleiter und verschiedene andere Mitarbeiter rund um die Uhr beschäftigt waren.

Der gigantische Arbeitsplatz war von etwa zwanzig Fernsehbildschirmen umrahmt, auf denen wie immer Bilder der großen ausländischen Nachrichtenkanäle liefen.

Sophia spürte ihren Puls steigen, ließ sich aber nichts anmerken. Sie war erst kürzlich in der Redaktion aufgestiegen und hatte nicht vor, ihren neu errungenen Platz wieder herzugeben, nachdem sie fünf Jahre lang ein unbedeutendes Rädchen im Getriebe gewesen war.

Ein Niemand.

In dieser Zeit hatte sie geheiratet und sich wieder scheiden lassen.

»Das ist kein Problem, Nettan«, antwortete sie und sah, wie die Nachrichtenchefin am Desk irgendetwas Unverständliches murmelte.

Die Scheidung von Viktor hing immer noch wie eine Nebelglocke über ihr. Ein eiskalter Misserfolg, der nicht nur lästige Fragen nach sich zog, sondern auch Schmerz verursachte und dadurch erst recht schwer zu bewältigen war.

Sophia starrte auf ihren Bildschirm und sah zu Fatima hinüber, die in Windeseile die letzten Inhalte redigierte. Sie hatte noch nie eine Deadline verpasst, wollte die Kollegin aber auch nicht zu sehr hetzen, also biss sie sich weiter auf die Zunge, obwohl es ihr schwerfiel. Ohne es zu merken, rieb sie sich den Finger, an dem sie vor nicht allzu langer Zeit noch ihren Ehering getragen hatte. In stressigen Situationen hatte sie immer an dem Ring gedreht, und diese Gewohnheit war nicht so leicht abzulegen.

Der Raum, in dem sie mit Fatima saß, hatte keine Fenster und war angenehm kühl und dunkel. Die Wände waren mit dickem blauem Stoff überzogen, der sämtliche Geräusche dämpfte – das erleichterte das Editieren der Videobeiträge. Ein riesiger Schreibtisch mit großen Bildschirmen und mehreren Tastaturen nahm den meisten Platz in Anspruch. Sophia setzte sich auf einen der fleckigen Schreibtischsessel und gab die Namen der Personen im aktuellen Beitrag ein, während Fatima an den größeren Bildschirmen fieberhaft Ton und Bild bearbeitete. Der Beitrag, den sie gerade fertigstellten, würde in wenigen Minuten im größten Nachrichtenprogramm von Schweden gesendet und von einer Million Zuschauer gesehen werden – wenn alles so lief wie geplant und sie ihn rechtzeitig hochluden.

»Konzentration jetzt, Fatima. Schneller«, sagte sie schließlich und trommelte mit den Händen auf die Tastatur.

Sie hasste es, nicht selbst die Kontrolle zu haben.

Fatima sah sie gereizt an. Sophia hob die Augenbrauen und warf ihr einen vielsagenden Blick zurück. Inzwischen kannten sie sich so gut, dass sie gelegentlich auch ohne Worte auskamen.

Mitten in der Misere ihrer Scheidung war Fatima für sie da gewesen, hatte die Anweisungen der Redakteure entgegengenommen und ihr beim Fertigstellen der Beiträge geholfen. Hatte ihr Mahlzeiten besorgt. Darauf geachtet, dass sie etwas aß.

An manchen Tagen wusste sie kaum, wie sie es zur Arbeit geschafft hatte. An anderen konnte sie plötzlich aufatmen und fühlte sich stärker denn je.

Es war nicht leicht, sich von jemandem zu trennen, dem man sich mit ganzer Seele anvertraut hatte, mit dem man Pläne für die Zukunft geschmiedet hatte. Doch so schmerzhaft es war, Sophia wusste, dass sie die richtige Entscheidung getroffen hatte.

Sie hatte das Gefühl, als wäre sie während der ganzen Ehe in Viktors Schatten gewandelt und erst jetzt endlich hinaus ins Sonnenlicht getreten. Er hatte ihre Gedanken beherrscht, hatte bestimmt und dominiert. Hin und wieder kam ihr die neue Umgebung ungewohnt grell vor, geradezu blendend. Es gab Tage, da hätte sie sich am liebsten in einer Hütte im Wald verkrochen. Wann immer das Gefühl zu stark wurde, presste sie ihre Fingernägel in die Handflächen, bis es in der Hand mehr wehtat als im Herzen.

Plötzlich wurde sie von Fatima aus den Gedanken gerissen, die aufschrie, als sich der Bildschirm ein paar Sekunden lang aufhängte.

Sophia schaute auf die Digitaluhr an der mit Stoff überzogenen Wand. Noch drei Minuten. Je näher die Deadline rückte, desto schneller und energischer schienen die roten Ziffern zu blinken.

»Lieber was Halbgares abliefern als gar nichts«, murmelte Sophia wie ein Mantra.

Sie hatte immer noch nicht besonders viel über die Scheidung gesprochen, weder mit ihrem Vater, mit Fatima oder anderen Freunden. Gab es überhaupt noch andere Freunde? Sie wusste es nicht mehr. Viele ihrer ehemals besten Freunde hatten mittlerweile Kinder und waren in den Wirren des Familienlebens verschwunden. Es war seltsam, wie wenig Zeit sie für andere Dinge übrig zu haben schienen. Telefonieren wollten sie am liebsten tagsüber, wenn sie auf der Arbeit waren. Sophia wollte das nicht in den Kopf. Hatten sie da nicht zu tun? Was sie an Aufmerksamkeit für Sophia abknapsten, war jedenfalls kaum der Rede wert.

Manchmal fragte Sophia sich, ob sie jemals etwas von dem haben würde, was ihre Freunde hatten. Wollte sie es überhaupt? Sie schien nicht das Zeug dazu zu haben. Als wäre ihr Herz für diese Art von Liebe gar nicht geeignet.

Nettan steckte den Kopf zur Tür herein.

»Ich weiß nicht, ob ich euch weiter auf Platz eins in der Sendung haben will. Diese knappen Fristen, mit denen ihr arbeitet, habe ich langsam satt.«

Sophia wusste, dass es diverse andere Kollegen gab, die den obersten Beitragsplatz nur zu gern übernommen hätten. Aber sie dachte nicht daran, irgendwen vorzulassen.

Lächelnd stellte sie sich vor ihre Chefin und gab ihr einen beruhigenden Klaps auf den Arm.

»Ich dachte, du seist stressresistent? Im Ernst, Nettan, das ist gar kein Problem. Ich habe noch nie eine Deadline verpasst.«

Die Nachrichtenchefin schaute auf die Digitaluhr an der Wand. »Ich bin stressresistent. Zwei Minuten und acht Sekunden bis zum Vorspann.«

»Ach so? Ich dachte, wir hätten noch mindestens eine Stunde. Danke für den Hinweis«, murrte Fatima, die nicht den geringsten Respekt vor Autoritäten hatte. Nettan hörte über die sarkastische Bemerkung hinweg und deutete mit dem Zeigefinger auf Sophia.

»Wir sind immer noch die Einzigen, die einen Kommentar von der Finanzministerin haben. Sonst hat niemand was von ihr bekommen, nicht mal das Radio, das eigentlich eine Standleitung mit ihren Pressesprechern hat. Gut gemacht.«

Ehe Sophia etwas antworten konnte, hatte Nettan den Raum wieder verlassen. Das Lob der strengen Nachrichtenchefin tat gut. Fatima kratzte sich am Kopf und klickte auf ein nichtssagendes Foto von ein paar Geldscheinen. Blinzelnd justierte sie die Helligkeit, um etwas mehr Tiefenschärfe ins Bild zu bekommen.

»Wie hast du das eigentlich gemacht?«, fragte sie, ohne den Blick von dem doppelten Bildschirm abzuwenden.

»Was meinst du?«

»Na, du weißt schon. Vor ein paar Monaten warst du hier noch der kleinste Fisch in der Nahrungskette, und jetzt bist du Everybody's Darling. Alle reden schon davon, dass der Job in Kairo dir gehört.«

Im Herbst hatte Sophia ihren lang ersehnten Scoop gelandet, was ihre Stellung in der Redaktion radikal verändert hatte. Sie war augenblicklich in der Hierarchie gestiegen.

»Vergiss nicht, dass du versprochen hast, mich mitzunehmen.«

Es war eine heiß diskutierte Frage, wer von den Videoredakteuren Sophia begleiten durfte, sollte sie die Stelle als Auslandskorrespondentin bekommen. Schon jetzt verspürte sie beim Gedanken daran einen Nervenkitzel. Dieses Gefühl von Erfolg. Allein die Vorstellung: Auslandskorrespondentin in Kairo mit dem gesamten Nahen Osten als Zuständigkeitsbereich.

»Schauen wir mal«, sagte sie nur beiläufig und blickte erneut auf die Wanduhr. »Du hast exakt sechzig Sekunden, bis dieser Beitrag gesendet wird. Lad ihn jetzt hoch, sonst reitest du uns beide rein.«

2

Sophia legte sich ihr rotes Halstuch um und richtete den Blick auf einen der Fernsehbildschirme vor der Glastür. Sie sah, wie die Programmleiterin die Ankündigung für ihre Reportage las und der Beitrag zu laufen begann.

Für heute waren sie fertig.

Fatima stieß einen tiefen Seufzer aus und legte die Füße auf den Schreibtisch. Die Spannung im Raum hatte sich in Luft aufgelöst.

»Also was ist jetzt mit Kairo?«

Fatima sah Sophia eindringlich an, ohne zu blinzeln.

»Du bist ja nicht die einzige gute Videoredakteurin«, sagte Sophia und begann, ihre Sachen zusammenzusuchen. Sie wollte nur noch nach Hause. Wie ein richtiges Zuhause fühlte sich ihre neue Wohnung zwar nicht an – das meiste war immer noch in Umzugskartons verpackt, die sie seit der Scheidung nicht geöffnet hatte –, doch in diesem Moment sehnte sie sich einfach nach ihrem Sofa. Sie sehnte sich danach, endlich abzuschalten und nicht mehr an blinkende Uhren und Pressesprecher denken zu müssen.

»So ein Quatsch. Du liebst mich, das weißt du. Zwei Frauen im Nahen Osten. Unverdächtiger geht's ja wohl kaum. Wir wären wahrscheinlich das einzige weibliche Team da unten. Wieso hast du übrigens bei Nettan so einen Stein im Brett? Hast du mit ihr geschlafen? Würde zu ihr passen, dass sie auf Frauen steht. Right?«

Fatima lachte zufrieden in sich hinein.

»Ich habe einfach verdammt gute Arbeit geleistet, das ist alles. Schreib's dir auf, vielleicht nützt es dir noch was.

Und da war ja dieser Beitrag über den Politiker, der ...«, Sophia stockte, sie fand es immer noch schwierig, ihren Scoop zu beschreiben.

Fatima hingegen hatte keine Probleme, die richtigen Worte zu finden.

»... der sich während einer dienstlichen Besprechung einen runtergeholt hat?«

Sophia seufzte.

»Diese Ausdrucksweise.«

Fatima zuckte nonchalant mit der Schulter, Sophias Bemerkung perlte einfach an ihr ab.

Sophia hatte aufgedeckt, dass ein Vorstandsmitglied einer etablierten schwedischen Partei während eines Online-Meetings Pornoseiten aufgerufen hatte. Der Politiker musste zurücktreten, und alle vermuteten, dass er von einem politischen Rivalen entlarvt worden war, der es auf seine Position abgesehen hatte. In Wirklichkeit aber hatte Sophia den Tipp von einer alten Journalistenkollegin, die inzwischen in den inneren Kreisen der Staatskanzlei tätig war.

»Jetzt kann er sich außerdienstlich einen runterholen«, hatte sie in ihrer SMS geschrieben und einen Screenshot mit Fotos von der Besprechung angehängt.

Irgendwie trotzdem demokratisch, hatte Sophia gedacht. Das Parlament soll ja die Einwohner eines Landes repräsentieren, und Pornokonsumenten machen immerhin einen großen Teil der schwedischen Bevölkerung aus.

»Das war jedenfalls der entscheidende Wendepunkt für mich«, sagte Sophia und lächelte Fatima zu. »Und du weißt genau, dass ich dich in Kairo mit dabeihaben will, auch wenn du einen Knall hast. Ob du's glaubst oder nicht, aber du hast tatsächlich drei Vorteile.«

»Lass mich raten! Mein brillanter Humor, meine dunklen Augen und mein Talent, geschiedenen Frauen, die es mal wieder nötig haben, süße Kerle klarzumachen?«

Fatima liebte es, über Sophias Scheidung zu witzeln. Seit drei Jahren arbeiteten die beiden nun zusammen, und sie hatten einen guten Draht zueinander, so unterschiedlich sie auch waren. Ihr Verhältnis war etwas Besonderes. So eine enge Freundschaft, mit der zugleich so wenige Erwartungen verbunden waren, hatte Sophia noch nie gehabt.

Der Umgangston zwischen ihr und Fatima war schroff, und Scherze jenseits dessen, was als politisch korrekt galt, waren keine Seltenheit unter ihnen. In der Regel waren sie sich einig, dass solche Witze eben nichts als Witze waren. Nur gelegentlich stießen sie an eine Grenze. Sophias Scheidung war so eine.

»Achtung«, sagte sie und sah Fatima warnend an, die sofort beschwichtigend die Hände hob.

»Okay, zu deinen Vorteilen«, fuhr Sophia fort.

Sie hielt einen Finger hoch.

»Erstens: Du bist eine Frau. Von diesen schmierigen Machoredakteuren hier im Sender habe ich echt die Nase voll. Du erzählst zwar ziemlich viel Mist, aber von dir wird man wenigstens nicht angebaggert.«

»Mal sehen, wie lange noch«, entgegnete Fatima zwinkernd und lachte wieder los. Sophia musste unwillkürlich mitlachen.

»Okay, zweitens: Du bist eine gute Freundin.«

Fatima schloss die Augen und legte sich eine Hand auf die Brust.

»Gleichfalls.«

»Drittens: Du sprichst Persisch und verstehst Arabisch.«

Sophia hielt kurz inne. Dann schüttelte sie den Kopf und sagte: »Aber im Grunde brauchen wir noch gar nicht darüber zu reden, wer weiß, ob ich die Stelle überhaupt bekomme.«

»Woher die falsche Bescheidenheit? Du weißt genau, dass du den Job längst in der Tasche hast.«

Auch wenn sie es nicht zugeben wollte, nicht einmal vor Fatima, ging Sophia fest davon aus, dass man ihr die Stelle anbieten würde. Einige ihrer Vorgesetzten hatten bereits angedeutet, dass dies ihre Chance und jetzt der Moment für den nächsten Karriereschritt gekommen sei.

»Im Grunde gibt es sonst niemanden in der Redaktion, der überhaupt infrage kommt«, hatte die Nachrichtenchefin Nettan ihr vor ein paar Wochen am Kaffeeautomaten zugeraunt.

Sophia hatte nur zustimmend gelächelt. *Niemand sonst? Konnte das wirklich sein?* In ihrem Bauch hatte es gekribbelt vor Freude. *Bin ich jetzt dran?*

An diesem Abend hatte sie eine Mietanzeige für ihre Wohnung geschaltet. Nur um zu sehen, ob jemand anbiss. Es schadete ja nicht, für den Fall der Fälle vorbereitet zu sein. Aber dann hatte sich schon am Tag darauf die perfekte Interessentin gemeldet. Eine Medizinstudentin aus Lund, die die Wohnung für einen längeren Zeitraum übernehmen wollte.

Da konnte sie nicht widerstehen.

3

Wie immer rief Viktor an, als sie nach der Arbeit auf dem Heimweg war. Sie warf einen Blick aufs Display und sah sein Foto aufleuchten, hatte aber keine Lust, mit ihm zu reden. Nicht heute Abend. In den ersten Monaten nach der Scheidung hatte sie seine Anrufe stets entgegengenommen, aber inzwischen ignorierte sie sie. Es war ihr einfach zu lästig, die Gespräche endeten nur in den immer gleichen destruktiven Diskussionen, die nirgendwo hinführten.

Der Wind blies kräftiger, und die wenigen Herbstblätter, die den Winter überlebt hatten, wirbelten Sophia um die Füße. Sie blickte in den dunklen Märzhimmel hinauf, während sie über den Platz Nytorget in Södermalm spazierte.

Die kleinen Eckkneipen, an denen sie vorbeikam, waren voller Leute, die zu zweit oder mit mehreren um die Tische saßen und sich im Gewimmel pudelwohl zu fühlen schienen. Vor ein paar Jahren hätte auch sie sich in einem der überfüllten Restaurants unters Volk gemischt, doch dazu hatte sie nun schon seit einer ganzen Weile keine Lust mehr verspürt. In letzter Zeit galt ihr einziger Gedanke der Arbeit.

Das Restaurant, in dem sie sich etwas zu essen mitnahm, hatte draußen sogar bereits die Wärmestrahler angeworfen. An einem der Tische saßen drei junge Frauen in Decken gehüllt und lachten. Besonders warm konnte ihnen nicht sein, aber sie hatten Rotwein, Knoblauchbaguette und einander, sodass sie den Abend wahrscheinlich trotz der Kälte genossen.

Sophia zog ihr Halstuch noch etwas enger und steuerte mit hochgezogenen Schultern auf ihren Hauseingang auf dem Malmgårdsvägen gleich unterhalb des Parks Vita Bergen zu.

Wie so oft wanderten ihre Gedanken in die Vergangenheit zurück. Die Scham darüber, dass sie Viktor nicht schon früher verlassen hatte, machte ihr nach wie vor zu schaffen, Familie und Freunde hatten sich einen besseren Partner für sie gewünscht, das wusste sie. Aber sie konnten eben nicht sehen, was sie in ihm gesehen hatte.

Am Anfang war es noch gut gelaufen. *Am Anfang*. Warum sie aber Jahre, nachdem es längst kriselte, weiter an der Beziehung festgehalten hatte, konnte sie sich nicht erklären. Es war schwer zu sagen, wann es mit ihrer Liebe endgültig vorbei gewesen war. Und leider gab es ja auch kein Alarmlämpchen, das rot aufleuchtete, sobald es Zeit war zu gehen. Oder vielleicht doch? Genau genommen war da schon viel zu lange ein rotes Warnsignal gewesen.

Anfangs hatte Viktor so gut in ihr Bild von einem perfekten Leben gepasst, doch dieses Bild hatte schneller Risse bekommen als ihr Brautstrauß verwelkt war. Ja, Viktor war intelligent, gewieft und erfolgreich, aber leider auch extrem konservativ. Als Sophia klar wurde, dass sowohl er als auch seine Mutter davon ausgingen, sie würde ihre Arbeit hinschmeißen und zu Hause bleiben, sobald der fest eingeplante Nachwuchs da wäre, bekam Sophia einen regelrechten Panikanfall. Sie verurteilte niemanden, der so lebte, doch sie selbst würde damit nie glücklich werden. Das war allein Viktors Traum, nicht Sophias.

»Ist das wirklich dein Ernst?«, hatte sie ihn in der kreideweißen Küche seines schicken Elternhauses in Danderyd angezischt.

»Wieso solltest du weiter arbeiten gehen, wenn ich mehr als dreimal so viel verdiene wie du?«, hatte er entgegnet und sanft versucht, ihre Hand zu nehmen.

Mit einem Blick, als hätte er sich soeben in ein Gespenst verwandelt, war sie zurückgewichen.

»Weil ich das vielleicht möchte? Weil wir nicht mehr im Jahr 1955 leben? Weil ich verdammt gut in meinem Job bin?«

Von da an war alles bergab gegangen. Er wurde immer dominanter und wollte über alles bestimmen. Die Kommunikation zwischen ihnen war schier unmöglich. Der eine redete, doch der andere hörte nicht zu.

Nach etwa zwei Jahren Ehe hatte sie verkündet, dass sie sich scheiden lassen wolle. Er war natürlich dagegen gewesen, wollte eine Paartherapie anfangen.

»Das bringt doch nichts mehr, Viktor. Wir haben viel zu unterschiedliche Werte, kein Therapeut der Welt kann uns damit helfen«, hatte Sophia nur angesäuert darauf geantwortet.

Ein paar Monate später hatte er zum Glück die Papiere unterschrieben. Inzwischen lag die Scheidung fast ein halbes Jahr zurück, aber er wartete immer noch darauf, dass sie »wieder zur Vernunft« kam. Tief im Inneren hatte Sophia ebenfalls die leise Hoffnung, dass er vielleicht doch der Mann sein könnte, für den sie ihn gehalten und in den sie sich verliebt hatte. Aber im Grunde wusste sie, dass dieser Traum utopisch war.

Wie immer, wenn sie an Viktor dachte, spürte sie diesen unangenehmen Druck hinter den Schläfen. Sie war gerade einmal fünfunddreißig Jahre alt und hatte keinen Ex-Mann verdient, der ihr unentwegt hinterhertelefonierte. Sie war zu jung für eine Scheidung. Sie sollte einen netten, lieben Partner an ihrer Seite haben und vielleicht bald auch ein Kind. Nein, dachte sie und schob die Gedanken entschieden beiseite. Sie wollte sich nicht schon wieder den Abend mit solchen Grübeleien vermiesen.

Sie bog um die Ecke und ging den Malmgårdsvägen hinunter. Als sie sich ihrem Hauseingang näherte, blieb sie plötzlich abrupt stehen.

»Was zum Teufel machst du denn hier?«

4

Sie spürte einen Anflug von Angst, denn Viktor war gut im Argumentieren. Um nichts in der Welt wollte sie sich dazu breitschlagen lassen, ihn mit hoch in die Wohnung zu nehmen. Aber sie zeigte ihm nur ihre Wut.

Er lächelte sanft.

»Ich war zufällig in der Nähe, und du bist nicht ans Telefon gegangen. Irgendein Anrecht werde ich doch wohl noch haben?«

Er strich ihr leicht mit den Fingern über die Wange und versuchte, es wie einen Witz klingen zu lassen.

Sie entzog sich seiner Berührung.

»Was meinst du mit ›Anrecht‹? Du hattest früher keins und hast es auch jetzt nicht. Wie deutlich soll ich das noch sagen?«

Aufgebracht schleuderte sie ihm die Worte entgegen und sah, wie ihr beim Eingeben des Zugangscodes die Hände zitterten.

Verdammt.

So gern sie ihre Unsicherheit und die aufwallenden Gefühle unterdrückt hätte, sie ließen sich einfach nicht verbergen.

Sie seufzte und schob die Tür mit dem Oberkörper auf, die heute schwerer zu sein schien als sonst. Auf halbem Weg ins Haus wandte sie sich noch einmal um.

»Viktor. Ich will, dass du jetzt gehst. Hörst du? Ich weiß, es ist schwer, aber du musst das verstehen. Es ist aus.«

Voller Sehnsucht schaute er sie an.

»Dann nimm wenigstens diesen Brief.«

Er reichte ihr einen Umschlag mit ihrem Namen, gab ihr einen raschen Kuss auf die Wange und verschwand mit kurzen schnellen Schritten die Straße hinunter. Seine Lippen hinterließen ein brennendes Gefühl auf ihrer Haut. Sein Geruch ekelte sie an. Einen Moment blickte sie ihm noch hinterher, dann ging sie eilig ins Haus und die Treppe hinauf.

Nachdem sie die Wohnungstür hinter sich zugeschlagen hatte, stand sie erst einmal regungslos da. Sie lehnte sich an die Tür und starrte ein paar Atemzüge lang auf das Chaos, das sich vor ihr ausbreitete.

Sie hatte gedacht, dass sie ihre Wohnung von Anfang an lieben würde, denn der Einzug hier hatte ihr immerhin geholfen, sich von Viktor zu lösen. In Wirklichkeit aber hatten sich diese vier Wände nie wie ein richtiges Zuhause angefühlt, eher wie ein vorübergehender Aufenthaltsort, vergleichbar mit einem Zwischenhalt auf einer Bahnreise irgendwo draußen auf dem Land: Man stieg aus, atmete ein paarmal tief durch, sah sich um und wusste, dass man diesen Ort vermutlich niemals wiedersehen würde. Dann kam auch schon der nächste Zug, und im Nu war man woanders.

Sie stieg über ein paar Umzugskartons, warf ihren Mantel über eine Stuhllehne und ging in die Küche, von der man auf den Park Vita Bergen blickte. Um Platz für das mitgebrachte Essen von ihrem Lieblingsitaliener zu machen, musste sie erst einmal die Frühstücksreste vom Morgen beiseiteschieben. Wenn sie doch nur mal anfangen könnte, sofort aufzuräumen, anstatt immer alles stehen und liegen zu lassen. Sie hatte gedacht, mit fortschreitendem Alter würde sie ordentlicher werden, aber so lief das anscheinend nicht mit der persönlichen Entwicklung. Zumindest nicht in ihrem Fall.

Nach kurzem Zögern öffnete sie Viktors Brief und überflog rasch, was er geschrieben hatte.

Es war das gleiche Gewäsch wie immer.

Er wolle sich ändern, dies und das über seine Kindheit und jede Menge anderer Unsinn. Alles drehte sich nur um ihn.

Ich will.

Ich habe das Gefühl.

Ich finde.

Sie warf den Brief in den Müll und entleerte den Kaffeefilter vom Frühstück darüber. Die schwarzen, klumpigen Brösel bildeten braune Flecken auf dem Papier.

Wie sehr sie sich nach Kairo sehnte. Es würde guttun, für ein paar Jahre aus Stockholm herauszukommen und als Auslandskorrespondentin zu arbeiten. Ihr Vater und ihre Großmutter würden ihr zwar fehlen, aber die beiden konnten ganz bestimmt mal zu Besuch kommen. Auch wenn ihr Vater vermutlich seine neue Frau Disa und deren geschniegelten Sohn Gabriel mitschleppen würde. Viktor jedenfalls wäre sie in Kairo erst einmal los, und wenn ihre Zeit dort irgendwann vorüber war, hatte er hoffentlich eine andere kennengelernt und ließ sie in Ruhe.

Sie öffnete den Kühlschrank und ging ihre kleine Weinsammlung durch. Irgendwann nach der Scheidung hatte sie sich mal ein Minifläschchen Champagner gekauft, nur um sich selbst zu beweisen, dass man nicht unbedingt einen Partner brauchte, um es sich gut gehen zu lassen. Beim Öffnen der Flasche, die einzig und allein für sie bestimmt war, hatte sie ein wohliges Kribbeln verspürt. Ein kleines bisschen einsam war sie sich zwar auch vorgekommen, doch das Gefühl von Stärke hatte dominiert.

Bei ihrem nächsten Besuch im Wein- und Spirituosenladen hatte sie dann ein paar Fläschchen Rot- und Weißwein gekauft, und inzwischen war daraus eine neue Tradition geworden. Sie würde es nie vor irgendwem zugeben, aber auf eine Art symbolisierte diese Sammlung ihre neu gewonnene Selbstständigkeit. Sie ließ die Finger über die Flaschenhälse gleiten und entschied sich für einen Sancerre aus dem Loiretal.

Mit dem Wein und ihrem Essen ging Sophia hinüber ins Wohnzimmer und sank schwer aufs Sofa. Sie aß ihre Bandnudeln mit gehacktem Hummer in einer cremigen Tomaten-Cognac-Soße direkt aus dem Karton, nippte am Wein und schloss die Augen. Nach einer Weile schaltete sie CNN ein, entschied sich aber schnell um und öffnete stattdessen ihren Netflix-Account. Von harten Fakten hatte sie für heute genug. Sie scrollte durch die romantischen Komödien und klickte schließlich auf *Notting Hill*, den sie mindestens schon zwanzigmal gesehen hatte. Dann schob sie sich eine große Gabel Hummerpasta in den Mund und ließ die Welt um sich herum verschwinden.

Anderen gegenüber behauptete sie immer, sie könne romantische Komödien nicht ausstehen. Das ganze Genre sei abgrundtief langweilig und die Filme gäben ein völlig falsches Bild von Liebe und Zweisamkeit ab. Im Grunde erzählten sie sowieso alle nur dieselbe Geschichte, und am Ende stand die Hauptfigur dann immer mit angewinkeltem Bein da und küsste den Typen, der von Anfang an für sie bestimmt war. In Wirklichkeit aber liebte Sophia genau solche Filme. Sie ließen sie hoffen, dass am Ende des Regenbogens vielleicht doch ein Schatz auf sie wartete, so unerreichbar er auch erschien.

5

Mitten in der Nacht wachte Sophia schweißgebadet auf. Sie griff nach ihrem Handy. 03:46 Uhr. Sie presste die Handflächen gegen die Schläfen und schloss die Augen.

Wieder einmal hatte sie von der Arbeit geträumt. Dass sie zu spät gekommen war, Sendungen verpasst und lauter Unsinn erzählt hatte. Wie pathetisch – anderen bereitete es vermutlich eher Albträume, dass ihren Geliebten etwas Schlimmes zustieß. Als Sophia zehn Jahre alt gewesen war, hatte sie ihre Mutter an Krebs verloren, doch darum ging es in ihren Albträumen nie. Auch nicht darum, dass ihre Großmutter oder ihr Vater sterben könnten, die einzigen Familienmitglieder, die sie noch hatte.

Sie drehte sich auf den Bauch und drückte das Gesicht ins Kissen. Versuchte, noch einmal einzuschlafen, jedoch ohne Erfolg. Die Angst vor dem Tagesanbruch steckte ihr bereits in den Gliedern. Sie wälzte sich hin und her, ihr Körper schien sich nicht entscheiden zu können, ob ihm zu warm oder zu kalt war. Normalerweise hatte sie nachts immer eiskalte Füße und trug deshalb dicke Socken im Bett, aber jetzt spürte sie regelrechte Hitzewallungen. Sie zog die Socken aus und warf sie auf den Fußboden. Im einen Moment lief ihr der Schweiß den Rücken hinunter, im nächsten bibberte sie und vergrub sich tiefer unter der Decke. Nachdem sie sich noch eine Weile in dem breiten Bett von Seite zu Seite gedreht hatte, schaute sie erneut aufs Handy.

04:03 Uhr.

Eine halbe Stunde später gab sie es auf. Sie zog sich die Socken wieder an und wühlte in ihren Kartons nach einer

Strickjacke. Dann ging sie in die Küche, machte sich eine Tasse Earl Grey und setzte sich damit an den Küchentisch. Den Blick auf den Park Vita Bergen gerichtet, ließ sie den Teebeutel auf und ab tanzen, bis das Heißgetränk die richtige Farbe angenommen hatte.

Sie führte die Tasse zum Mund und zuckte zusammen, als der Tee ihre Lippen berührte.

Während es vor dem Fenster langsam heller wurde, scrollte sie auf dem Handy durch die arabischen, französischen und amerikanischen Nachrichten. Vielleicht fand sie ja etwas, was sich auch für eine schwedische Berichterstattung eignete. In ein paar Tagen war es so weit und die Entscheidung, wer den Posten in Kairo bekam, würde fallen, da wollte sie unbedingt weiter ganz oben mitmischen. Ihr fiel eine Schlagzeile über Tunesien ins Auge, die vielversprechend klang, aber sie wollte zuerst mit Fatima darüber sprechen. Das Handy zeigte inzwischen 05:10 Uhr an. Sie zögerte einen Moment, dann suchte sie Fatimas Nummer aus der Liste der zuletzt getätigten Anrufe heraus. Eine schlaftrunkene Stimme meldete sich.

»Was ist?«

»Bist du wach?«

Schweigen.

»Jetzt sag schon, was du willst.«

Fatima hustete am anderen Ende.

»Es geht um CNN, die haben eine richtig gute Story heute, über Tunesien. Ich dachte, wir könnten vielleicht ...«

»Sophia ...«, unterbrach Fatima ihren Redefluss. »Es ist fünf Uhr morgens. FÜNF UHR. Wir reden später darüber, in der Redaktion. Mach mal ne Pause, du bist ja völlig besessen.«

Ehe Sophia noch etwas sagen konnte, hatte Fatima das Gespräch auch schon beendet.

6

Fatima baute das Stativ und die Kamera vor dem Sagerschen Palais auf und bereitete alles für die anstehende Sendung vor. Das weiße Gebäude aus dem 19. Jahrhundert würde einen schönen Hintergrund abgeben. Neben ihr und Sophia ging gerade ein weiteres Team in Startposition, und sie winkte ein paar bekannten Gesichtern zu.

Dann stellte sie die Verbindung zum Kontrollraum her und überprüfte, ob sie Ton und Bild hatten. Machte noch einen Weißabgleich mit dem Papier, das sie stets zu diesem Zweck in der Gesäßtasche hatte. Alles sah gut aus.

Die Sendung war reine Routinesache. Die Luft war kalt, und vom Himmel fiel ein seichter Regen. Fatima hauchte sich warme Luft in die Hände und hüpfte ein wenig auf der Stelle, um nicht zu frieren.

Ihr Blick fiel auf Sophia, die an die Wand gelehnt dastand. Sie schien mit den Gedanken irgendwo anders zu sein. Fatima wusste, dass sie Ärger mit ihrem Ex-Mann hatte. Der Typ schien nicht gerade der Traum einer jeden Schwiegermutter zu sein, so viel konnte sie sich denken, auch wenn Sophia nie etwas Konkretes gesagt hatte. Fatima wollte auch nicht nachfragen, das ging selbst ihr zu weit, obwohl sie sonst eigentlich keine Hemmungen hatte und Sophia inzwischen zu ihren besten Freundinnen rechnete. Die hatte ihr jedoch deutlich zu verstehen gegeben, dass sie nicht über die Scheidung reden wollte.

»In dreißig Sekunden geht's los, Sophia. Bist du bereit?«, fragte sie, doch als Antwort erhielt sie nur ein stummes Nicken.

Fatima sah, wie Sophia sich eine Hand auf die Brust legte und tief ein- und ausatmete. Dieser Anblick war ungewohnt. Livesendungen waren für jemanden wie Sophia Lindgren normalerweise das reinste Kaffeekränzchen, die bewältigte sie sonst mit links. Von Aufregung keine Spur. Fatima runzelte die Stirn. *Hier stimmt was nicht.*

»Noch fünf Sekunden«, sagte sie leise und schaute erneut zu Sophia.

Sie hörte die Stimmen aus dem Kontrollraum, rückte sich die Kopfhörer zurecht und zeigte mit den Fingern die verbleibenden Sekunden bis zur Liveschaltung an. Als sie auch den letzten Finger eingezogen hatte und das rote Lämpchen an der Kamera aufleuchtete, hielt sie den Daumen hoch und blickte lächelnd zu Sophia, doch was sie sah, ließ ihr das Lächeln auf den Lippen schlagartig einfrieren. Sophia öffnete den Mund, um etwas zu sagen, brachte aber keinen Ton hervor. Ihr Blick war leer und ausdruckslos.

Fatima überlegte, ob sie die Übertragung schleunigst wieder abbrechen sollte, doch sie wollte Sophia zuerst ein paar Sekunden geben, um sich zu fangen.

»Hören Sie mich, Sophia?«, fragte die Programmleiterin im Studio.

Fatima spürte, dass der Regen stärker wurde, und sah durch die Kamera, wie Sophia ein paar große Regentropfen über die Nase liefen.

»Wir senden, was ist los?«, zischte Fatima und gestikulierte wild mit dem Arm.

Zuerst war sie wütend. *Wieso ruiniert Sophia die Sendung?* Doch dann erkannte sie, dass etwas nicht stimmte.

Und zwar ganz und gar nicht.

Sophias Professionalität war wie weggeblasen. In der Kollegin brodelte es vor Wut, das konnte Fatima deutlich sehen. Bald würde sie überkochen wie heiße Milch, die auf den Herd tropfte und einen sauren, übelriechenden Dunst verbreitete.

Da wusste Fatima plötzlich, was los war. Das konnte nur eins bedeuten: Kairo. Sie sah, wie Sophia ein paar Schritte auf die Kamera zumachte, bis sie schließlich so dicht vor der Linse stand, dass ihr Gesicht den gesamten Bildschirm ausfüllte.

Mit offenem Mund starrte Fatima auf ihr kleines Display, das in diesem Moment dieselbe Nahaufnahme zeigte wie unzählige Fernsehbildschirme im ganzen Land. Ein paar Sekunden lang schien die Welt ganz und gar still zu stehen und den Atem anzuhalten.

Plötzlich kam Fatima wieder zu sich. Schnell führte sie die Hand zur Kamera und unterbrach mit einem Knopfdruck die Übertragung.

»Was zur Hölle treibt ihr beiden da? Was soll der Mist?«

Aus dem Kontrollraum hagelte es Schimpfwörter, und Fatima verzog das Gesicht.

Sie starrte Sophia an, die immer noch wie angewurzelt dastand.

»Was ist denn los? Sophia?«

Fatimas Stimme war weder streng noch sanft. Sie klang neutral wie eine Sanitäterin am Notfallort. Sachlich. Als sie keine Antwort bekam, wiederholte sie ihre Frage.

Mit zitternder Hand zog Sophia ihr Handy aus der Tasche und hielt es in den Regen.

»Mail. Die Nachricht kam per Mail. Patrik hat die Stelle gekriegt, nicht ich.«

Ihre Stimme klang grell, und sie hatte den Blick ins Leere gerichtet, während sie den letzten Satz wieder und wieder sagte.

Fatima ließ den Regenschirm fallen, den sie über die

Ausrüstung gehalten hatte, schob sich an der Kamera vorbei und schloss ihre Freundin ohne ein weiteres Wort in die Arme.

7

Endlich zu Hause angekommen sank Sophia auf dem Sofa zusammen, noch ehe sie Schuhe und Jacke ausgezogen hatte. Nach einer gefühlten Ewigkeit schlüpfte sie aus den feuchten Schuhen und schleuderte eine nasse Socke so weit sie nur konnte von sich. Sie landete auf den Pelargonien am Fenster.

Eine Weile lag sie da und starrte an die Decke. War ihre Karriere jetzt ruiniert? Sie wusste, was ihre Vorgesetzten von Reportern hielten, die während einer Livesendung die Fassung verloren.

Schwach. Unzuverlässig. Hat sich nicht unter Kontrolle.

Sie griff zum Handy, um ihre Großmutter anzurufen.

»Hast du die Sendung gesehen?«, fragte sie, noch bevor sie sich begrüßt hatten.

»Schätzchen. Ich schaue jeden Abend die Nachrichten. Was ist denn passiert? Du hast ausgesehen wie drei Tage Regenwetter.«

»Ich …«

Sophia überlegte einen Moment, suchte nach den richtigen Worten, um ihre Großmutter nicht mehr als nötig zu beunruhigen. Kurz und bündig erzählte sie von der schlechten Nachricht, die per E-Mail gekommen war. Die alte Dame wusste, wie viel Sophia die Stelle als Auslandskorrespondentin bedeutete, und hatte die Vorfreude ihrer Enkelin geteilt.

»Ich habe es kurz vor der Sendung erfahren und war etwas geschockt. Verstehst du?«

In Wahrheit grenzte es an ein Wunder, dass sie nicht vor

laufender Kamera zusammengebrochen war. Sie hatte sich wie ein verletztes Insekt gefühlt, eine verzweifelt surrende Fliege, die auf dem Rücken lag und ein letztes Mal zuckte, bevor es mit ihr vorbei war.

»Ja, das verstehe ich. Dann lautet jetzt die große Frage, wie du diesem Patrik die Stelle wieder abluchsen kannst, oder?«

Sophia musste lachen. Ihre Großmutter stand stets auf ihrer Seite.

»Haben Papa und Disa auch zugeschaut?«

»Sie waren gerade in der Küche. Aber als es losging, kamen sie angelaufen, deine schöne Nahaufnahme hat hier also niemand verpasst.« Die Großmutter kicherte. »Selbst die schlechtesten Dinge haben etwas Gutes. Glaub mir, mein Schätzchen. Es geht immer irgendwie weiter. Du weißt doch, was ich zu sagen pflege. Das Schicksal führt den Willigen ...«

»... der Unwillige wird mitgeschleift«, ergänzte Sophia und lachte erneut. Sie stützte den Kopf in die Hand. »Ich habe noch nie verstanden, was du damit eigentlich meinst.«

»Das wirst du schon noch, wenn es drauf ankommt.«

»Ja, ja. Fährt Papa dich morgen nach Kramfors zurück?«

»Ja. Ich bleibe noch eine Nacht bei ihm und Disa, und dann bringt er mich hoch. Wir wollen ganz früh los.« Oma Emmy lachte. »Dein Vater ist wirklich ein Sturkopf. Ich habe ihm gesagt, dass ich auch den Zug nehmen kann, aber nichts da. Er will mich unbedingt fahren und auch gleich noch was im Garten machen. Einen tollen Schwiegersohn habe ich da.«

Solange Disa keine anderen Pläne hat, dachte Sophia bei sich. Laut sagte sie jedoch nur: »Ja, wirklich. Kannst du ihn mir mal geben?«

Das Gespräch mit ihrem Vater war nicht ganz so erquickend wie das mit ihrer Großmutter. Wie immer war er wahnsinnig besorgt um seine einzige Tochter. Und dieses Mal war das ja sogar berechtigt, wie Sophia zugeben musste.

Als sie das Telefonat beendet hatte, schloss sie die Augen und dachte voller Wärme an ihre Oma Emmy. Es hatte gutgetan, mit ihr zu reden, wie immer.

8

»Reiß dich zusammen, das ist doch pathetisch«, sagte sie leise und ließ sich das Wasser aus der Dusche über Gesicht und Schultern strömen.

Sie schloss die Augen und versuchte, die Gedanken an den vorherigen Abend beiseitezuschieben. Versuchte, nicht darüber nachzugrübeln, was sie nun mit ihrem Leben anstellen sollte, da ihr Traumjob, ja, vielleicht sogar ihre ganze Karriere dahin war. Würden jetzt erneut fünf Jahre vergehen, bis sie sich wieder hochgearbeitet hatte? Und wo sollte sie wohnen?

Sie schlug die Augen auf, blinzelte ein paar Wassertropfen weg und fragte sich, ob sie weinte. Fuhr sich mit den Händen über die Wangen und spürte nach. Das Gefühl erinnerte sie an ein Erlebnis aus ihrer Kindheit. Damals war sie zehn Jahre alt gewesen, und es war der letzte Tag des Schwimmkurses, an dem sie das ganze Halbjahr über teilgenommen hatte. Zum Abschluss des Kurses waren auch die Eltern eingeladen. Die meisten anderen Kinder waren in Begleitung ihrer Mutter, doch weil Sophias Mutter im Krankenhaus lag, hatte sie ihren Vater dabei.

»Ich bin schon gespannt auf deine Abzeichen«, hatte Mama gesagt, als Sophia auf dem Weg zum Schwimmbad noch kurz bei ihr am Bett gewesen war.

Am Ende des Trainings hatten alle Kinder leicht fröstelnd mit angezogenen Beinen auf dem kalten Fußboden vor dem Schwimmbecken gesessen. Die Urkunden wurden ausgeteilt, und auf der Rückseite war jeweils zu lesen, welche Abzeichen die Teilnehmer gemacht hatten.

»Wenn ihr kein Abzeichen bekommen habt, heißt das nur, dass es noch etwas zu üben gibt. Das ist überhaupt nicht schlimm. Das macht ihr dann einfach im nächsten Halbjahr! Wer ein Abzeichen bekommen hat, kann es sich anschließend mit seiner Mutter am Kiosk kaufen. Oder mit seinem Vater natürlich«, hatte die Schwimmlehrerin mit einem breiten Lächeln gesagt.

Schon als Zehnjährige war Sophia es gewohnt, stets die Nase vorn zu haben. Beim Sport und in den meisten Schulfächern gehörte sie zu den Besten. Sie mochte es, am schnellsten zu rennen, als Erste fertig zu werden und zu gewinnen. So war sie einfach, und ihre Eltern hatten nie etwas daran auszusetzen gehabt. Im Gegenteil, sie hatten ihr immer die Freiheit gelassen, zu sein, wer sie war.

Nachdem sie bibbernd ihre Urkunde entgegengenommen und sie erwartungsvoll umgedreht hatte, musste sie feststellen, dass sie zu denjenigen gehörte, die leider kein Abzeichen bekommen hatten. Wie war das möglich? Wieder und wieder sah sie nach. Nichts. Dabei wollte sie Mama doch zeigen, was sie geschafft hatte. Und dann durchfuhr es sie plötzlich wie ein Schlag: Ihre Mutter würde verschwinden, bevor sie ein Schwimmabzeichen hatte. Im nächsten Halbjahr? Dann war es zu spät.

Sie hatte die Tränen nicht zurückhalten können. Und als sie erst einmal liefen, waren sie nicht mehr zu stoppen gewesen. Sie weinte wegen des Abzeichens, weinte, weil ihr kalt war. Sie weinte darüber, dass ihre Mutter vielleicht enttäuscht wäre, aber vor allem weinte sie natürlich über etwas anderes, nämlich über die Erkenntnis, dass sie ihre Mutter bald verlieren würde. Papa hatte sie auf den Schoß genommen und getröstet. Hatte ein warmes Handtuch um sie gelegt und sie festgehalten, bis die Tränen versiegt waren.

»Vielleicht können wir ja etwas anderes am Kiosk kaufen, was wir Mama zeigen können. Einen neuen Badeanzug vielleicht? Und die Urkunde kannst du ihr ja auch zeigen. Und dann kaufen wir uns ein Eis.«

Sie hatte genickt und versucht, ein fröhliches Gesicht zu machen. Ihr Vater sollte schließlich nicht genauso traurig sein wie sie.

Sophia drehte das Wasser ab und atmete ein paarmal tief durch, um die Erinnerungen aus dem Kopf zu bekommen. Stellte mit Entsetzen fest, dass sie voller Selbstmitleid war, und das war fast noch schlimmer als ihr selbstverschuldetes Karrierefiasko.

Die Stelle als Auslandskorrespondentin war ihr von niemandem garantiert worden. Sie hatte sich selbst im Voraus zur Siegerin erklärt. Vielleicht ließ sich das Ganze ja noch ausbügeln? Gleich würde sie in die Redaktion fahren. Sie konnte versuchen, den Vorfall zu erklären. Sich entschuldigen und sagen, dass sie einfach enttäuscht gewesen war. Unmittelbar nach der Livesendung gestern hatte die diensthabende Nachrichtenchefin noch kurz mit ihr gesprochen. Sehr kurz. Im Prinzip hatte Sophia nur die Anweisung bekommen, nach Hause zu fahren und sich auszuruhen. Nein, mit einer Entschuldigung wäre es sicher nicht getan. Sie hatte eine Grenze überschritten. Hatte die Fassung verloren und nicht abgeliefert.

Sie stieg aus der Dusche, hüllte sich in ihren dicken weißen Bademantel und verließ das Bad. Das erste Licht des Morgens fiel zaghaft durchs Fenster, und die Pelargonien auf der Fensterbank schienen sich regelrecht danach zu recken.

In dem Moment klingelte das Telefon. Mit nassen Füßen tapste Sophia ins Schlafzimmer und holte das Handy, das noch auf dem Nachttisch lag. Auf dem Display war Disas Foto zu sehen. Was konnte ihre Stiefmutter denn jetzt wollen? Sophia verzog das Gesicht und zögerte einen Moment, ehe sie tief durchatmete und den Anruf entgegennahm.

»Disa, was für eine Freude«, sagte sie sarkastisch.

»Jetzt ist nicht die Zeit, um sich gegenseitig anzugiften, Sophia.« Disa klang ungewohnt direkt, sie hatte nicht diesen gekünstelten Tonfall wie sonst. Sophia sah sie genau vor sich, in ihrer schicken Wohnung, wo immer alles aufgeräumt war, wie geleckt. Vermutlich trug sie gerade einen Trainingsanzug, denn die morgendliche Laufrunde vor der Arbeit war bei ihr obligatorisch.

»Es geht um deinen Vater. Und Emmy.« Disa versagte die Stimme, und am anderen Ende war nur noch ein leises Schniefen zu hören.

Sophia erstarrte. *Papa? Oma?*

»Die sind doch jetzt auf dem Weg nach Kramfors«, entgegnete Sophia heiser. »Papa wollte sie nach Hause fahren.« Unwillkürlich verfiel sie in eine defensive Haltung. Als wollte Disa ihr absichtlich etwas antun.

»Es gab einen Unfall. Gabriel holt dich in fünf Minuten ab.«

9

Louis schaute auf die Uhr und beschloss, die Bar auf der Rue Notre Dame des Champs an diesem Abend schon um zehn zu schließen. Die Nachricht von Emmys Tod hatte ihn schwer getroffen, nun konnte er die Fassade nicht länger aufrechterhalten.

»Du wirkst angeschlagen, Louis«, sagte Olivier mit einem Blick zu seinem älteren Kollegen und wischte die letzten Tische ab.

»Nein, nein. Ich bin nur müde«, erwiderte der. »So ist das mit uns Alten. Ein fast achtzigjähriger Körper sollte abends nicht mehr in einer Bar herumschuften.« Er hustete geräuschvoll in die Armbeuge.

»Du weißt, dass du abends nicht unbedingt hier sein musst? Hayley und ich kriegen das auch alleine hin.«

Louis nickte zur Antwort.

»Das Bodenwischen schenken wir uns heute. Du kannst ruhig losziehen.«

Das Angebot nahm Olivier dankend an. Schnell ging er in die Küche, um seine Lederjacke zu holen.

»Mit wem triffst du dich denn heute?«

»Mit Lucy und den Jungs. Wen man sonst noch so trifft, weiß man vorher nie.«

Olivier lächelte verschmitzt, winkte und verschwand eilig in den dunklen Pariser Abend.

Als Louis das Geöffnet-Schild an der Tür herumgedreht hatte und sein junger Mitarbeiter außer Sichtweite war, seufzte er tief auf. Endlich konnte er seinen Gefühlen freien Lauf lassen. Doch jetzt, da er sich nicht mehr zusammenreißen musste, kam erst einmal gar nichts. Da war nur Leere. Die Trauer um Emmy war nicht das Einzige, was ihm zu schaffen machte, hinzu kam die Ungewissheit, wie es mit der Bar weitergehen würde. Wie im Nebel begann er mit den üblichen Arbeiten nach Ladenschluss.

Ihm tat der Rücken weh, und dieser hartnäckige Husten ließ ihm keine Ruhe, besonders beim Bodenwischen. Warum machte er sich überhaupt die Mühe? Resigniert ließ er den dreckigen Schrubber in den Eimer fallen, sodass das Wasser auf den dunklen, fleckigen Holzboden spritzte. Der Duft nach Zitrone und Putzmittel war nur eine vorübergehende Freude. Morgen Abend war es hier wieder genauso schmutzig wie vorher. Na ja. Jetzt war die Hälfte fast geschafft. Er fuhr sich mit dem Handrücken über die Stirn, ging zum Tresen und zapfte sich ein Glas Rotwein. Dann trat er vor die Tür, um eine Zigarette zu rauchen.

Das Ratschen des Streichholzes an der Schachtel erfüllte ihn mit Wohlbehagen. Nun würde es nicht mehr lange dauern, bis die angenehme Wirkung des Nikotins einsetzte. Wie immer erklang um ihn herum die Musik seiner Stadt. So nannte er es.

»Wenn Paris atmet, wird Musik daraus«, pflegte er zu sagen. Wie er diese Stadt liebte! Er hatte sein ganzes Leben hier verbracht und bedauerte es nicht eine Sekunde. In seinen Jahren als Pressefotograf für die Tageszeitung *Le Monde* war er viel gereist, aber an Paris kam kein anderer Ort heran.

Der Zigarettenqualm tanzte durch die sternenklare Nacht. Von seinen Lippen stiegen kleine Rauchwölkchen auf und mischten sich in das Laternenlicht. Er setzte sich auf einen der Stühle vor der Bar, schaltete die Wärmelampe auf dem Tisch ein und trank in großen, gierigen Zügen von seinem Wein.

Atmete aus.

Nun spürte er, wie ihm die Tränen kamen. Das war immer ihr gemeinsamer Moment gewesen. Wie lange er schon nicht mehr an sie gedacht hatte. Er ließ alles kommen, schmeckte die salzigen Tränen auf seinen trockenen Lippen.

Er blickte auf in die Nacht und rief sich in Erinnerung, dass die Dunkelheit dort sein musste.

»Wie sollten wir sonst die Sterne sehen?«, murmelte er.

10

»Hörst du überhaupt zu?«, fragte Erik. Die Stimme ihres Vaters ließ Sophia zusammenfahren.

Sie sah zu ihm hinüber, wie er dort neben ihr an dem großen glänzenden Tisch in der Anwaltskanzlei saß. Sein Gesicht trug immer noch deutliche Spuren des Unfalls, der inzwischen mehr als zwei Wochen zurücklag. Mit einer steifen Bewegung drehte er den Kopf und verzog das Gesicht. Sein Nacken bereitete ihm nach wie vor große Schmerzen. Erneut spürte sie unendliche Dankbarkeit dafür, dass er überlebt hatte. Dass ihr das Universum wenigstens einen ihrer Lieben gelassen hatte.

»Ja, doch, ich höre zu. Ich verstehe es nur nicht. Das kann doch nur ein Irrtum sein.« Damit richtete sie den Blick auf den Anwalt, der ihnen gegenübersaß. In seinen Händen hielt er das Dokument, das Sophia und ihr Vater bei Emmy zu Hause gefunden hatten.

Das Testament hatte ganz oben in der Küchenschublade gelegen, fast so, als hätte sie gewollt, dass sie es gleich finden. Darin war festgehalten, dass Sophia eine bestimmte Summe Geld erben sollte, aber außerdem informierte es darüber, dass Emmy nach dem Tod ihrer Schwester Britta Eigentümerin eines französischen Unternehmens geworden war. Eines Unternehmens, zu dem ein Restaurant in Paris gehörte. Erik und Sophia hatten sich keinen Reim darauf machen können und daher beschlossen, sich Rat bei einem Juristen zu holen.

Die Anwaltskanzlei war das französische Handelsregister durchgegangen, um herauszufinden, worum es sich handelte. Und nun saßen sie hier und hörten sich an, was die Recherchen ergeben hatten.

Sophia versuchte zu lächeln, doch ihre Augen blieben davon unberührt.

»Können Sie bitte noch einmal von vorn anfangen?«

Draußen über dem Riddarfjärden in Stockholm fielen die Schneeflocken vom Himmel. Es ging bereits auf Ende März zu, doch der Winter hatte noch nicht ganz aufgegeben, sondern hielt ein letztes Gastspiel, bevor der Frühling endlich an der Reihe war. Die Boote am Norr Mälarstrand wirkten einsam und ein wenig traurig unter ihrer dünnen Schneeschicht. Wie aus dem Nichts verspürte Sophia plötzlich das Bedürfnis, eine Zigarette zu rauchen, das hatte sie seit ihrer Trennung von Viktor nicht mehr getan. Irgendetwas an dieser Situation rief in ihr anscheinend eine physische Erinnerung an den Abend hervor, als sie Viktor den Laufpass gegeben hatte.

Der Anwalt trank einen Schluck Mineralwasser aus dem hübschen Kristallglas vor ihm.

»Also, wie gesagt, ihre Großmutter war im Besitz eines Unternehmens in Frankreich. Und dieses Unternehmen betreibt ein Lokal auf der Rue Notre Dame des Champs in Paris.«

Das war mit das Merkwürdigste, was Sophia jemals gehört hatte. Ihre gemütliche, stets nach Hefegebäck duftende Oma Emmy oben in Nordschweden soll ein Lokal in Paris besessen haben? Nein, irgendetwas konnte da nicht stimmen.

»Ich kann einfach nicht fassen, dass meine Großmutter so ein Geheimnis gehabt haben soll. Warum hat sie denn nichts davon erzählt? Ein Restaurant? Oder eine Bar, sagten Sie? In Paris?«

»Ja, eine Bar oder ein Restaurant. Das geht nicht so klar

aus der Beschreibung im Handelsregister hervor.« Der Anwalt warf einen Blick in seine Unterlagen. »Le Lulu ist der Name. Ich verstehe, dass Sie überrascht sind, aber es kommt gar nicht so selten vor, dass nach dem Tod von Angehörigen Geheimnisse ans Tageslicht kommen.«

Nach dem Tod von Angehörigen.

Seine Worte hallten in Sophia nach. »Angehörige« klang so distanziert. Nach dem Tod eines geliebten Menschen, das war schon besser. Sie vergrub sich in ihrer weiten Strickjacke, zog die Ärmel lang und wäre am liebsten verschwunden. Die Kälte von draußen kroch ihr regelrecht unter die Haut.

»Und Sie sind sich ganz sicher?«

Der Anwalt nickte und drehte einen glänzenden Kugelschreiber zwischen den Fingern, der in etwa so viel gekostet haben musste wie Sophias neue Jeans.

»Soll ich die Hintergründe auch noch einmal durchgehen?«

Sophia nickte.

»Britta, die Schwester ihrer Großmutter, hat das Unternehmen schon in den Sechzigern erstanden. Bis zu ihrem Tod im vergangenen Jahr befand es sich in ihrem Besitz. Da sie keine Kinder hatte, ging ihr gesamtes Erbe an Ihre Großmutter über. Und wie ich ja schon sagte, ist es gar nicht mal so selten …« Sophia schnitt ihm das Wort ab.

»… dass nach dem Tod eines geliebten Menschen Geheimnisse ans Tageslicht kommen?«

Er lachte und ordnete seine Unterlagen.

»Ja, so in etwa. Glauben Sie mir, ich habe das oft genug erlebt. Wie dem auch sei. Besonders lange hat Ihre Großmutter dieses Geheimnis jedenfalls nicht gehütet, der Tod ihrer Schwester liegt ja gerade einmal ein Jahr zurück. Und nun erben Sie das Lokal.«

Sie nickte schweigend. Mit einem Mal überkam sie eine unsagbare Müdigkeit. Am liebsten wäre sie einfach aufgestanden und nach Hause gegangen. Aber mitten in einer Besprechung den Raum verlassen – so etwas tat ja kein erwachsener Mensch.

Erik legte seine warme Hand auf ihre.

»Sophia? Ich glaube, wir sollten jetzt gemeinsam hier bei der Sache bleiben. Ich weiß, wie schwer das ist.«

Sie nickte und versuchte, sich zusammenzureißen, während ihr Vater weitersprach. »Wir wissen natürlich, dass Emmy und Britta als junge Frauen eine gewisse Zeit in Paris waren«, sagte er und suchte Sophias Blick.

»Großmutter mochte es nicht, wenn Britta davon anfing. Da kam sofort schlechte Stimmung auf. Ich weiß noch, dass ich Oma ein paarmal danach gefragt habe. Aber sie ist mir immer ausgewichen.«

»Ja, aber wenn Britta ein paar Gläser Wein intus hatte, kam sie ins Erzählen und hat dann immer geredet, als wären die beiden in den Sechzigern das Zentrum des Pariser Nachtlebens gewesen, erinnerst du dich?«

Sophia nickte und musste unwillkürlich lachen. Sie selbst war noch nie in Paris gewesen. Eigentlich seltsam, denn sie war in ihrem Leben schon viel gereist, sowohl beruflich als auch mit Freunden und natürlich in ihren gemeinsamen Jahren mit Viktor. Nur eben nie nach Paris. Ob das etwas damit zu tun hatte, dass ihre Großmutter die Stadt nicht besonders gemocht zu haben schien? Sophia war sich nicht sicher, aber irgendetwas hatte bewirkt, dass es sie nie dorthin gezogen hatte.

Andere Teile des Landes hingegen hatte sie besucht, vor allem den Süden. Als sie in Stockholm in die Oberstufe kam, hatte sie sich ganz bewusst für Französisch als Wahlfach entschieden, und nach mehreren Urlauben und Sprachreisen in Frankreich beherrschte sie die Sprache fließend.

Die Hand ihres Vaters auf ihrem Arm brachte sie zurück in die Anwaltskanzlei. Mit bebenden Lippen atmete sie einmal tief ein.

»Ja, ich erinnere mich«, sagte sie dann. »Britta schien Paris zu lieben und hat für ihr Leben gern von den Sechzigerjahren erzählt. Aber wenn Oma dabei war, wurde sofort das Thema gewechselt. ›Ich will nichts mehr von Paris hören‹, sagte sie immer.« Sophia schwieg und dachte einen Moment nach. »Darüber habe ich mir ehrlich gesagt noch nie Gedanken gemacht.«

Der Anwalt sah zwischen den beiden hin und her und warf schließlich einen diskreten Blick auf seine Armbanduhr, die auch nicht gerade billig gewesen zu sein schien.

»Ich glaube, sie wollte sich nur nicht so wichtigtun«, fuhr Erik fort. »Wenn deine Großmutter etwas verabscheute, dann war das Angeberei. Ich höre sie noch genau, wie sie Britta immer zurechtgewiesen hat, das sei doch wirklich nichts Besonderes gewesen. Nur eine kleine Reise.« Er lachte auf. »Ich habe immer gedacht, Britta würde ein bisschen dick auftragen, aber anscheinend war da doch mehr dran, als wir vermutet haben.«

Erik streckte sich nach der Bonbonschale auf der Tischmitte und verzog erneut das Gesicht. Den Unfall hatte er wie durch ein Wunder überlebt, aber sein Nacken würde ihm wohl noch eine ganze Weile Schmerzen bereiten. Von einem so schweren Schleudertrauma erholte man sich nicht über Nacht. Auf den Röntgenaufnahmen hatten die Ärzte nichts finden können, doch selbst wenn die Wirbelsäule unverletzt war, konnten die Nerven und übrigen Strukturen der Nackenpartie stark beeinträchtigt sein.

Erik knisterte mit dem Bonbonpapier. Mit seinem rotkarierten Flanellhemd und der etwas wirren Frisur wirkte er in dem schicken Besprechungsraum völlig deplatziert. Auf eine Art symbolisierte sein Anblick die beiden Gegensätze, von denen gerade die Rede war: Kramfors und Paris.

Der Anwalt holte noch einmal den Auszug aus dem Handelsregister und das Testament hervor, das sie in Oma Emmys Küchenschublade gefunden hatten. Während er weiterredete, schweiften Sophias Gedanken abermals ab. Was Trauer bedeutete, hatte sie in ihrem Leben schon zur Genüge erfahren. Nach dem Tod ihrer Mutter war sie in psychologischer Behandlung gewesen. Damals war sie noch ein Kind, und ihr Vater hatte sie zu den Gesprächen begleitet. Die Sorgen, die er sich um sie machte, wogen fast so schwer auf ihren Schultern wie die Trauer um ihre Mutter. Im Laufe der Jahre hatte sie jedoch gelernt, mit beidem umzugehen. Solange ihr Vater glaubte, dass sie zurechtkam, ging es ihr erstaunlicherweise tatsächlich ganz gut. In der Psychotherapie erhielt sie entsprechende Werkzeuge, um den Blick nach vorn zu richten, und so hatte sie es durch die Krise geschafft. Jetzt war sie stark. Auch diesen Schlag würde sie verkraften, sosehr sie der Verlust ihrer Großmutter schmerzte.

»Aber was soll ich mit einer Bar in Paris? Mein Leben ist gerade schon kompliziert genug.« Stirnrunzelnd blickte sie den Anwalt an. »Können Sie das Lokal für mich verkaufen?«

Der Anwalt schüttelte den Kopf.

»Tut mir leid. Für so etwas sind wir nicht die richtige Adresse. Unser Fachgebiet ist Familienrecht. Sie brauchen eine Kanzlei, die sich mit Unternehmensveräußerung im Ausland auskennt.« Er hielt inne und schien einen Moment zu überlegen. »Ich kann Ihnen den Kontakt zu einer guten Firma in Frankreich vermitteln. Aber mein Rat wäre, dass Sie hinfahren und sich das Ganze selbst einmal ansehen.«

Er blätterte in seinen Unterlagen und suchte einen Namen heraus, der eher wie zwei Vornamen als wie ein Vor- und ein Nachname klang.

»Hier. Tristan Martin heißt der Anwalt, mit dessen Kanzlei wir in dieser Sache zusammengearbeitet haben. Wenden Sie sich doch als Erstes an ihn und dann auch direkt an die Bar. Es wird einfacher sein, etwas zu verkaufen, was Sie selbst gesehen haben. Ein Mann namens Louis Carnet ist so etwas wie der örtliche Verwalter dort.«

Der Anwalt schob Sophia eine Mappe mit Unterlagen zu. Sie schaute ihn skeptisch an.

»Ich soll also allen Ernstes nach Paris fahren?«

11

Louis schaute durch das schmutzige Fenster des Le Lulu und klopfte eine Zigarette aus seiner blauen Gauloises-Schachtel. Einen Moment rollte er die Zigarette langsam zwischen den Fingern und stellte fest, dass auf der Rue Notre Dame des Champs an diesem Tag ungewöhnlich wenig Verkehr war. Ob das an dem Streik der knapp zweitausend Pariser Taxifahrer lag? In der Zeitung hatte er gelesen, dass sie einen Knotenpunkt auf dem westlichen Ring der Stadt blockierten.

»Ich geh mal eine rauchen«, rief er Hayley zu, die mit einem Nicken antwortete.

Louis nahm seinen Espresso mit und setzte sich unter die rot-weiß gestreifte Markise im Außenbereich. Es war ein kühler, klarer Morgen. Nach einigen Zügen spürte er, wie ihm die Kälte unter das Tweed-Sakko kroch.

Mittlerweile waren fast zwei Wochen seit Emmys Tod vergangen, aber Hayley und Olivier hatte er noch nichts davon erzählt. Nur Yanis und er wussten Bescheid. Bald würde er auch die beiden Jüngeren einweihen. Bald.

Als Louis Emmy kennengelernt hatte, war sie zwanzig und voller Träume gewesen. Doch sie wusste auch, was Frustration war. Er erinnerte sich noch an ihre Erzählungen von diesem ach so malerischen Örtchen Kramfors in Nordschweden und daran, wie sie ihm mit tränenerstickter Stimme erklärt hatte, dass sie sich nach mehr sehnte. Sie fühlte sich eingesperrt, ihr Heimatort war ihr einfach zu eng. Er schloss die Augen und hörte selbst heute, fünfzig Jahre später, noch deutlich ihre Stimme.

Er sah alles vor sich, als wäre es gestern gewesen. Ein überfüllter Tresen, Zigarettenqualm und lautes Stimmengewirr. Emmy mit ihrem toupierten Haar und den kurzen Blümchenkleidern. Aber zu allererst Britta, Emmys Schwester, die ihn unter ihre Fittiche genommen hatte.

Seit diesem warmen Sommerabend im Jahr 1964 war die Bar so etwas wie Louis' zweites Zuhause. Bei seinem ersten Besuch hatte das Lokal noch richtig was hergemacht. Etwas beschwipst war er damals durch die Tür mit dem grünen Sprossenfenster gestolpert und von Britta empfangen worden, die ihm ein kaltes Bier serviert hatte. Ein Jahr zuvor war gerade der Klassiker *Cleopatra* in die Kinos gekommen, und in seinen Augen sah Britta genauso aus wie Elizabeth Taylor, die Hauptdarstellerin des Streifens. Dichtes schwarzes Haar, das toupiert und zu einer schicken Frisur zusammengesteckt war, riesige Goldohrringe und dazu ihre dunklen, katzenartigen Augen.

Wie ein wandelndes Klischee hatte er bei ihr am Tresen gehockt und von dem Desaster in der Zeitungsredaktion erzählt, in der er damals arbeitete. Von seinem Streit mit dem Chefredakteur und dem Herzrasen, das ihn seither täglich begleitete. Wie er schließlich im Zorn gekündigt und nun keine Stelle mehr hatte. Elizabeth Taylor hatte hinter dem Tresen gestanden, seinen Worten gelauscht und dann ein wenig aus dem eigenen Nähkästchen geplaudert. Er hatte es kaum glauben können, aber vor einem halben Jahr hatte sie die Bar mit dem Geld, das sie nach dem Tod ihres Großvaters geerbt hatte, gekauft. Ihre Eltern, vor allem der Vater, waren außer sich darüber, wie sie ihr Erbe auf den Kopf gehauen hatte. Aber Britta ging ihre eigenen Wege und hatte sich weder von ihrem Vater noch von irgendwem sonst reinreden lassen.

Der sternenklare Himmel über Paris hatte Louis an diesem Abend Glück gebracht, denn Britta hatte ihn mit ihren Katzenaugen angesehen und gefragt, ob er bei ihr anfangen wolle. Er hatte das Angebot angenommen und seinem Leben damit im Nu eine neue Richtung gegeben.

Inzwischen war die Bar ranzig und heruntergekommen. Die Möbel hatten schon bessere Tage gesehen, und die Sitzpolster waren fast alle zerschlissen. Im Laufe der Achtziger hatte man den Wänden einen undefinierbaren Gelbton verpasst. Der dunkel gebeizte Tresen brauchte dringend einen neuen Anstrich, genau wie die dunkelgrünen Sprossen der Tür. Wenn er es sich recht überlegte, müsste wohl die ganze Tür mal aufpoliert werden. Das Einzige, was noch genauso gut in Schuss war wie in den Sechzigern, war die glänzende Tresenplatte aus beschichtetem Stahl. Wie viele Getränke hier wohl über die Jahre serviert und verschüttet worden waren?

Ungefähr ein Jahr später war dann Brittas Schwester mit dem Zug aus Schweden angereist und hatte ihr Leben zusätzlich bereichert. Er musste lachen, als er daran dachte. Emmy hatte nichts mit einem Hollywoodstar oder Elizabeth Taylor gemein, im Gegenteil. Sie war eine blonde, recht kurvenreiche junge Frau mit Augen so blau wie das Mittelmeer. Anders als die weltgewandte Britta erinnerte Emmy eher an ein Mädchen vom Land. Wie zwei Schwestern so unterschiedlich sein konnten, war für ihn immer noch schwer zu begreifen.

Emmy hatte viele der praktischen Aufgaben wie die Reinigung der Küche, des Restaurantbereichs und der Toiletten übernommen, sodass Britta Zeit für alles andere hatte, was mit dem Betreiben einer Bar einherging. Abends hatte Emmy den Boden gewischt, und Louis war ihr zur Hand gegangen, indem er die Stühle hochgestellt hatte. Dazu hatten sie laut Musik gehört. Hatten gemeinsam mitgesungen und den Wischer als Mikrofon benutzt.

Es war wie ein Traum gewesen, der bis in alle Ewigkeit hätte weitergehen können.

Britta und Louis hatten über die Jahre Kontakt gehalten, und sie hatte ihn fortwährend über ihr und Emmys Leben in Schweden mit Mann und Kindern auf dem Laufenden gehalten. In Brittas Fall war kein traditionelles Familienleben gefolgt, sie hatte weiterhin wie ein Filmstar ausgesehen und war mit ihren Katzen, die frei im Auto herumsprangen, zwischen Paris und Schweden hin- und hergereist. Auch wenn sie irgendwann nicht mehr in der Bar arbeitete und ihren Wohnsitz nach Schweden verlegt hatte, blieb sie bis zu ihrem Tod die Eigentümerin, und so war es nur natürlich und auch notwendig gewesen, dass sie hin und wieder vor Ort war. Mit Emmy hingegen hatte er nicht mehr gesprochen, seit sie zurück nach Schweden gereist war. Nichtsdestotrotz zählte er sie zu seinen engsten Freunden.

Er nahm einen letzten tiefen Zug von seiner Zigarette, bevor er die Kippe in einem der überquellenden Aschenbecher ausdrückte. Die mussten dringend mal entleert werden, dachte er bei sich.

Nach Brittas Tod vor einem Jahr war die Bar in Emmys Besitz übergegangen. Daraufhin hatte Louis ein vorgefertigtes Standardschreiben von einer Anwaltskanzlei bekommen.

Sonst nichts.

Von Emmy kein Lebenszeichen.

Einige Monate später hatte er es gewagt, ihr einen Brief zu schicken, mit ein paar Fragen zum Leben im Allgemeinen, aber auch zu praktischen Dingen in Bezug auf die Bar. Eine Antwort hatte er nie erhalten. Bis schließlich erneut Post von der Anwaltskanzlei kam und ihn darüber informierte, dass Emmy ebenfalls verstorben war. Damit würde nun alles anders. Sowohl dem Le Lulu als auch ihm selbst stand eine ungewisse Zukunft bevor.

Zwischen Emmy und ihm war immer alles so ungezwungen gewesen. Sie hatte von seiner Homosexualität gewusst und anscheinend nie ein Problem damit gehabt. Im Gegenteil, ihr Verhältnis war dadurch umso entspannter gewesen. Im Laufe der Monate, die sie in Frankreich verbrachte, hatte sie zunehmend mit ihrem Kleidungsstil experimentiert, hatte mehr Farben, Hüte und Schmuck getragen, und er hatte es geliebt, ihr bei dieser Verwandlung zuzusehen.

»Durch irgendwas muss man sich ja von den anderen abheben«, hatte sie munter mit ihrem schwedischen Akzent gesagt.

»In Kramfors musste ich mich nie so ins Zeug legen, aber hier in Paris sind alle so extravagant, da braucht man zumindest einen Hut, um ein bisschen aufzufallen.«

Sie war zur Musik um die Tische getanzt, dass ihr blondes Haar nur so durch die Luft gewirbelt war, und hatte den Boden gewischt, als wäre es ein Spiel. Die französischen Texte lernte sie schnell auswendig.

»Padam, padam, padam. Il arrive en courant derrière moi. Padam, padam, padam.«

Nach getaner Arbeit waren sie immer noch auf eine Zigarette zusammen vor die Tür gegangen. Erneut schloss er die Augen. Ihm war fast, als hörte er sie lachen. Auch wenn inzwischen so viele Jahre vergangen waren. Auch wenn der Tod nun bei ihm angeklopft hatte, auf dass er ja nicht die Finsternis vergaß.

Er drehte sich um und blickte ins Lokal, auf der Suche nach ihren blauen Augen.

»Oh, mon amour. Tu es la vague, moi l'île nue. Tu vas, tu vas et tu viens«, sang er leise vor sich hin.

Doch in der Bar blieb es still. Da war keine tanzende Emmy, schon seit den Sechzigern hatte es sie dort nicht mehr gegeben. Aber ihr Tod hatte alles wieder zum Leben erweckt.

12

Eine Stunde später waren sie in der Anwaltskanzlei fertig. Sophia hatte ihren Vater umarmt und ihm versichert, dass sie schon zurechtkomme, und nun war sie endlich auf dem Weg nach Hause – zu der lang ersehnten Decke über ihrem Kopf.

Sie schlang sich ihren roten Schal noch etwas enger um den Hals und überquerte die Riddarholmsbron, um auf der anderen Seite in die Lilla Nygatan einzubiegen. Hier war der Schnee nicht liegen geblieben, sondern hatte sich bereits in dunklen Matsch verwandelt, der die Ränder der pittoresken Straße säumte. Sophia entschied sich gegen die U-Bahn, ein kleiner Spaziergang würde ihr sicher helfen, auf andere Gedanken zu kommen.

Unterwegs ließ sie noch einmal die letzten paar Wochen Revue passieren. Innerhalb von weniger als vierundzwanzig Stunden war ihr Leben vollkommen in sich zusammengestürzt. Nachdem Disa angerufen und ihr gesagt hatte, dass Gabriel sie abholen würde, musste sie die Besprechung auf der Arbeit absagen, bei der ihr Aussetzer während der Liveübertragung diskutiert werden sollte.

Am Tag darauf war sie in der Redaktion erschienen und hatte dann auch von dem Unfall erzählen müssen. Dass ihr Vater überlebt hatte, aber ihre Großmutter nicht. Sowohl Nettan, die Nachrichtenchefin, als auch die Personalchefin waren bei dem Treffen dabei gewesen und hatten ihr natürlich ihr Beileid ausgesprochen. Sie hatten ernste Mienen gemacht, und die Stimmung im Raum war so angespannt gewesen, dass Sophia sich die Fingernägel in die Handfläche pressen musste, um die Nerven zu behalten.

»Wie geht es dir eigentlich, Sophia? Uns ist ja bekannt, dass du im letzten halben Jahr privat einige ... Herausforderungen hattest, neben dem Unfall gestern. Wie erlebst du deine Arbeitssituation im Moment? Benötigst du Hilfe?«

Sie war auf der Hut gewesen und hatte sämtliche Fragen so knapp wie nur irgend möglich beantwortet. Dem Thema Scheidung war sie ausgewichen, und weder auf den Unfall noch auf die Tatsache, dass ihr Vater wie durch ein Wunder überlebt hatte, war sie näher eingegangen. Da sie ohnehin schon das Gefühl hatte, viel zu viel von sich preisgegeben zu haben, wollte sie nicht noch mehr Privates vor ihren Vorgesetzten offenlegen.

»Wir machen das hier dir zuliebe. Wir wollen, dass es dir gut geht«, fuhren sie fort und boten an, ihr über die Firma einen Termin beim Psychologen zu vermitteln.

Allein der Gedanken an einen Therapiesessel löste bei Sophia Herzrasen aus und versetzte sie prompt in die Zeit nach dem Tod ihrer Mutter zurück. Sie sah den Gesprächsraum mit den blauen Elefanten an den Wänden vor sich, die Filzstifte, die über den Tisch rollten, wenn man nur leicht dagegenstieß, und das weiße Malpapier, das sie zum Fühlen, Reden, Weinen aufforderte.

Damals hatte sie dagesessen, eine Haarsträhne zwischen den Fingern gezwirbelt und den grünen Filzstift auf dem Tisch vor sich angestarrt. Er hatte denselben Farbton wie die Wände in Mamas letztem Krankenhauszimmer gehabt, dem Zimmer, in dem sie gestorben war. Beim dritten Gesprächstermin hatte sie den verdammten Stift schließlich genommen und hundert kleine grüne Herzen auf ein leeres Blatt Papier gemalt. Als das Blatt voll war, hatte sie auf ihrer Hand weitergemacht. Die Kinderpsychologin wollte wissen, was das zu bedeuten habe, und da hatte sie gesagt, das seien alles Gedanken. Die Herzen zeigten, wie oft sie an ihre Mutter denke. Jedes Mal, wenn die Haustür aufging und sie dachte, Mama sei wieder da. Jedes Mal, wenn sie nachts aufwachte und nach ihr rief. Jedes Mal, wenn sie glaubte, Mamas Stimme im Flur zu hören. Das Gefühl, dass ihre Mutter eines Tages zurück nach Hause kommen würde, ließ sie nicht los.

Gesprächstherapie. Sophia konnte sich nichts Schlimmeres vorstellen. Jetzt noch einmal alles aufzuwühlen, war ihr einfach zu viel.

»Du kannst bis morgen darüber nachdenken. Dann sprechen wir noch mal. Es ist nur ein Angebot!«

Ihre Vorgesetzten hatten natürlich nur die besten Absichten gehabt, aber unter ihrem prüfenden Blick hatte Sophia nichts als Scham und Wut empfunden.

Als sie sich am folgenden Tag erneut zusammen an den Tisch setzten, hatte sie das Therapieangebot dankend abgelehnt. Nettan und die Personalchefin hatten einen diskreten Blick gewechselt, ehe es hieß:

»Was hier neulich passiert ist, geht einfach nicht, Sophia. Soweit wir das beurteilen können, brauchst du mal etwas Abstand. Wir haben uns deine Überstunden und angesparten Urlaubstage angesehen, und da kommt einiges zusammen, zehn Wochen insgesamt. Wir würden dir dringend ans Herz legen, dir erst einmal so lange freizunehmen. Das ist selbstverständlich nur eine Empfehlung. Aber unserer Ansicht nach würde dir eine Pause ganz guttun. Wir machen uns Sorgen um dich.«

Sophia wusste natürlich, dass das keineswegs nur eine Empfehlung war. Sie schloss einen Moment die Augen und versuchte den absurden Vorschlag zu fassen, der ihr gerade unterbreitet worden war. Zehn Wochen.

»Okay«, hörte sie sich schließlich murmeln. Einen Augenblick war es still im Raum, ehe sie fortfuhr: »Wenn ihr das für richtig haltet, nehme ich mir natürlich frei und sorge für Erholung. Ich verspreche, wieder ganz die Alte zu sein, wenn ich Ende Mai zurückkomme.«

Sie war ein kleines bisschen zu schnell aufgestanden, sodass der Stuhl laut über den Boden geschrappt war, und hatte ohne einen Blick zurück den Raum verlassen. Zehn Wochen. Es fühlte sich unwirklich an, so lange nicht zu arbeiten.

Nun spürte sie die Kälte, die vom Wasser an der Schleuse herüberwehte und ihr bei jedem Schritt über den Kornhamnstorg in die Glieder kroch. Sie blieb kurz stehen und schloss die Augen. Nach dem Gespräch mit dem Anwalt drehte sich alles in ihrem Kopf.

Mit einem Mal kamen ihr die Tränen. *Verdammt. Nicht heulen jetzt. Reiß dich zusammen.*

Die kalte Luft jagte ihr eine Gänsehaut über den Körper und verdrängte zum Glück alles andere. Schließlich zwang sie sich, die Augen wieder zu öffnen. Ihr Blick ruhte auf der Hauptverkehrsstraße Munkbroleden und der goldenen Brücke, die die Stadtteile Gamla Stan und Södermalm miteinander verband.

Eine Reise nach Paris? Das war undenkbar. Nein, sie musste in Stockholm bleiben und zusehen, dass sie zurück in den Job kam.

Alles andere waren nur Hindernisse auf ihrem Weg.

13

»Also, dann geht's jetzt nach Paris?«

Geräuschvoll stellte Fatima den Umzugskarton im Keller ab. Es war Freitagvormittag, und Fatima hatte frei, da sie fürs Wochenende eingeteilt war.

»Auf keinen Fall!«

Sophia kam ihr nach und stellte einen weiteren Karton auf den Stapel. Mit einem dankbaren Lächeln sah sie Fatima an und seufzte.

»Der Anwalt muss sich irren. Wieso sollte ich die Bar nicht auch von Stockholm aus verkaufen können, ohne sie vorher gesehen zu haben? Internationale Geschäfte sind doch heutzutage ganz normal, dazu muss man nicht durch die Weltgeschichte gondeln und sich überall persönlich vorstellen.«

Allein der Gedanke an Paris und an niedliche kleine Restaurants in pittoresken Sträßchen ließ Panik bei Sophia aufkommen. Sie fand es schon schwer genug, mit ihrer Trauer und Zukunftsangst fertigzuwerden, da brauchte sie nicht auch noch frisch verliebte Pärchen und den Eiffelturm um sich herum.

»Du willst also einfach verkaufen?« Fatima hob ungläubig die Augenbrauen.

»Hatte ich eigentlich vor.« Sophia zuckte mit der Schulter und spürte in dem Moment, wie ihr Handy in der Hosentasche vibrierte. Sie dachte nicht daran, den Anruf entgegenzunehmen, wahrscheinlich war es sowieso wieder nur Viktor.

»Oma scheint vor allem negative Erinnerungen an ihre

Zeit in Paris gehabt zu haben, und ich habe keine Lust, mich da in irgendwas reinziehen zu lassen.«

»Aber gleich verkaufen ... ohne erst mal die Leute kennenzulernen, die da arbeiten?

»Was meinst du?«

»Ich weiß nicht. Das erscheint mir halt etwas ...«

»Ja?«

»Leichtfertig. Für irgendwen hängt da vielleicht ein Alltag dran, ein ganzes Leben. Du kannst doch nicht nur an dich denken. Ich meine, wem willst du den Laden denn eigentlich verkaufen?«

»Nur an mich denken?«

Sophia runzelte die Stirn. Fatima gehörte zu den wenigen Menschen, von denen sie normalerweise eine ehrliche Meinung zu hören bekam, aber jetzt fand sie sie fast ein bisschen unverschämt. Für einen Streit mit ihr fehlte ihr an diesem Tag schlicht die Energie, also beschloss sie, sich nicht von ihren Worten provozieren zu lassen. Fatima stapelte noch ein paar Kisten.

»Ach, vergiss, was ich gesagt habe«, murmelte sie und hob einen großen Ikea-Karton voller Krimskrams hoch, den Sophia einfach unsortiert zusammengeworfen hatte.

»Ich mag Paris nicht einmal, der Hype um die Stadt kam mir immer schon etwas albern vor.«

»Albern? Meine Güte, wie alt bist du eigentlich?«

»Das ist doch die reinste Filmkulisse. Wenn man Schnulzen mag, in denen das Mädel am Ende mit angewinkeltem Bein ihren Prince Charming küsst, sicher perfekt.«

»Mit angewinkeltem Bein?«

»Na, du weißt schon ...« Sophia spitzte die Lippen und tat so, als würde sie jemandem um den Hals fallen.

»Du hast sie doch nicht mehr alle.« Fatima unterdrückte ein Lachen und schüttelte den Kopf.

»Ein Kaffee kostet in Paris jedenfalls dreimal so viel wie in Kairo. Ich will da nicht hin, verdammt noch mal, ich habe mich um einen Job zu kümmern.«

Fatima nickte und ging in die Hocke, um kurz zu verschnaufen.

»Nur dass du in nächster Zeit weder Kaffee in Kairo trinken noch zur Arbeit gehen wirst. Zehn Wochen lang, um genau zu sein.«

Sophia warf ihr einen finsteren Blick zu.

»Inzwischen nur noch acht. Verdammter Mist. Ich weiß immer noch nicht, was eigentlich passiert ist. Warum habe ich die Stelle nicht bekommen?«

Einen Moment herrschte Schweigen. Sophia musterte ihre Freundin und Kollegin. Mittlerweile kannten sie sich so gut, dass sie sofort merkte, wenn Fatima ihr etwas verheimlichte. Und gerade presste sie die Lippen ein kleines bisschen zu fest aufeinander, zwinkerte ein paarmal zu oft.

»Fatima?«

»Hm?«

»Was ist los?«

»Nichts.«

»Warum habe ich die Stelle nicht bekommen?«

Sophia hielt inne und spürte, wie ihr Puls stieg. Fatima ignorierte sie, streckte nur den Rücken durch und sah sich im Kellerabteil um.

»Wie soll das hier jetzt eigentlich weitergehen?«

Sie deutete auf die herumstehenden Kisten mit Sophias Sachen. Wechselte schnell das Thema, um die Anspannung im Raum nicht zu groß werden zu lassen.

»Wo willst du überhaupt wohnen?«

»Mein Plan war eigentlich, dass ich es mir mit Baklava und Hummus gemütlich mache. Und nicht, dass ich Patrik dabei zusehe, wie er seinen Arsch aus der Redaktion bewegt.«

Fatima schüttelte den Kopf.

»Musst du die Wohnung denn wirklich vermieten?«

»Wir haben einen Vertrag unterschrieben. Die Kündigungsfrist beträgt drei Monate, wenn ich jetzt schriftlich kündige, kann ich in frühestens drei Monaten wieder hier rein. Aber um das Mädel auf die Straße zu setzen, muss ich sie erst mal einziehen lassen. Glaub mir, wenn ich das Ganze rückgängig machen könnte, hätte ich es längst getan.« Sophia rieb sich mit den Händen übers Gesicht. »Fatima. Verdammt noch mal, jetzt spuck's schon aus!«, rief sie.

»Ich habe nichts zu sagen.«

»Warum habe ich die Stelle nicht bekommen?«

»Ach, du bist halt ... die ganze Zeit so auf Angriff gepolt.«

Sophia starrte Fatima an. Die Wände um sie herum schienen ins Wanken zu geraten. Sie ballte die Hände zur Faust und legte das gelassenste Lächeln auf, das sie hervorbringen konnte.

»Wer sagt das?«

»Alle sagen das!«, rief Fatima mit einer ausladenden Geste. »So ist das einfach. Du rufst um fünf Uhr morgens oder mitten in der Nacht bei mir an und willst Schlagzeilen besprechen. Immer willst du die Beste sein, legst dich mit allen in der Redaktion an und bist echt verdammt penetrant. Kapierst du? Die wollen, dass du erst mal ein bisschen runterkommst.« Sie schwieg einen Moment und zuckte mit der Schulter. »Etwas lockerer wirst. Du würdest glatt in ein brennendes Haus rennen, nur um das erste Interview zu kriegen.«

Sophia sagte nichts. Starrte Fatima nur an. Schließlich schluckte sie und holte tief Luft.

»Aber sind das nicht alles gute Eigenschaften?«

Fatima fuhr sich mit der Hand durchs Haar und schloss erschöpft die Augen.

»Nein, Sophia. Leider nicht.«

Sie versuchte, einen kühlen Kopf zu bewahren. Spürte den unmittelbaren Impuls, sich zu verteidigen, fast so, als hätte sich das Kellerabteil in einen Gerichtssaal verwandelt, in dem sie, Sophia Lindgren, auf der Anklagebank saß und dem Rest der Welt ihre Unschuld beweisen musste. Doch dann sank sie nur resigniert in sich zusammen, setzte sich auf den Boden und lehnte die Stirn gegen eine Plastikkiste.

»Ja …«, sagte sie mit einem tiefen Seufzer, der ihre Brust erbeben ließ. »So ist das wohl. Wahrscheinlich hast du recht.«

Fatima setzte sich neben Sophia und legte den Arm um sie.

»Sorry. Ich wollte nicht …«, begann Fatima vorsichtig, ehe ihr die Stimme versagte. Sophia hörte ein leises Schniefen.

»Oder doch, einen Teil davon habe ich schon so gemeint«, fuhr sie fort und wischte sich eine Träne weg. »Aber hör mal, soll ich Nicke nicht fragen, ob du eine Weile bei uns unterkommen kannst? Das ist sicher kein Problem.«

Sophia sah sich in dem vollgestopften Kellerabteil um und spürte einen Anflug von Schwindel, als ihr das Ausmaß dessen klar wurde, was nun auf sie zukam.

»Ja. Das wäre vielleicht nicht schlecht, zumindest eine Weile, bis alles etwas übersichtlicher ist«, antwortete sie und versuchte, sich nicht anmerken zu lassen, wie verunsichert sie war.

Nachdem sie noch ein paar Kartons aus der Wohnung in den Keller geschafft hatten, gingen sie in den Lilla Blecktornspark, um sich ein spätes Mittagessen zu gönnen. Eine Weile saßen sie sich an ihrem Fensterplatz schweigend gegenüber und starrten auf ihre Handys. Fatima wippte nervös mit dem Fuß.

»Was ist los? Wieso bist du so hibbelig?«

»Scheiße.«

»Was denn? Was ist? Habe ich schon wieder was verbrochen?«

»Es geht um Patrik.«

»Patrik?«

»Ja, du weißt schon.«

»Nein?«

Sophia starrte Fatima an, deren Kieferpartie nun ziemlich angespannt aussah. Als die Freundin den Blick abwandte und aus dem Fenster schaute, dämmerte Sophia plötzlich, worum es ging, und sie musste schlucken.

»Na klar ... Er will dich als Videoredakteurin mit nach Kairo nehmen.«

Ihr kamen die Tränen, aber um nichts in der Welt wollte sie Fatima zeigen, wie verletzt sie war.

»Geh mit«, sagte sie nur. »Du musst natürlich hin, das ist die Chance deines Lebens. Was sagt denn Nicke dazu?«

Fatima zuckte mit den Schultern. »Ich soll machen, worauf ich Lust habe und so. Du weißt doch, wie Nicke ist.«

Sophia nickte. Fatimas Freund war ein liebevoller Typ, der seine Partnerin stets unterstützte. Davon hatte sie bei Viktor nur träumen können.

»Also hast du Ja gesagt?«

Fatima schüttelte den Kopf.

»Nein, noch nicht. Das fühlt sich so mies an. Eigentlich sollten doch wir beide zusammen nach Kairo. Patrik hat mich sonst immer behandelt, als wäre ich unter seiner Würde.«

Lange saßen sie schweigend da, bis schließlich das Essen kam.

Als sich der Freitagabend ein paar Stunden später wie ein dunkler Schatten über Stockholm legte, nahm Sophia widerwillig die Mappe aus der Anwaltskanzlei zur Hand und legte sich in dem ansonsten leeren Wohnzimmer aufs Sofa. Sie war erschöpft von den Strapazen des Tages. Vermutlich wäre es eine gute Idee gewesen, ein bisschen vor die Tür zu kommen, irgendwen auf ein Abendessen oder ein Glas Wein zu treffen. Da ihr aber niemand einfiel, mit dem sie gerade zusammen sein wollte, beschloss sie, einfach auf dem Sofa liegen zu bleiben.

Einerseits freute sie sich natürlich für Fatima, die jetzt ihren Traumjob in Aussicht hatte. Aber die Freude war nicht ungetrübt, und Sophia musste sich zwingen, ihrem Neid nicht zu viel Raum zu geben. Stattdessen widmete sie sich der Mappe und begann, sich alles noch einmal durchzulesen, etwas aufmerksamer als bisher.

Fatimas Worte vom Vormittag im Keller waren nicht so leicht zu verdauen. War sie so ehrgeizig, dass sie für ihre Ziele über Leichen ging? War das der Eindruck, den sie in der Redaktion hinterließ? Vermutlich schon. Und wahrscheinlich hatte Fatima auch recht damit, dass es leichtfertig von ihr war, die Bar einfach unbesehen zu verkaufen. Vielleicht sollte sie doch mal mit den Leuten vor Ort Kontakt aufnehmen und sie in ihre Pläne einweihen. Möglicherweise befand sich unter ihnen ein potenzieller Käufer. Das wäre geradezu perfekt.

Ehe sie es sich anders überlegen konnte, griff sie zum Handy und formulierte eine kurze, höfliche E-Mail an den

Mann namens Louis Carnet, von dem der Anwalt gesprochen hatte. Nur ein kleines Lebenszeichen, das sollte vorerst genügen.

In der Mappe aus der Kanzlei fand sie auch die Kontaktdaten dieses französischen Anwalts mit dem seltsamen Namen, Tristan Martin. Ihm schrieb sie ebenfalls.

Als der Abend langsam zur Nacht wurde und Sophia schon die Augen zufielen, gab ihr Handy plötzlich einen Signalton von sich. Mit klopfendem Herzen sah sie, dass Louis Carnet ihr geantwortet hatte. Sie wollte seine E-Mail lieber am Laptop lesen, also stand sie auf, stieg über die letzten Umzugskartons, die es noch nicht in den Keller geschafft hatten, und setzte sich an den Küchentisch.

Ma cherie Sophia,

zunächst einmal möchte ich mein aufrichtiges Beileid bekunden, die Nachricht von Emmys Fortgang habe ich mit schwerem Herzen entgegengenommen. Ihre Großmutter und auch ihre Schwester Britta waren zwei großartige Menschen. Die Bar befindet sich derzeit in meiner Obhut. Sie können sich gar nicht vorstellen, wie viel mir ihre Nachricht bedeutet. Britta hat mir von Ihrer Lebenskraft und Ihrem Elan berichtet. Mademoiselle, ich bin mir sicher, es war die richtige Entscheidung von Emmy, das Schicksal des Le Lulu in Ihre Hände zu legen. Ich freue mich schon darauf zu sehen, wie Sie sich der Bar annehmen.

In der Hoffnung, Sie alsbald auch persönlich kennenzulernen (wissen Sie vielleicht schon, wann Sie kommen?),
Ihr Freund
Louis

Wieder und wieder las Sophia die auf Französisch verfasste E-Mail. Es fühlte sich unwirklich an, ihre Oma und sich selbst in den Worten eines Fremden wiederzufinden.

Eine leise Neugier regte sich in ihr. Was hatte das alles zu bedeuten? Ob sie Fatimas Rat folgen und nach Paris fahren sollte? Der Tod ihrer Großmutter schmerzte sie immer noch sehr, und hier im grauen Stockholm die Tage einfach dahinziehen zu lassen, half nicht gerade bei der Trauerbewältigung.

Sophia stand auf und begann, ziellos durch die Wohnung zu streifen. Um ihr Herz hatte sich eine Art Vakuum gebildet. Wohin sie auch ging, schien das Universum »Oma« zu schreien, so laut, dass es tief in ihrer Seele widerhallte. Manchmal fühlte sie sich wie betäubt und abgeschnitten von der Wirklichkeit. Sie versuchte, die Trauer und den Schmerz irgendwie in den Griff zu bekommen, meistens aber war sie völlig neben der Spur. Mal war da plötzlich der Duft von Omas Parfüm, den eine ältere Dame hinter sich herzog, wenn sie im Supermarkt an der Kasse wartete. Mal war da eine Taube, die einfach nicht Platz machen wollte, auch wenn Sophia direkt auf sie zusteuerte, sodass sie fast das Gefühl hatte, Oma Emmy wäre als Vogel wiedergeboren.

Sie kehrte zum Küchentisch zurück und setzte sich vor den Rechner. Im Prinzip hinderte sie im Moment nichts daran, ein paar Wochen in Paris zu verbringen. Die Beerdigung war überstanden, und auf der Arbeit vermisste sie niemand.

Ja, ein Tapetenwechsel ist genau das Richtige, um auf andere Gedanken zu kommen, dachte sie.

Ehe sie es sich noch einmal anders überlegen konnte, buchte sie einen Flug nach Paris. Der Flieger ging schon am Sonntag, das war in zwei Tagen.

Ihr Herz machte einen kleinen Hüpfer, als sie die E-Mail von Louis noch ein weiteres Mal öffnete. Einen Moment saß sie regungslos da und starrte auf den Bildschirm, dann sah sie, wie ihre Finger über die Tastatur flogen und in Windeseile eine Antwort tippten.

14

»Na dann viel Glück. Grüß den Eiffelturm von mir, pass auf dich auf und was man sonst so zum Abschied sagt.«

Sophia nahm Fatima in den Arm und gab ihr die Schlüssel.

»Aufpassen? Wir sprechen hier von Paris. Dem Spielplatz für Erwachsene. Aber danke trotzdem, und der Medizinstudentin kannst du ausrichten, sie soll bloß vorsichtig mit meiner Wohnung umgehen. Und was man sonst so zum Abschied sagt.«

Fatima lächelte.

»Du bist aber streng.« Dann wurde sie ernst und stieß ein tiefes Seufzen aus. »Musst du denn gleich zwei Wochen lang wegbleiben?«

Sophia zuckte mit der Schulter.

»Ich habe doch sonst nichts zu tun, da kann ich auch eine Weile abtauchen. Das wird perfekt. Hier habe ich sowieso gerade kein Dach überm Kopf.«

»Dann schick aber wenigstens ein paar Fotos von diesem Karaoke-Schuppen, wenn du angekommen bist.«

Sophia zögerte einen Augenblick. Sie hätte gern gefragt, ob Fatima Patriks Jobangebot angenommen hatte, wusste aber nicht, ob sie die Antwort im Moment verkraften könnte – zumindest, wenn sie Ja lautete, was wahrscheinlich der Fall war. Ohne ein weiteres Wort stieg sie ins Taxi und winkte aus dem geöffneten Fenster, während das Auto davonbrauste.

Im ersten Moment verspürte sie eine unerwartete Freude und Leichtigkeit. Sie lehnte sich aus dem Fenster und genoss den Fahrtwind im Gesicht, genoss es, Stockholm hinter sich verschwinden zu sehen. Ob das der Anfang von etwas Großem und Fantastischem war? Doch dann zügelte sie ihre Euphorie. So eine ungehemmte Vorfreude war nicht unproblematisch, denn wenn es anders als erwartet kam, war die Enttäuschung umso größer. Das war ein altbekanntes Phänomen, das ihr schon oft zum Verhängnis geworden war. Aber sie hatte sich immer eingeredet, dass es ja auch schön sei, sich über etwas zu freuen, selbst wenn es nie wahr wurde. Außerdem konnte es durchaus sein, dass man sich zweimal freuen durfte. Diese Idee gefiel ihr. Wäre da nur nicht der tiefe Fall, wenn die doppelte Freude ausblieb.

Mit finsterer Miene betätigte sie den Fensterknopf und ließ die Scheibe wieder hoch. Als sie ihr Spiegelbild sah, runzelte sie missvergnügt die Stirn. Das lange blonde Haar hatte seinen Glanz verloren, und die dunklen Ringe um die Augen machten sie blasser als sonst.

Als sie dem Taxifahrer ihren Koffer abnahm und damit auf den Eingang des Flughafens Arlanda zurollte, hatte sie das Gefühl, einen halben Zentner hinter sich herzuschleppen. Sie duckte sich unter dem kräftigen Wind und musste blinzeln, um von den launenhaften Böen nichts in die Augen geweht zu bekommen. Der Eingangsbereich türmte sich vor ihr auf wie eine riesige silbern glänzende Schlange. Sie hatte hämmernde Kopfschmerzen, und nun meldete sich auch die Angst wieder. Vielleicht hätte es doch nicht geschadet, mal zum Psychologen zu gehen, wie man ihr in der Redaktion geraten hatte.

Kaffee.

Eine Tasse Kaffee würde Ruhe ins Gefühlschaos bringen.

Das war nur ein kleiner Trip nach Paris. Nichts weiter. Lang genug, um die Leute in der Bar kennenzulernen und sich mit dem Anwalt zu treffen. Sie würde mit Louis Carnet über Oma und Britta reden und vielleicht ein paar interessante Details über die Zeit der beiden in Paris erfahren. Anschließend konnte sie guten Gewissens wieder nach Hause fahren, ohne sich rücksichtlos vorkommen zu müssen oder irgendwen übergangen zu haben. Bis sie zurück in ihre Wohnung konnte, würde sie bei Fatima und Nicke wohnen, und auf der Arbeit würde sie sich regelmäßig blicken lassen, um die anderen daran zu erinnern, dass sie nicht unterzukriegen war. Dass sie nach wie vor zu den Besten gehörte. Und ihr rein gar nichts fehlte.

Die Schlange an der Sicherheitskontrolle rückte nur langsam vor. Aus den Lautsprechern ertönten Durchsagen zu Abflügen und Ankünften, als handelte es sich um Lottozahlen. Sophia nahm ihr Handy hervor und sah, nicht weiter überrascht, dass eine Reihe neuer Nachrichten und verpasster Anrufe von Viktor eingegangen war. Die Antwort des französischen Anwalts, dem sie Freitagabend noch geschrieben hatte, überraschte sie da schon mehr. In einer langen, förmlichen E-Mail informierte er sie umfassend über das gängige Prozedere bei Unternehmensveräußerungen.

> *Wir haben Erfahrung mit solcherlei Geschäften und tragen gern mit unserer Expertise dazu bei, Ihre Wünsche in der vorliegenden Angelegenheit auf bestmögliche Weise zu erfüllen, Mademoiselle Lindgren. Unser Büro befindet sich im Tour Montparnasse, nicht weit vom Standort Ihres Unternehmens.*

Das verschwurbelte bürokratische Französisch ließ Sophia aufstöhnen, aber nichtsdestotrotz handelte es sich um gute Neuigkeiten. Damit war sie einen Schritt weiter, was den Verkauf der Bar anging. Ohne sich erst durch den ganzen

Text zu kämpfen, formulierte sie schnell eine Antwort und bat um den nächstmöglichen Termin.

Dann ging es durch die Sicherheitskontrolle. Als sie gerade Smartphone, Schlüssel und andere Gegenstände in die wohlbekannte Kunststoffschale legte, begann ihr Telefon zu vibrieren, und Viktors Bild erschien auf dem Display. Schon wieder.

»Wenn Sie sich da an die Seite stellen, können Sie den Anruf gern entgegennehmen«, sagte eine Mitarbeiterin des Kontrollpersonals und deutete neben das Rollband.

»Danke, nicht nötig. Das ist niemand, mit dem ich jetzt reden will«, entgegnete Sophia mit einem steifen Lächeln. Entschieden wies sie den Anruf ab.

»Da nervt wohl jemand?«, fragte die Mitarbeiterin.

Diese persönliche Bemerkung überraschte Sophia. Normalerweise kamen ihr die Mitarbeiter an der Sicherheitskontrolle wie programmierte Roboter vor.

»Ja, und wie«, antwortete sie zögernd.

»Gut gemacht. Auf solche Typen kann man echt verzichten«, flüsterte ihr die Frau zu, ehe sie sich im gewohnten Diensttonfall dem nächsten Fluggast zuwandte. »Der Nächste, bitte. Haben Sie ein Handy, Tablet oder andere elektronische Geräte dabei?«

Verdattert ließ Sophia den Rest der Sicherheitskontrolle über sich ergehen. Stand ihr etwa auf der Stirn geschrieben, dass es in ihrem Leben gerade drunter und drüber ging?

Als das Flugzeug beschleunigte und mit einem Ruck vom Boden abhob, schloss Sophia die Augen. Sie legte die Hände auf die kühlen Armlehnen und hielt sich krampfhaft daran fest.

Zwei Abende zuvor, als sie gerade den Flug gebucht hatte, war sie in einem schwachen Moment auf eine von Viktors unzähligen SMS eingegangen und hatte ihm in groben Zügen von ihren Frankreichplänen erzählt. Das hatte er als Einladung ihrerseits verstanden und wollte daraufhin ganz genau wissen, wohin sie fuhr, was sie dort vorhatte, mit wem sie sich traf, wie lange sie weg wäre und noch tausend andere Dinge. Ihr Handy hatte nicht mehr stillgestanden, bis sie den Flugmodus eingeschaltet hatte und Stockholm unter ihren Füßen verschwinden ließ.

Nach einer Weile öffnete sie die Augen wieder und löste den Griff um die Armlehnen. Beugte und streckte die verkrampften Finger ein paarmal, um sie zu entspannen. Man konnte meinen, sie hätte Flugangst, dabei wusste sie nur einfach nicht, wohin mit all ihren Gefühlen. Wenn sie sich irgendwo festklammerte, konnte sie die aufkommende Angst ganz gut bewältigen. Sie schaute auf die Landschaft unter sich und genoss die Schönheit dieses Anblicks. Die Buchten, die Inseln und die schwarzen Straßen, die sich wie Lakritzschnüre hin und her schlängelten, all das fügte sich zu einem wahren Gemälde zusammen. Sie spürte, wie sehr ihr das Reisen gefehlt hatte. Es gehörte einfach zu ihr, dieses Gefühl, sich fortzubewegen, unterwegs zu sein. Und das Gefühl, etwas hinter sich zu lassen.

15

Als das Taxi, das sie sich am Flughafen genommen hatte, über den Boulevard Raspail fuhr und schließlich in eine schmale, etwas kleinere Straße bog, ging es bereits auf neunzehn Uhr zu.

Sophia ließ das Fenster herunter und sog den Duft der Stadt ein. Großstädte beruhigten sie zutiefst, da war Paris keine Ausnahme, wie sie ehrlicherweise zugeben musste. Andere Leute gingen in den Wald, um Energie zu tanken, Sophia hingegen fand Kraft in der Stadt. Kramfors liebte sie trotzdem, was sicher nicht an der Stille und der Nähe zur Natur lag, sondern eher mit ihren Wurzeln zu tun hatte. Beim Gedanken an ihren Heimatort war sofort auch die Sehnsucht nach Oma Emmy wieder da und schnitt ihr mit unaussprechlicher Wucht ins Herz. Sie kniff die Augen zusammen und dachte noch einmal an das letzte Telefonat mit ihrer Großmutter. Ihr Kichern war Sophia noch so deutlich im Ohr, dass es fast ein bisschen unheimlich war.

»Selbst die schlechtesten Dinge haben etwas Gutes. Glaub mir, mein Schätzchen. Es geht immer irgendwie weiter.«

Es geht immer irgendwie weiter. Tut es das? Früher vielleicht, als du noch hier warst. Aber jetzt bist du weg, dachte sie.

Sie schaute hinaus und versuchte, das Schild der Bar irgendwo zu entdecken. Ein leiser Nieselregen fiel vom Himmel. Dann sah sie es plötzlich.

Le Lulu.

Sie bezahlte das Taxi, nahm ihr Gepäck und spannte ihren schwarzen Regenschirm auf. Doch irgendetwas hinderte sie daran, die Straße zu überqueren und das Lokal zu betreten. Sie war noch nicht bereit. Eine Weile stand sie da, den Schirm in der Hand und den Blick auf die heruntergekommene Bar gerichtet, und fragte sich, was um alles in der Welt sie eigentlich hier tat. Wieso war sie hier? *Du hast nun mal gerade nichts Besseres zu tun*, rief sie sich in Erinnerung. Vielleicht war sie nur sentimental, aber in diesen Minuten, bevor sie hinüberging und sich den Leuten im Lokal zu erkennen gab, war ihr plötzlich, als spürte sie Oma Emmys und Brittas Gegenwart. Die beiden hatten nie wegen irgendetwas gezögert, sie hatten sich kopfüber ins Leben gestürzt. Trotz aller Konventionen, wie Frauen zur damaligen Zeit zu sein hatten, waren sie ihren Träumen gefolgt, hatten sich in Paris auf Abenteuersuche begeben und ihr Leben mit Neuem bereichert.

Um nicht nass zu werden, machte Sophia sich so schmal es nur ging unter ihrem Schirm. Das rhythmische Trommeln des Regens auf dem Stoff erzeugte eine trügerische Ruhe. Sie spähte zur Bar hinüber.

Vermutlich konnte sie nicht einfach mit einem »Bonjour, hier bin ich, morgen wird verkauft, sollen wir noch ein Glas Wein zusammen trinken?« durch die alte Tür dort spazieren.

Irgendetwas sagte ihr, dass sie nicht so leicht davonkam.

Da drinnen wartete etwas.

Kopfschüttelnd ließ sie den Schirm einmal über sich kreisen. Ein paar Stunden in Paris genügten offenbar schon, um sie zum wandelnden Klischee zu machen, das in lauter Floskeln dachte. Sie musste wirklich zusehen, dass sie zurück in ihren Job kam, die viele Zeit zum Nachdenken bekam ihr anscheinend nicht. Sobald der Verkauf abgewickelt war, würde sie einen Rückflug buchen und ihren Urlaub vorzeitig beenden, sonst würde sie noch den Verstand verlieren – oder ein Coffee Table Book voller Selbsthilfezitate schreiben, was im Grunde ja nichts anderes war.

Die Bar wirkte klein. Vielleicht trog das und sie war größer, wenn man erst einmal drinnen stand. Die Fassade war jedenfalls noch vernachlässigter als in Sophias Vorstellung, auch wenn sie wirklich versucht hatte, sich keine Illusionen zu machen. Die Fenster hatten dunkelgrüne Sprossen, von denen die Farbe abblätterte. Die Tür war im selben Grün gestrichen, und auf die Glasscheibe hatte jemand etwas in Weiß geschrieben. Auf Abstand konnte Sophia es nicht lesen, doch sie vermutete, dass es sich um die Tageskarte handelte.

Alles in allem wirkte das Lokal, das nun also ihr gehörte, nicht besonders gepflegt. Es war definitiv kein Ort, den sie aufgesucht hätte, wäre sie nur zufällig daran vorbeigekommen. Aber sie konnte sich vorstellen, dass es schon bessere Zeiten gesehen hatte. Das Potenzial war da. Ein maroder Blumenkasten mit undefinierbarem Inhalt, vermutlich ein ehemals lebendes Gewächs, zeugte davon, dass sich hier irgendwann einmal jemand um alles gekümmert hatte. In dem großen Fenster dahinter hingen kleine schmutzige Spitzengardinen. Plötzlich wurden sie auseinandergezogen, und ein Gesicht schaute hinaus. Sophia wandte schnell den Blick ab, griff reflexartig nach ihrem Handy und tat so, als wäre sie beschäftigt, nur für den Fall, dass die Person zu ihr herübersah.

Sie atmete einmal tief durch und klappte den Regenschirm zusammen. Dann nahm sie ihren Rollkoffer und die Schultertasche und ging mit zögernden Schritten auf die Bar zu. Im Außenbereich standen typische grüne Stühle an dazu passenden kleinen Tischen. Die rot-weiß gestreifte

Markise war zum Schutz vor dem Regen ausgefahren, doch ein paar Tropfen hatten es trotzdem in die überfüllten Aschenbecher geschafft, die hier und da herumstanden. Stirnrunzelnd legte Sophia die Hand auf die Türklinke und dachte noch bei sich, dass hier wohl nicht gerade das emsigste Personal von Paris arbeitete.

Dann schob sie langsam die Tür auf und betrat widerstrebend das Lokal.

16

Hinterm Tresen stand ein Mann um die achtzig, doch trotz seines offensichtlichen Alters hatte er auch etwas Jugendliches, fand Sophia. Das lange graue Haar war zu einem tiefen Pferdeschwanz zusammengebunden, und seine wohlgeformten Hände bewegten sich schnell mit einem Lappen über die Theke. Über seinem ordentlich gebügelten hellblauen Hemd trug er eine dunkelgrüne Schürze.

»*Bonjour Mademoiselle*«, sagte er und warf einen Blick auf ihr Gepäck. »Ein Paar helfende Hände und etwas Champagner gefällig?«

Er legte den Lappen weg und trank einen Schluck aus einem Glas Rotwein, das hinter dem Tresen stand.

»*Bonjour*«, erwiderte Sophia und bemühte sich, das Französisch in ihrem Kopf wach zu kitzeln. Im Lokal war es warm, und in der Luft lag der Geruch von getoastetem Sandwich.

»Ich suche Louis Carnet. Wir hatten gemailt. Mein Name ist Sophia, ich habe die Bar von Emmy geerbt.« Am besten fiel sie gleich mit der Tür ins Haus.

Sie stellte ihr Gepäck und den nassen Regenschirm auf dem dunklen, fleckigen Holzboden ab und schaute sich um. Auf ein heruntergekommenes Interieur war sie schon gefasst gewesen, aber etwas mehr Charme hätte sie vielleicht trotzdem erwartet. Die Einrichtung hier wirkte regelrecht verlottert.

Der Mann hielt mitten in der Bewegung inne und sah sie einen Moment schweigend an, ehe er mit ausgebreiteten Armen hinter dem Tresen hervorkam. Sie begrüßten sich höflich mit Wangenküssen, dann ergriff er ihre Hände. Eine Mischung aus schwerem Herrenparfüm und Zigarettenrauch schlug ihr entgegen. Kein unangenehmer Duft, wie sie fand.

»Meine Liebe. Ich bin Louis. Wie schön, Sie zu sehen. Setzen Sie sich, ich kümmere mich um Ihre Sachen. Und dann sagen Sie mir, was Sie trinken möchten. Klingt Champagner gut?«

Louis Carnet war schon so alt? Sie brauchte einen Moment, um ihre Gedanken zu sortieren.

»Ach so, ich dachte … beziehungsweise … okay, schön Sie kennenzulernen.«

Sie versuchte, ihre Überraschung zu verbergen, was ihr offenbar nicht besonders gut gelang. Louis brach in schallendes Gelächter aus.

»Hatten Sie jemand anderes erwartet?«

Sie lächelte ihn an. »Ich wusste ehrlich gesagt nicht, was ich zu erwarten hatte. Sie kannten also meine Großmutter? Und Britta?«

»Ja. Emmy und Britta haben mir alles übers Leben und die wahre Liebe beigebracht.« Er lachte erneut und sah sie schelmisch an. »Aber eins nach dem anderen, meine Liebe. Eins nach dem anderen.«

Sie nickte. »In Ordnung. Könnte ich vielleicht kurz die Toilette benutzen?«

»Natürlich, ist ja immerhin Ihre Toilette, wenn ich das richtig sehe.« Damit deutete er auf ein WC-Schild hinten links im Lokal. War da ein säuerlicher oder missgünstiger Unterton in seiner Stimme? Sie konnte es nicht mit Sicherheit sagen.

»Darf ich übrigens du sagen? Es kommt mir so vor, als würden wir uns längst kennen.«

Auf dem Weg in den hinteren Teil der Bar fiel ihr auf,

dass die Wände dort in einem grellen Gelbton gestrichen waren, der nicht so recht zum Alter des Gebäudes passen wollte. Vermutlich stammte die Farbe aus den Achtzigern, seitdem war offenbar nichts mehr gemacht worden. Ein Stück weiter rechts stand eine Tür halb offen. Sophia schaute hinein und sah eine kleine Restaurantküche. An einer Wand stand ein zerschlissenes geblümtes Sofa. Kupfertöpfe hingen über einer Arbeitsplatte, neben der sich ein großer alter Herd befand.

Ob Oma Emmy während ihrer Zeit in Paris hier gestanden und Essen zubereitet hatte? Sophia wandte sich ab und ging weiter zur Gästetoilette. Der kleine Raum fügte sich nahtlos in das Erscheinungsbild des übrigen Lokals ein. Auch er war ziemlich heruntergekommen und nicht besonders sauber. Beim Betätigen des Seifenspenders musste sie feststellen, dass dieser leer war. Sie fluchte leise in sich hinein und wusch sich die Hände nur mit Wasser. Dann suchte sie vergeblich nach einem Papierhandtuch und stieß erneut einen Fluch aus. Zum Glück hatte sie immer etwas Desinfektionsmittel in der Handtasche, wenn sie auf Reisen war.

Aus dem Spiegel blickte ihr ein müdes Gesicht entgegen, was sie nicht sonderlich überraschte. Sie sammelte ihr zerzaustes Haar und band es zu einem unordentlichen Knoten mitten auf dem Kopf fest. Das Augen-Make-up war nicht mehr dort, wo es den Tag begonnen hatte, sondern hatte sich während der Reise in verschiedene Richtungen verteilt. Mit feuchten Fingerspitzen versuchte Sophia, die schlimmsten Ausreißer zu beseitigen, ehe sie zurück in die Bar ging.

Louis kam ihr mit einem Glas Champagner entgegen und deutete auf einen Tisch an der Wand und ein langes Sofa.

»*Oh, mon dieu.* Ich habe so viele Fragen. Aber als Erstes: Wo kommst du heute Abend unter?«

Er schenkte ihr ein herzliches Lächeln, seine Augen strahlten, doch seine Körpersprache verriet, dass er nervös war. Er wirkte etwas unbeholfen.

»Ich habe über Airbnb eine Wohnung gemietet, ein Stück die Straße hinunter. Ich hoffe, ich kann alles Wichtige regeln, bevor ich wieder zur Arbeit muss. Im Tour Montparnasse bin ich noch mit einem Tristan Soundso verabredet. Wie sein Büro heißt, ist mir gerade entfallen, aber er will mir behilflich sein.«

Sie sah sich um und setzte sich an den Tisch, auf den Louis gedeutet hatte. Er nickte, und sein Blick blieb ein kleines bisschen zu lange an ihr hängen.

»Das klingt gut«, sagte er und wandte sich schnell dem Weinglas zu, das er vom Tresen mitgebracht hatte. »Ich möchte dir keine Angst machen, aber wir stehen finanziell nicht so gut da. Es gibt einige unbezahlte Rechnungen. Gut, dass du schon einen Termin bei der Bank hast.«

Er wirkte erleichtert. Offenbar dachte er, dass es bei dem Treffen im Tour Montparnasse darum gehe, die Zukunft der Bar zu sichern. Von einem Verkauf schien er nichts zu ahnen.

Ehe sie antworten konnte, fuhr er fort:

»Es wird sicher kein Problem, die Geschäftsführung aus der Ferne zu übernehmen, so hat es Britta ja auch all die Jahre gemacht. Sie hat Paris geliebt, und die Bar war ein wunderbarer Anlass für sie, regelmäßig herzukommen.«

Ich will überhaupt nicht regelmäßig herkommen, dachte Sophia. *Und für diesen …* – sie ließ den Blick noch einmal durchs Le Lulu schweifen – *… für diesen verranzten Laden zuständig sein will ich auch nicht.*

Doch stattdessen hörte sie sich sagen:

»Glaubst du? Danke, ich werde mir Mühe geben.« Sie trank einen großen Schluck von dem Champagner, den Louis ihr serviert hatte, brachte es jedoch nicht über sich, seinem Blick zu begegnen.

»Was arbeitest du denn in Stockholm? Hast du einen Mann? Kinder? Erzähl ein bisschen aus deinem Leben!«

»Puh, das sind ganz schön viele Fragen auf einmal.«

Sie versuchte, sich die Irritation über seine Neugier nicht anmerken zu lassen. Zwar hielt sie sich auch nicht gerade zurück, wenn ihr etwas unter den Nägeln brannte, aber selbst so gelöchert zu werden, war doch etwas anderes.

Er trommelte nervös mit den Fingern auf die Tischplatte.

»Können wir uns nicht nach draußen setzen und bei einer kleinen Gauloises weiterreden? Hast du eigentlich schon gegessen? Ach, wie finden wir nur Zeit für alles, meine liebe Sophia?«

»Machst du das immer?«

»Was meinst du?«

»Mehrere Fragen auf einmal stellen. Solche zusammengesetzten Fragen führen normalerweise dazu, dass man nur die letzte beantwortet bekommt. Wahrscheinlich erfährst du jetzt also nur, ob ich schon was gegessen habe, und verpasst die Gelegenheit, eine zu rauchen und dir Übersicht über meine Familiensituation zu verschaffen.«

»*Mon dieu.* Du redest genau so viel und so schnell wie Emmy immer. Ich mache dir erst mal einen Croque Monsieur, und dann setzen wir uns raus.«

17

Das Sandwich schmeckte wie Gummi. Der Schinken musste vakuumverpackt gewesen sein und stammte definitiv nicht von einem glücklichen Schwein. Und das Brot ... tja, das ließ nun wirklich sämtliche Wünsche offen. Der aufsteigende Zigarettenqualm hingegen war keineswegs unangenehm. Das einzig Störende daran, dass Louis rauchte, war der hartnäckige Reizhusten, der dadurch ausgelöst zu werden schien.

Sophia sah ihn fragend an, während er einen großen Schluck aus seinem Wasserglas trank.

»Nur eine Erkältung, die mir noch vom Winter in den Knochen sitzt. Nichts Ansteckendes«, sagte er als Antwort auf ihre stille Frage und stellte das Glas wieder auf den Tisch. »Aber jetzt erzähl mir doch bitte von deinem Leben in Stockholm.«

»Mein Leben in Stockholm?« Sophia ließ den Blick über die Straße schweifen. Gegenüber dem Le Lulu befand sich ein großes weißes Steinhaus mit zierlichen schwarzen Balkongeländern. Hier und da brannte Licht in den Fenstern, und von den längeren Balkonen baumelten Efeuranken wie Tränen, die sich zur Straße hin ergossen.

»Ich arbeite als Journalistin bei einem Fernsehsender«, begann sie zögernd, ohne genau zu wissen, wie sie ihr momentanes Leben am besten zusammenfassen sollte.

Äußerlich betrachtet lebte sie in guten, geordneten Verhältnissen. Sie hatte eine angesehene Position als festangestellte Reporterin beim größten Sender des Landes, auch wenn sie in der internen Hierarchie gerade ein paar Stufen abgestiegen war. Sie besaß eine hübsche, zentral gelegene Wohnung in einem wohlhabenden Viertel und war zudem erfolgreich aus einer Beziehung ausgebrochen, die ihr nicht mehr gutgetan hatte.

Um etwas Zeit zu schinden, trank sie einen Schluck Champagner.

Ihr Blick blieb an einem kleinen Laden im Erdgeschoss des gegenüberliegenden Gebäudes hängen, einem exklusiven Bekleidungsgeschäft für Kinder, wie es schien. Im Schaufenster lagen naturfarbene Babykleidung und kleine Kuscheltintenfische aus. Mit einem Mal kamen ihr die Träume in den Sinn, die sie mit Viktor geteilt hatte. Die Erinnerung daran war wie ein längst erloschenes Feuer, das jedoch wieder aufglühen konnte, wenn jemand unerwarteterweise hineinblies.

Mit einem etwas zu lauten Klirren stellte sie ihr Glas zurück auf den Tisch und schüttelte das unangenehme Gefühl ab, das in ihr aufgekommen war.

»Ich habe keine Kinder und bin seit ungefähr einem halben Jahr geschieden.«

Einer der Tintenfische im Schaufenster schien sie geradewegs anzustarren. Sie wandte den Blick ab und schaute stattdessen in Louis' neugierige Augen.

»Aha«, sagte er abwartend.

Ihm schien eine Frage zu ihrer Scheidung auf der Zunge zu liegen, also lenkte sie das Gespräch schnell zurück zum Thema Arbeit.

»Eigentlich sollte ich jetzt auf dem Weg nach Kairo sein, aber mein Traumjob wurde mir vor der Nase weggeschnappt. Von einem Typen, der keinen blassen Schimmer von den Konflikten vor Ort hat. Und der kein Wort Arabisch kann. Aber die Sache ist die, dass ich bei einer Livesendung komplett die Fassung verloren habe.«

Sie machte eine Pause und blickte über die Straße. Diese Ecke von Paris war hübsch, voller prächtiger Häuser mit großen Fenstern und verschnörkelten Hausnummern an den Türen. Schräg gegenüber dem Le Lulu, gleich neben dem Kinderladen, lag ein dreieckiger Platz, auf dem sich ein großer Baum dem dunklen Himmel über der Stadt entgegenreckte. Ein kleiner weißer Pudel blieb vor dem Baumstamm stehen und hob das Bein, ehe er, gefolgt von seinem Frauchen, mit grazilen Bewegungen weitertrippelte. Sophia konnte sich nicht vorstellen, dass die Bewohner dieses Viertels Stammgäste im Le Lulu waren.

Sie nahm ihren angefangenen Monolog wieder auf.

»Erst jetzt im Nachhinein weiß ich, wie dumm das eigentlich war. Aber es war ja nicht gerade geplant.« Sie zuckte mit der Schulter. »In dem Moment habe ich es einfach nicht besser hinbekommen. Und kurz darauf ist Oma gestorben.«

Louis nickte nachdenklich, nahm einen Zug von seiner Zigarette und blies den Rauch mit einer theatralischen Geste in den Nachthimmel. Eine Weile herrschte Schweigen.

»So viel zu meinem Leben in Stockholm«, sagte sie schließlich. »Jetzt werde ich erst einmal als ganz normale Reporterin in Stockholm arbeiten. Allerdings nicht, bevor ich meinen Zwangsurlaub absolviert habe. Ich musste alle restlichen Urlaubstage auf einmal nehmen und zusätzlich meine Überstunden abbauen, um … tja, um mich zu erholen. Eine Pause zu machen. Wurde mir vom Arbeitgeber ›empfohlen‹. In Wirklichkeit war es aber eher eine Anweisung«, erklärte sie und lehnte sich zurück.

Louis schwieg immer noch.

»Gibt es so was in Frankreich auch? Dass einem empfohlen wird, sich freizunehmen?«

Er lächelte nur zur Antwort und drückte seinen Zigarettenstummel im Aschenbecher aus. Sophia musste sich erneut darüber wundern, wie übervoll das kleine Gefäß war.

Meine Güte, jetzt leer das Ding doch mal aus.

»Und ob es das gibt. Das nennt man Fürsorge und ist nichts, was einfach so von der Hand gewiesen werden sollte. Das ist kein Spaß. Überarbeitung existiert tatsächlich. Wir brauchen alle mal eine Pause.«

Sie runzelte die Stirn und sah ihn skeptisch an.

»So jemand bin ich aber nicht.«

»Ach nein? Du bist also nicht ehrgeizig und immer auf Bestleistungen aus? Siehst das Leben nicht als Wettbewerb? Ich bitte um Verzeihung, so gut kennen wir uns noch nicht, aber mir scheint, als wärst du genau so jemand.«

Sophia schaute ihn verblüfft an und versuchte die Irritation über seine Distanzlosigkeit herunterzuschlucken. Gleichzeitig hätte sie am liebsten zu ihrer Verteidigung gesagt: *Mir blutet das Herz, weil Oma nicht mehr da ist, und Viktors Zudringlichkeiten treiben mich noch in den Wahnsinn.* Doch sie hatte schon viel mehr Persönliches erzählt, als ihr lieb war.

»Entschuldige, wenn ich dich langweile. Ich wollte nicht bitter klingen.«

Der Champagner und die allmählich einsetzende Entspannung nach der Reise machten sie sanftmütig.

Louis schüttelte den Kopf. »Du langweilst mich nicht. Im Gegenteil. Ich kenne diese Welt nur zu gut. Irgendwann vor langer, langer Zeit habe ich als Fotograf für Le Monde gearbeitet. Damals wollte ich auch Karriere machen, immer der Beste und Erste sein. Auf Platz zwei zu landen, war mein Albtraum.« Er lachte. »Ich wollte auch um die Welt reisen, Fotos machen, die kein anderer machte. Preise abstauben. Meine Bilder in einer Galerie ausstellen. Aber daraus wurde nichts. Ich habe es übertrieben und mich am

Ende nur noch fremdgesteuert und eingesperrt gefühlt, das ewige Konkurrieren stand mir bis hier.«

»In einer Galerie? Was ist denn aus den Bildern geworden? Hast du sie noch irgendwo? Wurden sie wirklich nie ausgestellt?«

»Jetzt machst du genau dasselbe.«

»Was denn?«

»Mehrere Fragen auf einmal stellen. So wirst du nie erfahren, was aus den Bildern geworden ist.«

Sie musste lachen.

»Stimmt.«

»Sie stehen alle eingerahmt bei mir auf dem Dachboden und stauben ein. Und ja, ich weiß schon, was du jetzt denkst.« Er hob seine buschigen Augenbrauen und deutete mit dem Finger auf Sophia. »Dass ich sie gefälligst rausholen und in der Bar aufhängen soll. Aber daran habe ich keinerlei Interesse. Besten Dank.«

Er zwinkerte ihr schelmisch zu, und der graue Pferdeschwanz in seinem Nacken wackelte munter, als er lachend den Kopf schüttelte. Diesen Mann durfte sie nicht unterschätzen, dachte Sophia.

18

Der Eingangsbereich des Hauses sah alt und stattlich aus, doch als Sophia in den Innenhof kam, änderte sich dieser Eindruck. Dem Übersichtsschild zufolge befand sich die Wohnung in einem modernen Flügel auf der rechten Seite mit langen Balkonen.

Sie schleppte sich und ihr Gepäck mindestens fünf Treppenabsätze an der Außenseite des Gebäudes hinauf. Die Fotos auf Airbnb hatten zwar toll ausgesehen, aber nach der Bauchlandung mit der heruntergekommenen Bar rechnete sie nun fast schon mit der nächsten großen Enttäuschung.

Sie war zum Umfallen müde. Allein das Aufschließen der Wohnungstür erschien ihr wie ein unüberwindbarer Kraftakt. Wie gut, dass dieser Tag endlich vorbei war. Das Gefühl in ihrem Körper erinnerte sie an einen kalten Tag aus ihrer Schulzeit, an dem sie stundenlang bei strömendem Regen auf dem Sportplatz zubringen mussten. Auf dem Heimweg waren ihre Beine schwer wie Blei gewesen, und als sie zu Hause in die Küche kam, war sie regelrecht zusammengebrochen. Ihr Vater, der gerade am Herd stand und Pfannkuchen buk, hatte sich zu ihr umgedreht und sie trotz ihrer zwölf Jahre vom Boden aufgehoben. Mit einem Kuss auf die Stirn hatte er sie auf die Arbeitsplatte gesetzt, wo sie heiße Schokolade und Pfannkuchen direkt aus der Pfanne bekommen hatte.

Das Türschloss war widerspenstig, doch schließlich schnappte es auf. Mit großer Anstrengung bugsierte Sophia ihr Gepäck über die Schwelle und blieb einen Moment mit geschlossenen Augen stehen.

Versuchte, zuerst nur den Geruch der Wohnung wahrzunehmen.

Was sie hier wohl erwartete?

Abgestandener Zigarettenqualm vielleicht?

Oder nasser Hund?

Sie rechnete mit allem, nur nicht mit dem, was ihr nun in die Nase stieg: ein sanfter Lavendelduft. Sie schlug die Augen auf und blickte als Erstes in einen riesigen Goldspiegel, der im Flur an der Wand lehnte.

»Wow«, flüsterte sie und legte den Schlüssel auf dem Fenstersims neben der Tür ab.

Diese Wohnung zwei Wochen lang zu mieten überstieg eigentlich ihr Budget, doch mithilfe der Kaution für ihre eigene Wohnung in Stockholm war es dann doch irgendwie gegangen.

Das kleine Apartment hatte zwei Etagen. An der einen Wand gleich neben der Tür reihten sich zwei große Panoramafenster aneinander. Sie schaute hinaus und war sofort beeindruckt von der wunderschönen Aussicht über die Dächer von Paris und den Himmel darüber. Fast fühlte es sich so, als stünde sie unmittelbar unter den Sternen.

Links von ihr, gegenüber dem riesigen Goldspiegel, stand ein hellgraues Sofa, auf dem erdfarbene Kissen mit Quasten und Fransen hübsch neben einer kuschligen rosa Decke drapiert waren. Vor dem Sofa standen ein dunkler Couchtisch und darauf eine Duftkerze neben einem Stapel moderner Kunstbücher. Trotz der insgesamt eher spärlichen Einrichtung wirkte die Wohnung exklusiv und unkonventionell zugleich.

In Anbetracht des Preises, den sie für die Unterkunft zahlte, war sie dankbar, dass die Wohnung hielt, was sie versprach. Als sie den Blick hob, sah sie die große Schlafempore, die sich wie eine schwebende Wolke über ihr ausbreitete.

Sie ließ die Schuhe auf der Fußmatte stehen und stieg, die Hand am Geländer, die schmale, steile Treppe hinauf. Bereits auf den Stufen spürte sie den hellen, weichen Teppich unter den Füßen, der sich über die gesamte Empore erstreckte.

Von hier oben hatte man einen fantastischen Ausblick durch die großen Panoramafenster der Wohnung. Mit einem lauten Seufzer ließ sie sich auf die Tagesdecke fallen, schloss die Augen und spürte die Müdigkeit bis in die Fingerspitzen.

Sie war bereits auf halbem Weg ins Traumland, als sie mit letzter Kraft noch einmal das Handy hervorholte und einen Blick ins E-Mail-Postfach warf. Zu ihrer Überraschung hatte der Anwalt mit den beiden Vornamen schon geantwortet. Gleich am nächsten Nachmittag um drei Uhr konnte sie vorbeikommen. Schnell gab sie eine kurze Antwort ein, um den Termin zu bestätigen, und legte das Handy dann zur Seite.

Als sie kurz darauf endlich unter die weiche Bettdecke kroch, sog sie noch einmal den Lavendelduft ein und fiel sogleich in einen tiefen Schlaf.

19

»Merci. Der Nächste, bitte. Sie wünschen?«

Der Baguette-Verkäufer an der Ecke Rue Huyghens auf dem Boulevard Quinet trug weiße Handschuhe und eine gestreifte Schürze. Routiniert und mit fester Stimme fertigte er einen Kunden nach dem nächsten ab. Die Schlange rückte schnell vor, und bei jedem Baguette, das er über die Theke reichte, hatte er ein fröhliches Lächeln auf den Lippen.

Sophia reckte den Kopf, um zu sehen, was er im Angebot hatte. Neben den Baguettes lagen kleine Gebäckstücke aus. Sie hatte eine Schwäche für alles Süße, vor allem Backwerk. Während ihr Blick über *Pains au Chocolat*, *Chaussons aux Pommes* und kleine *Eclairs* wanderte, spürte sie, wie ihr der Magen knurrte.

Ihr Montagmorgen hatte damit begonnen, dass ein sanftes Sonnenlicht durch die Rollos in die Wohnung gefallen war und sie langsam geweckt hatte. Beim Aufstehen hatte sie es genossen, den exklusiven, weichen Teppichboden unter den nackten Füßen zu spüren.

Als sie übers Geländer blickte, hatte es ihr erneut den Atem verschlagen, wie schön die Wohnung war. Der Goldspiegel lehnte an der Wand wie eine Primadonna und sah, wenn möglich, sogar noch größer aus als am Abend zuvor. Dann hatte sie die Rollos hochgezogen und war sprachlos gewesen.

Es war unmöglich, ganz und gar unmöglich, sich nicht in diese Stadt zu verlieben, die sich wie ein Gemälde vor den Panoramafenstern ausbreitete. Eine Weile hatte Sophia einfach nur dagestanden und den Anblick auf sich wirken lassen. Was sie sah, war nicht ausschließlich schön, es hatte auch schmutzige Ränder und war ein bisschen schief und krumm. Da waren zwar viele schöne Häuser, die sich mit ihren Schornsteinen, Erkern und schwarzen Geländern hervortaten wie Königinnen und Könige aus dem gemeinen Volk. Aber es gab auch weniger prachtvolle Gebäude.

Häuser, die verlassen wirkten.

Häuser, die weder neu noch alt zu sein schienen.

Häuser ohne jegliche Patina oder Charme.

Diese Mischung hatte etwas. Sie bildete eine Einheit. Sophia hatte die Stirn gegen die kühle Fensterschreibe gelehnt und an ihre Großmutter gedacht. »Wie gern ich dich jetzt anrufen würde«, hatte sie mit geschlossenen Augen gemurmelt. »Wie gern ich mit dir reden würde.«

Dieses wehmütige Gefühl und die Sehnsucht hatten sie den ganzen Morgen nicht losgelassen und saßen ihr auch vor dem Baguette-Stand noch in der Brust. Langsam rückte die Schlange weiter vor.

Trotz aller Melancholie hatte sie sich aber auch von dem Luxus um sie herum gefangen nehmen lassen. Selbst die Morgentoilette in dem kleinen Badezimmer hatte sich exklusiv angefühlt. Beim Zähneputzen war sie mit der Hand über den goldfarbenen Wasserhahn gefahren und hatte an Marie Antoinette denken müssen, die französische Königin, die auf der ganzen Welt zum Symbol für die privilegierte, im Überfluss lebende Oberklasse geworden war, auch wenn sie zugleich als unglücklich beschrieben wurde.

Sophia hatte ins Waschbecken gespuckt und sich das Gesicht mit dem weichen weißen Handtuch abgetrocknet, das fein säuberlich gefaltet auf einem Glasregal lag. Dann hatte sie ihr Spiegelbild betrachtet und war sich ein bisschen wie die französische Königin vorgekommen, die sich ganz ähnlich gefühlt haben musste wie sie selbst in diesem Moment.

»Der Nächste, bitte!«, rief der Baguette-Verkäufer noch einmal und winkte seine Kunden heran.

Als Sophia endlich an der Reihe war, wählte sie ein helles Käse-Schinken-Baguette und dazu ein *Pain au Chocolat* und ein *Eclair*, die beide mehr als köstlich aussahen. Dann setzte sie sich auf eine Bank nicht weit entfernt, nahm das Handy hervor und suchte die Adresse der Anwaltskanzlei heraus. Zwischendurch sah sie immer wieder von der Karte auf, um herauszufinden, in welche Richtung sie gehen musste.

Bis zu ihrem Termin war es immer noch eine halbe Stunde hin. *Fünfzehn Uhr ist für die Franzosen bestimmt die perfekte Zeit*, dachte sie, *da sind sie gerade mit ihrer ungefähr zweistündigen Mittagspause fertig.* Schmunzelnd musste sie sich eingestehen, dass sie ziemlich viele Vorurteile hatte, gegen die Franzosen im Allgemeinen, aber vor allem gegen die Pariser.

Den ersten Bissen Baguette ließ sie sich mit geschlossenen Augen auf der Zunge zergehen. Der weiche, gut gelagerte Käse und der salzige Schinken vereinten sich zu einer herrlichen Mischung, die ihre Geschmacksknospen umschmeichelte. Mit dem gummiartigen Sandwich, das ihr am Abend zuvor im Le Lulu serviert worden war, hatte das nichts gemein.

So muss ein belegtes Baguette schmecken, dachte sie und biss erneut herzhaft zu. Als es Zeit für ihr süßes Doppeldessert war, ertönte von irgendwoher liebliche Musik, und ihr kam der berühmte Satz von Marie Antoinette in den Sinn, den sie auf den Vorwurf erwidert haben soll, das französische Volk habe nicht einmal Brot zu essen.

»So sollen sie doch Kuchen essen.«

Die Anwaltskanzlei war hell und modern. Sophia wartete, bis sie von einer jungen Frau aufgerufen wurde. Französisch ausgesprochen war ihr Nachname Lindgren kaum wiederzuerkennen, doch das war nicht weiter schlimm. Jetzt würde sie bald erfahren, wann die Bar voraussichtlich verkauft werden und sie zurück nach Hause reisen konnte.

Sophia folgte der Empfangsdame durch den Korridor und sah einen wohlgekleideten, dunkelhäutigen Mann mit kurzem Bart auf sie zukommen. Er schien englische Sätze vor sich hinzumurmeln und hatte den Blick zu Boden gerichtet, sodass er beinahe mit ihnen zusammengestoßen wäre.

»Monsieur Martin?«, sprach die Empfangsdame ihn an.

Abrupt schaute er auf.

»Hier ist Mademoiselle Lindgren für Sie.«

Die junge Frau nickte kurz, dann zog sie sich zurück. Sophia streckte die Hand aus und stellte sich vor.

»Ah, Ihr Französisch ist ausgezeichnet«, sagte der Anwalt mit barscher Stimme und fuhr sich mit der Hand über das kurze Haar.

Er betrachtete sie von oben herab.

»Selbstverständlich«, antwortete sie und versuchte, einen möglichst seriösen Eindruck zu machen.

Sie spürte unmittelbar Erleichterung darüber, dass sie korrekt gekleidet war. Das neutrale schwarze Kleid mit dem knielangen Rock, das ihr bei so manchem Interview bereits gute Dienste erwiesen hatte, ließ sie auch hier eine gute Figur machen. Der dazugehörige Blazer war mit Sicherheit ebenfalls keine schlechte Wahl gewesen. Nur ihre Schuhe, ein Paar schwarze Converse Chucks, wollten nicht so recht in die schicke Anwaltskanzlei passen.

Ihr Gegenüber trug ein hellblaues Hemd, das perfekt zu seinem beigefarbenen Anzug passte. Die hellbraunen Lederschuhe glänzten wie zwei wandelnde Spiegel. Alles an ihm sah teuer aus. Sophia drückte den Rücken durch und spielte mit, sie war es gewohnt, sich wie ein Chamäleon an die verschiedensten Umgebungen anzupassen. Der Anwalt musterte sie streng von Kopf bis Fuß und versuchte erst gar nicht zu verbergen, was er von ihrer Schuhwahl hielt.

Er wies ihr den Weg in sein recht kleines Büro und folgte ihr mit einem diskreten Räuspern. Wie ein Museumsbesucher hielt er die Hände auf dem Rücken verschränkt. Er sah gut aus, das war nicht zu verkennen, aber nicht im klassischen Sinn wie ein Model aus einer Parfümreklame. Mit dem kurzen schwarzen Haar, das seine markanten Gesichtszüge deutlich hervortreten ließ, ähnelte er eher einer antiken Statue.

»Kann ich Ihnen einen Kaffee oder Tee anbieten, Mademoiselle?«

Er wich ein paar Schritte zurück, schien sich plötzlich bewusst zu werden, wie wenig Platz in seinem Büro war, als sie einander gegenüberstanden.

»Gern. Einen Kaffee, bitte«, antwortete sie und fühlte sich unwillkürlich in eine Fernsehserie aus dem viktorianischen Zeitalter versetzt.

Der Anwalt verschwand wieder auf dem Korridor, und sie vertrieb sich die Wartezeit mit einer aufmerksamen Begutachtung seines Büros.

Neutraler Schreibtisch, nichtssagende Kunst, Hochglanzsessel und grauer Teppichboden.

Zwei Dinge taten sich in dem unpersönlichen Raum hervor. Das eine war ein Motorradhelm, der an der Garderobe hing, das andere ein großer Stapel Mathematikbücher. Als sie am Schreibtisch vorbeiging, fiel ihr auf, dass der Computerbildschirm entsperrt war. Eine Auktionsseite mit alten Fahnen war geöffnet. Sie beugte sich hinunter und betrachtete die schöne Flagge, die sich darauf ausbreitete. »Flagge Andalusiens« hieß es in der dazugehörigen Beschreibung. Sie neigte den Kopf, um die Details des Wappens genauer zu besehen: zwei Löwen neben einem Mann, der unter einer Art Torbogen stand.

Löwen. Ein klassisches Machtsymbol, dachte sie.

»Hier ist Ihr Kaffee.«

Der Anwalt kam mit einer Tasse in den Raum und hielt sie ihr hin. Sophia fuhr zusammen. Sie wollte nicht wie eine Schnüfflerin erscheinen und wich sofort einen großen Schritt vom Computer zurück. Dabei stieß sie mit ihrem Gastgeber zusammen, sodass der Kaffee über den Tassenrand schwappte.

»Oh nein, entschuldigen Sie bitte!«, rief sie und sah den ordentlichen Mann erschrocken an.

Sein Gesicht bekam einen panischen Ausdruck.

»Was ist? Haben Sie sich verbrannt?«, fragte sie.

Jetzt, da sich seine Augen vor Entsetzen weiteten, fiel ihr auf, wie groß und braun sie waren.

»Nein«, schimpfte er. »Habe ich nicht. Aber … aber es ist alles voller Kaffee!«

Gut beobachtet. Wie versteinert stand er da, während sich große dunkle Flecken auf seinem hellblauen Hemd und dem teuren Anzug ausbreiteten. Sogar die glänzenden Schuhe hatten ein paar Tropfen abbekommen.

»Verdammt.«

Er stellte die Tasse neben den Mathematikbüchern auf dem Schreibtisch ab und versuchte, sich die Hände an der hellen Hose abzuwischen, was die Sache jedoch nur noch schlimmer machte.

»Was haben Sie überhaupt an meinem Computer zu suchen?«

Seine Stimme war grell. Misstrauisch sah er Sophia an, während er sich den Kaffee von den Fingern schüttelte, dass es nur so spritzte.

»Das war keine Absicht«, sagte sie und machte ein paar Schritte rückwärts, um selbst keine Kaffeespritzer abzubekommen. »Mich hat das Bild nur so angezogen. Was für eine schöne Flagge. Ich bitte um Verzeihung, ich bin Journalistin und verliere mich schnell in solchen Details. Das ist eine Berufskrankheit.«

Sie versuchte zu lächeln und zog etwas unbeholfen eine Packung Taschentücher aus der Handtasche. Vorsichtig machte sie sich daran, Monsieur Martins Hemd und Anzug abzutupfen, doch der wich ruckartig unter ihrer Berührung zurück.

»Danke, das reicht«, sagte er mit einer abwehrenden Geste und warf einen Blick auf seine Armbanduhr.

»Es tut mir leid, aber ich glaube, wir können heute nicht weitermachen. Ich habe heute Nachmittag einen wichtigen Termin, da kann ich nicht so aussehen.«

Mit erhobenen Händen blickte er an sich hinunter auf all die Flecken.

»Ich muss nach Hause und mich umziehen.«

Seine Stimme hatte die Tonlage geändert und klang nun wieder ganz sachlich.

»In Ordnung. Kann ich an einem anderen Tag wiederkommen?«

Er richtete sich auf und antwortete, ohne sie eines Blickes zu würdigen.

»Meine Assistentin kann Ihnen einen neuen Termin für Donnerstagnachmittag geben.«

Sophia nickte, bestätigte, dass sie Zeit habe, und unternahm einen letzten Versuch, die Stimmung ein wenig aufzuheitern, bevor sie den Raum verließ.

»Sie müssen entschuldigen. Der Verkauf der Bar und das alles steigt mir gerade etwas über den Kopf, da bin ich nicht ganz bei mir.«

Er ignorierte sie, fuhr schweigend den Computer herunter und nahm den Motorradhelm vom Kleiderhaken.

»Nächstes Mal trinken Sie Ihren Kaffee besser *vor* dem Termin«, murmelte er kurz angebunden.

Sophia warf die benutzten Taschentücher in den Papierkorb. Wütend und ohne ein weiteres Wort verließ sie das kleine Büro.

20

»Kein Rauch ohne Feuer. Ich glaube, an dem Gerücht ist was dran«, rief der Mann hinterm Tresen.

Er sah wie ein typischer Barkeeper aus. Sportliche Figur, weißes T-Shirt, dunkle, leuchtende Augen. Laut lachend jonglierte er zwei Milchtüten durch die Luft. Er hatte strahlend weiße Zähne und ein überaus einnehmendes Lächeln.

Neben ihm stand eine Frau mit Kurzhaarschnitt und schüttelte genervt den Kopf.

»Du bist ein Blödmann, Olivier, weißt du das?« Sie schien aufrichtig sauer zu sein, während der Barmann sich eher zu amüsieren schien. »Der Präsident würde seine Frau nie betrügen, da bin ich mir sicher«, sagte sie in einem Tonfall, der signalisierte, dass das Gespräch damit beendet war.

Dann warf sie etwas in den Müll, das von Weitem wie eine Zeitschrift aussah, vermutlich irgendein Käseblatt. Sophia schätzte, dass die beiden etwa so alt waren wie sie selbst. Sie zog sich den Mantel aus und hängte ihn an einen Haken an der Wand.

»*Bonjour Mademoiselle*, so eine hübsche Frau hat man gern zu Gast. Setzen Sie sich schon mal, ich bin gleich bei Ihnen. Was Süßes brauchen Sie ja nicht, wie ich sehe, so süß wie Sie selbst sind.« Er fuhr sich mit der Hand durch die dunklen Locken, feuerte ein Lächeln ab und deutete mit dem Arm auf einen freien Fensterplatz.

Sophia wandte sich um und begegnete seinem Blick. *Diese Augen wissen, wie man eine Frau ansieht*, dachte sie und spürte Irritation in sich aufkommen.

»Danke«, sagte sie nur knapp. Für billige Anmachen hatte sie gerade nicht viel übrig. »Ich weiß nicht, ob Louis es erwähnt hat. Mein Name ist Sophia. Ich komme aus Schweden und bin die Erbin des Le Lulu.«

Sofort kehrte Stille ein, und die Stimmung in der kleinen Bar änderte sich augenblicklich. Olivier schien kurz die Fassung zu verlieren, im Gegensatz zu seiner Kollegin, die gleich das Wort ergriff.

»Okay. Herzlich willkommen. Mein Name ist Hayley.« Sie legte sich die Hand auf die Brust und sprach betont langsam, als wäre unklar, wie gut Sophia eigentlich Französisch verstand. Dann deutete sie auf den Barkeeper. »Und der Idiot hier neben mir ist Olivier.«

Sie kam hinterm Tresen hervor und gab Sophia einen Wangenkuss. Ihr Haar roch frisch gewaschen und war noch etwas feucht. Sie trug ein schlichtes schwarz-weiß gestreiftes Top zu einer weiten Jeanshose. Bis auf die knallroten Lippen schien sie ungeschminkt zu sein. So in etwa stellte Sophia sich eine typische Französin vor: auf unangestrengte Weise schick. Als bräuchte sie keinen Finger krumm zu machen und wachte trotzdem morgens als Göttin auf.

»Tja, also …«, fuhr Hayley zögernd fort, ohne genau zu wissen, was sie sagen sollte.

Sie steckte die Hände in die Hosentaschen und wandte sich zu Olivier um. Es war nur zu deutlich, dass hier bereits über Sophia gesprochen worden war, und zwar nicht nur wohlwollende Worte, wie Sophia schwante.

»Wird interessant zu hören, was Sie mit dem Le Lulu vorhaben«, sagte Hayley, doch ihr war anzuhören, dass das maßlos untertrieben war. Vermutlich brannte sie darauf zu erfahren, was diese dahergelaufene Schwedin mit ihrem Arbeitsplatz anstellen würde.

»Ja, ich finde es auch interessant, hier zu sein«, log Sophia und versuchte zu lächeln. »Ich weiß nicht, ob ich schon so viel dazu sagen kann. Meine Reise kam etwas plötzlich, ich hatte noch nicht viel Gelegenheit zum Pläneschmieden.«

Olivier lachte kühl und wandte sich um.

»Ach, nein? Louis hat Sie erwartet wie eine Königin oder die gute Fee. Er glaubt, Sie würden hier nur ein bisschen Zauberpulver verstreuen und schon würden wir wieder Geld verdienen. Alles, was hier bisher schiefgelaufen ist, soll jetzt über Nacht funktionieren.«

Sophia fühlte sich beklommen, fast so, als wäre sie vierzehn Jahre alt und gerade auf einer Party in Stockholm erschienen, zu der sie nicht eingeladen war, mit ihrem breiten nordschwedischen Dialekt als deutliches Zeichen, dass sie nicht dazugehörte.

»Wie wäre es, wenn Sie einen Kredit aufnehmen?«, schlug Hayley ohne Umschweife vor. »Damit das Le Lulu wieder auf die Beine kommt. Hatten Sie vielleicht an so was in der Richtung gedacht? Oder wollen Sie lieber verkaufen?«

Sie blickte Sophia unverwandt an.

»Hayley …«, murmelte Olivier und schüttelte diskret den Kopf.

»Ich sage halt, wie es ist. Für mich ist es nämlich nicht unwichtig, ob ich meinen Job behalte. Ich habe nicht nur mich zu versorgen.«

Sophia schluckte und versuchte, die Ruhe zu bewahren.

»Was genau ist denn alles schiefgelaufen?«, fragte sie und bemühte sich, möglichst neutral zu klingen. Das war offenbar ein Reinfall.

»Es ist nicht so, als würde hier nichts funktionieren. Wir kümmern uns gut um das Lokal. Und an Ideen fehlt es auch nicht«, gab Hayley in spitzem Ton zurück. »Dass es finanziell gerade nicht so gut läuft, liegt einzig und allein daran, dass Louis auf niemanden hören will. Ich habe versucht, neue Konzepte zu entwickeln, und … ja, hatte auch schon verschiedene Ideen.«

»Welche denn?«, versuchte Sophia es weiter. Doch in dem Moment kamen neue Gäste herein, und mit einem »Äh« war Hayley verschwunden.

So blieb Sophia mit Olivier allein zurück. Sie setzte sich an die Theke und hoffte inständig, dass Louis bald zu ihnen stoßen würde. Eine Weile herrschte betretenes Schweigen, während Olivier die Kaffeemaschine füllte und einen Brotkorb hervorkramte. Sophia legte den Arm auf den Tresen und versuchte, einen entspannten Eindruck zu machen. Die Tresenplatte schien aus Zink zu sein, oder war es Stahl? Sophia räusperte sich und versuchte, einen freundlicheren Ton anzuschlagen.

»Arbeitest du schon lange hier?«

Olivier hob die Augenbrauen und musterte sie von oben bis unten.

»Eine Weile. Und ich hoffe, das bleibt auch so.«

Er und Hayley gingen ganz offensichtlich davon aus, dass die Bar verkauft werden sollte. Er füllte ein Tablett, bediente ein paar Gäste und kam wieder zurück. Dann schenkte er sich ein Glas Saft ein und trank, ohne Sophia etwas anzubieten.

»Wie lange bleiben Sie denn?«, fragte er.

Bevor Sophia antworten konnte, ging die Tür auf, und Louis betrat das Lokal, gefolgt von einem wohlgekleideten, großen Mann in roter Hose und schwarzem Polohemd. Er wirkte wie das genaue Gegenteil von Louis, der eher klein und untersetzt war, doch Sophia nahm an, dass beide Männer ungefähr gleich alt waren. Dankbar darüber, das unangenehm steife Gespräch mit Olivier nicht fortführen zu müssen, lächelte sie Louis entgegen.

»Da ist sie ja!«, rief dieser. »Sophia, das ist Yanis, mein Mann. Yanis, das ist sie: unsere Königin und Ritterin aus Schweden.«

Sophia sah noch, wie Olivier hinter dem Tresen die Augen verdrehte, ehe er sich umwandte und weiter an der Kaffeemaschine hantierte. Hayley murmelte irgendetwas Unverständlich, als sie an ihnen vorbeirauschte und in der Küche verschwand.

Sophia stand auf und begrüßte Yanis mit Wangenküsschen und Höflichkeitsfloskeln. Sein Haar war kurz geschnitten und kohlrabenschwarz. Ob ein Mann seines Alters noch so eine Haarfarbe haben konnte? Lange konnte sie nicht darüber nachdenken, denn nun überschütteten die beiden Herren sie mit Fragen.

Sofort entspann sich ein lebhaftes Gespräch zwischen ihnen, und mittendrin gab Yanis ihr ganz spontan eine herzliche Umarmung. Sie hatte ihn unmittelbar ins Herz geschlossen, genau wie Louis.

Nachdem sie eine Weile geplaudert hatten, ergriff Yanis Sophias Hände und rief glücklich:

»Meine Liebe, wenn du nur halb so geschäftstüchtig bist wie deine Großmutter und Großtante, dann wirst du Louis und die Bar im Nullkommanichts auf die Beine bekommen. Paris hat auf dich gewartet!«

21

Am nächsten Morgen wachte sie wie immer früh auf. Sophia war von Kindesbeinen an ein Morgenmensch gewesen. Nicht einmal als Teenager hatte sie den halben Tag im Bett vergeudet. Sie griff nach ihrem Handy und sah, dass sie fast zehn Stunden geschlafen hatte. Das war schon lange nicht mehr vorgekommen.

Wie gewohnt wollte sie zuerst einen Blick auf die Nachrichten werfen, doch dann sah sie, dass sie mehrere ungelesene SMS hatte. Die meisten kamen von Viktor, aber auch ihr Vater und Fatima hatten sich gemeldet, und alle drei wollten im Prinzip dasselbe, nämlich wissen, wie es ihr ging und wie es lief.

Viktor war der Letzte, mit dem sie im Moment zu tun haben wollte, das spürte sie jetzt ganz deutlich. Sie brauchte mal eine Pause von ihm, um klar denken zu können, um überhaupt ihre eigenen Gedanken zu hören. Später würde sie einen Telefonladen aufsuchen und sich eine französische SIM-Karte besorgen, dann war sie Viktors Kontaktversuche erst mal los. Nur Papa und Fatima würden ihre neue Nummer bekommen.

Das war genial.

Wieso bin ich nicht schon früher darauf gekommen?

Voller Elan stand sie auf. Die Aussicht, für Viktor bald nicht mehr erreichbar zu sein, gab ihr ein Gefühl von Leichtigkeit und Freiheit.

Etwa eine Stunde später war sie auf dem Weg zur Bar, um mit Louis zu frühstücken. Zu ihrer Freude erblickte sie auch Yanis, als sie die Tür öffnete und das Lokal betrat.

»Gut geschlafen?«, fragten die beiden älteren Herren und begrüßten sie mit Wangenküsschen.

Yanis beeindruckte erneut mit seinem Kleidungsstil. An diesem Tag trug er ein schickes weißes Hemd und dazu ein Halstuch mit Paisley-Muster. Das Tuch war so raffiniert gebunden, dass es an japanische Papierfaltkunst erinnerte. Die Enden hatte er sich in den Halsausschnitt gesteckt wie Al Pacino in *Der Pate*. Francis Ford Coppola wäre stolz auf ihn gewesen, wenn sie sich auf der Straße begegnet wären.

»Louis hat gestern den ganzen Abend und heute den ganzen Morgen von dir geredet. Er ist so froh, dass du gekommen bist.«

Yanis sprach ohne Punkt und Komma, Sophia kam gerade einmal dazu, »Bonjour« zu sagen. Auch Hayley war schon in der Bar und servierte den wenigen Gästen, die an diesem Morgen hergefunden hatten, ihr Frühstück.

»Wie lief es bei der Bank?«, wollte Louis wissen.

»Bei der Bank?«

»Ja, du wolltest dich doch so schnell wie möglich mit jemandem im Tour Montparnasse treffen, oder? Ich dachte, da geht es um einen Kredit, damit wir die dringendsten Rechnungen begleichen können.«

»Ach so, das. Ja. Das lief ... ganz gut. Ich muss in zwei Tagen noch mal hin, am Donnerstagnachmittag. Bei unserem ersten Termin gestern sind wir unterbrochen worden.«

Sie wich seinem Blick aus und biss sich auf die Lippe, spürte einen Anflug von schlechtem Gewissen. Es fühlte sich nicht gut an, ihn anzulügen, aber hatte sie eine Wahl? Hier und jetzt konnte sie einfach nichts sagen, doch allzu lange konnte sie mit der Wahrheit nicht hinterm Berg halten, das war ihr klar.

Yanis breitete überschwänglich die Arme aus und wackelte mit den Fingern.

»Du bist wie ein Engel, der kommt und uns alle miteinander rettet. Das ist das Ende der traurigen Geschichte von der vergessenen Bar. Du bist die Ritterin auf dem weißen Pferd, David gegen Goliath, du bist …« Sophia legte ihm eine Hand auf die Schulter und unterbrach ihn.

»Du machst irgendwas mit Theater, oder?«

Er nickte und ließ den einen Arm fallen.

»Im Moment spiele ich Doktor Relling in Ibsens *Die Wildente*. ›Nehmen Sie einem Durchschnittsmenschen die Lebenslüge, und Sie nehmen ihm zu gleicher Zeit das Glück‹«, sagte Yanis laut und in theatralischem Ton.

Louis verdrehte die Augen.

»Hier gibt es keine Lebenslügen zu enthüllen, Yanis.«

Sophia lachte.

»Ich kann nicht mehr folgen. Aber von meinem Einsatz hier im Le Lulu solltest du nicht so viel Aufhebens machen. Du hast mich ja gerade erst kennengelernt. Und ich komme ganz bestimmt weder auf einem weißen Pferd dahergeritten noch bin ich Doktor Relling.«

Louis deutete auf seinen Lieblingstisch am Fenster und wies Yanis und Sophia an, sich schon mal zu setzen. Er selbst ging an die Bar, um mit Hayley zu sprechen. Als er sich umdrehte, sah Sophia, dass ihm etwas auf den Boden gefallen war, ein Zettel. Irritiert hob er ihn auf und murmelte irgendetwas vor sich hin, ehe er das Stück Papier diskret zusammenfaltete und in die Innentasche seines Sakkos steckte.

»Könnt ihr nicht ein bisschen von Oma und Britta erzählen?«, bat sie, als Louis zurückkam und sich zu ihnen setzte. »Ich weiß überhaupt nichts über ihr Leben hier in Frankreich. Dieses Erbe hat mich ehrlich gesagt ziemlich überrascht. Ich hatte keinen blassen Schimmer, dass Britta zu ihren Lebzeiten Barbesitzerin war.«

Hayley brachte ein Tablett mit drei Tassen schwarzem Kaffee, einer Kanne warmer Milch und einem Körbchen Baguettes und Croissants. Darüber hinaus gab es mehrere Döschen mit verschiedenen Sorten Marmelade und Butter in einem kleinen weißen Porzellanschälchen. Das Brot sah um Längen appetitlicher aus als das Sandwich vom ersten Abend.

»Backt ihr euer Brot selbst?«, fragte Sophia vorsichtig und lächelte Hayley an.

»Wir bekommen es von einer Bäckerei weiter unten in der Straße geliefert.«

Die Antwort fiel kurz aus, und ohne Sophias Lächeln zu erwidern, machte Hayley auf dem Absatz kehrt und ging zu einem anderen Tisch.

Louis beugte sich vor und wollte Sophia gerade eine der Kaffeetassen reichen, als er plötzlich innehielt.

»Möchtest du überhaupt Kaffee, Sophia? Vielleicht trinkst du morgens lieber Tee, so wie Emmy immer.«

»Kaffee ist gut«, antwortete Sophia und ließ unerwähnt, dass sie genau wie ihre Großmutter normalerweise Tee trank, wenn sie morgens in aller Frühe aufwachte und nicht mehr einschlafen konnte.

Sie nahm die Tasse mit dem heißen Kaffee entgegen und biss genüsslich in ein Croissant. Es schmeckte fantastisch.

»Die beiden waren wirklich wunderbare Menschen«, sagte Louis nach einer Weile.

Sophia sah ihn an und spürte eine wohlige Wärme in der Brust. Sein Blick bekam einen verträumten Ausdruck, als er von Großmutter und Britta sprach. Die Worte sprudelten nur so aus ihm heraus, es war, als hätte er jahrelang darauf gewartet, endlich noch einmal von ihnen erzählen zu können.

»Sie haben es geliebt, über Philosophie und existenzielle

Fragen zu diskutieren. Kein Thema war ihnen zu abgehoben oder banal. Von Astrid Lindgrens Pippi Langstrumpf über Simone de Beauvoir bis hin zu der Frage, ob man als Frau geboren oder zur Frau gemacht wird, da war alles dabei.«

Louis seufzte versonnen und fuhr sich mit der Hand über das graue Haar.

»Wir konnten nächtelang zusammensitzen und darüber reden, was wir gelesen hatten und wie wir die Dinge sahen. Immer wieder ging es dabei um Feminismus und freie Liebe«, erzählte er und musste lachen.

»Weißt du, warum Emmy hergekommen ist?«, wollte Sophia wissen.

Louis lächelte sie an und wandte sich dann Yanis zu. Nahm seine Hand und holte tief Luft.

»Sollen wir ganz vorne anfangen?«

Yanis schloss die Augen, zupfte sich das Halstuch zurecht und nickte zur Antwort.

»Im Grunde glaube ich, dass sie selbst nicht genau wusste, was sie in Paris wollte«, begann Louis zögernd. »Also, natürlich war ihre Schwester hier. Aber was sie eigentlich aus Kramfors forttrieb, ist ihr vermutlich erst klar geworden, als sie wieder zurückfuhr. Das waren immerhin die Sechzigerjahre. Bevor ich Britta kennenlernte, war ich Pressefotograf bei Le Monde. Irgendwann bin ich mit dem Chefredakteur aneinandergeraten und habe alles hingeworfen. Nachdem ich ihm in seinem verrauchten Büro die Kündigung auf den Schreibtisch geknallt habe, bin ich um die Häuser gezogen. Am Ende landete ich dann hier.«

Er sah sich in der Bar um.

»Damals war hier alles noch ganz anders. Voller Menschen, man kam kaum rein, und wo man auch hinsah, geblümte Klamotten und Plateauschuhe. Ich musste mich erst mal durch die Menge kämpfen, um zur Bar zu gelangen. Und da bin ich dann einer Schwedin begegnet. Deiner Großtante Britta.«

Louis schüttelte lachend den Kopf, ehe er fortfuhr.

»Mann, das war eine Katze mit Krallen, kann ich dir sagen! Ihr Haar war schwarz und so hochtoupiert, dass es dem Eiffelturm Konkurrenz machen konnte. Und die Augen hatte sie schwarz mit Kajal umrandet. Wir waren sofort auf einer Wellenlänge, und noch am selben Abend hat sie mir einen Job angeboten.«

Louis schloss die Augen. Ihm war anzusehen, wie die Erinnerungen in seinem Inneren lebendig wurden. Das Gespräch plätscherte munter dahin, und Sophia genoss sowohl das Frühstück als auch die Geschichten von früher. Das schlechte Gewissen, das sie wegen des geplanten Verkaufs plagte, versuchte sie so gut es ging zu verdrängen.

»Britta war immer so elegant gekleidet und weltgewandt. Ich wäre nie darauf gekommen, dass sie aus einer nordschwedischen Kleinstadt stammte. Wie dem auch sei. Die Zeit verging, wir hatten viel Spaß zusammen, und eines Tages sagte sie: ›Meine Schwester Emmy hat mir geschrieben. Sie will in einem Monat herkommen und mir Gesellschaft leisten.‹ Ich habe mir nichts weiter dabei gedacht, außer, dass es sicher nett wäre, Brittas Schwester kennenzulernen. Zu der Zeit habe ich mich ja schon eher zu Männern hingezogen gefühlt, eine langbeinige schwedische Blondine war also nicht gerade das, wovon ich träumte.«

Yanis lachte und zwinkerte mit einem Auge.

»Nein, und außerdem hattest du ja schon diesen langbeinigen dunkelhaarigen Franzosen an der Angel, stimmt's?«

»Ach, so lange kennt ihr euch?« Sophia nippte an ihrem Kaffee und schaute neugierig zwischen den beiden Männern hin und her.

»Genau. Du hast hier ein ziemlich altes, unzertrennliches Pärchen vor dir«, antwortete Yanis und sah Louis liebevoll an.

»Aber was ist passiert, als Oma dann kam?«, fragte Sophia eifrig und stellte ihren Kaffee mit einem leichten Klirren auf der Untertasse ab.

»Sie und ich wurden beinahe sofort beste Freunde«, erzählte Louis weiter. »Anfangs war sie noch wie ein verschrecktes Reh, aber sie ist schnell aufgeblüht.«

»Wie meinst du das?«

»Nun ... sie ist aufgelebt, kann man wohl sagen«, antwortete Louis und schaute durchs Fenster. Er schwieg eine Weile, schien mit den Gedanken weit weg zu sein, ehe er den Faden wieder aufnahm. »Aber anders als Britta ist Emmy nie mehr zurückgekommen, nachdem sie wieder nach Kramfors gereist war. Als sie in den Zug stieg, haben wir sie das letzte Mal gesehen.«

»Weißt du, wieso?«, fragte Sophia.

»Darüber brauchen wir jetzt nicht nachzugrübeln. Das liegt alles Jahre zurück«, sagte Louis und lachte erneut auf. »Nein, was meint ihr, sollen wir mal was aus diesem angefangenen Tag machen?«

22

»Wie lange geht das schon so?«, fragte Sophia vorsichtig, als sie am nächsten Tag zusammensaßen, um die Buchhaltung und die offenen Rechnungen durchzugehen.

Louis spielte an den Knöpfen seines sorgfältig gebügelten Hemdes herum und sprach ungewohnt schnell.

»In den letzten Jahren ist es einfach immer weiter bergab gegangen. Ich weiß auch nicht, wie ich es erklären soll, wir haben wohl einfach nicht genug Arbeit reingesteckt. Nach und nach kamen immer weniger Leute, selbst die Stammgäste blieben aus. Früher war hier um die Mittagszeit richtig viel los, und die Touristen haben uns geliebt. So ist das jetzt nicht mehr. Unsere Lage direkt am Jardin du Luxembourg ist eigentlich super, aber das scheint nicht zu reichen.«

Er ließ die Schultern hängen, als schämte er sich.

»Wie meinst du das?«

»Der Park ist ein Magnet für Touristen und Studenten, und die Pariser selbst halten sich auch gern dort auf. Er liegt nur einen Block entfernt von hier.« Er deutete mit der Hand in die Richtung des Parks.

Dann fuhr er fort: »Nach Brittas Tod letztes Jahr ist uns komplett die Puste ausgegangen. Wir mussten dem Koch kündigen, das Geld hat einfach nicht gereicht. Als Übergangslösung haben wir erst mal aufgehört, frisch zu kochen, nur so konnten wir zu dritt alles schaffen. Olivier und Hayley waren dagegen, aber ich hatte keine Wahl. Wir wären sonst nicht hinterhergekommen, und den Koch konnte ich mir nun mal nicht mehr leisten.«

Sophia nickte und wollte etwas sagen, aber Louis ließ sie nicht zu Wort kommen.

»Als deine Großmutter das Le Lulu erbte, haben wir versucht, sie ins Boot zu holen. Haben gefragt, ob wir nicht einen kleinen Kredit aufnehmen oder vielleicht einen Anteil an der Bar verkaufen könnten, um etwas Geld in die Kasse zu kriegen und wieder auf die Beine zu kommen. Aber Emmy war nicht zu erreichen. Weder per E-Mail noch per Telefon.«

Sophia spürte einen Anflug von schlechtem Gewissen, immerhin sprachen sie hier von ihrer Großmutter. Gleichzeitig ahnte sie, dass sie nicht über alles im Bilde war. Am liebsten hätte sie dort weitergemacht, wo sie gestern Vormittag aufgehört hatten, und noch mehr über Oma Emmys Zeit in Paris erfahren. Doch Louis hatte klar signalisiert, dass er das Thema nicht vertiefen wollte, zumindest vorläufig. Sie brannte darauf, die Fortsetzung zu hören.

Ein paar Stunden beschäftigten sie sich noch weiter mit der Buchhaltung, sahen Lieferantenlisten, Rechnungen und andere Papiere durch. Sophia hatte kein gutes Gefühl dabei, da sie ja verkaufen wollte, aber Louis war es wichtig, sie mit allen Einzelheiten vertraut zu machen.

Das Le Lulu befand sich in ernsten finanziellen Schwierigkeiten. Wer immer die Bar übernahm, würde drastische Änderungen vornehmen müssen, um einen Konkurs zu verhindern. Oder wäre es womöglich gewinnbringender, den Betrieb einzustellen und die Räumlichkeiten zu verkaufen?

»Es gibt da noch etwas anderes, worüber ich mit dir reden wollte«, sagte Louis und stand auf. »Meinst du, du könntest hier in den nächsten Wochen ein bisschen aushelfen? Die eine oder andere Schicht übernehmen?«

Sophia sah in groß an.

»Du meinst … hier?« Sie schaute sich um.

»Nein, im Kinderladen gegenüber.«

»Wie bitte?«

Er lächelte. »Ja, natürlich hier.«

Sie lachte nervös. »Ich weiß nicht so recht.«

»Es geht nur um ein paar Tage.«

»Das ist nicht so ganz … wie soll ich sagen? Nicht so ganz mein Ding.«

»Du wärst mir wirklich eine große Hilfe. Ich habe ein paar Termine im Krankenhaus. Nichts Ernstes, reine Routineuntersuchungen.«

Sollte sie hier die Tische abwischen? Gummisandwiches servieren? Ihr war bewusst, wie versnobbt der Gedanke war, aber für solche Aufgaben war sie sich tatsächlich irgendwie zu schade. Zugeben wollte sie das jedoch nicht, weder sich selbst noch Louis gegenüber.

»Na klar«, hörte sie sich schließlich sagen. »Wann soll ich einspringen?«

»Am liebsten gleich morgen Vormittag. Geht das?«

Nachmittags war der neue Termin mit dem Anwalt, aber vorher hatte sie Zeit. Sie sagte zu und versuchte zu lächeln.

Mit einem erleichterten Kopfnicken ging Louis zur Küche, vermutlich um die nächste Packung Gummischinken zu öffnen. Stirnrunzelnd stand Sophia auf und folgte ihm. In der Küche war Olivier gerade dabei, die Speisen für den Abend vorzubereiten. Auf der Arbeitsplatte lagen mehrere Plastikbeutel mit fertigem Kartoffelgratin und eine Tüte Saucenpulver zum Anrühren.

»Wie kommt es eigentlich bei den Gästen an, dass ihr die Gerichte … also …«

Sie überlegte kurz, wie sie sich ausdrücken sollte, um niemandem auf die Füße zu treten. Zwar hatte sie im Moment schon genug Probleme und daher eigentlich keine

Kapazität, sich auch noch um Oliviers Befindlichkeiten zu kümmern, doch sie wollte sich nicht unbeliebter als nötig bei ihm machen.

»... dass die Gerichte hier nicht frisch zubereitet werden?«, sagte sie schließlich.

Finster starrte er sie an.

»Wenn Sie wollen, können Sie gern zehn Kilo Kartoffeln schälen, der Supermarkt ist gleich die Straße runter. Aber vergessen Sie nicht, dass Sie auch noch am Tresen stehen müssen.«

Mahnend hielt Olivier die Klinge des Küchenmessers hoch, mit dem er gerade einen der Plastikbeutel aufgeschlitzt hatte. Dann wandte er sich wieder seiner Arbeit zu und murmelte etwas in sich hinein. Er legte das Messer zur Seite, quetschte das Kartoffelgratin mit einem schmatzenden Geräusch aus dem Beutel und würzte die gelbliche Masse mit Oregano und ein paar ausgepressten Knoblauchzehen.

Sophia dachte an die Küche ihrer Großmutter zu Hause in Kramfors und all die Düfte, die dort immer vom Herd aufgestiegen waren, an ihre herrlichen Frühstücksgerichte und daran, wie gern sie stets alle um den Esstisch versammelt hatte.

Britta war doch bestimmt ähnlich. Oder etwa nicht?

»Was gab es denn so bei Britta, als sie noch hier war?«, fragte Sophia und wandte sich Louis zu.

»Alles mit Äpfeln!«, rief er. »Auch deine Großmutter hat überall Äpfel reingemischt. Kannst du dir das vorstellen? Schweinefleisch mit Bratapfel, Entrecote mit Apfelmus. Apfel-Chutney und selbstgemachter Apfelsaft.«

Er lachte laut auf.

Sophia kamen die magischen Herbsttage in Oma Emmys Küche in den Sinn, wenn Äpfel geschält wurden und alles probiert werden durfte. Sie erinnerte sich an Kerzenschein auf dem Frühstückstisch, hatte sofort wieder den Geschmack der Waffeln auf der Zunge, die ihre Großmutter mit geriebenen Äpfeln verfeinerte. Gerade wollte sie Louis davon erzählen, als er ihre Gedanken unterbrach.

»Irgendwo müsste hier ein Stapel alter Rezepte rumliegen. Ich erinnere mich, dass Emmy am liebsten noch mehr verschiedene Apfelgerichte auf der Karte gehabt hätte. Aber weder ich noch Britta waren dafür. Das kam uns zu altmodisch vor.«

Sophia spürte, wie ihr Herz zu klopfen begann.

»Wo sind diese Rezepte jetzt?«

Louis suchte gerade etwas aus einem Schrank heraus und zählte leise vor sich hin. »Entschuldige, was hast du gesagt?«

»Die Rezepte. Weißt du, wo sie sind?«

»Ach so, ja. Die sind hier irgendwo. Ich habe sie jedenfalls nicht weggeschmissen, da bin ich mir sicher. Wieso fragst du?«

»Ich würde gern mal einen Blick drauf werfen.«

»Natürlich. Ich suche sie dir raus, ich muss nur überlegen, wo ich sie habe.«

Olivier, der gerade das Saucenpulver in Wasser einrührte, dass es nur so aufstäubte, sah zu ihn herüber und schnaubte.

23

»Bonjour«, zwitscherte sie vielleicht ein kleines bisschen zu fröhlich, als sie das Lokal betrat.

Louis und Yanis saßen an der Theke und tranken Cappuccino. Nach den obligatorischen Wangenküsschen und Begrüßungsfloskeln gab es noch eine Runde Kaffee für alle. Sophia setzte sich und schlürfte genüsslich den nach Zimt schmeckenden Schaum von oben ab.

Kaffee kochen können sie jedenfalls, dachte sie und leckte sich etwas Milchschaum von der Oberlippe. Yanis war gerade dabei, von einem Ereignis zu erzählen, das sich am vorigen Abend bei ihm im Theater zugetragen hatte. Sie hörte zu und stellte auch Fragen, war aber trotzdem nicht ganz bei der Sache, wie sie merkte.

Die Rezepte, von denen Louis am Tag zuvor gesprochen hatte, ließen ihr einfach keine Ruhe. Im Laufe des Abends hatte sie so viel daran denken müssen, dass sie einen regelrechten Heißhunger auf Apfelkuchen bekommen hatte. Leider gab es in der kleinen Küche ihrer Wohnung keine Kuchenform, aber nach einer Stippvisite im Laden an der nächsten Ecke konnte es losgehen.

Der Kuchen war nicht schlecht geworden, nur längst nicht so magisch wie Omas Apfelkuchen von früher. Zum Wachrufen alter Erinnerungen hatte er immerhin getaugt. Mit einem Mal war alles wieder da gewesen: warme Pantoffeln, die übers Parkett schlurften, das Musikquiz im Radio, kochende Eier auf dem Herd, Dickmilch mit Zimt und Zucker. Sie brauchte diese Rezepte.

Es fiel ihr schwer zu akzeptieren, dass Oma Emmy nicht

mehr da war. Warum musste sie ihr Leben in diesem verdammten Autounfall verlieren? Sie hätte gut und gerne neunzig Jahre alt werden können. Als Kompensation für den frühen Tod ihrer Mutter wäre das nur gerecht gewesen, fand Sophia.

»Das sind doch die reinsten Starallüren, oder? Führen sich die Leute im Fernsehen auch so auf, Sophia?«, fragte Yanis.

Abrupt wurde sie zurück in die Gegenwart katapultiert.

»Ja, Diven gibt es auch bei uns zur Genüge. Ich gehöre natürlich nicht dazu«, antwortete sie lachend und hoffte, darüber hinwegtäuschen zu können, dass sie keine Ahnung hatte, wovon gerade die Rede gewesen war.

Yanis schien jedenfalls nichts zu merken und fuhr mit seiner weitschweifigen Erzählung fort.

Erneut wanderten Sophias Gedanken nach Kramfors. Sie schloss die Augen und fühlte sich an einen warmen Tag im Mai zurückversetzt, ein paar Jahre vor dem Tod ihrer Mutter. Blendendes Sonnenlicht, wie es typisch für den Frühling war. Dahingeworfene Socken auf der Wiese. Feuchtes Gras zwischen den Zehen. Finger, die sanft über blühende Buschwindröschen strichen.

In der Ferne lachte jemand.

War das Yanis? Oder Oma? Nein, das Lachen kam von Mama.

»Zieh die Schuhe wieder an, so warm ist es noch nicht!«

Sie stand neben Oma Emmy auf der Veranda und lächelte Sophia liebevoll zu. Das Bild der beiden Frauen, die nun nicht mehr existierten, wurde mit einem Mal glasklar.

Mama in Jeans und blauem Strickpulli. Kornblumenblau.

Wasser mit Sirup. Und Apfelkuchen.

Ja, sie hatten zusammen Apfelkuchen gebacken. Oma, Mama und sie.

Ein lautes Scheppern in der Bar vertrieb die Erinnerung. Sophia schlug die Augen auf und war endgültig zurück in der Rue Notre Dame des Champs in Paris.

Im Grunde war es einerlei, wie alt Oma Emmy geworden war. Auch zu einem späteren Zeitpunkt wäre es unendlich traurig gewesen, sie nicht mehr anrufen oder in ihrer Küche in Kramfors sitzen zu können. Und so tröstete Sophia sich mit dem Gedanken, wie glücklich sie sich trotz allem schätzen konnte. Immerhin hatte sie noch ihren Vater.

Wie sich herausstellte, war Hayley an diesem Donnerstagvormittag in der Bar und somit diejenige, die Sophia einarbeiten sollte.

Als Louis sich mit einem Winken auf den Weg zu seiner Untersuchung machte und Yanis weiter zum Theater radelte, wurde die Stimmung in dem kleinen Lokal um einiges frostiger. Genau wie Sophia befürchtet hatte, wies Hayley sie mit ausgefahrenen Krallen in die anfallenden Arbeitsaufgaben ein.

Dabei fielen Sophia gewisse Dinge auf, über die sie noch nie nachgedacht hatte. In der Gastronomie drehte sich alles um die Gäste, nicht um die Leute, die dort arbeiteten – eine lehrreiche Lektion, wenn man es wie sie gewohnt war, die Hauptrolle zu spielen und vor der Kamera zu stehen.

Außerdem wurde ihr nach nur wenigen Stunden hinter der Theke klar, dass so ein Bar-Job harte körperliche Arbeit war, selbst wenn es gar nicht so viele Gäste zu bedienen gab. Man lief die ganze Zeit von A nach B, trug Dinge herum, putzte, wischte, polierte. Doch was sie am meisten forderte, war ohne Zweifel das Arbeiten im Team. Nicht gerade ihre größte Stärke.

»Denk dran, die Gäste sollen nicht um alles bitten müssen. Und komm bloß nicht mit den Bestellungen durcheinander. Am besten wiederholst du beim Aufschreiben noch mal laut, was bestellt wurde.«

Während sie redete, ging Hayley von Tisch zu Tisch und verteilte Besteck und Servietten.

Sophia folgte ihr mit ein paar Schritten Abstand.

»Ich glaube, das wird kein Problem. Ich bin es gewohnt ...«

Hayley wandte sich um und schnitt ihr das Wort ab. »Gut. Und achte darauf, dass du ordentlich aussiehst.«

»An meinem Aussehen gibt es doch wohl nichts auszusetzen, oder?«

»Nur die Haare. Die solltest du dir hochstecken.«

Zufrieden betrachtete Hayley die fertig gedeckten Tische.

Sophia schüttelte den Kopf hinter ihrem Rücken und fragte sich, was sie eigentlich hier tat. Als ihr Blick auf die große Wanduhr hinter dem Tresen fiel, spürte sie einen Kloß im Hals. In Stockholm war die morgendliche Redaktionsbesprechung gerade in vollem Gang.

24

Sophia rieb sich den Nacken und neigte den Kopf von Seite zu Seite. Sie stand auf der Straße und hatte soeben ein Telefonat mit ihrem Vater beendet. Wie immer, seit sie ein Kind war, hatte sie ihn beruhigt, hatte gesagt, es gehe ihr gut und alles laufe nach Plan.

Über die Reibereien mit dem Personal und die Tatsache, dass sie Louis gegenüber nicht ganz ehrlich gewesen war, hatte sie kein Wort verloren. Auch die finanziellen Schwierigkeiten des Le Lulu hatte sie ihrem Vater verschwiegen.

Nein.

Es gab überhaupt keinen Grund zur Sorge.

Er hatte sie immer wie eine Porzellanpuppe behandelt, die jederzeit zerbrechen konnte, und das mochte sie überhaupt nicht. Aus jedem noch so kleinen Mückenstich hatte er ein Riesenproblem gemacht. Was, wenn es doch ein Wespenstich war? Oder ein Zeckenbiss? Viktor hatte die gleiche bevormundende Art gehabt, vor allem und jedem wollte er sie beschützen.

Ihr Vater hatte sogar angeboten, nach Paris zu kommen und ihr zu helfen, doch das hatte sie entschieden abgelehnt. Seufzend ging sie zurück in die Bar und begann, Tische abzuwischen.

»Was mache ich nur hier?«, murmelte sie leise auf Schwedisch vor sich hin, während sie den Lappen im Putzeimer auswrang.

Sie war eine erfolgreiche Fernsehreporterin, und jetzt stand sie hier, wischte Krümel und Marmeladenflecken weg und musste sich von einer Frau zurechtweisen lassen, die sie kaum kannte.

Ich hätte nie nach Paris kommen sollen.

»Anstrengend?«, fragte Hayley von oben herab, als sie zwei Gläser Weißwein und eine Schale Nüsschen zum Servieren bereitstellte.

»Nein, nein. Alles okay«, log Sophia und setzte ein halbherziges Lächeln auf.

Der Vormittag war die reinste Katastrophe gewesen. Sie hatte Bestellungen verwechselt, Sandwiches zu früh aus dem Grill genommen, sodass sie von innen noch kalt waren, und ihr Dutt hatte auch nicht lange gehalten. Mit blonden Strähnen im Gesicht hatte sie sich bemüht, sämtliche Fehler auszubügeln.

Nun dachte sie noch einmal über den geplanten Verkauf und die finanziellen Probleme nach, von denen Louis gesprochen hatte. Seit ihrer Ankunft hatte er das Le Lulu immer nur als Bar bezeichnet. Aber war es nicht eigentlich viel mehr? Morgens ähnelte es am ehesten einem Café, zur Mittagszeit einem Restaurant und am Abend war es Bar und Restaurant zugleich, fand sie.

Sophia schaute zu Hayley hinüber.

»Ein paar Mittagsgäste mehr wären nicht schlecht, oder? Das ist ja kein reiner Barbetrieb hier.«

Hayley hob erstaunt die Augenbrauen und blickte Sophia unverwandt an.

»Hört, hört. So schnell wird man also zur Expertin in der Gastronomiebranche.«

»Es war nicht meine Absicht ...«

»Schon gut. Du willst das Lokal doch sowieso an eine der großen Caféketten verkaufen, oder?«

Sophia schluckte. Sie wusste nicht, was sie sagen sollte. Lügen wollte sie nicht schon wieder, doch über den Verkauf reden konnte sie auch noch nicht. In jedem Fall musste sie zuerst mit Louis darüber sprechen.

»Willst du nicht mal von deinen Ideen erzählen? Die würden mich interessieren«, sagte sie schließlich.

Das war weder eine Lüge noch eine Provokation. Hayley runzelte die Stirn und sah sie an.

»Wirklich?«

»Wirklich«, antwortete Sophia.

Weiter kamen sie jedoch nicht, denn nun hatte eine Gruppe Touristen den Weg ins Le Lulu gefunden, nichts ahnend, dass hier Gummischinken und Co auf sie warteten.

Nach ihrer ersten Schicht war Sophia fix und fertig. Zurück in ihrer schönen Ferienwohnung stand sie vor dem Kleiderschrank und überlegte, was sie zu dem Termin mit dem Anwalt anziehen sollte. Dieser eingebildete Tristan hatte es tatsächlich geschafft, sie mit seinem Auftreten und Gehabe einzuschüchtern, und das passierte ihr sonst nicht so oft.

Unsicherheit war ein Gefühl, das Sophia überhaupt nicht mochte, also entschied sie sich für den »Interview-mit-dem-Ministerpräsidenten-Look«: Tweed-Sakko, weiße Seidenbluse und dunkle Jeans mit hohem Bund. Damit war sie immer bestens gerüstet, wenn sie sich auf keinen Fall unterlegen fühlen wollte. Das Seltsame war, dass sie sich ja überhaupt nicht in einer unterlegenen Position befand, im Gegenteil, sie war die Besitzerin des Le Lulu und brauchte Hilfe bei der Abwicklung ihres Betriebs. Dennoch hatte dieser unangenehme Typ sie ins Wanken gebracht.

Als sie in Richtung Tour Montparnasse spazierte, brach hinter den Wolken die Sonne durch. Blinzelnd blickte sie gen Himmel und versuchte, sich zu orientieren. Auf dem großen Boulevard Montparnasse zeigte die Stadt ein anderes Gesicht, hier herrschte dichter Verkehr.

Zu ihrer Rechten sah sie eine Statue von Napoleon, wie sie annahm, mit hoch erhobenem Schwert. In dieser Gegend wimmelte es nur so von Statuen und kleinen Springbrunnen. Sie blieb eine Weile an der Kreuzung stehen und wartete darauf, dass die Ampel für die Autos und Motorroller auf Rot umsprang. Auch auf der anderen Straßenseite befand sich eine riesige Skulptur. Der weitere Weg war von unzähligen kleinen Bars, prächtigen Toren und pittoresken Straßenschildern aus Emaille gesäumt. Und dann ragte plötzlich der gewaltige, moderne Tour Montparnasse vor ihr auf.

Beim Betreten der Anwaltskanzlei redete sie sich ein, dass das erste Treffen keinerlei Einfluss auf ihren Gemütszustand haben würde. Nun ging es nur darum, einen Käufer zu finden.

Genau wie am Montag holte der Anwalt sie wieder auf dem Korridor ab. Sein Anzug war dieses Mal dunkelbraun.

Ob das eventuellen Kaffeeflecken vorbeugen soll?, fragte Sophia sich und musste schmunzeln.

Sie begrüßten sich höflich und tauschten sogar einen Wangenkuss aus. Einen Kaffee bekam sie – zu ihrer Erleichterung – nicht angeboten.

25

»Es ist wirklich gut, dass wir das jetzt angehen«, sagte Sophia nach einer Weile und streckte die Beine nach vorne aus.

Tristan Martin hatte über Steuern, Prozentsätze und andere langweilige Dinge in Verbindung mit dem Verkauf gesprochen, auf die Sophia sich nur mit größter Mühe konzentrieren konnte.

Dabei hatte er wiederholt mit ihr geredet, als hätte sie nicht alle beisammen. Er schien mit jeder Minute aufgeblasener zu werden. Zudem hatte er sich kaum gerührt auf seinem silbern glänzenden Bürosessel. Sophia hingegen, die ihm in einem eben solchen gegenübersaß, hatte es nicht unterlassen können, während des gesamten Gesprächs leicht vor und zurück zu wippen. Ihr Outfit schien den gewünschten Effekt zu haben, denn sie fühlte sich tatsächlich etwas sicherer als beim letzten Mal und ließ sich sogar zu Gesprächstechniken hinreißen, die sie in Interviews mit unkooperativen oder unfreundlichen Ansprechpartnern anzuwenden pflegte.

»Ich freue mich wirklich sehr, Sie wiederzusehen, Monsieur Martin. Und ich möchte mich noch einmal für letztes Mal entschuldigen. Aber die Flagge auf Ihrem Bildschirm hat mich neugierig gemacht, muss ich sagen. Haben Sie Verbindungen nach Andalusien?«

Sie schenkte ihm ein herzliches Lächeln.

Schmeicheln und offene Fragen stellen.

Sofort biss er an. Genau wie alle anderen.

»Freut mich zu hören«, antwortete er etwas zögerlich und rieb die Fingerspitzen aneinander.

Dann gab er eine ausführliche Erklärung ab. Verbindungen nach Andalusien habe er nicht, dafür aber ein ausgesprochenes Interesse für Flaggen. Er war ein Sammler und sprach offenbar gern über das Thema.

»Ich verschaffe mir täglich einen Überblick über den Markt und schaue nach, ob es neue Flaggen zu kaufen gibt. Anfangs bin ich beim Sammeln nach geografischen Kriterien vorgegangen, aber davon bin ich vor einiger Zeit abgewichen.«

Sophia nickte und versuchte, möglichst interessiert zu wirken.

»Im Moment finde ich es besonders spannend, bestimmte Motive zu sammeln. Es gibt zum Beispiel acht Flaggen auf der Welt, auf denen ein Löwe abgebildet ist!«, erzählte er so eifrig, dass der silberne Bürosessel sogar ein kleines bisschen in Bewegung geriet.

Sosehr seine Worte Sophia auch langweilten, genoss sie es doch, ihn eine Weile zu beobachten. Sein Gesicht hatte etwas Fesselndes. War er gutaussehend? Vielleicht. Äußerlich gab es an ihm jedenfalls nicht den geringsten Makel. Seine Hände, der Anzug, die weichen Lippen, die dunklen, markanten Augenbrauen, unter denen es immer wieder aufblitzte. Sein Tonfall war so korrekt wie zuvor, doch seine Augen leuchteten. Fast schien ihr, als blickte ihr jemand ganz anderes daraus entgegen.

Während er sprach, tanzten seine Hände durch die Luft, als dirigierte er ein kleines Orchester. Seine Finger waren lang und schmal, der Nagel seines rechten Daumens war schwarz lackiert, wie sie überrascht feststellte. Wie passte das zum Rest?

Nach einer gefühlten Ewigkeit räusperte sie sich.

»Das ist wirklich interessant«, log sie und legte die Hände zusammen, um zu signalisieren, dass sie fürs Erste genug über Flaggen gehört hatte. »Dann hören wir also wieder voneinander, wenn es etwas Neues zum Verkauf gibt, oder?«

»Ja, ich melde mich, sobald ich einen potenziellen Käufer gefunden habe.«

Er nickte und fuhr sich nachdenklich mit Zeigefinger und Daumen über das wohlrasierte Kinn.

»Bleiben Sie in Paris, bis die Angelegenheit abgeschlossen ist?«, fragte er.

»Ich weiß nicht. Vermutlich muss ich bald wieder zurück zu meiner Arbeit«, sagte sie, auch wenn das nicht ganz stimmte.

Erneut nickte er. Nach kurzem Schweigen erkundigte er sich nach ihrem Beruf, lobte die wichtige Aufgabe der Journalisten und wollte wissen, wie die Medienlandschaft in Schweden momentan aussehe.

Bereitwillig gab sie Auskunft, bis ihr auffiel, dass er soeben dieselbe Technik angewandt hatte wie sie zuvor. Schmeicheln und offene Fragen stellen.

Gegen Ende des Termins erhoben sich beide.

»Ist mit Ihrem Hemd und Anzug übrigens alles in Ordnung? Konnten Sie die Flecken entfernen?«

Er stand vor seinem Computer und nickte steif.

»Die Flecken sind weg, und ich war auch rechtzeitig bei meinem … ja, bei meinem Termin, wenn man so will.«

Nun war er wieder kurz angebunden, und der freundliche Ton, mit dem er eben noch über Pressefreiheit gesprochen hatte, war wie weggeblasen.

»Es war wirklich keine Absicht«, fügte sie mit einem herausfordernden Blick von der Türschwelle aus hinzu.

Er nickte kurz, sagte aber nichts.

Er ignoriert meine Entschuldigung einfach.

Dass dieser Mensch ihr zum wiederholten Mal so arrogant und überheblich begegnete, störte sie. Immerhin hatte sie sich gerade erneut bei ihm entschuldigt. Fast zumindest.

»Wenn ich es mir recht überlege, waren Sie an dem Missgeschick auch nicht ganz unbeteiligt«, fuhr sie etwas zu laut fort. »Wie Sie mit dem Kaffee hier hereingestürmt kamen …«

Er schnitt ihr das Wort ab.

»Wie bitte?«

»Ich meine …«, setzte sie an, doch Tristan hob die Hand.

»*Sie* haben *mich* mit Kaffee besudelt!«, entgegnete er und rückte sich wie zur Beruhigung die perfekt zum Anzug passende Krawatte zurecht.

Was für ein eingebildeter Schnösel, dachte sie.

Er kam um den Schreibtisch herum, und sie gaben sich schweigend einen Wangenkuss. Ein schwacher Duft nach Vanille und Moschus stieg ihr in die Nase.

»*Au revoir*, Mademoiselle Lindgren«, sagte er. Damit war der Termin beendet.

Etwas beschämt, dass sie heimlich an dem hochnäsigen Anwalt geschnuppert hatte, verließ Sophia das Büro.

26

Als sie eine Stunde später die Tür zum Le Lulu aufzog und die wohlbekannten Gesichter sah, kam ihr die kleine Bar seltsam vertraut und heimelig vor, obwohl gerade einmal ein paar Tage vergangen waren und der Vormittag eine regelrechte Katastrophe gewesen war.

Seufzend setzte sie sich auf einen der hohen Barhocker und sah Louis und Hayley dabei zu, wie sie hinter dem Tresen irgendwelche Arbeiten verrichteten, von denen sie nichts verstand.

»Wünscht die Chefin etwas zu trinken? Was Kaltes? Was Warmes? Was Starkes? Einen Pfefferminztee vielleicht?« Louis zwinkerte ihr zu und nahm ein paar Schlucke von seiner eisgekühlten Limonade.

Dankend nahm Sophia das Angebot an, zog sich den Mantel aus und warf ihn auf den Barhocker neben sich.

Eine Weile plauderten sie über ihre erste Schicht. Sophia versuchte, ihre größten Missgeschicke unter den Tisch fallen zu lassen, aber wahrscheinlich hatte Hayley Louis längst erzählt, was für eine miserable Kellnerin sie war. Nichtsdestotrotz war die Stimmung ein kleines bisschen besser als noch am Morgen.

»Wie lief es im Krankenhaus?«, fragte Sophia, als sie mit der Auswertung ihres Arbeitseinsatzes endlich fertig waren.

»Ganz gut.« Louis lächelte. »Hayley, weißt du eigentlich, dass Sophia Journalistin ist?«

Der abrupte Themenwechsel ließ Sophia unwillkürlich zusammenfahren.

»Ja, habe ich schon gehört. War ja auch nicht zu übersehen, dass praktisches Arbeiten eher nicht so dein Ding ist. Hast du mal darüber nachgedacht, wie du das Le Lulu mit deiner Stelle als Journalistin unter einen Hut bekommen willst? Oder hast du vielleicht noch gar nicht so weit gedacht?«

Louis warf Hayley einen mahnenden Blick zu und stellte Sophia einen dampfenden Pfefferminztee hin.

»Danke. Genau, ich bin Fernsehjournalistin. Im Moment allerdings nicht im Dienst. Nachdem ich vor laufender Kamera einen Nervenzusammenbruch hatte, wurde mir nahegelegt, meine angesammelten Überstunden und Ferientage zu nehmen und erst mal eine Pause zu machen.«

Hayley sah sie groß an. »Fernsehjournalistin? Heißt das, du bist bekannt in Schweden?«

Dass Sophia von einem Nervenzusammenbruch gesprochen hatte, schien nicht zu Hayley durchgedrungen zu sein, das Wort »Fernsehjournalistin« hatte alles andere übertönt. Louis stieß ein beeindrucktes Pfeifen aus, ehe er in die Küche verschwand, um die faden Mittagsgerichte für den nächsten Tag vorzubereiten.

»Nein, nein, ich bin keine Berühmtheit. Fürs Fernsehen zu berichten ist nicht so bemerkenswert wie es klingt. Nicht unbedingt jedenfalls. Wenn man mit etwas Bedeutungsvollem arbeiten kann und Ressorts betreut, die einen interessieren, dann schon.«

Sophia drückte mit dem Teelöffel die Scheibe Zitrone in ihrer Tasse hinunter.

»Und das machst du?«, fragte Hayley.

Sophia schüttelte den Kopf und presste die Lippen zu einem steifen Lächeln zusammen.

»Das hätte ich gekonnt, wenn mir ein Kollege nicht den Traumjob vor der Nase weggeschnappt hätte. Dadurch hat sich einiges in meinem Leben verändert. Aber genug von mir. Wie sieht dein Leben eigentlich aus, Hayley? Wenn du nicht gerade in der Bar stehst.«

»Mein Leben? *Oh, là, là.* Das ist kein sehr erfreuliches Thema.« Sie winkte nonchalant ab.

Eine ganze Weile herrschte Schweigen, aber Sophia wartete einfach ab. Schließlich holte Hayley tief Luft und begann zu erzählen.

»Mein Leben ist ziemlich stressig. Ich habe eine Tochter im Teenageralter, Karen, die ganz wunderbar und gleichzeitig total schrecklich ist. Ich erinnere mich oft daran, wie sie als Sechsjährige war, mit geflochtenen Zöpfen und Rucksack und so. Wie klein und lieb sie immer war, wenn sie zu mir auf den Schoß gekrochen kam. Wenn ich daran denke, fällt es mir etwas leichter, den ganzen Rest auszuhalten. Aber dann ist mir oft auch zum Heulen, so sentimental werde ich.«

Sie starrte vor sich hin, schien ganz versunken in die Erinnerung an ihr kleines Mädchen.

»Und dann ist da noch mein Ex-Mann.«

Hayleys Tonfall war mit einem Mal ein ganz anderer.

»Er lebt in New York. Arbeitet viel. Nimmt sich nicht sehr oft Zeit, mal mit Karen zu telefonieren.«

Hayley holte ein paar Weingläser hervor und hielt sie in das Licht, das durch das große Fenster fiel. Entdeckte ein paar Flecken und begann, die Gläser unter heißem Wasser aus dem Kran abzuspülen.

»Karen und ich wohnen gleich um die Ecke, nur ein kleines Stück die Straße runter. Das Le Lulu war früher meine Stammkneipe, so habe ich Louis kennengelernt und den Job bekommen. Die Versicherungsgesellschaft, für die ich vorher gearbeitet habe, hat irgendwann beschlossen, ihre ›Reinigungskräfte‹, wie sie uns nannten, einzusparen. Stattdessen wurde eine externe Firma angeheuert.«

»Soll ich mal abtrocknen?« Sophia beugte sich über den Tresen und griff nach einem Handtuch.

Hayley stellte ihr ein paar feuchte Gläser hin.

»Ja, gerne. Mir gefällt es hier tatsächlich besser, auch wenn die Arbeitszeiten nicht so gut mit meinen Aufgaben als alleinerziehende Mutter zu vereinbaren sind. Zum Glück kommen mir Louis und Olivier entgegen, wenn es zu Hause Probleme gibt.«

Sie nahm die abgetrockneten Gläser und hängte sie mit der Öffnung nach unten in die Messinghalterung über der Theke.

»Und dann ist da natürlich noch die Miete. Ich habe immer irgendwen zur Untermiete bei uns wohnen, damit das Geld reicht.« Sie nahm das letzte Glas von Sophia entgegen. »Okay, die sind schon mal fertig. Danke für die Hilfe.«

Ihre Blicke begegneten sich. Im selben Moment kam Louis aus der Küche zurück.

»So, damit wäre die Bouillabaisse des Tages vorbereitet.«

Sophia schaute ihn verblüfft an.

»Du hast doch nicht in so kurzer Zeit einen Fischeintopf gekocht!«

Er schloss die Augen und verbarg mit gespielter Scham das Gesicht hinter den Händen.

»Jetzt bitte keinen Enthüllungsjournalismus.«

Wie sich herausstellte, wurde hier derselbe Trick angewandt wie schon beim Kartoffelgratin: halbfertige Gerichte, die nur aufgewärmt werden mussten. Sophia folgte ihm in die Küche. Der Eintopf sah nicht herausragend aus, aber auch nicht komplett misslungen. Ein Gericht wie aus einer Schulkantine, dachte sie.

Louis warf einen Blick in Richtung Bar und senkte die Stimme ein wenig.

»Wie fandest du es heute Vormittag? Ganz ehrlich.«

Sophia beschloss, kein Wort über Hayleys ruppigen Ton zu verlieren.

»So ein Bar-Job ist schon echt hart, keine Frage.« Sie lachte auf. »Normalerweise habe ich nicht so trockene Hände, wenn ich von der Arbeit komme.«

»Ist was anderes, als vor der Kamera zu stehen, hm?«

Sophia nickte.

»Kümmre dich nicht um Hayley. Sie hat es nicht so leicht im Moment. Die Zukunft der Bar und ihr eigenes Auskommen beunruhigen sie.«

Mit einem Mal merkten sie, dass Hayley in der Küchentür stand. Mit hochgezogenen Augenbrauen sah sie zu Sophia hinüber.

»Trockene Hände? Das klingt ziemlich arrogant.«

Ehe Sophia etwas erwidern konnte, räusperte Louis sich.

»Könntest du vielleicht auch morgen Nachmittag für mich einspringen? Ich muss noch ein paar Folgetests machen.«

Sophia wusste nicht, ob sie lachen oder weinen sollte. Einerseits wollte sie Louis gern näherkommen und bei nächster Gelegenheit noch mehr über die Vergangenheit ihrer Großmutter erfahren. Doch andererseits konnte sie gut darauf verzichten, sich ein weiteres Mal von Hayley herumkommandieren zu lassen.

Louis sah sie an und nickte.

»Wir können ja hinterher mal zusammen nach diesen Rezepten suchen, was meinst du?«

Wollte er sie etwa bestechen? Sie wog die Vor- und Nachteile gegeneinander ab.

Nach einem Moment des Zögerns antwortete sie schließlich: »Klingt gut.«

27

Du musst ihnen die Wahrheit sagen.

Sophia stand im Gäste-WC des Le Lulu und starrte in den großen Goldspiegel. Es war spät am Freitagnachmittag, und das Gefühl, Louis, Yanis, Hayley und Olivier die ganze Woche hinters Licht geführt zu haben, machte ihr allmählich zu schaffen. Je mehr sie über den Alltag der vier und die Arbeit in der Bar erfuhr, desto schlimmer wurde es. Sie atmete einmal tief durch und füllte zuerst den Seifen- und dann den Papiertuchspender neu auf.

Als sie wieder in die Bar kam, sah sie, dass Louis von seinem Termin im Krankenhaus zurück war. Pfeifend polierte er die Kaffeemaschine und wiegte dabei den Kopf hin und her, sodass sein grauer Pferdeschwanz im Nacken schaukelte. Plötzlich drehte er sich um und sah sie an.

Auf seinen Lippen breitete sich das gewohnte herzliche Lächeln aus.

»Dich scheint etwas zu bedrücken, was ist los?«

Das ist die perfekte Gelegenheit.

Raus mit der Wahrheit. Jetzt.

Einen Moment blickte er sie erwartungsvoll an, doch ehe sie den Mund öffnen und von ihren Verkaufsplänen erzählen konnte, kam er ihr zuvor.

»Vielleicht kann ich dich ja auf andere Gedanken bringen. Soll ich dir noch ein bisschen von Emmys erster Zeit hier erzählen?«

Sophia nickte eifrig und ging zu Louis hinter den Tresen. Über den Verkauf konnte sie auch später noch mit ihm reden. So eilig war es eigentlich nicht.

»Darüber würde ich gern mehr erfahren«, sagte sie und lehnte sich von innen an die Theke.

Louis legte den Lappen zur Seite, mit dem er die Kaffeemaschine gesäubert hatte.

»Dass Emmy und ich schnell Freunde wurden, hatte ich schon erzählt, oder?«

Erneut nickte Sophia.

»Mit Britta habe ich mich ja auch sehr gut verstanden, aber Emmy und mich verband noch mehr. Wir hatten eine gewisse Gemeinsamkeit, könnte man sagen. Sie hat mir erzählt, dass sie sich in Kramfors immer etwas eingesperrt vorkam und das Gefühl hatte, dort in zu engen Schuhen umherzulaufen. Sie sehnte sich nach mehr. In so einer Kleinstadt wird viel getratscht, alle wissen übereinander Bescheid. Du kannst es dir sicher vorstellen. Vor ihrer Reise war sie übrigens schon mit deinem Großvater zusammen.«

»Sven«, sagte Sophia.

Wie seltsam es doch war, in einer Bar in Paris zu stehen und über ihren Großvater zu reden, der schon so lange nicht mehr lebte. Aber da sie unbedingt mehr erfahren wollte, hielt sie sich möglichst zurück, um Louis nicht aus dem Redefluss zu bringen.

Gäste schienen sie heute nicht mehr zu bekommen. Das war zwar schlecht für die Kasse, und einen Großteil des vorbereiteten Essens würden sie wohl entsorgen müssen, aber für den Moment kam es Sophia ganz gelegen, dass gerade so wenig los war.

»Genau, Sven. Emmy hatte nur Gutes über ihn zu sagen. Er muss ein feiner Kerl gewesen sein. Meine Güte, das ist alles schon so lange her. Manche Erinnerungen sind wie im Nebel. Andere dagegen glasklar«, sagte Louis und hielt einen Moment inne, ehe er fortfuhr.

»Emmy war Anfang zwanzig, als sie hierherkam. Sie und

ich haben abends oft den Laden zusammen dichtgemacht. Sie hat den Boden gewischt, und ich habe die Stühle hochgestellt und gefegt. Am Anfang war sie noch ziemlich schüchtern, aber das hat sich wie gesagt schnell geändert, und sie kam immer mehr aus sich heraus. Hat sich bunter gekleidet, Plateauschuhe und was weiß ich nicht alles getragen. Aber es waren nicht nur Äußerlichkeiten, auch innerlich fand bei ihr eine Veränderung statt. Sie ging auf wie eine Blume, die die richtige Nahrung bekommt. Ich habe mich oft gefragt, ob diese Verwandlung für den Rest ihres Lebens angehalten hat oder ob sie wieder zu der wurde, die sie vor ihrer Reise war.«

Verträumt schaute er vor sich hin. Sophia erkannte ihre Großmutter in seiner Beschreibung durchaus wieder. Emmy hatte stets einen Sinn für schöne Dinge gehabt, und ihre Hutsammlung anzuprobieren, hatte zu Sophias Lieblingsbeschäftigungen als Kind gehört. »Ich glaube, das hat angehalten.«

Louis musterte sie prüfend.

»Das freut mich sehr zu hören. Unser Leben war wie ein Traum. Keiner von uns wollte so recht erwachsen werden, glaube ich. Jeder Abend in der Bar war ein Fest, zu dem immer die interessantesten Leute kamen. Wir haben Lyrikabende, Podiumsdiskussionen und alles Mögliche hier veranstaltet.«

Er musste lachen.

»Emmy und Britta waren schon einfach exotisch – zwei Schwestern aus Schweden, die eine blond, die andere dunkelhaarig, das hat mit Sicherheit auch zu dem Hype um die Bar beigetragen. Sie müssen jedenfalls ziemlich moderne Eltern gehabt haben, dass sie einfach so losziehen durften. Am liebsten hätten wir für immer so weitergemacht. Aber Leben heißt nun mal Veränderung, wie du weißt.«

Er verstummte.

»Ist irgendwas Bestimmtes vorgefallen?«, fragte sie vorsichtig.

Louis nickte. »Ja. In der Bar hat noch jemand anderes angefangen. Corinne.«

In dem Moment ging die Tür auf. Beide wandten sich um, und zu Sophias Überraschung betrat Tristan das Lokal.

Sofort spürte sie einen Anflug von Nervosität. *Was macht der denn hier?*

»*Bonjour*«, grüßte Louis freundlich.

Tristan nickte nur schweigend.

»Ah, da sind Sie ja«, sagte er, als er Sophia erblickte. »Gut. Ich habe erfreuliche Nachrichten.« Er lächelte. »Gerade hatte ich einen potenziellen Käufer am Telefon. Und dann schien die Sonne draußen, und ich dachte, warum nicht einen kleinen Spaziergang machen, anstatt nur eine E-Mail zu schicken? Vom Tour Montparnasse ist man ja relativ schnell hier.«

Diese Spontanität überraschte sie. *Da war er wohl gerade im Flaggenmodus*, dachte sie.

Louis streckte dem Gast die Hand entgegen.

»Ah, Tour Montparnasse! Ich verstehe, Sie müssen der Mann von der Bank sein. Wir sind wirklich dankbar für den Kredit.«

Tristan räusperte sich und schüttelte den Kopf.

»Kredit? Ich bin Anwalt.«

Sophia biss sich auf die Lippe. *Verdammter Mist.*

»Ich bin mit der Veräußerung des Betriebs betraut. Glücklicherweise haben wir bereits Käufer in Aussicht, und zwar Le Grand Parnasse Inc., das Unternehmen hinter der bekannten Kaffeekette. Sie wollen sich hier im sechsten Arrondissement in der Nähe des Jardin du Luxembourg etablieren und suchen noch ein Lokal. Dieser Standort scheint ihnen einiges wert zu sein.«

Er sah sich in der Bar um und fuhr fort:

»Im Fall einer Übernahme wird hier sicher alles abgerissen und nach dem Vorbild der anderen Filialen neu gestaltet.«

Sophia holte tief Luft und schielte zu Louis hinüber. Der hatte den Kopf geneigt und sah sie mit leerem Blick an.

»Das hat dich also bedrückt. Lügen, nichts als Lügen. Wenn du verkaufen willst, tu es. Aber sei wenigstens ehrlich.«

Mit einem tiefen Seufzer band er sich die Schürze ab und legte sie auf die glänzende Theke. Sophia fand keine Worte, verzweifelt suchte sie nach irgendetwas Vernünftigem, was sie antworten konnte.

»Mach nicht den gleichen Fehler wie deine Großmutter und steck den Kopf in den Sand.« Nun bebte seine Stimme. »Und verschließ nicht dein Leben lang die Augen vor den Wahrheiten um dich herum. Du hast nur ein Leben. Ein einziges.«

Sophias Blick flackerte zwischen Louis und dem Anwalt hin und her. Wovor hatte Oma Emmy ihr Leben lang die Augen verschlossen? Sie fuhr sich mit der Hand übers Gesicht, wusste nicht, was sie Tristan jetzt sagen sollte. Über die potenziellen Käufer wollte sie gern mehr erfahren, aber zuerst musste sie sich um Louis kümmern.

»Entschuldigen Sie mich. Ich muss nur eben …«

Sie wandte sich um und sah, wie Louis auf die Tür zuging. Er verließ die Bar, blieb einen Moment draußen stehen, um jemanden zu grüßen, der gerade vorbeiging, und verschwand dann kurzerhand die Straße hinunter.

Sophia, die sich die ganze Zeit nicht vom Fleck gerührt

hatte, stürzte nun zur Tür hinaus und sah gerade noch, wie Louis um die Ecke bog und die Rue Vavin in Richtung Jardin du Luxembourg hinunterging.

»Was hat das zu bedeuten?«, fragte Tristan, der ihr nachgekommen war.

Ehe sie etwas antworten konnte, trat auch Hayley vor die Tür.

»Wo will er hin?«, fragte sie.

Hayley hat nichts mitbekommen. Dem Himmel sei Dank, dachte Sophia. Sie kratzte sich am Kopf, sodass sich ein paar helle Strähnen aus ihrem unordentlichen hohen Dutt lösten.

»Keine Ahnung«, log sie und zuckte mit der Schulter. »Ich glaube, er musste irgendwas besorgen.«

Hayley nickte und ging wieder hinein.

»Scheiße!«, rief Sophia so laut, dass es von den Wänden widerhallte.

28

Sophia hatte Tristan gebeten, am nächsten Nachmittag wiederzukommen. Erst später war ihr aufgefallen, dass der folgende Tag ein Samstag war. Offensichtlich war Wochenendarbeit jedoch kein Problem für einen Anwalt, oder aber er kam in seiner Freizeit, jedenfalls stand er nun wie vereinbart erneut vor der heruntergekommenen Tür.

Sie überlegte, ob sie ihm einen Kaffee anbieten sollte, entschied sich aber dagegen und ließ ihn gar nicht erst ins Lokal hineinkommen.

»Wir sitzen draußen?«, fragte er verwundert, als sie ihn zu einem Tisch im Außenbereich lotste.

Es war fast ein bisschen zu kalt, aber Sophia bestand darauf.

»Hier können wir ungestört reden, dachte ich.«

Die Erklärung schien ihm etwas seltsam vorzukommen, immerhin arbeitete außer Sophia im Moment nur Hayley in der Bar. Doch er nahm ohne weiteren Einwand Platz.

»Gut. Also, bevor wir uns dem Verkauf zuwenden …«, setzte er an und holte die Mappe mit den entsprechenden Unterlagen hervor, »… möchte ich mich zunächst einmal entschuldigen.«

Die Worte schienen ihm nicht so leicht über die Lippen zu kommen. Fehler einzugestehen, gehörte wohl nicht gerade zu den Stärken dieses Menschen, nahm Sophia an. Im Grunde ging es ihr da ganz genauso, wenn sie mal ehrlich war.

»Woran denken Sie?«, fragte sie und tat so, als wüsste sie nicht, worauf er hinauswollte.

»An meine übertriebene Reaktion auf das Malheur mit dem Kaffee.«

Sie sahen sich an.

»Ach so, Entschuldigung angenommen«, antwortete sie und lächelte.

Er erwiderte ihr Lächeln und öffnete die Mappe mit den Unterlagen.

»In Ordnung. Sie wollten, dass ich einen Käufer finde, und das habe ich getan.«

»Das ging ja schnell.«

»Mein alleiniges Verdienst ist es nicht. Dieses Viertel ist sehr beliebt. Wie ich gestern schon sagte, bieten die Interessenten einen guten Preis, mehr als ich ehrlicherweise zu hoffen gewagt hatte, Mademoiselle. Sie möchten so schnell wie möglich eine Rückmeldung, ob Sie ihr Gebot akzeptieren.«

Sophia nickte und beugte sich vor, um besser zu sehen, als er durch die Unterlagen auf dem Tisch zu blättern begann.

Während er weitersprach, wandte sie sich um und schaute durch das Fenster ins Lokal. Ließ den Blick über den alten Dielenboden schweifen. *Der müsste mal abgeschliffen werden, dann würde er wieder richtig schön aussehen*, dachte sie. Die Kerzenständer auf den Tischen waren leer. Wann hatte dort jemand zuletzt mal neue weiße Kerzen hineingesteckt? Ihr Blick wanderte weiter und blieb schließlich an den drei riesigen Kristallkronleuchtern an der Decke hängen. Sie kniff die Augen zusammen und beugte sich vor. Die waren ihr noch nie aufgefallen, genauso wenig wie der Stuck an der Decke.

»Sollen wir weitermachen?«, fragte er und schob ihr die Unterlagen hin.

»Entschuldigen Sie. Ich musste gerade an etwas anderes denken.«

»Kein Problem.«

»Dass ein so altes Lokal modernisiert werden soll, ist fast ein bisschen schade, oder?«

»Kann schon sein.«

»Und die Angestellten müssten sich dann neue Jobs suchen ...«

Sie wandte sich wieder zur Straße. Hatte ihre Großmutter früher hier gesessen und auf die Rue Notre Dame des Champs geschaut, so wie sie jetzt? Louis zufolge hatte Oma Emmy Paris geliebt. Warum nur hatte sie die Stadt nach ein paar Monaten Hals über Kopf verlassen?

»Ich würde Sie gern mal etwas Persönliches fragen«, sagte Sophia und schaute dem Anwalt unverwandt in die Augen. »Darf ich du sagen?«

Er nickte und räusperte sich. »Ich bin Tristan.«

»Und du brauchst mich auch nicht mit Mademoiselle anzusprechen. Sag einfach Sophia zu mir.«

Sie hielt kurz inne, ehe sie fortfuhr.

»Hast du jemals einen Traum gehabt, Tristan? Einen Traum, der ... Also, einen Traum, um den sich dein ganzes Leben gedreht hat? Der alles Wichtige bestimmt hat?«

Er hob erstaunt die Augenbrauen.

»Einen Traum? Ja und Nein. Mit meinem Beruf bin ich zufrieden, aber es gibt durchaus andere Dinge, über die ich manchmal nachdenke.«

»Andere Dinge?«

Er zuckte mit den Schultern.

»Aber sehnst du dich nie nach mehr im Leben?«, fragte sie weiter.

»Muss man das?«

»Von irgendetwas musst du doch träumen? Von einer Reise vielleicht?«

»Reisen versuche ich möglichst zu vermeiden. Oder besser gesagt ...« Er zögerte. »Ich reise nicht. Ich war noch nie außerhalb von Frankreich. Bis auf einmal, um meinen Vater in Algerien zu treffen. Davon abgesehen habe ich noch nie das Land verlassen.«

Sie sah ihn verblüfft an.

»Im Ernst? Bist du Klimaaktivist oder so?«

»Aktivist?«

»Na, für den Klimaschutz. Wegen der Emissionen. Sagt dir der Begriff Flugscham etwas?«

»Ach so, nein, nein. Also, das Klima ist mir schon wichtig, aber das ist nicht der Grund, warum ich nicht reise. Ich mag es einfach nicht. Punkt.«

»Wie kannst du das wissen, wenn du es nie machst?«

»Ich bin mir hundert Prozent sicher, dass ich es nicht mag.«

»Hundert Prozent ist ziemlich viel.«

Schweigend sah er sie an. Lächelte zaghaft, sodass ein kleines Grübchen auf seiner Wange sichtbar wurde.

»Ja, das stimmt.«

Sophia dachte an die Flaggen, von denen er erzählt hatte. Wie kommt es, dass jemand, der das Reisen verabscheut, Flaggen sammelt? Wahrscheinlich war jetzt nicht der richtige Moment, um danach zu fragen.

»Und was ist mit dir? Wenn du mich nach meinen Träumen fragst, liegt es nahe, die Frage zurückzugeben. Wovon träumst du, Sophia?«

»Ich wollte schon immer Auslandskorrespondentin im Nahen Osten werden. Leider bin ich da nicht die Einzige an meinem Arbeitsplatz, der Posten ist sehr prestigeträchtig.«

Sie betete die Antwort wie einstudiert herunter. Er sah sie prüfend an, als könnte er nicht ganz glauben, was sie da sagte.

»Prestige? Ist dir so etwas wichtig?«

»Nein, überhaupt nicht«, log sie. »Aber soll ich dir mal sagen, was komisch ist? Inzwischen weiß ich gar nicht mehr, was ich eigentlich will. Vielleicht ist es langsam ja Zeit für einen neuen Traum. Oder bedeutet das aufgeben?«

»Das kommt wohl auf deine Beweggründe an. Geht es dir um dich oder willst du nur allen anderen, die es auf den Job abgesehen haben, eins auswischen?«

Sie lachte laut auf.

»Natürlich geht es mir um mich.« Doch sie hörte selbst, wie wenig überzeugend das klang.

Er schien einen Moment zu zögern, dann fuhr er fort: »Mein Bruder und ich hatten früher ein Spiel. Das haben wir gespielt, wenn wir uns vor den älteren, coolen Kindern in der Straße verstecken wollten.«

Er hielt kurz inne.

»Augen zu.«

Sie sah ihn fragend an.

»Wie bitte?«

»Schließ mal die Augen.«

Zögernd folgte sie seiner Aufforderung.

»Stell dir vor, du kletterst auf einen Baum. Ganz hoch hinauf. Du kletterst und kletterst, bis du dich nicht weitertraust.«

Sie hielt die Augen geschlossen und versuchte, seine Beschreibung zu visualisieren.

»Und jetzt denk dir, dass unter dir die Menschen zu sehen sind, die du beeindrucken willst. Kannst du sie sehen?«

»Ähm ... ich glaube schon.«

»Siehst du sie oder nicht?«

»Ja. Ich sehe sie.«

»Gut. Dann siehst du sicher auch, wie klein sie von oben sind. Wenn man das, was einem Angst macht, mal aus der

Ferne betrachtet – ob es nun Menschen sind oder irgendetwas anderes –, wirkt es nur noch halb so beängstigend. Verstehst du?«

Sie öffnete die Augen und sah ihn an.

»Ich glaube schon.«

Er warf einen Blick auf seine Armbanduhr.

»Ich fürchte, ich muss los. Der nächste Termin ruft.« Seine Stimme hatte nun wieder einen formellen Tonfall.

Mit einem unbehaglichen Gefühl stand sie auf. Ihr war, als hätte er ihr soeben eine Abfuhr erteilt. Sie wusste nicht genau, wieso, aber aus irgendeinem Grund wäre es ihr lieber gewesen, das Gespräch selbst zu beenden.

»Ich lasse dir die Mappe hier, darin findest du alle wichtigen Informationen. Meld dich, sobald du eine Meinung dazu hast. Und lies dir alles ganz genau durch, hier darf nicht geschludert werden.«

Die letzte Bemerkung hätte er sich sparen können. Verärgert sah sie ihm nach, als er mit seinem schweren Rucksack über der Schulter verschwand.

Für einen kurzen Augenblick hatte sie geglaubt, ihr erster Eindruck sei falsch gewesen und sie habe ihn zu Unrecht für eingebildet und arrogant gehalten. Aber das stimmte anscheinend nicht.

Typisch Anwalt, dachte sie und ging wieder hinein.

29

»Jetzt ist eine ganze Woche vergangen, ohne dass du mich ein einziges Mal angerufen hast.« Fatimas wohlbekannte Stimme ließ eine angenehme Ruhe in Sophia aufkommen.

In den letzten sieben Tagen war so viel passiert, dass sie gar nicht gemerkt hatte, wie schnell die Zeit verflogen war. Sie würde wohl mal nachfragen müssen, ob sie die Airbnb-Wohnung noch etwas länger haben konnte. Die Hälfte der zwei Wochen, die sie gebucht hatte, war ja bereits rum, wie ihr plötzlich klar wurde.

Während sie Fatima beim Erzählen zuhörte, nahm sie auf einer Bank vor einer großen Kirche Platz und knöpfte sich den schwarzen Mantel auf. Es war zwar erst Anfang April und die Luft noch kühl, doch die Sonne an diesem Morgen wärmte schon kräftig im Gesicht.

Die weißverputzten Kirchtürme erhoben sich wie zwei Drachen über dem Marktplatz, und nach einer Weile begriff Sophia, dass das Saint-Sulpice sein musste, die Kirche, von der sie in *Sakrileg* gelesen hatte.

»Du hast meine neue Nummer und ein paar Nachrichten bekommen. Das reicht doch wohl«, sagte sie scherzend und beobachtete eine Gruppe Studenten, die auf dem riesigen Springbrunnen vor der Kirche herumkletterten und Selfies schossen, obwohl es noch früh am Sonntagvormittag war.

»Von wegen! Ein bisschen mehr musst du mir schon geben, sonst werde ich dir untreu.«

Sophia konnte hören, dass Fatima lächelte. Nachdem sie ihr eine Zusammenfassung der letzten Woche gegeben und auch von dem potenziellen Käufer erzählt hatte, erhielt sie ungefragt ein Update zum neusten Klatsch und Tratsch aus der Redaktion. Zu ihrer Überraschung stellte sie fest, wie wenig es sie interessierte, welcher Programmleiter seinen Vertrag nicht verlängert bekommen hatte oder wie es gekommen war, dass der Chefredakteur für Innenpolitik abgesägt worden und auf dem »Friedhof«, also bei einem nichtssagenden Lokalsender irgendwo im Norden gelandet war.

Nachdem sie das Gespräch beendet hatten, blieb Sophia noch eine Weile auf der Bank sitzen und dachte nach.

Louis. Ich muss mit ihm reden.

Sie stand auf und ging die Rue Sevandoni in Richtung Jardin du Luxembourg hinunter. Das Viertel um die Bar kam ihr inzwischen beinahe heimisch vor. Straßennamen und andere Orientierungspunkte hatte sie sich erstaunlich schnell einprägen können.

Der weitläufige Jardin du Luxembourg befand sich genau an der Grenze zwischen Saint-Germain-des-Prés und dem Quartier Latin. Im Park angekommen, blieb sie einen Moment stehen und sah sich um. Es war, als tauchte sie inmitten des Großstadtgetöses in eine von Zwitschern erfüllte Oase ein. Vor ihr erstreckte sich eine lange Allee, und zu ihrer Rechten blühte ein großer Baum mit rosafarbenen Blüten, dessen Namen sie nicht kannte. Die Rasenflächen ringsumher waren auf dem besten Wege, grün zu werden, und hier und da hatten sich bereits Grüppchen von Jugendlichen darauf niedergelassen, um die frühe Frühlingssonne zu genießen. Weiter im Inneren des Parks sah sie weiße und gelbe Blumen, die im Kreis um eine Statue gepflanzt waren. Sie kam sich vor wie Alice im Wunderland, die soeben durch den Kaninchenbau gefallen war.

Trotz all der Schönheit um sie herum und trotz des Gesprächs mit Fatima wuchs ein Gefühl von Unbehagen in ihr heran. Nicht einmal dieser magische Park mit seinen endlosen Reihen prachtvoller Ziergefäße, den üppigen Efeuranken und unzähligen Statuen konnte sie heiter stimmen.

Hayley hatte gesagt, dass Louis bei schönem Wetter normalerweise im Park anzutreffen sei, und Sophia wollte gern ungestört mit ihm reden. Sie folgte der Allee, bis sie vor dem großen Springbrunnen und dem Palais stand. Aufmerksam schaute sie sich um. Auf dem Platz um den Springbrunnen wimmelte es von Menschen, die es sich auf den dort aufgestellten grünen Stühlen bequem gemacht hatten. Ob Louis hier irgendwo saß? Als ihre Suche erfolglos blieb, ließ sie den Blick über den Rasen schweifen, doch auch dort war er nirgendwo zu sehen.

Während sie weiter durch den großen Park ging, wuchs ihre Unruhe. *Warum habe ich nur gelogen?*

Was wird aus Hayley und ihrer Tochter, wenn Hayley ihren Job verliert?

Aber das ist ja eigentlich nicht mein Problem. Oder etwa doch?

Und was soll Louis mit sich anfangen, wenn er die Bar nicht mehr hat?

Sein ganzes Leben schien mit dem Lokal verknüpft zu sein. Vermutlich sollte sie froh sein, dass Tristan so schnell einen Käufer aufgetan hatte. Aber dass das neue Unternehmen alles abreißen würde, was das Le Lulu einmal ausgemacht hatte, fühlte sich nicht gut an. So alt und abgetakelt die Räume auch waren, hatten sie doch ihre Geschichte und ihren Charme. Sie kam nicht umhin, ein gewisses Bedauern zu empfinden. Nun ja, es musste wohl sein.

Nach einer Weile entdeckte sie Louis. Er saß mit dem Rücken zu ihr auf einer Bank in der Nähe der Tennisplätze und schien wie alle anderen im Park die Sonne zu genießen. Schuhe und Strümpfe hatte er ausgezogen und neben sich auf die Bank gelegt. Langsam ging Sophia zu ihm hinüber. Sie wollte gerade auf sich aufmerksam machen, da sah sie, wie er noch einmal den Zettel zur Hand nahm, mit dem sie ihn neulich in der Bar gesehen hatte. Er zog ihn aus der Innentasche seines Sakkos und faltete ihn behutsam auseinander. Eine Weile betrachtete er ihn, dann schüttelte er den Kopf und steckte den Zettel wieder zurück, ehe er sich zurücklehnte und seine Wangen in die Frühlingssonne hielt.

Sophia trat noch ein Stück näher heran und legte ihm eine Hand auf die Schulter. Überrascht wandte er sich um und sah sie mit tränenerfüllten Augen an.

30

»Verzeih mir«, sagte Sophia und seufzte tief.

Er klopfte mit der flachen Hand auf die Bank und gab ihr zu verstehen, dass sie sich zu ihm setzen sollte. Gleichzeitig wischte er sich ein paar Tränen von den Wangen.

»Ich habe am Freitag nach dir gesucht, aber du warst wie vom Erdboden verschluckt. Und als ich dich gestern anrufen wollte, war dein Handy aus«, sagte sie vorsichtig.

»Jeder hat seine eigene Art, mit Wut umzugehen. Ich ziehe mich am liebsten zurück. Heute fällt es mir leichter, mit dir zu reden.«

»Verstehe. Ich suche wohl eher die Konfrontation.« Sophia lachte auf.

»Deine Großmutter war ganz genauso.«

»Das stimmt. Bist du traurig?«

Lächelnd schüttelte er den Kopf. »Es kam nur auf einmal so viel hoch. Ist nicht der Rede wert.«

Sie nickte und holte tief Luft.

»Ich hatte vor, es dir zu sagen. Aber du und Yanis habt euch so gefreut. Und als Yanis mich als Ritterin auf dem weißen Pferd bezeichnet hat … ich meine, was soll man da sagen? Ich wusste einfach nicht, wie ich anfangen sollte. Das war feige.«

Er nickte.

»Ja, es war feige. Aber auch verständlich.«

Sie strich mit den Fingern über die Bank, die von der Sonne ganz warm war.

»Sag den anderen bitte noch nichts. Ich möchte es ihnen selbst erzählen.«

Sie mied seinen Blick und betrachtete weiter die grün gestrichene Sitzfläche, als sähe sie zum ersten Mal eine Parkbank.

»Okay«, sagte er zögernd. »Und wann willst du das machen?«

»Bald.«

»Du hast dein Leben in Stockholm, ich kann verstehen, dass du dorthin zurückwillst, anstatt dir lauter Probleme mit einer Bar in Paris ans Bein zu hängen. Zumal das Lokal offenbar einen Haufen Geld wert ist. Die anderen haben sicher Verständnis. Auch wenn es natürlich traurig ist, dass das Le Lulu dann nicht mehr existiert.«

»Aber genau das will ich eigentlich gar nicht. Zurück, meine ich. Mein Leben in Stockholm ist gerade ziemlich kompliziert. Unter anderem deshalb wollte ich ja nach Kairo.«

»Willst du mir davon erzählen?«

»Wovon?«

»Was ist denn so kompliziert gerade?«

Sie spürte einen Kloß im Hals. Die Scheidung, der ganze Fehlgriff mit Viktor war nichts, wovon sie besonders gern berichtete.

»Es ist nicht so leicht, darüber zu reden«, setzte sie vorsichtig an und ließ den Blick durch den Park schweifen, auf der Suche nach irgendetwas, was sie vom Thema abbringen könnte, doch keiner der vorbeilaufenden Jogger, Studenten und Touristen schien ihr diesen Gefallen tun zu wollen.

»Ich habe eigentlich noch nie jemandem davon erzählt. Viktor und ich hatten sehr unterschiedliche Wertvorstellungen. Am Anfang war noch alles gut, wir waren total verknallt.« Sie musste lachen. »Ich war wohl etwas naiv, aber wenn es einen plötzlich erwischt, ist es nicht so leicht, einen kühlen Kopf zu bewahren. Ich mochte unsere Zweisamkeit, die kleine Welt, die wir uns geschaffen hatten. Und die Veränderung kam so schleichend. Er wurde herablassend mir gegenüber, äußerte sich negativ über meine Arbeit und ... wurde mit der Zeit ziemlich kontrollierend.«

Louis hob die Augenbraunen. Was er hörte, erstaunte ihn offensichtlich. Doch er unterbrach sie nicht, wartete nur ab und ließ sie weiterreden. Sie presste sich die Fingernägel in die Handflächen.

»Es war nicht so, wie du jetzt vielleicht denkst, nicht wie im Film. Das lief alles sehr subtil ab.«

Sie schwieg einen Moment. Eigentlich hatte sie gedacht, dass sie einigermaßen gefasst von Viktor erzählen könnte. Sie hatte keine Ahnung gehabt, was es in ihr auslösen würde, und die Tränen, die ihr nun über die Wangen liefen, erwischten sie eiskalt.

»Puh, das ist ... jetzt wirklich unangenehm. Ich wollte doch nicht heulen.« Ihr versagte die Stimme. Mit einer wütenden Handbewegung wischte sie sich ein paar Tränen aus dem Gesicht.

Louis nickte. Sie atmete ein paarmal tief durch und fuhr fort:

»Man meint immer, man sei so stark. Denkt, man könne für sich einstehen, und die Liebe würde sowieso ewig halten. Aber das ist ein Irrtum, Louis. Ein verdammter Irrtum.«

Sie fuhr sich mit dem Handrücken unter der Nase lang.

Louis reichte ihr ein fein säuberlich gefaltetes Stofftaschentuch. Es war gebügelt und mit kleinen blauen Blümchen bestickt.

Da musste sie wieder lachen.

»Ist das dein Ernst?« Sie nahm das Tuch und betrachtete es. »Du bist so was von französisch. Wer trägt denn ein

Schnupftuch aus Stoff mit sich herum? Und auch noch bestickt!«

Er schaute sie mit diesem milden Lächeln an, das sie auf Anhieb so liebgewonnen hatte.

»Wie fing es an? Wann hast du gemerkt, dass er nicht mehr der Mann war, den du geheiratet hast?«

Sophia putzte sich die Nase und ließ die Frage eine Weile unbeantwortet. Nicht mehr der, den sie geheiratet hatte? Verändert hatte Viktor sich eigentlich nicht. Das machte es ja so schwierig. Hinter den fiesen Kommentaren und dem kontrollierenden Gehabe steckte immer noch der Mann, in den sie sich so leidenschaftlich verliebt hatte. Mit dem sie gelacht, geschlafen und die intimsten Gespräche geführt hatte. Der Mann, in dem sie ihre Zukunft gesehen hatte.

Ein kleiner Vogel flatterte über ihre Köpfe hinweg und ließ sich zutraulich auf der Bank neben ihnen nieder. Louis nahm ihre Hand und drückte sie.

»Du bist stark. Genauso stark wie Emmy. Lass dir von niemandem etwas anderes einreden.«

Schweigend blickte sie zu dem großen Wasserbecken im Park. Ein Junge spielte gerade mit einem der Modellboote, die es dort auszuleihen gab. Seine Mutter – oder war es ein Kindermädchen? – half ihm, das Boot anzustupsen. Als der Frühlingswind das kleine Segel erfasste und das Bötchen in Fahrt kam, klatschte der Junge vor Freude in die Hände.

Eine Weile saßen Louis und Sophia still nebeneinander. Er strich ihr vorsichtig über den Rücken, sie schloss die Augen und sammelte Kraft für den letzten Teil ihrer Geschichte.

»Wie ist es jetzt? Steht ihr noch in Verbindung?«

»Er will mich nicht gehen lassen. Ruft die ganze Zeit an und verlangt nach wie vor engen Kontakt. Aber das endet meistens nur in alten Diskussionen und Streit.«

Sie holte tief Luft und erbebte dabei am ganzen Leib. Das Gespräch über die gescheiterte Beziehung schien jeder Zelle ihres Körpers den Sauerstoff entzogen zu haben.

»Das ist das erste Mal, dass ich wirklich darüber rede. Das erste Mal, dass mich jemand deshalb weinen sieht. Nachdem ich da im weißen Kleid gestanden habe, mit Brautstrauß und allem Drum und Dran, fühlt sich das wie eine ziemliche Niederlage an.« Sie schüttelte den Kopf. »Ich will, dass er einfach Luft für mich ist. Ein Niemand.«

»Das kann ich gut verstehen. Und irgendwann ist er das vielleicht auch. Aber du musst dir erst mal die Gelegenheit geben zu trauern, lass dir Zeit. Ich weiß, wovon ich rede, glaub mir. Ich habe schon oft getrauert in meinem Leben.«

»Als Emmy abgereist ist, zum Beispiel?«

»Ja. Da haben wir alle getrauert.«

»Als wir das letzte Mal darüber geredet haben, hast du eine Frau namens Corinne erwähnt. Wer war das?«

Am Himmel schob sich eine Wolke vor die Sonne, und es wurde schnell kühler. Sophia zog die Ärmel ihres Pullovers lang.

»Corinne war ein Wirbelwind. Eine Urkraft, könnte man sagen. Sie fing in der Bar an und gehörte schnell zur Gruppe. Die Sache ist nicht so leicht in Worte zu fassen. Aber deine Oma war mutig, das sollst du wissen.«

Louis begann, sich die Strümpfe und Schuhe wieder anzuziehen.

»Was meinst du mit mutig?«

»Sich selbst treu zu bleiben, ist keine leichte Aufgabe. Damit mühen wir uns ein Leben lang ab.«

»Aber ... ich verstehe nicht ganz. Sie ist doch zurück nach Kramfors gefahren und hat dort den Rest ihres Lebens mit meinem Opa verbracht. Was war daran mutig?«

Louis schien etwas antworten zu wollen, doch dann verschlossen sich seine Lippen wie eine Muschel.

»Olivier wartet auf mich, ich muss zurück«, sagte er schließlich und stand auf.

Sophia hakte sich bei ihm ein, und langsam spazierten sie durch den Park in Richtung Le Lulu.

»Hast du eigentlich die Rezepte gefunden?«

»Nein, mein Herz. Aber ich suche weiter. Gut, dass du mich daran erinnerst.«

31

Am Tag darauf ging Sophia mit zielstrebigen Schritten die Rue Notre Dame des Champs hinunter. Hayley wohnte nicht weit entfernt in einem Haus, dessen Fassade deutlich weniger hermachte als die der umliegenden Gebäude. Ein junger Kerl mit Kopfhörern und Trainingsanzug kam gerade heraus und hielt Sophia die Tür auf.

»Merci«, bedankte sie sich und schlüpfte in den Hausflur.

Sie wusste, dass sie in den dritten Stock musste. Jetzt war Schluss mit der Lügerei. Auch Hayley sollte nun endlich erfahren, wie es um die Zukunft des Le Lulu bestellt war.

Das Treppenhaus hielt, was die Fassade versprochen hatte. Es roch übel und war regelrecht verwahrlost. Man hatte fast das Gefühl, sich in einem Hochhaus in irgendeinem Vorort zu befinden. In Saint-Denis zum Beispiel brannten jeden Tag Autos, wie Sophia gelesen hatte, und die Polizei griff häufig zu Rauchgranaten und Gummigeschossen, um Krawalle zu bekämpfen. Aber was wusste sie schon?

Sie schämte sich für die Assoziationen, die Hayleys Wohnhaus in ihr hervorrief. Sie wusste, dass sie, genau wie alle anderen Journalisten, mit einer Mittelklassebrille durchs Leben spazierte, oft ohne es selbst zu merken. Ihre Annahme, dass im Zentrum von Paris ausschließlich wohlsituierte Menschen in schicken Häusern mit Marmortreppen wohnten, zeigte nur wieder einmal, wie ahnungslos sie war.

Sie öffnete den Aufzug, um in den dritten Stock zu fahren, aber darin roch es so stark nach Urin, dass sie sich stattdessen für die Treppe entschied. So schäbig und heruntergekommen dieses Haus war, hatte es doch auch etwas Sympathisches, fand Sophia. Die Art und Weise, wie es sich dem Dresscode der übrigen Pariser Gebäude mit ihren Stuckdecken und pompösen Eingangsbereichen widersetzte, war irgendwie frech.

Mit einem Mal ertönte weiter oben im Haus ein wütendes Gebrüll. Wenig später kam eine Jugendliche die Treppe hinuntergestürmt. Sophia blickte ihr kurz in die Augen, da stolperte das Mädchen plötzlich und stürzte haltlos genau auf sie zu.

»*Oh putain de merde!*«, rief das junge Ding, als es polternd vor Sophia hinfiel. Die konnte sich selbst kaum auf den Beinen halten, nachdem sie noch mit ausgestreckten Armen versucht hatte, das Mädchen aufzufangen.

»*Putain!*«

Immer wieder hallte das französische Wort für Hure durchs Treppenhaus.

»Ist schon gut. Beruhig dich. Hast du dir wehgetan?«

Das Mädchen, das lila gefärbte Haare hatte und ein kurzes Top unter ihrer Lederjacke trug, rieb sich den linken Fuß.

Erneut fluchte sie und schlug mit der Hand gegen die Treppe.

»Dieses Wort hilft bestimmt nicht gegen die Schmerzen. Oder irre ich mich vielleicht?«

»Ja, Sie irren sich.«

Ein grünes Augenpaar funkelte Sophia herausfordernd entgegen. Der Blick des Mädchens glühte vor Wut. Die Kleine kam ihr irgendwie bekannt vor, aber zuordnen konnte sie das Gesicht nicht. Ob sie in der Bar gewesen war, als Sophia dort ausgeholfen hatte? Nein, das wüsste sie noch.

»Wie geht es deinem Fuß? Kannst du auftreten?«

Widerwillig nahm das Mädchen Sophias Hand, um sich vorsichtig aufzurichten, doch bei dem Versuch, den verletzten Fuß zu belasten, brach sie zusammen.

»Der ist wohl verstaucht.«

»Warum reden Sie so komisch?«

»Meinst du meinen Akzent?«

Das Mädchen nickte, sodass ihr das gefärbte Haar ins Gesicht fiel.

»Ich bin aus Schweden.«

»Dann bist du die Neue in der Bar. Mama hat von dir erzählt.«

Das war also Karen. Jetzt sah Sophia auch die Ähnlichkeit zu Hayley: die vollen Lippen, die kleine Nase und die eisernen grünen Augen.

»Soll ich dir helfen, hochzukommen? Mit dem Fuß schaffst du es sowieso nicht weit.«

Karen warf ihr einen finsteren Blick zu und presste die Lippen aufeinander.

»Ich geh nicht mehr zurück zu der Schlampe. Die verbietet mir, mich mit Freunden zu treffen, und will mir das Taschengeld streichen, wenn ich keine besseren Englischnoten kriege.«

Sophia hüstelte. Hatte sie da gerade wirklich das französische Wort für Schlampe gehört?

»Entschuldige, wie hast du deine Mutter gerade genannt?«

»Ach, vergessen Sie's. Was wissen Sie schon von meinem Leben.«

Sophia überlegte, ob sie von ihrer eigenen Kindheit als Halbwaise erzählen sollte, sah aber ein, dass das nicht der richtige Zeitpunkt war, um einen überempfindlichen Teenager zur Vernunft zu bringen, und so half sie Karen nur schweigend die Treppe hinauf zur Wohnung.

Noch bevor sie oben waren, öffnete Hayley die Tür und blickte verwundert zwischen Sophia und Karen hin und her.

»Was machst du denn hier? Heute ist Montag, da fange ich doch um vier an. Oder habe ich die falsche Zeit im Kopf?«

Sophia schüttelte den Kopf. Ehe sie sagte, warum sie hier war, wollte sie erst einmal richtig ankommen.

32

»Ich wollte nur mal sehen, wie du so wohnst, und dich ein bisschen besser kennenlernen«, setzte Sophia vorsichtig an. »Dann habe ich im Treppenhaus zufällig Karen getroffen und …«

»Mein Fuß ist Matsch. Bist du jetzt zufrieden? Und dieser Englischtest ist mir immer noch scheißegal. Da kannst du dich auf den Kopf stellen!«

Karen hüpfte auf einem Bein in die Wohnung.

»Karen. So habe ich dich nicht erzogen.«

Hayley schaute ihrer Tochter nach, die sich an die Wand gestützt noch einmal zu ihr umwandte.

»Was Blöderes kann man als Mutter wohl kaum sagen. Doch, du hast mich erzogen. Und so bin ich. Also hast du mich genau so erzogen.«

Sie hüpfte weiter in ihr Zimmer und knallte die Tür hinter sich zu. Einen Moment herrschte Schweigen.

Sophia zögerte.

»Darf ich reinkommen?«, fragte sie vorsichtig.

Hayley wirkte unsicher, doch dann machte sie einen Schritt zur Seite und ließ Sophia hinein.

Hilfe, was mache ich hier? Kann mich bitte jemand zurück nach Stockholm beamen?, dachte Sophia, während sie ihre Schuhe auszog und ins Schuhregal stellte.

Hayley blickte auf Sophias nackte Füße und hob die Augenbrauen.

»In Frankreich lassen wir die Schuhe eigentlich an. Macht ihr das anders in Schweden oder ist das so ein Fetisch von dir?«

Sophia kratzte sich am Kopf und wackelte lächelnd mit den Zehen.

»Stimmt, das hatte ich vergessen. Kulturverwirrung. Soll ich ...?«

Sie machte Anstalten, die Schuhe wieder anzuziehen, aber Hayley winkte ab und sagte, sie finde es gut, wenn Leute sie selbst seien. Also folgte Sophia ihr barfuß in die Wohnung.

Nach einer kleinen Besichtigungsrunde war die anfangs noch steife Stimmung schon entspannter, wozu Sophias Barfußschock vielleicht sogar beigetragen hatte.

»Tee?«

»Gern.«

Während Hayley sich in der Küche zu schaffen machte, nahm Sophia all ihren Mut zusammen. Jetzt würde sie es erzählen.

Zwei Stunden später saßen die beiden immer noch am Küchentisch, eine weitere Kanne frisch aufgebrühten Tee zwischen sich. Hayley hatte weder überrascht reagiert noch war sie wütender gewesen als ohnehin schon. Angeblich habe sie es gewusst. Ihre Intuition habe ihr gesagt, dass Sophia verkaufen wollte, behauptete sie. Nun fragte sie sich nur, wo sie als Nächstes anfangen sollte. Einen neuen Job in Paris zu finden war nicht so leicht.

»Ich brauche eine Stelle, bei der ich meine Arbeitszeiten mitbestimmen kann. Immerhin muss ich auch an Karen denken.«

Nach einer kurzen Pause fragte Sophia: »Was war eigentlich los, bevor ich kam?«

Hayley schüttelte resigniert den Kopf.

»Sie hat einen Englischtest in den Sand gesetzt. Und jetzt wollte sie zu einem Typen, den sie übers Internet kennengelernt hat und der irgendwo weit außerhalb von Paris wohnt. Ich habe ihr gesagt, dass ich sie da nicht allein hinfahren lasse, bevor ich weiß, wer das ist, dass sie ihn erst mal zu uns einladen soll. Außerdem muss sie für den Wiederholungstest lernen.«

»Klingt plausibel. Alles davon.«

»Ist nicht so leicht das Ganze.«

»So allein dazustehen?«

»Ich wünschte, ich hätte eine Schwester oder irgendeinen anderen Erwachsenen, an den sie sich wenden könnte. Manchmal stecken wir komplett fest, dann ist es, als würden wir uns nicht mal mehr gegenseitig hören.«

»Vielleicht würde euch eine Familientherapie helfen.«

»Um Himmels willen. Weißt du, was so was kostet?«

Sophia schämte sich, dass sie nicht daran gedacht hatte. In ihrem Leben war Geld nie ein Problem gewesen.

»Ihr seht euch sehr ähnlich.«

»Danke. Das höre ich gerne. Ich finde nämlich, dass sie das schönste Mädchen der Welt ist. Aber würdest du ihr das sagen, dann würdest du dir eine einfangen. *Oh, là, là.* Ich hab's schon nicht so leicht mit ihr.«

»Kommt ihr Vater nie mal vorbei?«

»Er hat in New York alle Hände voll zu tun. Karen erzählt ständig davon, dass sie zu ihm ziehen will. Immer wenn wir streiten, droht sie mir damit.«

»Aber sie ist gerade mal vierzehn, oder?«

»Ja. Sie kann also nicht einfach so in die USA auswandern. Ich wünschte, ich könnte sie wenigstens mal für einen Besuch hinfliegen lassen, aber das kann ich mir beim besten Willen nicht leisten.«

Mit einem Blick zu Karens Zimmertür fuhr Hayley etwas leiser fort:

»Außerdem will ihr Vater nicht, dass sie bei ihm wohnt.

Aber davon weiß sie nichts. Ich habe nicht das Herz, es ihr zu sagen.«

»Klingt nicht so, als würdet ihr euch besonders gut verstehen. Dein Ex und du, meine ich.«

Hayley wirkte bitter.

»Nee, gut ist anders.« Sie machte eine Pause und schaute Sophia an. »Ich bin froh, dass du mir die Wahrheit über die Bar gesagt hast. Das weiß ich zu schätzen.«

Hayley schien einen Moment Anlauf zu nehmen und erzählte dann, dass ihr Ex-Mann fremdgegangen war. Sie hatte schon länger den Verdacht gehabt, dass etwas nicht stimmte, aber Beweise hatte sie erst gefunden, als Karen neun Jahre alt war. Sophia verwunderte es zunächst, wie offen Hayley plötzlich von sich erzählte, doch dann verstand sie, dass sie mit ihrer eigenen Ehrlichkeit Raum dafür geschaffen hatte.

»Irgendwann bin ich von der Arbeit gekommen und im Flur über eine seiner Jacken gestolpert. Ich habe sie aufgehoben und ein bisschen ausgeschüttelt.«

Sie schluckte, und ihr Gesichtsausdruck verhärtete sich. Dann erzählte sie von einem höchst dubiosen Foto, das aus der Jackentasche gefallen war. Es schien ihr immer noch schwerzufallen, darüber zu reden. Als sie das Bild beschrieb, musste sie den Blick abwenden, und ihre Stimme zitterte.

»Auf dem Foto war eine Frau zu sehen, die vor ihm auf dem Boden kniete. Sie standen vor einem Spiegel.«

Hayley schloss immer wieder die Augen, während sie erzählte, so als würde sie das Bild am liebsten aus ihrer Erinnerung löschen.

»Sie hat ihn befriedigt, und er hat es mit seinem Handy fotografiert. Dann hat er einen Abzug von dem Foto machen lassen und ist damit herumspaziert. Widerwärtig. Außerdem hätte Karen es um ein Haar gesehen, denn sie kam gerade von der Schule, als ich damit im Flur stand.«

Sophia streckte die Arme über den Küchentisch aus und umfasste Hayleys Hände. Die schloss erneut die Augen.

»Ich hatte das Gefühl, selbst schuld daran zu sein, dass er sich mit einer anderen traf. Ich war nicht mehr die, die ich am Anfang unserer Beziehung war. Bevor wir Karen bekamen. Ich war so ...«

Sie suchte nach den richtigen Worten.

»Langweilig. Grau. Einfach unattraktiv.«

»Du bist nicht daran schuld. Niemand ist selbst schuld, wenn ein Mann sich wie ein Schwein benimmt.«

Sophia richtete den Blick zur Decke. Sie wusste nicht, wie ihr geschah, aber ihre harte Schale schien mit einem Mal aufzuweichen, als sie sah, wie Hayley sich die Tränen trocknete und offenbar völlig unbekümmert Schwäche zeigte.

»Ich habe noch nicht vielen davon erzählt«, setzte Sophia vorsichtig an. Sie ließ Hayleys Hände los und legte die Arme um ihren eigenen Oberkörper.

»Erst einem eigentlich. Louis. Du bist jetzt die Zweite.«

Hayley sagte nichts, nickte nur und sah sie mit gerunzelter Stirn an. Und dann berichtete Sophia in einem einzigen langen Zug von Viktor und der Scheidung. Wenn sie Luft holen musste, trank sie einen Schluck Tee. Hier und da warf Hayley mal eine Frage ein oder schenkte ihr ein ermutigendes Lächeln. Als Sophia fertig war, herrschte erst einmal Schweigen. Hayley blickte aus dem Fenster und schien nach Worten zu suchen.

»Danke«, sagte sie schließlich.

»Wofür?«, fragte Sophia verblüfft.

»Fürs Teilen. Das scheint dir nicht leichtgefallen zu sein. Ich hatte dich ehrlich gesagt für so eine eingebildete Tussi gehalten, die noch nicht viel mitgemacht hat im Leben.«

»Ich mag es nicht …« – Sophia wusste nicht so recht, wie sie den Satz beenden sollte – »… mich von der schwachen Seite zu zeigen.«

»Aber es ist genau andersherum. Du bist stark, wenn du Schwäche zeigen kannst. Um weiterzukommen, muss man erst mal alles rauslassen.«

33

So schnell sie konnte lief Sophia das Seine-Ufer mit der langen Steinmauer entlang, sie rannte gegen die Zeit. Wie immer wollte sie ihren eigenen Rekord brechen.

Es war früh am Mittwochmorgen, die Sonne ging gerade erst auf, doch auf den Straßen waren schon so manche Frühaufsteher unterwegs, die eine Runde joggten, mit ihrem Hund Gassi gingen oder bereits wohlgekleidet auf dem Weg zur Arbeit waren.

Sie rechnete zurück und stellte fest, dass dies ihr zehnter Tag in Paris war. Zu ihrer Linken sah sie in einiger Entfernung Notre-Dame vor sich aufragen. Trotz der Baugerüste, die Teile der Fassade umgaben, war die Kathedrale wunderschön. Mit ihren Spitzbögen, Steinfiguren und den riesigen Fenstern ähnelte sie eher einem Fantasiegebäude als einer Kirche.

Sophia ließ ein Taxi vorbeifahren, das in hohem Tempo angerauscht kam, ehe sie einmal tief Luft holte und die Kreuzung in Richtung Pont Saint-Michel überquerte. Sie war selbst überrascht, wie schnell ihr das Viertel um die Bar vertraut geworden war und wie selbstverständlich sie ihren Radius bis zur Seine und den beiden Inseln darin ausgeweitet hatte. Das andere Flussufer hingegen wirkte immer noch sehr unübersichtlich.

Der Besuch bei Hayley am Montag hatte Sophia ziemlich heruntergezogen, und auch am Tag darauf war sie das niedergeschlagene Gefühl nicht losgeworden. Die Jahre mit Viktor machten sie immer noch so wütend. Hayley zu sehen, die genau wie sie die Schuld für die Fehltritte eines Mannes bei sich selbst suchte, hatte alles wieder aufgewühlt. Dieses Gefühl von Schwäche. Und Scham.

Sophia spürte, wie ihre Wut wuchs, doch das Laufen half. Damit konnte sie sich gut beruhigen, wann immer sie Angst oder Zorn empfand.

Mit kraftvollen, energischen Bewegungen lief sie über den Asphalt, trat eine Plastiktüte beiseite, die ihr vom Wind vor die Füße geweht wurde, und flog regelrecht dahin. Allmählich ließen die negativen Gefühle nach. Auf den Kopfhörern hatte sie einen britischen Podcast über politische Tendenzen vor der Präsidentschaftswahl im Libanon. Warum sie das Geschehen im Nahen Osten immer noch mitverfolgte, wusste sie nicht, der Zug war längst abgefahren. Nach ihrem Zusammenbruch vor laufender Kamera würde man sie auf keinen Fall mehr mit einem Posten in Kairo betrauen.

Sie lief am rechten Seineufer weiter und erreichte den Jardin des Tuileries mit seinen wunderschönen Blumenbeeten in Gelb und Blau. Ein Stück weiter sah sie den Eiffelturm in den Himmel aufragen. Über die Steinbogenbrücke Pont de la Concorde ging es wieder zurück ans linke Flussufer.

Sie dachte über ihren Arbeitsplatz in Stockholm und den langen Zwangsurlaub nach. Sie sollte zusehen, dass sie nach Hause kam und ihre Stelle in der Redaktion verteidigte. *Ich muss hier schnell fertig werden, damit ich bald wieder zurückkann.*

Gleichzeitig spürte sie jedoch, dass ihr diese Stadt allmählich ans Herz wuchs. Trotz allem. Sie genoss die Eindrücke, die ihr beim Laufen entgegenströmten. Ein paar Arbeiter reinigten die Straße mit einer lärmenden Maschine, eine Frau mit hohen Absätzen und teuer aussehender Handtasche lehnte an einem Taxistand und blies

Zigarettenrauch in die Luft, als Sophia gerade vorbeilief. An der Ecke zum Boulevard Saint-Germain stieg ihr der unverkennbare Duft frisch gebackener Croissants in die Nase.

»*Bonjour*«, grüßte ein älterer Herr und machte sich daran, auf dem Bürgersteig vor der Bäckerei ein Schild aufzustellen.

Sophia verlangsamte ihr Tempo und erwiderte den Gruß, da erblickte sie plötzlich einen anderen Jogger, der genau auf sie zukam. Es dauerte einen Moment, bis sie erkannte, dass es Olivier war. Er sah erstaunlich gut aus, und sie musste sich zwingen, nicht zu lange mit dem Blick an seinem feuchten enganliegenden Achselshirt hängen zu bleiben.

Heftig atmend blieb er vor ihr stehen und stützte die Hände in den Nacken.

»Wie geht's?«

Er blinzelte in die Sonne und wischte sich mit dem Handrücken etwas Schweiß von der Stirn.

»Gut«, antwortete sie und überlegte einen Moment.

Das war die perfekte Gelegenheit, ihm von den Verkaufsplänen zu erzählen. Jetzt, da Louis und Hayley Bescheid wussten, war es nur fair, auch Olivier einzuweihen. Doch irgendetwas hielt sie davon ab. Unwillkürlich musterte sie ihn von Kopf bis Fuß.

»Das sieht frisch aus«, sagte sie, um einen Vorwand für ihre Blicke zu haben.

Doch eigentlich verwunderte sie sein Outfit nicht, es passte zu dem Eindruck, den sie in der Bar von ihm bekommen hatte. Das Shirt ließ seine Armmuskulatur deutlich hervortreten, dazu trug er kurze Shorts und ein dunkles Cap. Sophia hingegen war in eine lange schwarze Hose und einen unförmigen Schlabberpulli gekleidet.

»Frisch?« Sein Atem ging immer noch schnell. »Ach was, mir wird so warm, sobald ich mich bewege, da spielt es gar keine Rolle, wie kalt es draußen ist. Ich könnte auch nackt laufen gehen«, sagte er und lachte.

Sophia befeuchtete ihre Lippen und schluckte, versuchte das Bild aus dem Kopf zu bekommen, wie Olivier nackt durch die Straßen von Paris joggte.

Er warf einen Blick auf seine Trainingsarmbanduhr. »Mist, jetzt habe ich vergessen, die Zeit zu stoppen.«

»Na, lauf schon weiter«, sagt sie und klatschte in die Hände. »Wir sehen uns später im Le Lulu!«

Das mit dem Verkauf hatte noch Zeit, redete sie sich ein. Jedenfalls wollte sie ihn nicht länger als nötig vom Weiterlaufen abhalten.

Rasch legte er ihr eine Hand auf die Schulter und zwinkerte ihr zu, dann war er auch schon verschwunden.

Sie sah ihm nach. *Zu hassen scheinen wir uns jedenfalls nicht mehr, das ist ja wenigstens ein kleiner Fortschritt.*

Dann warf sie einen Blick in die Bäckerei und ließ sich dazu hinreißen, etwas zum Frühstücken mitzunehmen. Ihre Wahl fiel auf ein Schokocroissant und ein knuspriges Sauerteigbaguette.

Mit der Papiertüte unterm Arm joggte sie weiter und kam am Museé d'Orsay vorbei. Dort gab sie ihre Laufzeit endgültig auf und blieb erneut stehen. Nach dem Zwischenstopp in der Bäckerei und dem Gespräch mit Olivier würde es heute sowieso keinen neuen Rekord mehr geben. Während sie sich den Schweiß aus dem Gesicht wischte, näherte sie sich einem der Ausstellungsplakate und begann zu lesen. Von Kunst verstand sie wirklich nicht viel, aber dieses Museum würde ihr mit Sicherheit gefallen, das erkannte sie schnell. Hier waren all die großen Maler vertreten, von denen sie bisher nur einzelne Werke im Nationalmuseum in Stockholm gesehen hatte: Claude Monet, Auguste Renoir, Vincent van Gogh und einige andere, deren Namen ihr nicht ganz so geläufig waren. Sie musste unbedingt noch ein paarmal hierherkommen, bevor es zurück nach Schweden ging.

Nach ihrer Laufrunde füllte Sophia die winzige Wanne in dem kleinen, aber luxuriösen Badezimmer ihrer Mietwohnung und glitt ins heiße Wasser, bis nur noch ihre Nasenspitze aus dem Schaum hervorragte. Und ihre Knie natürlich, denn die musste sie notgedrungen anwinkeln.

Als sie fertig gebadet und angezogen war, setzte sie sich eine Weile auf das hellgraue Sofa und scrollte durch ihr Handy. Erneut spürte sie, wie sehr ihr Oma Emmy fehlte. Sie hätte so gern mit ihr über die Bar, über Louis und Yanis gesprochen.

Die Zeit verging hier so schleppend, wie sie es aus ihrem Leben in Stockholm überhaupt nicht gewohnt war. In der Wohnung war es so still. Sophia vermisste den täglichen Kontakt mit Fatima, die vertrauten Gespräche. Auch wenn ihr letztes Telefonat erst ein paar Tage zurücklag, rief sie die Freundin nun an. Fatima meldete sich gleich nach dem ersten Freizeichen.

»Ist jemand gestorben?«, rief sie. »Ich komme gleich. Yes, leg das Stativ da vorne hin, danke.« Sie sprach mit irgendwem vor Ort, wahrscheinlich war sie gerade auf der Arbeit.

»Niemand ist gestorben. Ich wollte nur mal Hallo sagen.«

»Hallo sagen? Du vermisst mich. Ich verstehe schon. Das beruht auf Gegenseitigkeit, Darling.«

Sophia musste lachen. Fatimas warme Stimme tat genauso gut wie das heiße Bad, das sie soeben genommen hatte.

»Wann kommst du denn endlich nach Hause und legst noch so eine sensationelle Livesendung hin? Hier ist es megalangweilig ohne dich.«

Sie lachten über dieselben Dinge wie immer, im gewohnten schnoddrigen Umgangston. Sophia sehnte sich zurück in ihr altes Leben, auch wenn sie nicht genau wusste, ob sie ihr altes Ich ebenfalls wiederhaben wollte. Fatima erzählte, dass sie die Stelle in Kairo abgelehnt hatte. Nachdem sie ausgiebig über ihre Beweggründe gesprochen hatten, bis Sophia die Entscheidung nachvollziehen konnte, widmeten sie sich wieder dem Stand der Dinge in Paris.

»Okay. Also fassen wir mal zusammen: Du hast den Schuppen immer noch nicht verkauft …«

Sophia unterbrach sie:

»Ich bin dabei!«

»Aha. Außerdem scheinst du die Leute da langsam zu mögen und lässt dich erstaunlich leicht zum Tischeabwischen überreden. Muss ich mir Sorgen machen? Wo ist die Sophia Lindgren geblieben, die in Södermalm ins Taxi gestiegen ist?«

34

»Wie viele Scheiben hätten Sie gern?«

Die Frau auf der anderen Seite der Glastheke hielt einen Parmaschinken in der einen Hand und eine Trüffelsalami in der anderen.

Sophia überlegte einen Moment und warf einen Blick in ihren Einkaufskorb. Nudeln, ein Glas Pesto, Schokolade, Obst und drei verschiedene Säfte. *Brauche ich sonst noch was?*

Sie hatte soeben erfahren, dass sie länger in der Wohnung bleiben konnte. Die Wasserleitungen des Hauses mussten erneuert werden, deshalb hatte die Besitzerin für die kommenden Wochen keine neuen Gäste angenommen. Da jedoch nicht abzusehen war, wann die Arbeiten tatsächlich beginnen würden, durfte Sophia noch bleiben, vorausgesetzt, sie konnte die Wohnung kurzfristig räumen. Vor diesem Hintergrund war es ihr sogar gelungen, die Miete ein wenig herunterzuhandeln, was ihr mehr als willkommen war. Wenn sie so weitermachte, waren ihre Ersparnisse bald aufgebraucht.

»Vielleicht möchten Sie einmal probieren?«, fragte die Frau und sah sie erwartungsvoll an.

Nickend nahm Sophia eine hauchdünne Scheibe Parmaschinken entgegen. Er schmeckte himmlisch, und Sophias anerkennende Reaktion schien die Verkäuferin mit einem Stolz zu erfüllen, als hätte sie das Schwein höchstpersönlich geschlachtet und das Fleisch anschließend auf irgendeinem idyllischen Hof in Norditalien luftgetrocknet.

»Gut, oder? Mal sehen, was Sie zur Trüffelsalami sagen.«

Erneut nickte Sophia und ließ sich auch von der Salami eine Kostprobe reichen. Sobald das feine Aroma auf ihre Geschmacksknospen traf, erstarrte sie, und vor ihrem inneren Auge setzte ein unaufhaltsamer Strom von Erinnerungsbildern ein.

Sie und Viktor in einem Restaurant in Stockholm.

Er bestellt eine Wurstplatte. Das Lokal ist voll, um sie herum herrscht lebhaftes Stimmengewirr. Durchaus gemütlich zunächst, vielleicht ein Freitagabend. In jedem Fall aber ist es der Abend, an dem sie diese besondere, mit Trüffel verfeinerte Salami zum ersten Mal probiert. Viktor lacht und zieht sein Sakko aus, beugt sich über den Tisch und füttert sie mit dem exklusiven Aufschnitt. Streicht ihr sanft über die Wange. Sie atmet ein und nimmt den Duft des Rotweins wahr, der ihr angenehm in der Nase kitzelt. Er gibt eine Anekdote von einer Reise in die italienische Provinz Parma zum Besten, trägt ziemlich dick auf, doch sie findet es charmant.

Die Trüffelsalami hatte ihr gefallen, sie hatte genussvoll die Augen geschlossen. Doch der Abend war in einer Katastrophe geendet, und fortan war der Geschmack für sie unabänderlich damit verbunden.

Als sie ebenfalls ihr Sakko weggehängt hatte, war Viktor wütend geworden.

»Aber du hast deins doch auch ausgezogen«, hatte sie mit einem unbekümmerten Lachen erwidert.

»Dein Top ist viel zu freizügig, merkst du das nicht? Verdammt noch mal, Sophia. Ich kann ja sogar deine Nippel durch den Stoff sehen. Das ist doch nicht schön!«

Nach einigem Hin und Her war sie aufgestanden und hatte ihn dort sitzen lassen. Mitten im Hauptgang. Als er später nach Hause kam, hatten sie sich furchtbar gestritten. Vermutlich hatte er die Weinflasche allein geleert und womöglich noch eine zweite bestellt.

»Ein wunderbares Aroma, nicht wahr?«, fragte die fröhliche Verkäuferin, die ihr im Laden gegenüberstand.

Ich werde mir jeden noch so kleinen Teil meines Lebens zurückholen. Einschließlich der Trüffelsalami.

»Von beidem jeweils hundert Gramm, bitte.«

Auf ihrem weiteren Weg durch den Laden versuchte sie zunächst, die Erinnerungen an Viktor und ihr gemeinsames Leben in Stockholm zu verdrängen, doch dafür war es längst zu spät, also ließ sie ihren Gedanken freien Lauf, während sie ziellos die Regale entlangging.

Mit einem Mal spürte sie eine Hand auf der Schulter und fuhr zusammen wie ein aufgescheuchtes Tier im Wald. Die Berührung hatte sie so unvermittelt ins Hier und Jetzt zurückgebracht, dass sie sowohl ihr Handy als auch den Einkaufskorb fallen ließ. Die frisch verpackten Wurstwaren landeten ebenso auf dem Boden wie das Pesto-Glas, das zu Bruch ging und seinen grünen Inhalt in alle Richtungen verteilte. Ihrem Handy bescherte der Aufprall ein zerschmettertes Display.

Sie schaute auf und blickte in ein Paar große braune Augen.

»Verdammt noch mal, Tristan. Hast du mich erschreckt!«, rief sie.

Für den Bruchteil einer Sekunde hatte sie gedacht, Viktor stehe hinter ihr.

»Entschuldige. Oje, ich wollte eigentlich nur Hallo sagen. Ich konnte ja nicht ahnen … Du musst mit den Gedanken weit weg gewesen sein.«

Eilig beugte Tristan sich hinunter, um die Wursttüten aufzuheben. Über der Schulter trug er wieder den schweren Rucksack, mit dem sie ihn schon einmal gesehen hatte. Beim Aufsammeln der Einkäufe glitt er zu Boden. Tristan winkte einen Mitarbeiter heran und bat um Hilfe mit dem Pesto und den Glasscherben. Dann hob er entsetzt das Handy auf.

»*Mon dieu*. Dein Telefon … Das tut mir wirklich leid.«

Mit einer ruckartigen Bewegung nahm sie es ihm ab.

»Dann sind wir jetzt wohl quitt, was? Das war die Retourkutsche für die Kaffeeflecken.«

Er nickte und versuchte zu lächeln, doch in seinem Blick lag nach wie vor Bedauern.

»Das ersetze ich dir. Ich kann es reparieren lassen.«

Kopfschüttelnd steckte sie das Smartphone in ihre Tasche.

»Kommt nicht infrage. Ist ja nur ein Handy, alles halb so wild. Das ist nicht zum ersten Mal passiert, kann repariert werden und war nicht deine Schuld. Obwohl du wirklich eine unangenehme Art hast, dich an Leute ranzuschleichen.«

Bei ihren letzten Begegnungen in seinem Büro und im Le Lulu war er so zugeknöpft gewesen, dass kaum etwas von seiner Persönlichkeit durchgeschimmert war. Da hatte er am ehesten einem hochnäsigen Bestatter geähnelt.

Jetzt hingegen wirkte er viel lebendiger. Fort waren Anzug, Schlips und die glänzenden Schuhe. Vor ihr stand ein Mann in Jeans, Collegehemd und – Sophia konnte es kaum glauben – Sneakers.

Schweigend legte er die Wurstwaren zurück in ihren Einkaufskorb, er schien über etwas nachzudenken.

»Konntest du dir schon eine Meinung zu dem Angebot bilden, das ich dir Samstag geschickt habe? Oder die Unterlagen durchsehen, die du von mir bekommen hast?«

»Ich habe angefangen, aber einiges nicht verstanden«,

log Sophia, denn in Wirklichkeit hatte sie die Mappe noch nicht einmal geöffnet, obwohl sie nun schon seit mehreren Tagen bei ihr lag.

»Ich verstehe.« Er nickte und schien einen Moment zu überlegen, ehe er sagte:

»Ich lade dich gern auf ein Glas Wein ein und gehe alle Fragen mit dir durch. Nur wenn du heute Zeit hast, natürlich. Du hast vielleicht schon was vor?«

Sophia neigte den Kopf und betrachtete den Mann, der dort vor ihr stand. Tristan kam ihr eigentlich nicht wie ein typischer Franzose vor, der das Leben genoss und schon mittags Wein trank. Wenn sie es sich recht überlegte, hatte er eher etwas von einem strengen Lehrer an einem britischen Internat.

Sie zögerte einen Augenblick, doch schließlich antwortete sie: »Habe ich nicht.«

»Zeit?«

»Was vor. Ich habe noch nichts vor.«

35

Sie trug nur eine dünne Lederjacke und fröstelte, als sie die kühle Aprilluft auf der Haut spürte. Dennoch schafften sie es zu ihrer Wohnung, ohne dass sie völlig verfroren war.

Da sich die Mappe mit den Unterlagen dort befand, hatte sie vorgeschlagen, das Glas Wein bei ihr zu Hause zu trinken. Im Nachhinein ärgerte sie das ein wenig, sie hätte die Mappe ja auch schnell holen können.

»Hier ist es ein bisschen chaotisch, ich bin nicht mehr dazu gekommen …«

Sie räumte das herumstehende Geschirr vom Sofatisch, hob einen Haufen Kleidung auf, der vor dem riesigen Goldspiegel lag, und warf die Sachen hinauf auf die Schlafempore.

Beeindruckt sah er sich in der Wohnung um.

»Wow, tolles Apartment. Hast du das auf Airbnb gefunden?«

Sie nickte. »Es hat auch seinen Preis, um es mal so zu sagen. Aber ich konnte meine Wohnung in Stockholm vermieten und habe dafür eine Kaution bekommen.«

Nachdem sie in aller Eile das Gröbste aufgeräumt hatte, nahmen sie auf den Barhockern in der kleinen Küche unter der Schlafempore Platz. Von dort schauten sie durch die großen Panoramafenster und hatten einen schönen Blick auf Paris. Tristan wickelte die Salami und den Schinken aus der Verpackung, während Sophia den Wein öffnete und zwei Gläser holte.

Entschieden nahm sie sich eine Scheibe Trüffelsalami und stellte nach ein paar Bissen erneut fest, wie gut sie ihr schmeckte. Von nun an würde sie das feine Aroma mit diesem Abend in Verbindung bringen, beschloss sie.

»Was hast du eigentlich in der schweren Tasche, die du ständig mit dir herumschleppst?« Sie trank einen Schluck Rotwein und nahm sich noch etwas von der Salami.

»Schulbücher.«

Sie sah ihn fragend an.

»Wozu?«

»Ich fahre dreimal die Woche nachmittags raus nach Saint-Denis, um dort Nachhilfe zu geben.«

Er griff nach dem Wasserglas, das sie ihm neben den Wein gestellt hatte, und trank ein paar große Schlucke.

»Vor ein paar Jahren habe ich mal einen Freund dorthin begleitet, und seitdem mache ich das. Mathe und Englisch liegen mir, und die Kinder da draußen sind nicht gerade mit Fürsorge verwöhnt. Hier im Zentrum können die Eltern für den Nachmittagsunterricht ihrer Kinder bezahlen. Mathe, Englisch und sogar Chinesisch. Aber so läuft das da nicht. Und ich habe viel Zeit, deshalb passt es mir ganz gut.«

Sie nickte und schaute ihn verblüfft an. »Du nimmst kein Geld dafür?«

»Geld? Nein. Das ist ehrenamtlich. Ich bin einfach gern dort, die Kinder sind so frei heraus. Da werden keine Spielchen gespielt. Ich mag das sehr mit ihnen.«

»Aber fühlst du dich in deinem Job denn auch wohl?«

Er sah sie erstaunt an. »Ich weiß nicht. Darüber habe ich noch nie nachgedacht. Fühlst du dich in deinem wohl?«

Als Wohlfühlstimmung konnte sie die Atmosphäre in der Redaktion nicht gerade beschreiben. An anderen Arbeitsplätzen setzte man sich um halb zehn zum Kaffeetrinken zusammen, während sie und ihre Kollegen nur darum konkurrierten, wer am härtesten schuftete. Aber sie gehörte nun mal dorthin. Dort war sie jemand.

»Der Job ist sehr begehrt.«

»Danach habe ich nicht gefragt.«

»Aber so lautet meine Antwort.«

»Man merkt, dass du Journalistin bist. Du weißt, wie man Fragen aus dem Weg geht.«

»Ich kann dir gern ein paar Tricks beibringen, wenn du willst.«

Sie lächelte vergnügt und trank noch einen Schluck Rotwein. *Um Himmels willen, flirtest du etwa mit ihm? Hör sofort auf!*

»Und was hat dieser schwarze Fingernagel zu bedeuten?«

Lachend betrachtete er seinen Daumen.

»Einer meiner Schüler ist Gothic-Fan und wollte mir unbedingt die Fingernägel schwarz lackieren. Auf einen habe ich mich eingelassen. Dann hatte ich natürlich keinen Nagellackentferner zu Hause, und inzwischen habe ich mich daran gewöhnt.«

Er wackelte mit dem Daumen und lächelte. Ihr Blick fiel auf sein Handgelenk, an dem eine silberne Sportarmbanduhr auf der dunklen Haut ruhte. Während die Sonne langsam hinter den Dächern der Stadt unterging, unterhielten sie sich munter weiter, und als Sophia aufstand, um ihre Wassergläser aufzufüllen, stellte sie fest, dass sie die Mappe mit den Unterlagen noch keines Blickes gewürdigt hatten. Das konnte auch ruhig noch warten.

»Hast du schon immer in Paris gelebt?«, fragte sie und stellte die Wassergläser zurück auf den Tisch.

»Ich war eine Weile in Montpellier, für mein Jurastudium. Aber allzu lange wollte ich meine Mutter nicht allein lassen, auf die Dauer wäre sie wohl sehr einsam gewesen.«

Oder enttäuscht? Sophia dachte an ihren eigenen überbehütenden Vater. Der Gedanke, dass es ein Problem sein könnte, nicht bei ihm und Disa in der Nähe zu wohnen, war ihr nie gekommen. Aber natürlich hatte auch sie sich von ihren Sorgen und Ängsten leiten lassen. Wieso sonst verbarg sie seit Jahren ihre Gefühle vor ihrem Vater und ließ ihn nie an ihrem Leben teilhaben? Anstatt sich nach ihm zu richten, hatte sie zu lügen gelernt und verheimlichte ihm vieles.

Sie ging zum Kühlschrank, um eine Tafel Schokolade zu holen. Und Viktor? Ob sie ihn vielleicht auch nur aus Angst vor Einsamkeit geheiratet hatte?

»Hast du Geschwister?«, fragte sie, während sie den Kühlschrank wieder schloss.

Er schwieg einen Moment, als wäre er unsicher, wie viel er ihr anvertrauen sollte. Sie hingegen hatte sich bereits mehr geöffnet, als sie gewohnt war, hatte vom frühen Tod ihrer Mutter und von ihrem Umzug von Kramfors nach Stockholm erzählt, wo sie ein neues Leben begonnen hatte.

»Einen großen Bruder. Meine Zwillingsschwester ist gestorben, als ich noch klein war, deshalb war meine Mutter immer sehr beschützend. Mein Vater lebt in Algerien, wir haben so gut wie keinen Kontakt.«

Sie nahm die dunkle Schokolade aus der Verpackung, zerteilte sie und ließ sich ein Stück auf der Zunge zergehen. Ein herrlicher Geschmack nach Pekannuss und Salz umschmeichelte ihren Gaumen.

»Hast du jemals mit deiner Mutter darüber gesprochen? Dass sie sehr beschützend war, meine ich.«

Tristan nahm sich ebenfalls ein Stück Schokolade, aß es genüsslich und ließ einen Moment Stille herrschen, ehe er antwortete. Es war leicht, mit ihm still zu sein.

»Nein, über solche Dinge reden wir eigentlich nicht miteinander.« Er zögerte kurz und fuhr dann fort: »Mit meinem Bruder habe ich auch nicht viel zu tun.«

Er betrachtete seine Hände und bewegte das Weinglas zwischen den Handflächen hin und her. Mehr zu erzählen, schien ihm zu widerstreben.

»Vielleicht sollten wir mal einen Blick in die Verkaufsunterlagen werfen, oder?« Tristan legte die Stirn in Falten. »Es wird langsam spät.«

Sophia schämte sich. Mit all ihren Fragen hatte sie ihn offenbar in ein viel zu langes Gespräch verwickelt. Oder war das hier ein Date? Nein, natürlich nicht. Tristan Martin war ihr Anwalt, mehr nicht. Andere Gedanken durften hier gar nicht erst aufkommen.

Als sie sich über den Tisch beugte, um die Unterlagen auszubreiten, streifte sie zufällig seine Hand. Was immer sich in dem Moment in ihrer Magengrube regte, versuchte sie strikt zu ignorieren. Ihre Blicke begegneten sich, und für den Bruchteil einer Sekunde war die Luft wie aufgeladen. Als er beiseiteschaute, kam ein unerwartetes Gefühl von Beklommenheit in ihr auf.

Gemeinsam arbeiteten sie sich durch den Stapel an Dokumenten.

Nachdem Sophia alles genau gelesen hatte, gab sie ihre Zusage für den Verkauf.

»Du kannst den Interessenten Bescheid geben, dass ich das Angebot akzeptiere.«

Er nickte zufrieden und begann, die Papiere einzusammeln. Während sie ihn über den weiteren Zeitplan, verschiedene Zahlen und andere scheinbar unwichtige Dinge reden hörte, wurde seine Stimmer immer leiser, wie ein Autoradio, das langsam ausgedreht wird, bis der Ton schließlich ganz verschwunden ist. Sie sah seine Lippenbewegungen, konnte sich aber nicht auf den Inhalt seiner Worte konzentrieren. Mit einem Mal war er wieder nichts als ihr Anwalt.

»Dann werden wir alles so schnell wie möglich besiegeln. Ich melde mich, wenn ich einen Termin mit den Käufern vereinbart habe.«

Sie nickte und setzte ihren sachlichsten Gesichtsausdruck auf. Wie konnte sie nur glauben, zwischen ihr und dem Anwalt habe es geknistert? *Also wirklich*. Ihm war es vermutlich nur darum gegangen, das Geschäft endlich abzuschließen, immerhin war das sein Job. Jetzt hatte sie jedenfalls einen Käufer und konnte bald zurück nach Hause.

Als sie beim Abschiedswangenkuss seinen dunklen Bart auf der Haut spürte, lief ihr ein Schauer über den Rücken bis ins Steißbein hinab.

»Bis dann«, sagte sie und schloss schnell die Tür, als er mit der Mappe unterm Arm verschwand.

36

»Wir nehmen immer H-Milch mit möglichst hohem Fettgehalt, das macht den Milchschaum schön cremig und fest. Verstanden?«

Sophia nickte. Sie stand mit Olivier an der Kaffeemaschine und ließ sich Tipps und Tricks für den perfekten Cappuccino geben. Dass sie ihm immer noch nicht vom Verkauf der Bar erzählt hatte, lastete schwer auf ihrem Gewissen.

Jetzt sag's ihm schon.

Wie war das mit dem Milchschaum? Die Tasse langsam drehen.

Sag's ihm!

Immer wieder mischten sich seine detaillierten Anweisungen zur Kaffeezubereitung in ihre Gedanken, bis sie die Gewissensbisse wegen des Verkaufs schließlich fahren ließ und sich auf Oliviers Worte konzentrierte. Aus den Augenwinkeln sah sie, wie Hayley amüsiert zu ihnen herüberschielte.

Ihr Verhältnis zu Hayley war langsam besser geworden, vor allem seit dem Gespräch in Hayleys Wohnung am Montag. Nun schien sich auch Olivier allmählich an Sophias Anwesenheit zu gewöhnen. Ihr war aufgefallen, dass Hayley mit kleinen subtilen Mitteln versuchte, sie und Olivier einander näherzubringen.

Als Louis erneut gefragt hatte, ob Sophia eine seiner Schichten übernehmen konnte, hatte Hayley mit Olivier getauscht, sodass er an dem Tag mit Sophia zusammenarbeitete. Vermutlich hielt Hayley sich für ziemlich schlau, aber Sophia war klar, worauf sie es abgesehen hatte: Sie wollte Sophia mit Olivier verkuppeln. Der Grund dafür hatte sich ihr nicht sofort erschlossen, aber irgendwann kam ihr der Verdacht, dass Hayley vielleicht dachte, Sophia würde ihre Verkaufspläne auf Eis legen und in Paris bleiben, wenn sie sich in Olivier verliebte.

»Okay, versuchen wir es noch einmal. Vergiss jetzt nicht, die Kanne vorher abzukühlen. Und halt sie beim Aufwärmen immer schön in Bewegung. Ja, gut so.«

Olivier legte seine Hand auf Sophias und half ihr, die richtige Geschwindigkeit zu finden. Er hatte lange, schmale Finger, genau wie Tristan. Als die Milch die passende Temperatur erreicht hatte, neigte Sophia die Kanne zur Tasse und brachte ein perfektes kleines Blatt in der Schaumhaube zustande.

»*Voilà!*«, rief Olivier und applaudierte.

Sophia lächelte stolz und sah, wie Hayley sich den Mantel überzog. Grinsend ging sie an ihnen vorbei.

»Ihr wisst ja, ich muss heute früher los. Viel Spaß noch«, zwitscherte sie und verschwand zur Tür hinaus.

Vor den Fenstern des Le Lulu wurde es langsam dunkler. Der Strom vorüberziehender Passanten glich einem dahinplätschernden Fluss: Familien mit Kinderwagen, Hunden und Einkaufstüten, einsame Seelen mit Musik auf den Ohren und Take-away-Essen unterm Arm, ältere Figuren mit Gehstock, die etwas langsamer unterwegs waren. In die Bar verschlug es jedoch nur wenige. Hinter den Fenstern auf der anderen Straßenseite ging nach und nach Licht an, und irgendwo schlug jemand die Tür eines französischen Balkons auf.

Sophia ging in den Außenbereich der Bar, um Tische abzuwischen und Aschenbecher zu leeren. Als sie gerade ein paar Stühle zurechtrückte, rief Tristan an und gab ihr den Termin mit den Käufern durch.

»Nächste Woche Donnerstag wollen sie sich mit uns zusammensetzen und sämtliche Papiere unterschreiben. Passt dir das?«

Das Gespräch war rein sachlicher Natur und etwas steif. Nach den gemeinsamen Stunden in ihrer Wohnung hatte sie erwartet, dass sich der Ton zwischen ihnen vielleicht verändert hätte, doch da hatte sie sich getäuscht.

Nach dem Telefonat setzte sie sich auf einen der Stühle unter der rot-weiß gestreiften Markise und machte einen Moment Pause. Sie schloss die Augen, nahm die Geräusche und Gerüche um sich herum wahr und stellte mal wieder fest, wie sehr Großstädte sie an einen Wald erinnerten. Das gleichmäßige Rauschen von Bussen, Autos, Straßenbahnen, Stimmen und Bauarbeiten verdichtete sich zu einer Klangkulisse, die eine innere Ruhe in ihr aufkommen ließ.

Wie war das für dich, Oma? Wie hat es sich angefühlt, in den Sechzigerjahren aus der schwedischen Provinz in das große Paris zukommen?

In Interviews las man oft die Entscheidungsfrage »Stadt oder Land?«, als wäre da so ein riesiger Unterschied. Sophia sah den nicht, und sie fand auch nicht, dass man sich überhaupt entscheiden sollte. Sie wollte beides auf einmal.

Plötzlich kam Louis und riss sie aus ihren Gedanken.

»Sitzt du hier und träumst?«

Lächelnd beugte sie sich vor und begrüßte ihn mit Wangenküsschen.

»Sieht so aus. Wie war es beim Arzt?«

Er winkte ab. »Gut, gut. Also, wovon träumst du?«

»Ich musste gerade daran denken, dass Großstädte eigentlich sehr viel mit Wäldern und ländlichen Gegenden gemeinsam habe. Dieses Rauschen hier klingt für mich genau wie auf dem Land, es setzt sich nur anders zusammen.«

Sie hielt kurz inne. »Und ich habe auch an Oma gedacht. Wie fasziniert sie von Paris gewesen sein muss, als sie in den Sechzigern mit dem Zug hier ankam. Danach hätte ich sie gern mal gefragt.«

»Ich verstehe.« Er schluckte und richtete den Blick in den Himmel. »Sie war eine verwirrte Seele, als sie hierherkam. Können wir über Sven reden oder findest du es komisch, wenn ich auf deinen Großvater zu sprechen komme?«

»Nichts lieber als das, ich will unbedingt mehr erfahren«, antwortete Sophia schnell.

»Emmy war sich ihrer Gefühle zu Sven nicht sicher. Er war ein guter, warmherziger Mann. Aber sie wusste nicht, ob sie ihn liebte, ob sie den Rest ihres Lebens mit ihm verbringen wollte. Das hatte sie Britta vorab geschrieben, und das war auch der Grund, warum sie kommen wollte. Sie brauchte Zeit zum Nachdenken. Doch als Corinne auf der Bildfläche erschien, hat sich unsere Gruppe verändert. Corinne und Emmy hatten viele gemeinsame Interessen. Musik, Klavierspielen und alte Gebäude.«

»Alte Gebäude?« Sophia sah Louis verwundert an.

Er holte seine Zigarettenschachtel hervor. »Ist es okay, wenn ich rauche?«

Sie nickte. Nachdem er sich umständlich mit einem Streichholz eine Zigarette angezündet hatte, atmete er langsam aus.

»Corinnes Eltern hatten ein Auto, das Emmy und sie sich ausleihen durften. Einen kleinen Citroën 2CV. Kennst du das Modell?«

Sophia schüttelte den Kopf. *Das ist doch jetzt nicht so wichtig, erzähl schon weiter!*

»In vielen Ländern war es als Ente bekannt, in Schweden auch als ›Haschischkarre‹, wie Britta mal erzählt hat.

Oft wurde es bunt mit Blumen bemalt und ... entschuldige, ich schweife ab. Der Wagen, mit dem Corinne und Emmy durch die Gegend fuhren, war jedenfalls gelb und hatte ein aufrollbares Verdeck. Auf ihrem ersten Kurztrip damit haben sie sich alte Schlösser im Loiretal angesehen. Britta war nicht gerade begeistert. Sie wollte ein Auge auf ihre Schwester haben, und außerdem brauchten wir Emmys Hilfe in der Bar. Als die beiden nach sechs Tagen zurückkamen, waren sie völlig außer Rand und Band. Sie haben hier vor der Tür geparkt und kamen kichernd und plappernd wie Chip und Chap ins Lokal gestürmt. Ein paar Wochen war alles ruhig, dann zogen sie wieder los.« Er seufzte tief.

»Ihr habt nicht so viel von Corinne gehalten, oder?«

»Doch, am Anfang mochten wir sie. Sie war nur ... so wild. Kannte keine Grenzen. Und Emmy war ziemlich naiv, nach diesem Trip ins Loiretal war nichts mehr wie vorher.«

»Was war passiert?«

In diesem Moment ging die Tür hinter ihnen auf und Olivier steckte den Kopf heraus.

»Ist das hier der Club der faulen Mitarbeiter oder was?« Mit hochgezogenen Augenbrauen kam er zu ihnen nach draußen. Louis drückte seine Zigarette im Aschenbecher aus.

»Oh, tut mir leid. Ich habe die Zeit ganz vergessen«, sagte Sophia und stand seufzend auf. Sie wäre gern noch ein wenig bei Louis sitzen geblieben.

Dass man hier aber auch nie mal was zu Ende besprechen kann.

Resigniert schlurfte sie zur Tür.

Was ist auf dieser Reise mit Oma passiert?

»Lass es dir bloß nicht zu gut gehen hier«, sagte Olivier kurz angebunden und sah ihr nach.

Sie wandte sich um und begegnete seinem stechenden

Blick. Er trug ein schwarzes T-Shirt mit V-Ausschnitt, die umgeschlagenen Ärmel entblößten seine Oberarme. Eigentlich fehlte nur noch etwas Haargel und eine Tanzeinlage und er wäre glatt als John Travolta in *Grease* durchgegangen.

»Wie bitte?«

»Du hast ganz richtig gehört.«

»Das ist ja wohl das Letzte, was ich hier mache. Ich lege mich genauso ins Zeug wie ihr«, entgegnete sie angesäuert.

Auf dem Weg zur Tür knuffte Olivier sie in die Seite, und seine Hand streifte ihren Oberschenkel.

»War doch nur Spaß. Wie süß du bist, wenn du sauer wirst.«

Sie verdrehte die Augen und verkniff sich ein Lachen.

»Aufgepasst, Olivier.«

37

Der Abend verging langsam, und Louis wirkte erschöpft nach seinem Arzttermin, sodass Sophia ihn irgendwann nach Hause schickte und sagte, sie könne Olivier bis zum Ladenschluss helfen.

Heute war der Tag, an dem sie ihm von ihren Plänen für die Bar erzählen würde, das hatte sie sich fest vorgenommen. Trotzdem schob sie es vor sich her. Sie fand es so angenehm, dass Olivier endlich seine defensive Haltung abgelegt hatte. Wenn er jetzt vom Verkauf der Bar erfuhr, wäre alles wieder wie am Anfang.

Obwohl sie wie immer viel zu wenige Gäste hatten, fand Sophia nicht die richtige Gelegenheit, und auf einmal war es elf Uhr abends und Zeit zum Schließen.

Ein einziger Stammgast war noch übrig und hätte am liebsten noch eine halbe Karaffe vom Rotwein des Hauses bestellt. Olivier und Sophia warfen sich einen vielsagenden Blick zu. Der Gast benötigte ganz offensichtlich einen kleinen Tritt in den Hintern, um den Weg nach Hause zu finden.

»Schluss für heute.«

Beherzt ging Olivier auf ihn zu und half ihm in den Mantel. »Danke für den Besuch. Wir sehen uns doch bestimmt morgen wieder, oder?«

Der Mann nickte und wankte hinaus in die hell erleuchtete Stadt.

Olivier legte Musik auf, und dann machten sie sich ans Putzen. Als sie so gut wie fertig waren, hielt er einen Moment inne und stieß einen lauten Seufzer aus.

»Sollen wir noch ein Glas trinken, bevor wir nach Hause gehen?«

»Gern«, antwortete sie. Ein bisschen Entspannung würde sicher guttun nach diesem Tag.

Olivier holte eine Flasche Champagner und zwei Champagnerkelche. Im Nu hatte er einen Kühler mit Eiswürfeln befüllt und alles routiniert auf einem abseitsstehenden Tisch im hintersten Teil des Lokals platziert.

»Ui, Champagner? Denk an die Kasse. Wir schwimmen nicht gerade im Geld.« Er zuckte nur mit der Schulter und murmelte etwas Unverständliches.

Sophia fuhr fort: »Und in der dunklen Ecke da hinten willst du sitzen? Ist es nicht netter am Fenster?« Sie sah ihn fragend an. Doch er blieb dabei, fasste sie sanft an den Schultern und führte sie zu dem auserwählten Platz.

»Sonst klopft nur irgendwer an die Scheibe und denkt, wir hätten noch geöffnet.«

Mit klirrenden Gläsern stießen sie an und sahen sich in die Augen. Olivier neigte lächelnd den Kopf.

»Auf die Zukunft der Bar.«

Sophia nickte und nahm einen großen Schluck Champagner, genoss einen Moment das Prickeln im Mund, ehe sie das kühle Getränk hinunterschluckte. Gerade wollte sie zu ihrem Geständnis ansetzen, als Olivier ihr zuvorkam und eine Anekdote von Brittas Besuchen in der Bar zum Besten gab.

Sophia lachte und war wieder einmal erstaunt darüber, wie wenig sie von ihrer Großtante wusste.

Olivier beugte sich vor und schenkte ihr nach.

»Du erinnerst mich ein bisschen an sie.«

»Ach ja? Wieso?«

Er zuckte mit den Schultern.

»Du wirkst so frei. Als läge dir die Welt zu Füßen und

du könntest dich einfach nach Lust und Laune an allem bedienen. Als könnte dir niemand vorschreiben, wie du zu leben hast.«

Sophia hob die Augenbrauen und schüttelte den Kopf. Sie musste an ihre Arbeit in Stockholm denken, an all die Menschen, die sie im Laufe der Jahre zu beeindrucken versucht hatte. Und sie dachte auch an ihre Ehe mit Viktor, durch die sie fast von ihrem Lebensweg abgekommen war und sich selbst verloren hatte.

»Klingt gut, nur leider stimmt das nicht so ganz. Ich habe meine Entscheidungen viel zu oft von der Meinung anderer abhängig gemacht.«

Sie spürte, wie sich ihr Kiefer anspannte. Olivier streckte den Arm aus und streichelte ihr über die Hand.

»Tun wir das nicht alle mehr oder weniger?«

Sie sprachen über alles Mögliche. Sophia erkundigte sich nach Louis und Yanis und bat Olivier, noch mehr von Brittas Besuchen im Laufe der Jahre zu erzählen.

Die erste Flasche Champagner war schnell leer. Etwas zu schnell. Olivier wollte wissen, wie es zu ihrer Scheidung gekommen war, und sie hatte in groben Zügen davon berichtet, ohne jedoch allzu persönlich zu werden. Im Gegenzug hatte er von seinem Bruder erzählt, zu dem er kein besonders gutes Verhältnis mehr hatte, und von seinem Vater, der die Familie verlassen hatte, als Olivier noch ein Kind war.

Sophia war selbst ein wenig überrascht, dass schließlich sie diejenige war, die aufstand und eine zweite Flasche Champagner holte.

»Wir machen doch nicht schon Schluss, oder?«, sagte sie und ließ den Korken knallen, dass er nur so durchs Lokal flog.

Olivier fuhr sich mit der Hand durchs Haar.

»Auf keinen Fall.«

Als auch die zweite Flasche so gut wie ausgetrunken war, kam ihr Gespräch allmählich zum Stillstand. Vom Alkohol war beiden der Kopf schwer, sodass sie halb auf dem Sofa lagen. Olivier warf ihr einen unmissverständlichen Blick zu.

»Ach, komm schon«, sagte sie und lachte.

Er wandte den Blick nicht ab.

»Du bist unwiderstehlich.«

Sophia trank einen Schluck aus dem Wasserglas, das neben ihrem Champagnerkelch stand. Er fuhr mit den Fingerspitzen über ihren Unterarm. Als seine Hand auf dem Weg zu ihrem Nacken war, kam ihr noch einmal der Gedanke, dass sie ihm vom Verkauf der Bar erzählen sollte.

Sag es einfach.

Die Gedanken in ihrem Kopf überschlugen sich. Nach der Scheidung von Viktor war sie mit niemandem mehr zusammen gewesen, hatte nicht einmal Blicke für irgendeinen Mann übrig gehabt. Außer für Tristan. An dem Abend, als sie in ihrer Wohnung Wein getrunken hatten, war er ihr irgendwie anders vorgekommen. Was für eine Täuschung. Ihr Telefonat heute hatte ja deutlich gezeigt, dass das nichts als Fantasien gewesen waren.

Aber das hier? Das war ungefährlich, nur ein bisschen Spaß.

Sie schloss die Augen und ließ sich von den körperlichen Empfindungen mitreißen, die Oliviers einfache Berührungen in ihr auslösten. Seine Finger strichen ihr über die Lippen und wanderten weiter zum Hals und Dekolleté.

»Ich wollte dir eigentlich noch was sagen«, setzte sie an.

»Wollte ich auch«, entgegnete er, woraufhin er sich vorbeugte, an ihrem Nacken roch und ihr etwas auf Französisch zuflüsterte, was sie nicht verstand.

Wie sehr sie sich danach gesehnt hatte, berührt und begehrt zu werden, das Gewicht eines Körpers auf sich zu spüren. Olivier sah sie an und suchte nach Bestätigung in ihrem Blick.

»Es geht um die Bar«, sagte sie.

Er nickte, doch ehe sie noch einen weiteren Gedanken fassen konnte, legte er die Hand an ihr Kinn und gab ihr einen leidenschaftlichen Kuss, den sie mit geschlossenen Augen erwiderte.

Er wusste genau, was er tat, daran bestand kein Zweifel. Sie öffnete die Augen und schluckte, begegnete seinem Blick.

Sie sehnte sich nach mehr.

»Vielleicht kann das auch warten«, brachte sie kaum hörbar hervor.

Langsam begann er, ihre Bluse aufzuknöpfen.

»War das die ganze Zeit dein Plan?«

Tief in ihrem Inneren regte sich der Gedanke, dass ein One-Night-Stand mit diesem Menschen alles nur unnötig verkomplizieren würde. Zumal er gerade erst seinen kalten Krieg mit ihr beendet hatte.

»Mein Plan? Nein, ich habe nicht eine Sekunde darüber nachgedacht, wie deine Haut wohl riecht. Habe mir kein einziges Mal vorgestellt, wie es wohl ist, dich auf mir sitzen zu haben, deine Brüste genau vor meinen Lippen «

Sie musste husten, wollte irgendetwas Kluges erwidern, doch seine unverblümte Art verschlug ihr die Sprache und machte sie gleichzeitig neugierig auf mehr.

Inzwischen waren seine Hände an ihrem Bauch angelangt und glitten von außen über ihre Jeans.

Sie musste sich schnell entscheiden.

Die Bar wird sowieso verkauft. Macht doch nichts, wenn es in der letzten Woche hier ein bisschen anstrengend wird. Nimm dir diesen Mann und genieß das Leben!

Damit stand sie auf, fasste ihn bei der Hand und führte ihn in die Küche, wo sie ihn lächelnd auf das zerschlissene Blümchensofa an der Wand niederdrückte. Als er ein Päckchen Kondome aus der Gesäßtasche zog, lachte sie auf.

»Allzeit bereit?«

Er grinste nur. Sie riss ihm ein Kleidungsstück nach dem anderen vom Leib, bis er splitternackt vor ihr auf dem Sofa saß, und zog sich unter seinem verblüfften Blick ungeniert selbst aus. In der Küche war es dunkel, nur durch die halb geöffnete Tür zur Bar fiel etwas Licht von den vorüberfahrenden Autos auf der Rue Notre Dame des Champs und tauchte ihre Körper in ein ungleichmäßiges, sanftes Blinken.

38

Die Müllabfuhr kam früh an diesem Morgen. Die ersten Sonnenstrahlen fielen gerade durchs Fenster und machten die Staubkörner sichtbar, die durch die Luft tanzten.

Als der Müllwagen vorfuhr und laut scheppernd den Container am Tor leerte, war es kurz nach sechs.

Sophia blinzelte verschlafen und rieb sich durchs Gesicht. Mühsam setzte sie sich auf und sah sich in der Küche um.

Verdammt.

Die Erinnerungen an den vergangenen Abend überrollten sie wie ein Zug. Sie kniff die Augen zusammen.

Ich hätte nie nach Paris kommen sollen.

Oder zumindest hätte mein Aufenthalt inzwischen beendet sein sollen. Mann, wie kann man nur so herumirren?

Ihr Kopf schmerzte und erinnerte sie unsanft an die zwei Flaschen Champagner, die sie sich im Laufe des Abends und der Nacht mit Olivier geteilt hatte. Ihr Mund war wie ausgetrocknet, und sie sehnte sich nach einem großen Glas Wasser.

Meine Güte, bin ich überhaupt nüchtern?

Erneut schaute sie sich um, doch Olivier war nirgendwo zu sehen.

»Olivier?«, flüsterte sie.

Irgendjemand – sie hoffte inständig er – hatte ihr eine Decke übergelegt. Nach und nach kamen die Bilder vom Vorabend in ihr hoch. Hände, die sich bewegten. Lippen, die neu und ungewohnt schmeckten.

Sie stand auf und warf einen vorsichtigen Blick in die

Bar. Was für ein Glück, dass die Müllabfuhr gekommen war. Von Hayley nackt auf dem Küchensofa geweckt zu werden, wäre gelinde gesagt unangenehm gewesen.

»Olivier?«, sagte sie noch einmal, nun etwas lauter.

Er schien schon gegangen zu sein.

Schnell raffte sie die auf dem Boden verstreuten Kleidungsstücke zusammen und zog sich an, sammelte anschließend auch ihre übrigen Sachen ein und schaute zu der Ecke hinüber, wo sie gesessen und Champagner getrunken hatten. Alles aufgeräumt. Dann war er zumindest nicht tatenlos verschwunden.

In Windeseile schlüpfte sie in ihre Converse und stahl sich zur Tür hinaus.

Ein paar Stunden später stand Sophia wieder draußen in der Sonne und wischte im Außenbereich Tische ab. Sie hatte Hayley kaum in die Augen schauen können, als sie zurück zum Le Lulu gekommen war. Ihr war, als wüsste die Kollegin genau, was sie am Abend zuvor mit Olivier getrieben hatte, doch das war natürlich nichts als Einbildung. Dennoch war ihr das Ganze irgendwie peinlich. Es war so ungewohnt.

Die Gedanken in ihrem Kopf wollten gar nicht mehr stillstehen.

Musste ich unbedingt so ein Chaos anrichten?

Ganz Paris stand ihr zur Verfügung, sie hätte einfach in die nächstbeste Bar gehen und irgendwen aufreißen können, wenn es ihr nur um Sex gegangen wäre. Warum musste es ausgerechnet Olivier sein? Warum jemand, den sie kannte? Und aus irgendeinem unerfindlichen Grund sah sie Tristan vor sich, sobald sie die Augen schloss.

Tristan mit Kaffeeflecken am Ärmel, die sie mit einer Papierserviette zu entfernen versuchte.

Tristan beim Weintrinken in ihrer Wohnung.

Sie ließ den Lappen in den Eimer mit lauwarmem Wasser fallen, den sie mit hinausgenommen hatte, wrang ihn aus und ging weiter zum nächsten Tisch. Ihr Blick wanderte zu dem Blumenkasten, der ihr an ihrem ersten Abend in Paris aufgefallen war. Fast zwei Wochen war das jetzt her. Am Donnerstag wäre alles vorbei. Oder zumindest wären die Papiere dann unterschrieben, und mit dem Verkauf konnte es in die nächste Runde gehen. Im Blumenkasten fehlten immer noch Blumen, oder besser gesagt lebendige Blumen. Ob hier jemals irgendwer darüber nachgedacht hatte, wie der Kasten mit etwas Zuwendung aussehen konnte?

Sophia blinzelte in die Sonne, die der Stadt an diesem Frühlingstag eine freundliche Wärme schenkte, und wischte weiter einen Tisch nach dem nächsten ab. Ob es in Stockholm heute auch so warm war? Vermutlich nicht, der April schien in Paris deutlich milder und weniger launisch zu sein als in Schweden.

Bald hüllte ein schwacher Zitronenduft die sauberen Tische ein. Sophia hängte ihre gelbe Strickjacke über einen der Stühle und wollte gerade mit der Arbeit weitermachen, als sie in einiger Entfernung eine ihr wohlbekannte Gestalt erblickte. Das Gesicht war von lilafarbenem Haar verdeckt. Als sie an der Bar vorbeikam, blieb sie stehen und murmelte einen Gruß.

»Wie geht's, Karen?«, fragte Sophia.

»Heute ist Samstag«, antwortete das Mädchen finster.

»Und sind Samstage keine guten Tage?«

»Nein. Samstage sind der letzte Mist, weil zwei Tage später ist Montag. Ist doch klar, oder?« Sie seufzte theatralisch. »Ist Mama hier?«

»›Die Schlampe‹ meinst du?«, sagte Sophia in dem

Versuch, dem verschlossenen kleinen Gesicht irgendeine Regung abzugewinnen.

Auf Karens Lippen spielte ein halb unterdrücktes Lächeln. »Wie bitte?«

»War nur ein Scherz. Sie ist drinnen.«

»Gut, ich brauche nämlich Geld.«

Hach, wie reizend, dachte Sophia.

»Wie geht es eigentlich deinem Fuß?«

Karen zuckte nur mit der Schulter und ging zur Tür. Sophia dachte kurz nach, dann rief sie ihr hinterher:

»Willst du vielleicht dein eigenes Geld verdienen?«

In Karens durchdringenden grünen Augen blitzte es auf, als sie sich umwandte und Sophia ansah.

Nach kurzer Rücksprache mit Hayley in der Bar einigten sie sich darauf, dass Karen an zwei Tagen pro Woche drei Stunden im Le Lulu arbeiten konnte, solange das Lokal noch existierte.

»Aber Alkohol darf sie nicht servieren«, sagte Hayley.

»Natürlich nicht«, gab Karen in überraschend erwachsenem Ton zurück.

Sophia nickte und fügte hinzu:

»Das sollte kein Problem sein, es gibt genügend andere Aufgaben im Le Lulu.«

»Und noch etwas. Wenn du einen Nebenjob anfangen willst, dann nur unter der Bedingung, dass du auch anfängst, zu Hause dein Zimmer aufzuräumen. Da herrscht im Moment das reinste Chaos.«

Karen grinste. »Das Zimmer ist eine Metapher für mein Leben. Ich versuche nur, poetisch zu sein.«

Sophia verkniff sich ein Lachen. Die Kleine war nicht auf den Kopf gefallen.

Für ihre Arbeit sollte Karen eine Summe bekommen, mit der sie mehr als zufrieden war. Sophia war ein kleines bisschen besorgt, was Louis wohl zu dem Ganzen sagen würde. Doch da das Geld nicht so sehr ins Gewicht fiel und der Betrieb ohnehin in absehbarer Zeit eingestellt würde, ging das sicher in Ordnung.

»Vielleicht können wir eine Liste mit Aufgaben machen, mit denen du anfangen kannst«, schlug Sophia vor.

In dem Moment ging die Tür auf und Louis kam mit hochrotem Gesicht ins Le Lulu gestürmt.

»Ich habe gefunden, wonach wir gesucht haben!«

39

Die Planung von Karens Arbeitseinsatz musste erst einmal warten, denn nun zog Sophia sich mit dem Geschenk zurück, das Louis ihr mitgebracht hatte.

Ein Geschenk. Ja, genauso fühlte es sich an, die Rezepte ihrer Großmutter überreicht zu bekommen. Als hätte Oma Emmy den Stapel einzig und allein zu dem Zweck in Paris gelassen, dass Sophia fast sechzig Jahre später herkam und ihn fand. So schnell sie konnte lief sie zu ihrer Wohnung, ließ Schuhe und Jacke vor dem Goldspiegel im Flur liegen und stieg eilig die kleine Treppe zur Schlafempore hinauf. Oben angekommen setzte sie sich im Schneidersitz aufs Bett und breitete die von Hand geschriebenen Rezepte vor sich aus.

Die alten Zettel waren zerknittert und mit Flecken übersät, sie sahen benutzt aus, einfach wunderbar.

Sophia roch daran, strich mit der Hand darüber und drückte sie ans Herz.

Da war Omas Rezept für Apfelmus. Für schwedisches Dünnbrot. Den Fischeintopf mit Lachs, Dorsch, Apfel und Fenchel, den sie Hunderte Male in der Küche ihrer Großmutter gegessen hatte. Apfel-Chutney. Speckseite mit Apfelchips. Sophia betrachtete ein Rezept nach dem anderen und musste lachen.

»Fast alles mit Äpfeln …«, murmelte sie und las weiter.

Es gab verschiedene Sorten Apfelkuchen und diverse Apfelgetränke. Waffeln mit geriebenem Apfel und sanft gegarten Schweinenacken mit eingelegten Äpfeln. Auch der himmlische Wursteintopf mit Apfelspalten war dabei sowie mehrere Brotrezepte. Um die dreißig dünne Blätter Papier waren es insgesamt, hier und da mit Herzchen und kleinen Kritzeleien versehen. An einer Stelle stand der Name Corinne, und rundherum waren Sterne und Blumen gemalt.

Warum hast du mir nie von Paris erzählt? Und wieso hast du die Bar nicht verkauft, wenn du doch nichts davon wissen wolltest und Louis nie geantwortet hast?

»Und warum bist du so Hals über Kopf abgereist?« Die letzte Frage murmelte sie leise vor sich hin.

Sie musste mit ihrem Vater sprechen. Sie wollte ihn nicht beunruhigen, doch das Bedürfnis, mit jemandem zu reden, der Oma Emmy kannte – *ihre* Oma Emmy, nicht die Pariser Version – war einfach zu groß.

»Wie geht's deinem Nacken?«, fragte sie einleitend.

Nachdem sie über die letzten Neuigkeiten geredet hatten und Erik sich versichert hatte, dass es seiner Tochter gut ging, lenkte Sophia das Gespräch auf das Thema, das ihr eigentlich unter den Nägeln brannte.

»Hat Oma jemals von einer Frau namens Corinne erzählt?«

»Nein«, sagte ihr Vater zögernd. »Wieso?«

»Oma hat hier einen ganzen Stapel Rezepte hinterlassen. Und dieser Louis, der sich um die Bar kümmert, kennt Oma noch von früher. Sie hat wohl … also, sie war mit einer gewissen Corinne befreundet, die ihr anscheinend ziemlich viel bedeutet hat.«

»Der Zweitname deiner Mutter war ja Corinne.«

Sophia stockte das Herz in der Brust. Sie blickte nach oben, und einen Moment schien die Zeit stillzustehen. Dass sie daran nicht gedacht hatte. Natürlich! Mamas zweiter Name war Corinne.

»Ich muss jetzt Schluss machen. Aber hier ist alles okay, kein Grund zur Sorge.«

»Okay, meld dich bald wieder, Liebes.«

Sobald das Telefonat beendet war, schossen Sophia die Tränen in die Augen. Innerlich hörte sie Hayleys Stimme.

Du bist stark, wenn du Schwäche zeigen kannst.

Sie blinzelte und wischte sich mit dem Handrücken über die Wangen. Schluckte und spürte, wie ihr das Herz, das eben noch stillzustehen schien, nun regelrecht zu rasen begann. Ach, könnte sie doch offener zu ihrem Vater sein.

40

»Magst du Waffeln?«, fragte Sophia am nächsten Morgen und hängte ihren Mantel am hintersten Haken in der Restaurantküche auf.

Louis lachte und reichte ihr eine Schürze. Inzwischen war sie so oft für ihn in der Bar eingesprungen, dass sie sich allmählich richtig heimisch dort fühlte. Manchmal kam sie sogar zur Arbeit, obwohl gar nichts abgemacht war. Sie hatte ganz einfach Spaß daran und genoss es, Teil der Gemeinschaft zu sein.

»Waffeln? Schätzchen, ich bin fast achtzig Jahre alt, rauche Gauloises und zähle täglich die Stunden bis zum ersten Glas Rotwein. Bei mir gibt's Champagner zum Feiern und Champagner als Trostpflaster. Ein richtig gutes Tiramisu zu essen ist für mich wie ein Orgasmus. Mit Waffeln habe ich aufgehört, als ich ein Kind war.«

Sophia riss die Augen auf und musste lachen. Verblüfft über seine Freimütigkeit folgte sie ihm durch die Küche mit den Kupfertöpfen und dem großen Herd. Sie war ja wirklich nicht prüde, aber ein Achtzigjähriger, der unverblümt Parallelen zwischen Sex und Süßspeisen zog, konnte selbst sie sprachlos machen.

Sie wusste, dass Olivier an diesem Sonntagnachmittag auch in der Bar arbeitete, und hatte sich innerlich schon für das Wiedersehen mit ihm gerüstet. Zwei Tage war es jetzt her, dass sie auf dem kleinen Sofa in der Küche übereinander hergefallen waren, und es war gut, dass sie ein wenig Zeit gehabt hatte, sich erst einmal über ihre Gefühle klar zu werden, ohne ihm gleich wieder zu begegnen. Für sie stand fest, dass es sich bei dem Tête-à-Tête um nichts weiter als ein bisschen unverbindlichen Spaß gehandelt hatte, und sie war sich ziemlich sicher, dass er das ähnlich sah. Trotzdem war es schwer vorherzusehen, wie das nächste Treffen mit ihm verlaufen würde. Mit derartigen Situationen hatte sie gelinde gesagt nicht viel Übung.

Sie war gerade dabei, ein Weinglas aus der Aufhängung herunterzuholen, als Olivier zur Tür hereinkam. Er hob den Kopf, nickte kurz und kam schnurstracks zu ihr hinter den Tresen.

Oh nein, wie läuft das jetzt? konnte sie noch denken, als er sich auch schon vorbeugte und ihr einen Wangenkuss gab.

»Wie geht's?«

Er klang ganz neutral und suchte ihren Blick. Legte ihr eine Hand auf die Schulter, als wäre er aufrichtig an ihrem Befinden interessiert.

»Mir geht's gut.«

»Wirklich? Zwischen uns ist nichts komisch?«

Sie atmete auf.

»Nein, alles gut. War super neulich«, hörte sie sich sagen.

Super?

»Ja, fand ich auch«, sagte er und sah sie prüfend an. »Dann sind wir uns also einig?«

»Absolut«, antwortete sie, nicht ganz sicher, worauf sich die Einigkeit genau bezog.

»Bon.«

Der Rest des Nachmittags verlief, als wäre nichts geschehen.

So geht man hier also mit One-Night-Stands unter Arbeitskollegen um? Das wirkte schon fast etwas zu einfach. Aber Sophia nahm diese Leichtigkeit dankbar an. In solchen Dingen schien Olivier zweifellos Routine zu haben.

»Hast du schon mal Wursteintopf mit Apfelspalten gegessen, Olivier?«, fragte sie etwas später in dem Versuch, zu einem natürlicheren Umgangston mit ihm zurückzufinden. Sie war gerade dabei, den Tresen abzuwischen.

Nachdem sie eine Weile darüber nachgedacht hatte, was sie mit der Rezeptsammlung ihrer Großmutter anstellen sollte, war sie zu dem Schluss gekommen, dass sie doch wenigstens ein paar Gerichte daraus mal probekochen konnte.

Nur für den Fall, dass …

Denn was wäre es, wenn ich …?

Ein Gedanke hatte in ihr zu keimen begonnen, dessen Ausmaß oder Bedeutung sie noch nicht so recht absehen konnte. Vermutlich war es eine blöde Idee.

Olivier, der an der Kaffeemaschine stand, drehte sich zu ihr um und sah sie fragend an.

»Wurst mit Äpfeln? Sorry, aber das klingt jetzt nicht wie die naheliegendste Kombination. Wieso fragst du?«

»Ich dachte, ich teste vielleicht mal … oder ach, vergiss, dass ich was gesagt habe.«

»Was hast du denn gesagt?« Mit einem Mal stand Louis hinterm Tresen und schaute sie neugierig an.

»Wir reden hier gerade über Wurst mit Äpfeln«, sagte Olivier und schüttelte verwirrt den Kopf.

Sophia rieb energisch mit dem Lappen über das letzte Stück Tresen.

»Ich hatte mich nur gefragt, ob Olivier schon mal Wursteintopf mit Äpfeln gegessen hat. Aber das hat er offenbar nicht.«

»Was soll das Gerede von seltsamen Gerichten, Sophia? Kommt das aus Emmys Rezeptsammlung?«

Louis suchte ihren Blick, während sie den Lappen im Spülbecken auswrang.

»Ja«, antwortete sie. »Ich habe sie mir durchgelesen und dachte, wir könnten vielleicht mal was Neues auf der Speisekarte ausprobieren.«

Sie brachte ihre Idee murmelnd hervor und drehte sich dann zu Louis und Olivier um, noch immer den Lappen in der Hand.

»Was Neues auf der Speisekarte?« Louis sah sie an und zog die Augenbrauen hoch.

Ein neuer Speiseplan ergab für ihn natürlich überhaupt keinen Sinn, immerhin stand das Ende der Bar kurz bevor. Seine stumme Frage, ob Olivier etwa immer noch nichts vom baldigen Verkauf wisse, beantwortete Sophia mit einem diskreten Kopfschütteln.

»Willst du hier Wursteintopf mit Äpfeln servieren?«, fragte Olivier.

Eine Weile herrschte Schweigen, dann brach Olivier in schallendes Gelächter aus. Er lachte so sehr, dass er sich kaum auf den Beinen halten konnte.

»Wirklich exquisit. In der Bar gegenüber veranstalten sie Austernabende, aber hier im Le Lulu werden die Gäste mit Wurst und Äpfeln angelockt. Toller Schachzug.«

Glucksend hielt er sich den Bauch. Sophia versuchte zu lächeln.

»Stimmt schon. Das wäre ja …«

»Völlig absurd!«, vollendete er ihren Satz. »Mit so einer Aktion stünden wir nicht mehr nur am Rande des Konkurses, sondern wären im Nullkommanix weg vom Fenster.«

Damit klopfte er ihr auf den Rücken und verschwand, immer noch vor sich hin lachend, zu ein paar Gästen. Louis betrachtete sie von der Seite. Sie schaute auf und begegnete seinem Blick, der nun nicht mehr amüsiert, sondern ernst wirkte.

»Du hast es ihm immer noch nicht erzählt.«

Er klang wie ein enttäuschter Vater, und Sophia spürte, wie sie vor Scham die Schultern hängen ließ und seinem Blick auswich.

»Ich mache es bald.«

»Und das mit den Rezepten war kein Witz?«

»Die vielen Apfelrezepte meiner Oma … sie haben mich irgendwie inspiriert, aber ihr habt natürlich recht. Gegen Austernabende kommt man damit nicht an.«

Sie bemühte sich, möglichst unberührt zu klingen.

»Ich verstehe schon.« Louis strich ihr sanft über die Wange. »Wer weiß, vielleicht haben die Pariser ja irgendwann genug von Austern und bekommen Lust auf Äpfel, hm?«

Sie nickte und räusperte sich.

»Ja, irgendwann vielleicht.«

41

Karens lilafarbene Strähnen schaukelten hin und her, als sie ein paar Stunden später hinterm Tresen stand und Geschirr wegräumte. Olivier war inzwischen nach Hause gegangen, und stattdessen war Hayley mit ihrer Tochter gekommen. Sophia beobachtete Karen diskret dabei, wie sie Kaffeetassen abtrocknete und Weingläser über der Theke aufhängte.

Was sagt man zu einer Vierzehnjährigen? Sie versuchte, einen natürlichen Gesprächseinstieg zu finden, aber Teenager waren ein Buch mit sieben Siegeln für sie. In ihrem bisherigen Bekanntenkreis gab es keinen einzigen.

Natürlich war sie selbst einmal in dem Alter gewesen, doch das schien ihr eine Ewigkeit her zu sein.

»Wie läuft's in der Schule?«

»Wie bitte?«

Sophia sah ein, dass ihre Frage in Karens Ohren wie ein Angriff klingen musste. Verstohlen sah sie zur Küche hinüber, wo Hayley gerade beschäftigt war. Konnte sie nicht mal kommen und ihr helfen?

Mit einem Räuspern fuhr sie fort:

»Als wir uns im Treppenhaus begegnet sind, hast du erzählt, bei dir zu Hause habe es Ärger wegen Englisch gegeben.«

»Ach das. Hat sich geregelt.«

Schweigend bewegten sie sich hinterm Tresen umeinander herum. Es war wie ein Tanz, der ganz ohne Worte auskam.

Sophia holte ein paar Töpfe Zitronenmelisse hervor, die als Garnitur verwendet wurde. Der frische Zitrusduft, der sich beim Abzupfen der Blätter verbreitete, war einfach herrlich. Sie warf einen Blick auf die Uhr. Die Zeit zog sich wie Kaugummi. Karen gab noch immer keinen Mucks von sich. Vielleicht war sie ja schüchtern.

Als Sophia sich dem Serviettenfalten zuwandte, stellte sie verärgert fest, dass Tristan ihr mal wieder in den Sinn gekommen war. Energisch schob sie den Gedanken beiseite.

Weg damit, weg, weg, weg.

Beim nächsten Blick auf die Uhr war es nur noch eine Viertelstunde bis zum Ende ihrer Schicht. Dann würde Louis kommen und sie ablösen.

»*Bonjour*«, hörte sie plötzlich eine zögerliche Stimme hinter sich.

Den Arm voller gefalteter Servietten drehte sie sich um und sah erstaunt, wer auf der anderen Seite des Tresens stand.

»Tristan?«

Einen Moment betrachtete sie seinen Anzug, eine wohlsitzende schwarze Rüstung. Die eine Hand ruhte in der Hosentasche, mit der anderen hielt er eine Mappe fest. Schließlich riss sie sich von dem Anblick los, legte den Stapel Servietten ab und kam hinter dem Tresen hervor, um Tristan zu begrüßen. Sie selbst war ganz leger in ein paar löchrige Jeans und ein zerknittertes blau-weiß gestreiftes Hemd gekleidet. Das Haar hatte sie zu einem dicken langen Zopf zusammengeflochten.

Der Kontrast zu seiner Erscheinung hätte nicht größer sein können.

»Alles in Ordnung?«, fragte sie steif.

Was tat er hier? Hatten die Käufer es sich etwa anders überlegt?

Er zog die Hand aus der Hosentasche und strich sich über das kurze schwarze Haar, ehe er sich vorbeugte und sie mit Wangenküsschen begrüßte. Dabei fiel ihr erneut sein wohlgetrimmter Bart auf, der ihr am Donnerstag so einen angenehmen Schauer über den Rücken gejagt hatte.

Dieses Mal hielt sie vorsorglich etwas Abstand, sowohl körperlich als auch mental.

»Ich wollte nur einen kurzen Spaziergang machen und habe auf dem Weg noch schnell deine Unterlagen mitgenommen.« Er hielt ihr die Mappe hin.

Wortlos nahm sie sie entgegen. Dieses Hin und Her gab ihr wirklich Rätsel auf und war nichts, wofür sie im Moment Energie übrig hatte. Mit den meisten Herausforderungen im Leben kam sie mittlerweile zurecht, angefangen bei der Trauer um Oma Emmy bis hin zu der Unsicherheit, was aus ihrer Karriere in Stockholm werden würde.

Das ging.

Das bekam sie hin.

Was aber nicht ging, war dieses Wechselbad der Gefühle, in das Tristan Martin sie allein durch seine Anwesenheit stürzte. Einfach weil er dort stand. Das war schlicht und ergreifend ... *erschöpfend*.

Ja, das Wort traf es ziemlich genau.

Sie atmete tief ein. Ihr Herz schien abwechselnd zu rasen und dann wieder fast stillzustehen. In ihr brodelte die Wut. Sie brachte nichts anderes als ein kühles »Danke« heraus. Am liebsten hätte sie einfach geschwiegen, bis er wieder ging.

»Ich dachte, du könntest sie vielleicht gebrauchen. Und vielleicht hast du ja auch noch Fragen vor unserem Termin mit den Käufern am Donnerstag. Außerdem fiel mir ein, dass ich mich gar nicht nach deinem Handy erkundigt habe. Oder habe ich das? Ist es vielleicht schon repariert?«

Die Fragen klangen beiläufig, als wären sie ihm eben erst in den Sinn gekommen. Er steckte die Hände in die

Hosentaschen und fuhr mit seiner glänzenden Schuhspitze über den Boden, ehe er aufschaute und ihrem Blick begegnete.

Für einen kurzen Moment versank Sophia förmlich in seinen Augen. Ihr war, als fiele sie einen Abhang hinunter. Doch dann besann sie sich und kletterte die Felswand wieder hinauf. Zurück auf festen Boden.

»Das waren ziemlich viele *vielleicht*, Monsieur Martin.«

Er hob die Augenbrauen.

»Ich dachte, die Förmlichkeiten hätten wir hinter uns gelassen.«

Sie bekam Tristan einfach nicht zu greifen. Im einen Moment wirkte er hochnäsig und steif, im nächsten lud er zum Gespräch ein und sah sie mit seinen dunklen Augen ein kleines bisschen zu lange an. Erzählte davon, dass man auf Bäume klettern, der inneren Stimme folgen und sich nicht von Ängsten leiten lassen sollte.

»Willst du vielleicht ein Stück mitspazieren?«

Er kam einen Schritt näher und zupfte ihr ein Blatt Zitronenmelisse aus dem Haar.

»Du hattest da etwas …«

Er schnupperte an dem Blatt in seiner Hand.

»Zitronenmelisse!«, rief er sichtlich erfreut darüber, dass er die Pflanze identifizieren konnte.

»Spazieren gehen klingt gut«, hörte sie sich so neutral wie es eben ging sagen.

»Meine Schicht ist in ein paar Minuten zu Ende.«

Sie war schon wieder auf dem Weg den Abhang hinunter, obwohl sie genau wusste, dass fester Boden unter den Füßen besser für sie war.

42

Tristan Martin hatte ein verborgenes Talent. Wie sich herausstellte, kannte er sich mit jedem Gemälde und jeder Skulptur in den Kunstsammlungen des Musée d'Orsay aus. Auch für das Gebäude an sich, einen alten Bahnhof, schien er sich sehr zu interessieren.

Sophia fand, das war eine gute Gelegenheit, etwas über das Museum zu erfahren, an dem sie täglich beim Joggen vorbeikam. So viel und so leidenschaftlich hatte sie Tristan bisher nur von seiner Flaggensammlung reden hören. Er war offenbar ganz in seinem Element. Was er zu erzählen hatte, war nicht uninteressant, trotzdem merkte sie, dass ihre Gedanken irgendwann abschweiften, hin zu Oma Emmy und den Rezepten.

In nur wenigen Tagen würde sie etwas verkaufen, was sich jahrzehntelang in Brittas Besitz befunden und der Großtante zweifellos sehr viel bedeutet hatte. Nicht einmal Emmy hatte das Le Lulu verkauft, obwohl sie nach Brittas Tod ein ganzes Jahr darüber verfügen konnte. Nun, da beide nicht mehr lebten, fühlte es sich wie Verrat an, das Lokal, dem die Schwestern sich so verbunden gefühlt hatten, wegzugeben.

Ihr Vater hatte sie bei ihrem letzten Telefonat in dem Vorhaben bestärkt. Aber ob Britta und Emmy die Entscheidung gutgeheißen hätten?

Und dann waren da noch die Rezepte.

All diese Gerichte mit Äpfeln in den verschiedensten Variationen. Sophia musste schmunzeln, während sie Tristan durch das gigantische Museumsgebäude folgte. In diesen

Rezepten steckte so viel von ihrer Großmutter. So viel von Kramfors.

»Woran denkst du?«, fragte Tristan, als hätte er gespürt, dass sie mit den Gedanken ganz woanders war.

»An Äpfel.«

»Äpfel?«

»Das ist eine lange Geschichte. Nicht ganz so spannend wie die zu Édouard Manets *Frühstück im Grünen.*«

»Ich habe Zeit.«

Zögernd begann sie zu erzählen. Er wusste, dass sie die Bar geerbt hatte, kannte jedoch keine Einzelheiten. Sophia fing bei Oma Emmy an, die nach dem Tod ihrer Mutter zu einer Art Ersatzmutter für sie geworden war. Sie berichtete von der Küche in Kramfors, vom Musikquiz im Radio und den Düften, die vom Herd ihrer Großmutter aufgestiegen waren. Und von den kühlen Herbsttagen, an denen Unmengen von Äpfeln im Garten geerntet wurden.

Als sie erst einmal ins Erzählen gekommen war, konnte sie kaum wieder aufhören, und schließlich sprudelte es nur so aus ihr heraus. Die Geschichte machte einen Schlenker ins Paris der Sechzigerjahre und zu den Anekdoten über Britta und Emmy, die sie von Louis gehört hatte.

Das Geschenk aus der Vergangenheit, die alten Rezepte, bildete den Abschluss ihrer Erzählung. Dann schwieg sie, etwas beschämt über ihren ungezügelten Redefluss.

»Hättest du dich nicht für den Verkauf entschieden, könntest du damit die Speisekarte aufpeppen. Mal was anderes probieren«, sagte er mit einem beiläufigen Schulterzucken.

»Die Speisekarte aufpeppen?«

Sie konnte kaum glauben, dass er den gleichen Gedanken hatte, der auch ihr schon gekommen war.

»Glaubst du, Wursteintopf mit Äpfeln wäre was für die

Franzosen? Und Waffeln mit geriebenem Apfel? Oder gegrillter Lachs mit Apfel-Chutney?«

Er wandte sich um und betrachtete ein Gemälde, an dem sie gerade vorbeigingen.

»Ich weiß nicht. Neues hat doch immer seinen Reiz. Bevor das Sushi nach Frankreich kam, hätte auch niemand gedacht, dass roher Fisch hier mal so beliebt sein würde.«

»Ja, vielleicht hast du recht.«

Sie gingen eine Treppe hinauf und schwiegen einen Moment.

»Weißt du schon, wann du wieder in Stockholm anfängst?«

Sie rechnete zurück. Das unschöne Gespräch in der Redaktion hatte nur wenige Tage nach dem Unfall stattgefunden – dieses Gespräch, in dem man sie ohne Wasser und Nahrung in einem Boot auf hoher See ausgesetzt hatte. So fühlten sich die zehn Wochen Zwangsurlaub an.

Fünf davon waren bereits geschafft, wie sie überrascht feststellte. *Dann ist die Hälfte ja schon rum, wie gut!*

»Ende Mai ist angedacht.«

Er nickte und sah sie an. Irgendetwas regte sich zwischen ihnen. Sie konnte nicht genau sagen, was es war, doch das Gefühl, in die Tiefe zu stürzen, wenn sie nicht aufpasste, wohin sie trat, war sofort wieder da.

»Dieser lange Urlaub war eigentlich nicht meine eigene Idee. Meine Vorgesetzten fanden, ich bräuchte mal etwas Erholung.«

Was auch immer die Luft zwischen ihnen dünn werden ließ, versuchte sie nun zu übertünchen, indem sie einfach weiterredete.

»Und wieso?«

Sie erreichten eine Ebene, die deutlich weniger besucht war. Hier war es kühl. Die riesigen Räume hatten eine schwindelerregende Höhe und waren nur spärlich beleuchtet.

In kurzen Zügen erzählte Sophia von der Liveübertragung, bei der sie sich bis auf die Knochen blamiert hatte, und ließ dabei Details wie ihren nassen Strumpf, das ältere Paar und ihren starr in die Kamera gerichteten Blick mit einfließen. Inzwischen war das Ereignis etwas auf Abstand gerückt, und es gelang ihr, das Komische daran zu sehen.

Tristan lachte vorsichtig über ihre Geschichte. Sie lächelte ihn an. So unbekümmert wie er hatte bisher noch niemand auf den Vorfall reagiert.

»Das ist …«, erneut lachte er auf, dass es nur so schallte.

Ein paar vorbeigehende Gäste warfen ihnen verärgerte Blicke zu, doch Tristan schien sie überhaupt nicht zu bemerken.

»Das ist … einfach großartig. Ich habe noch nie gehört, dass jemandem so etwas in Wirklichkeit passiert ist.«

Sie schüttelte den Kopf und ließ sich von seinem Lachen anstecken. Mittlerweile waren sie ganz allein in dem dunklen Raum.

»Wahrscheinlich ein Zustand zufälligen Wahnsinns.«

Vor einem Bild, das der Beschilderung zufolge zur Sammlung orientalistischer Werke gehörte, blieben sie stehen. Allmählich verstummte ihr Lachen. Sie sahen sich an. Wie gern sie seinem Blick auch ausgewichen wäre, sie brachte es nicht fertig. Ein weiteres Mal versuchte sie, die in der Luft liegende Spannung zu unterdrücken.

Die Dunkelheit schien sie vollkommen zu umschließen. Was vor einer Weile noch wie ein riesiger Raum mit hoher Decke gewirkt hatte, fühlte sich nun winzig an, als existierte in diesem Moment allein der Boden unter ihren Füßen.

»Ein Zustand zufälligen Wahnsinns«, wiederholte er und machte einen kaum wahrnehmbaren Schritt auf sie zu, sodass der Raum um ein weiteres schrumpfte.

Sie räusperte sich und wandte sich leicht von ihm ab.

»Was ist das hier für ein Bild?«

Sie deutete mit dem Kopf auf das Gemälde vor ihnen. Er stellte sich neben sie und betrachtete die Malerei, wobei sein Finger leicht ihre Hand streifte.

Das ist nicht richtig, ganz und gar nicht richtig. Er ist dein Anwalt. Du hast schon genug Probleme.

Mach einen Schritt zur Seite. Oder zurück.

Geh zurück!

Doch sie wich nicht zurück. Er war ein Stück größer als sie, wie ihr nun auffiel, als sie Schulter an Schulter nebeneinanderstanden. Nicht viel, nur ein Stück. Sie drehte den Kopf und betrachtete sein Profil, bis auch er sich zu ihr umwandte, langsam blinzelte und den Kopf in ihre Richtung neigte.

Sie atmete tief ein. Sein Duft löste eine wahre Achterbahnfahrt in ihr aus.

»Ich werde …«, setzte sie an, als sie sich näher kamen, doch der Satz blieb unvollendet.

Er hielt einen Moment inne, ehe Sophia die Initiative übernahm und sich ihm entgegenreckte. Sanft berührten sich ihre Lippen.

Das ist kein Kuss, dachte sie, während sie so dastanden. *Nur ein leichtes Streicheln mit den Lippen.*

Sie hob eine Hand und legte sie sacht auf seine Schulter. Die Wärme seiner Haut war durch die Kleidung spürbar, sie strahlte förmlich in ihre Handfläche aus. Sophia schloss die Augen und fühlte in sich hinein. Erstaunt öffnete sie sie wieder und begegnete seinem Blick, den er nicht von ihr abgewandt hatte.

»Das war …«, sagte sie und suchte nach dem richtigen französischen Wort. »Unerwartet.«

»Unerwartet?«, fragte er und schluckte.

Sie strich mit der Hand über sein kurz geschorenes Haar. Es fühlte sich wunderbar rau an.

»Ich hatte keine Wahl«, sagte er. »Du machst etwas mit mir. Ich musste herausfinden, ob meine Gefühle auch nur im Geringsten erwidert werden. Du ziehst mir den Boden unter den Füßen weg. Ich werde ganz wirr.«

In ihr tobte ein Tsunami. Es war, als stemmte sie sich mit geballter Körperkraft gegen die heranrollende Welle, doch das Wasser sickerte ihr bereits durch die Finger. Sie versuchte, die Konsequenzen abzuwägen, wollte nicht wieder Lust und Begierde die Richtung vorgeben lassen.

Endlich wich sie einen Schritt zurück.

Zwang sich zur Beherrschung.

»Tristan, es erscheint mir unklug … du bist mein Anwalt. Ich reise bald zurück nach Stockholm.«

Er nickte, und ein Schatten huschte über sein Gesicht.

Sophia fuhr fort: »Ich habe in letzter Zeit so viel Dummes getan.«

Er nickte zustimmend und fuhr sich mit der Hand über Gesicht und Mund. Schien nachspüren zu wollen, ob ihre Lippen sich wirklich berührt hatten oder ob alles nur Einbildung gewesen war.

In ihr kamen Erinnerungen an die erste Zeit mit Viktor hoch. Eine kaputte Beziehung konnte einen Menschen für immer aus der Bahn werfen, das wusste sie, doch diese Macht wollte sie Viktor nicht zugestehen. Das hier hatte nichts mit ihm zu tun. Überhaupt nichts.

»Wir haben uns wohl von der Stimmung des Augenblicks mitreißen lassen. Ich muss jetzt gehen«, sagte sie und verließ eilig den dunklen Raum.

Mit seinem Blick im Nacken und einem Wirrwarr an Gefühlen im Bauch lief sie die Stufen des Musée d'Orsay hinunter, hinaus auf die Straßen von Paris.

Die Wärme seiner Haut brannte ihr noch immer in der Hand.

43

»Muss ich hier etwa die Drecksarbeit machen, nur weil ich die Jüngste bin?«

Hayleys pubertierende Tochter war gerade zum zweiten Mal nach Schulschluss in der Bar, aber von ihrer neusten Arbeitsaufgabe, dem Reinigen der Toilette, hielt sie nicht besonders viel.

Sophia hatte befürchtet, sich nach dem ereignisreichen Museumsbesuch am Vortag nur schwer auf irgendetwas konzentrieren zu können, doch Karen hatte sie im Nu auf andere Gedanken gebracht.

Just in diesem Moment hätte sie das Mädchen am liebsten vor die Tür gesetzt und ihr gesagt, sie solle sich woanders einen Nebenjob suchen. Stattdessen versuchte sie sich an der unmöglichen Aufgabe, einen störrischen Teenager mit Argumenten zu überzeugen. Die gingen ihr jedoch allmählich aus.

»Glaubst du, das ist der richtige Ton, um den Job zu behalten?«

Karen schwenkte den leeren Putzeimer, den Sophia ihr gegeben hatte, und schimpfte lauthals weiter:

»Hast du schon mal was von *liberté, égalité, fraternité* gehört? Dem Schlachtruf der französischen Revolution? Du weißt schon, Voltaire, Rousseau und so weiter. Arbeiter haben auch Rechte.«

Die berühmten Worte waren Sophia natürlich bekannt. Freiheit, Gleichheit, Brüderlichkeit. Doch das Motto, das zum Symbol für die Befreiung der Arbeiterklasse aus sklavengleichen Lebensbedingungen wurde, hatte nicht einmal annähernd etwas mit Karens Lebenswelt zu tun. Sophia nickte geduldig.

»Ja, damit wurde die Bevölkerung zum Aufruhr gegen das Königshaus und den Adel angestachelt. Ich war auch mal in der Schule.«

»Na dann.«

»Aber hier geht es nicht darum, den Adel zu stürzen. Hier geht es darum, dass du verwöhnt bist. Seit ich hier bin, habe ich selbst die Toilette gescheuert!«

Sophia musste an ihre erste Schicht zusammen mit Hayley denken und erinnerte sich daran, dass auch sie die Arbeit in der Bar anfangs als unter ihrer Würde empfunden hatte. Karen wandte sich so heftig ab, dass ihr lilafarbenes Haar nur so durch die Luft wirbelte. Sie murmelte etwas Unverständliches, vermutlich irgendwelche neumodischen Schimpfwörter, die Sophias Französischvokabular nicht hergab.

»Deine Mutter und Olivier putzen auch das Klo«, fuhr Sophia nun umso gereizter fort. »Du findest bestimmt noch andere Jobs, um die du dich bewerben kannst. Hier gibt es jedenfalls keinen Grund, sich selbst zu bemitleiden.«

Ohne sich zu ihr umzudrehen, entgegnete Karen: »Willst du mir erzählen, wie ich mich zu fühlen habe?«

Sprachlos wandte Sophia sich ab. Waren alle Teenager so?

Seufzend ließ sie sich auf einem Barhocker nieder, schaute aus dem Fenster und fuhr sich mit den Fingerspitzen über die Lippen.

Was war da gestern mit Tristan passiert? Warum hatte sie ihren Anwalt geküsst? So etwas Dämliches konnte nur in einem Fiasko enden.

Diese Lippen.

Dieser Duft.

Der Gedanke an jene Sekunden in dem dunklen Museumssaal zauberte ihr unweigerlich ein Lächeln ins Gesicht. Und seine Frage kurz vor dem Kuss. Ob sie nicht mal etwas Neues auf der Speisekarte ausprobieren wollten. Die Idee ließ ihr nun keine Ruhe mehr.

Was, wenn es mit der Bar so weitergehen konnte, wie es all die Jahre in Absprache zwischen Britta und Louis gelaufen war? Louis wurde langsam alt, aber vielleicht konnte er Hayley übergangsweise noch ein wenig zur Seite stehen, bis sie bereit wäre, die Verantwortung zu übernehmen. Dann konnte Sophia das Le Lulu vielleicht doch behalten. Eigentlich wollte sie ja nur verkaufen, um nicht noch mehr Probleme im Leben zu haben, aber wenn es gelänge, die Bar aus den roten Zahlen herauszuholen, wäre sie vielleicht gar kein Problem mehr.

Karens Aufmüpfigkeit erinnerte Sophia an ihre eigene Jugend, und ihr kam ein Abend in den Sinn, an dem ihre Großmutter sie von einer Party abgeholt hatte, es muss irgendwann Ende August gewesen sein. Oder war es schon September? Sie wusste es nicht mehr genau.

Auf jeden Fall lagen sie damals zusammen im Gras, Oma und sie. Es war tiefschwarze Nacht. Sophia war sich groß vorkommen, erinnerte sie sich. Beinahe erwachsen.

Ihr Vater war in Stockholm, damals hatte er schon angefangen, sich mit Disa zu treffen. Sophia schloss die Augen und konnte förmlich den Geruch von feuchtem Gras wahrnehmen. Vom Herbst. Es roch nach Kramfors und nach ihrer Großmutter. Mit etwas gutem Willen sah sie sogar die Äste des Apfelbaums über sich in der Dunkelheit schwanken.

Diese Äpfel. Immerzu Äpfel.

Großmutter hatte Sophia abgeholt, weil sie die Zeit vergessen hatte und es zu spät geworden war. Auf der Party war es wild zugegangen, es hatte ungebetene Gäste gegeben.

Geschrei.

Krawall.

Das war mittlerweile zwanzig Jahre her, aber sie erinnerte sich noch genau an die Einzelheiten. Zuerst war sie wütend auf ihre Großmutter gewesen, dann hatte sie sich geschämt, weil sie sich nicht an ihre Abmachung gehalten hatte.

Oma Emmy hatte die ganze Heimfahrt über geschwiegen. Doch als sie aus dem Auto stiegen und von der stillen, kühlen Spätsommernacht umhüllt wurden, sagte sie:

»Komm, wir legen uns ein bisschen unter den Apfelbaum.«

Dann waren sie gemeinsam hinters Haus gegangen, wo Großmutter sich kurzerhand ins Gras gelegt hatte.

Sie hatten über Omas eigene Jugend geredet, darüber, wie es gewesen war, damals jung zu sein. Und wie Sophias Mutter als Teenager gewesen war. Das hatte so gutgetan, denn nun war Sophia nicht mehr allein mit all den Gedanken und Gefühlen, die in ihr tobten. Es war schön, mit Oma über Mama zu sprechen, obwohl es immer auch ein bisschen wehtat. Wie ein blauer Fleck, der nie ganz verheilte.

Großmutter hatte gefragt, ob Sophia verliebt sei. Beim Gedanken daran musste sie lächeln. Zuerst hatte sie Nein geantwortet, doch dann fühlte sie sich wie vom Mond durchschaut. Vorsichtig und zögernd erzählte sie von Frans, den sie im Jugendzentrum kennengelernt hatte. Frans, der sich vegetarisch ernährte, The Doors hörte und sich für Greenpeace engagierte. Sophias erste große Liebe. Eine Liebe, die noch meilenweit davon entfernt war, was sie viele Jahre später mit Viktor verband.

Der Apfelbaum schien seinen Atem über sie zu verströmen und sie mit Süße, Kraft und der Einsicht zu erfüllen, dass alles einen Anfang und ein Ende hat.

Sophia seufzte, stand vom Barhocker auf und sah sich nach Karen um, die eigentlich bald mit der Toilette fertig sein sollte. Je mehr Verantwortung Sophia im Le Lulu übernommen hatte, desto einladender war die Gästetoilette geworden. Der Seifenspender war stets aufgefüllt, eine Duftkerze verbreitete ein angenehmes Aroma und in einem Milchkännchen auf dem Waschbecken stand eine Blume. Kleine, einfache Dinge.

Ihre Gedanken wanderten wieder zur Bar und wie es damit weitergehen konnte. Weder Louis noch Olivier hatten ihren Vorschlag mit den Apfelgerichten ernst genommen. Aber vielleicht ließen sie sich ja umstimmen. Plötzlich kam sie sich wie eine Verkünderin vor, auf Mission in Paris, um das französische Volk von Schimmelkäse und Sauce Béarnaise zu sanft gegartem Schweinenacken mit eingelegten Äpfeln und Apfelchips zu bekehren.

Das konnte funktionieren. Was wäre, wenn das Le Lulu nur Speisen mit Äpfeln auf der Karte hätte? Würden die bestellt? Ja, warum denn nicht? Das wäre doch mal etwas anderes, etwas Neues und Spannendes. Eine Art Nische. Die Frage war nur, ob die Franzosen das auch so sehen würden.

»Ach, vergiss die Äpfel«, murmelte sie leise auf Schwedisch vor sich hin.

Da tippte ihr Karen plötzlich auf die Schulter.

»Fertig.«

Sophia warf einen Blick in die Toilette und lobte das Mädchen. Karen hatte gründlich gearbeitet. Die Gästetoilette strahlte förmlich.

»Ich glaube, das war alles für heute. Deine drei Stunden sind rum.«

»Okay.«

Einen Moment standen sie da und sahen sich an. Karens harter Blick erinnerte Sophia daran, wie sie sich selbst oft als Jugendliche gefühlt hatte, wenn sie Disa gegenüberstand. Wie ihr ganzer Körper angespannt war und sie am liebsten gebrüllt hätte: »Nur weil du meinen Vater geheiratet hast, bist du noch lange nicht meine Mutter!«

Sie hätte Karen gern irgendetwas Kluges gesagt, hätte ihr gern ein bisschen Hoffnung gemacht, dass auch wieder bessere Zeiten auf sie zukamen.

»Und das mit Englisch klappt jetzt?«, fragte sie vorsichtig.

»Weiß nicht.«

»Ich spreche ja viel Englisch auf der Arbeit.«

»Willst du jetzt angeben oder was?«

»Wie bitte?«

»War nur ne Frage.«

»Nein, ums Angeben geht es mir nicht.«

Schweigen.

»Ich kann dir helfen, wenn du willst. Das könnten wir locker hinkriegen, glaube ich.«

»Hast du keine eigenen Kinder, die du terrorisieren kannst?«

»Warum bist du die ganze Zeit so abweisend? Ich will doch nur nett sein.«

Sophia spürte, wie ihr langsam der Geduldsfaden riss. Aber vielleicht brauchte Karen genau das. Ein wenig Widerstand.

»Hör mal. Wenn du hier arbeiten willst, erwarte ich zumindest einen vernünftigen Ton von dir. Okay?«

Ihr Herz klopfte. Sie sah Karen schon zur Tür hinausstürmen und auf dem Weg dorthin womöglich noch ein Weinglas zerschmettern.

Doch sie sagte nur: »Okay.«

»Okay?«

»Ooookay. Tut mir leid.«

Sophia nickte und wandte sich um, tat so, als wäre sie mit irgendetwas beschäftigt und freute sich im Stillen über den kleinen Sieg.

44

Das Orange der aufgehenden Sonne war so glühend, dass man meinen konnte, es würde ein Loch in die Leinwand brennen. Gleich darunter glitten zwei kleine Fischerboote durch den Hafen von Le Havre. Sophia war so gefesselt von dem Bild, dass sie sich eine ganze Weile nicht vom Fleck bewegen konnte. Der Name des berühmten Gemäldes war *Impression, Soleil levant*, doch anstelle eines klar umrissenen Sonnenaufgangs zeigte es eher eine Art Lichtspiel.

An diesem Tag war sie zu dem relativ unbekannten Musée Marmottan im sechzehnten Arrondissement von Paris spaziert. Hayley hatte ihr den Tipp gegeben, und sobald sie die Räume des kleinen Museums betreten hatte, war eine eigenartige Ruhe über sie gekommen. Die Ausstellung befand sich in einer hübschen Villa, hier herrschte eine persönlichere Atmosphäre als in den großen Touristenmagneten. Seltsam eigentlich, dass sie noch nie davon gehört hatte, immerhin war hier die größte Monet-Sammlung der Welt untergebracht.

Der schicksalhafte Donnerstag, an dem die Bar offiziell verkauft werden sollte, war nun gekommen. Am Nachmittag würde sie Tristan und die Käufer treffen. Der Termin war für sechzehn Uhr anberaumt.

»Du musst mal etwas anderes sehen. Den Kopf frei kriegen«, hatte Hayley am Vormittag zu ihr gesagt.

Sophias Entschluss, zu verkaufen, war keineswegs in Stein gemeißelt, sie schwankte unentwegt hin und her. Wie immer versuchte sie, die Sache möglichst rational zu betrachten, doch ihre Überlegungen scheiterten stets daran, dass sie unwillkürlich an Tristan denken musste.

Wieso? Wieso muss ich nur immer so ein Chaos anrichten? Wieso kann ich nicht mal kluge Entscheidungen treffen?

In Gedanken erstellte sie eine kurze Liste über Dinge, die sie sich täglich in Erinnerung rufen wollte, um ihr Leben wieder in Ordnung zu bringen. Unabhängig davon, ob sie sich nun für oder gegen den Verkauf entschied:

1. Keine schlechten Menschen heiraten
2. Die Wohnung erst vermieten, wenn ein neuer Job fest zugesagt ist
3. Bei Livesendungen nicht die Nerven verlieren
4. Keine One-Night-Stands mit irgendwelchen Typen, die in der frisch geerbten Bar arbeiten
5. Und last but not least: nicht den Anwalt küssen, der die Bar verkaufen soll!

Sie starrte auf Monets Malerei. Die Illusion eines Sonnenaufgangs, der eigentlich etwas ganz anderes war. Dann fiel ihr noch ein sechster Punkt ein.

6. Keine Dinge mehr tun, die nur darauf abzielen, Leute zu beeindrucken

Sie schluckte und schloss die Augen, nur um sie kurz darauf wieder zu öffnen. Ihr Blick ruhte auf dem Bild. Bei jedem Blinzeln schien die Sonne die Farbe zu ändern, und der Eindruck des Lichtspiels blieb auf der Innenseite ihrer Lider haften. Etwas wuchs in ihr heran. Eine Illusion.

Kairo. Kramfors. Paris. Die Rezepte. Britta. Oma.

Ihre Gedanken wanderten zurück zu dem letzten Gespräch, das sie mit ihrer Großmutter vor dem Unfall geführt hatte, am Abend der katastrophalen Livesendung. Noch einmal hörte sie Oma Emmys Stimme:

»Selbst die schlechtesten Dinge haben etwas Gutes. Glaub mir, mein Schätzchen. Es geht immer irgendwie weiter.«

Sophia wusste selbst nicht, wie all das zusammenhing.

Als sie das Museum eine halbe Stunde später verließ und sich auf den Rückweg machte, war von der Ruhe oder dem inneren Frieden, den sie sich angesichts des näher rückenden Verkaufs erhofft hatte, nichts zu spüren. Stattdessen meldete sich die Angst, die sie nur zu gut kannte und die sie nun nicht mehr losließ.

45

Tristan beugte sich vor und begrüßte sie mit den obligatorischen Wangenküsschen, als sie das Besprechungszimmer betrat. Sobald sie seinen Duft in der Nase hatte, stieg ihr Puls und sie musste unweigerlich an ihr zweites Treffen denken, bei dem sie ihn mit Fragen zu seiner Flaggensammlung aus der Reserve gelockt hatte.

Beim Abschied hatte sie heimlich an ihm geschnuppert.

Moschus und Vanille.

Ja, genau so roch er. Süßlich und herb. Der Kuss im Museum war ihr noch deutlich in Erinnerung, als sie den Käufern höflich die Hand gab, und gleichzeitig war es, als wäre das alles nie geschehen.

Tristan mied ihren Blick.

Die Vertreter des Unternehmens, das ihr die Bar abkaufen wollte, waren erstaunlich jung. Aus irgendeinem Grund hatte Sophia zwei in die Jahre gekommene Herren erwartet, doch diese beiden hier, ein Mann und eine Frau, waren eher in ihrem eigenen Alter, wenn nicht noch jünger.

Nachdem die üblichen Höflichkeitsfloskeln ausgetauscht waren, nahmen alle Platz. Tristan hatte bereits sämtliche Unterlagen auf dem Tisch ausgebreitet und schien nichts dem Zufall überlassen zu haben. Als Sophia den hübschen Kugelschreiber in die Hand nahm, der an ihrem Platz bereitlag, merkte sie, dass ihr die Finger leicht zitterten.

»Also dann.« Tristan rieb sich die Hände, wie um die Spannung zu vertreiben, die in der Luft lag. Auch ihn schien die Erinnerung an Lippen und dunkle Museumsräume zu verfolgen. »Schreiten wir zur Tat.«

Sophia lächelte und festigte den Griff um den Kugelschreiber, sprach sich Mut für den nächsten Schritt zu.

Das ist die richtige Entscheidung.

Ich muss verkaufen.

Was blieb ihr anderes übrig?

Aber warum fühlt es sich dann so falsch an?

Sie sah Tristan beim Reden zu, sah die Bewegungen seiner vollen Lippen und das Gestikulieren seiner Hände. In Gedanken war sie wieder bei den Apfelrezepten. Vielleicht war die Idee ja doch nicht so schlecht. Wie in Zeitlupe deutete Tristan nun auf die verschiedenen Papiere. Das war vermutlich das letzte Mal, dass sie ihn sah. Was, wenn das Le Lulu tatsächlich gerettet werden konnte? Mit gutem Essen, einer klar umrissenen Nische und einem wiederhergestellten Ruf? Die Lage bot die besten Voraussetzungen. Hier konnte man sowohl Touristen als auch lokale Stammgäste anlocken.

Die beiden, die mit ihnen am Tisch saßen – Sophia hatte schon wieder vergessen, wie sie hießen –, wirkten wie von irgendwo hergeholte Statisten. Wie konnte sie es zulassen, dass sie die Bar übernahmen und alles niederrissen? Tristan blätterte gerade um und forderte die übrigen Anwesenden dazu auf, die rechtlichen Schritte auf der nächsten Seite mitzuverfolgen, als Sophia ihn unterbrach.

»Das kommt jetzt vielleicht etwas plötzlich.«

Ihr Puls stieg. Jetzt kam es darauf an. Sie spürte es im ganzen Körper.

»Verzeihung?«, kam es von einem der Statisten am Tisch.

Klopf, klopf, klopf.

Ihr Herz schlug so kräftig, dass sie kaum etwas anderes wahrnahm.

»Aus der Sache wird leider nichts.«

Klopf, klopf, klopf.

»Ich behalte die Bar. Ja. So muss es sein. Das hier ist … entschuldigen Sie, bitte. Ich drücke mich vielleicht etwas unverständlich aus, aber …«

Sie hielt kurz inne und stand auf.

Tristan erhob sich ebenfalls, kam zu ihr herüber und stellte sich neben sie.

Moschus und Vanille.

Sie verschränkte die Arme, wie um sich vor seiner Ausstrahlung zu schützen.

»Das war so nicht vorgesehen, Sophia. Darf ich Sie bitten, sich wieder zu setzen? Der Prozess muss abgeschlossen werden. Sie wollten doch verkaufen, nicht wahr? Wir gehen jetzt genau nach Plan vor und bringen das zu Ende.«

Seine Stimme klang hochmütig und distanziert, wie bei ihrer allerersten Begegnung.

Den beiden Statisten wandte er sich mit einer Grimasse zu, die wohl eine beruhigende Miene darstellen sollte. Die Frau stieß einen tiefen Seufzer aus und flüsterte ihrem Kollegen etwas zu. Dann beugte sie sich vor und sagte mit einer theatralischen Geste:

»Okay, okay. Wir können Ihnen preislich noch ein Stück entgegenkommen. Wenn es das ist, was Sie sagen wollen, Mademoiselle? Aber so macht man in Frankreich keine Geschäfte, nur dass Sie es wissen.«

Sophia schüttelte den Kopf.

»Nein.«

Ihr Entschluss verfestigte sich. Selbstverständlich würde sie die Bar behalten. Sie würde den Betrieb ausbauen, mehr daraus machen. Dazu musste sie ja nicht hier wohnen, das hatte Britta auch nicht getan. Mit Großmutters Rezepten würde sie dem Le Lulu neues Leben einhauchen. Und mit dem Geld, das sie zusätzlich geerbt hatte, könnte sie das

Lokal ein wenig aufpolieren. Viel war es zwar nicht, aber für den Anfang würde es reichen.

Zum ersten Mal in ihrem Leben fühlte sie sich zu etwas berufen, das nichts mit ihrem Ego zu tun hatte. Mit der Bar wollte sie niemandem etwas beweisen, es ging ihr nicht darum, die Beste zu sein oder eine begehrte Position zu ergattern. Sie erfüllte sich damit ganz einfach einen Wunsch. Sie wollte die Bar um ihrer selbst willen behalten.

Mit der Zeit konnte sie sicher auch nach Kairo reisen und ihren ursprünglichen Lebensweg weiterverfolgen. Sie musste nur zuerst dafür sorgen, dass die Bar wieder auf die Beine kam, und den perfekten Plan, wie das gelingen konnte, hatte sie auch schon. Er lautete: Äpfel.

Tristan und die beiden Käufer blickten sie an, sie warteten auf den nächsten Verhandlungsschritt. Ein neues Gebot. Mehr Geld.

»Ich danke Ihnen allen für Ihr Kommen und entschuldige mich für die Umstände.«

Sie begann, ihre Sachen einzupacken, und spürte, wie sich ihre Lungen mit Luft füllten. Was ihr vorher im Weg gestanden hatte, war nun fort. In ihrem Gesicht breitete sich ein Lächeln aus, und die Zimmerdecke schien von einer unsichtbaren Kraft in die Höhe gehoben zu werden.

»Sie finden sicher ein anderes Lokal, das für ihre Zwecke besser geeignet ist. Das Le Lulu hat Atmosphäre, es hat Geschichte und außerdem etwas von meiner Großmutter. Ich muss es behalten. Ja, das muss ich einfach!«, brachte sie lächelnd hervor, dann verließ sie den Raum, ohne Tristan oder die Statisten noch eines Blickes zu würdigen.

Draußen auf der Straße blendete sie das Nachmittagslicht. Sie schaute hinunter auf ihre Hand und sah, dass sie noch immer den Kugelschreiber festhielt. Aber das Zittern war verschwunden, ihre Finger waren nun ganz ruhig.

Das ist keine Illusion, dachte sie. Es ist ein Lichtspiel. Sie schloss die Augen und genoss das Gefühl der kräftigen Aprilsonne im Gesicht.

46

Am nächsten Morgen spazierte sie langsam die Rue Notre Dame des Champs entlang. Machte einer lärmenden Familie Platz, die ihr entgegenkam und offensichtlich spät dran war.

»Allez, allez!«, rief die Mutter und winkte ihre Töchter heran.

Sophia hatte an diesem Morgen keine Eile. Es konnte ruhig noch ein wenig dauern, bis sie das Le Lulu erreichte.

Am Sonntag war es drei Wochen her, dass sie nach Paris gekommen war. Gestern Abend, gleich nach dem Termin in der Kanzlei, hatte sie ihren Mietvertrag um ein paar weitere Wochen verlängert. Sie hoffte inständig, dass die Arbeiten an den Wasserleitungen noch auf sich warten ließen.

Seit ihrer Ankunft hier hatte sich viel in ihr verändert, und auf eigenartige Weise schien Oma Emmy im Laufe der vergangenen Wochen dicht an ihrer Seite gewesen zu sein.

Die Luft war kühl, doch das Sonnenlicht, das am Tag zuvor durch Paris getanzt war, schien noch eine Weile bleiben zu wollen. Sanft fielen die hellen Strahlen auf die Hauswand gegenüber.

Gestern Abend hatte sie abwechselnd Euphorie, Sorge und ein schlechtes Gewissen Tristan gegenüber empfunden. Wie er wohl mit der Situation umgegangen war, nachdem sie ihn einfach hatte sitzen lassen? Sie hatte eine E-Mail an ihn angefangen, dann eine SMS, aber beides wieder verworfen. Was sollte das nützen? Ihre Beziehung, falls man das überhaupt so nennen konnte, war beendet. Die Sache im Museum war ein Irrtum gewesen. Jetzt würde sie sich voll auf die Bar konzentrieren und sich durch nichts davon abbringen lassen.

Auch wenn Louis und Hayley mit Sicherheit gehofft hatten, dass die Dinge sich so fügen würden, erforderte es nun einen enormen Einsatz, das Le Lulu so weit zu bekommen, dass es wieder etwas abwarf. Wenn das gelingen sollte, mussten wirklich alle an einem Strang ziehen.

Sophia überlegte, ob sie Fatima anrufen sollte, beschloss dann aber, zuerst mit ihrem Vater zu sprechen. Diese Entscheidung wollte sie mit ihm teilen.

Wie immer meldete er sich nach nur wenigen Freizeichen.

»Hast du Zeit?«

»Für dich doch immer.«

Zögernd begann sie zu erzählen. Zuerst von den Rezepten, dann von ihren Bedenken, die Bar zu verkaufen, und schließlich vom gestrigen Termin in der Anwaltskanzlei.

»Da hatte ich plötzlich das Gefühl, dass daraus was werden kann. Es bedeutet mir etwas.«

»Na, das sind ja Neuigkeiten!«

Er klang natürlich überrascht und hatte erst einmal tausend Fragen. Vor allem interessierte ihn, wie es um die Finanzen stand, wann sie nach Hause kommen wollte und wie sie sich die Zukunft vorstellte.

Während sie ihm zuhörte, kam sie an einem hohen Eisentor vorbei, das ihr bisher noch nicht aufgefallen war. Die schicken Messingschilder an der Wand informierten darüber, dass hier ein Grüppchen Psychologen untergebracht war, allesamt mit Doktortitel vor den langen, komplizierten Nachnamen. Neugierig blieb sie stehen und warf einen Blick in den pittoresken Innenhof. Er war mit Kopfsteinpflaster versehen, das sich in hübschen Kreisen um ein Blumenbeet in der Mitte zog. Rosa blühende Pflanzen, deren Namen sie nicht kannte, standen dicht an dicht neben verschiedenen grünen Büschen. Sophia lehnte den Kopf gegen die kühlen Eisenstäbe und schloss die Augen. Die Stimme ihres Vaters verschwand für eine Weile im Hintergrund.

Sie atmete einmal tief durch und versuchte, sich auf das vorzubereiten, was sie nach dem Telefonat im Le Lulu erwartete. Was kam nun auf sie zu, sowohl heute als auch in der nächsten Zeit?

Den Traum von Kairo und einer Stelle als Auslandskorrespondentin wollte sie natürlich nicht aufgeben, aber mit der Bar sollte es auch irgendwie weitergehen. Dann waren diese Viertel hier nun also Teil ihres Lebens. Sie öffnete die Augen und sah, wie jemand im Erdgeschoss eins der großen Fenster zum Hof aufschlug. Eine weiße Gardine flatterte im Wind, und aus dem Inneren des Hauses ertönte lautes Gelächter.

Erneut holte sie tief Luft, dann unterbrach sie den Vortrag ihres Vaters.

»Ich glaube, du musst mir einfach vertrauen. Ich weiß, was ich tue, ich will das hier. Und das ist doch die Hauptsache, oder?«

»Ja, schon, ich dachte nur …«

»Ich muss jetzt los, Papa. Mach dir keine Sorgen, okay? Und grüß Disa von mir.«

Sie beendete das Telefonat und ging das letzte Stück der kleinen Straße hinunter, die in den letzten Wochen zu ihrer ganzen Welt geworden war. Zum ersten Mal in ihrem Leben hatte sie sich für etwas entschieden, was sie nicht weiter nach vorn oder nach oben bringen würde. Das war etwas Neues. Etwas Unbekanntes. Sie umrundete ein paar E-Roller, die auf dem Bürgersteig parkten, und konnte es gerade noch vermeiden, in einen Hundehaufen zu treten.

Die heruntergekommene Bar weiterzubetreiben, würde sie mit Sicherheit einiges an Schweiß, Geld und nicht zuletzt Zeit kosten. Und Kairo käme sie dadurch auch nicht näher.

Am Le Lulu angekommen blieb sie noch einen Moment auf der gegenüberliegenden Straßenseite stehen und zögerte, genau wie am ersten Abend, als ihr der Regen auf den schwarzen Schirm geprasselt war. Sie dachte an die wohlbekannte Redaktion zu Hause in Stockholm, an ihren Schreibtisch und an Fatima.

An den bitteren Kaffee.

Die Deadlines.

Sie verweilte noch ein wenig und ließ den Blick durch das Viertel schweifen, das die Bar umgab. Dies war das sechste Arrondissement, wie sie mittlerweile wusste, und nach allem, was sie beim Joggen von der Stadt gesehen hatte, stand für sie fest, dass sie den Teil hier am liebsten mochte. Er hatte dieses leicht Schmutzige und zugleich Romantische. An der Kreuzung ein Stück weiter die Straße hinauf, wo die Rue Vavin auf die Rue Notre Dame des Champs traf, stand ein wuchtiges Steinhaus mit silberner Kuppel auf dem Dach. Beeindruckende Konsolen in Form von Löwentatzen hielten die zierlichen schwarzen Balkone entlang der Fassade. Der schicke Eingangsbereich war mit einem großen Graffiti beschmiert, und links neben der Haustür lag ein Haufen schwarzer Müllsäcke.

Sophia atmete ein paarmal tief durch und spürte, wie die Nervosität langsam nachließ. Wenn sie alle überzeugen konnte, würde es gehen.

Plötzlich ging die Tür vom Le Lulu auf, und Hayley steckte den Kopf heraus. Misstrauisch sah sie zu Sophia hinüber.

»Wieso stehst du da?«, rief sie. »Du siehst so verändert aus.«

»Das bin ich auch, oder zumindest hoffnungsvoll. Ich

habe eine Idee, wie wir mehr Kunden anlocken und den Ruf der Bar aufbessern können.«

Ein älterer Herr, der gerade vorbeiging, sah verwundert von einer zu anderen, wie sie dort standen und sich quer über die Straße unterhielten.

»Und der Verkauf?«, fragte Hayley und schirmte mit der Hand die Augen gegen das kräftige Sonnenlicht ab.

Sophia schaute einmal nach rechts und nach links, dann lief sie über die Straße geradewegs in Hayleys Arme.

47

»Also, ich weiß nicht. Glaubst du wirklich, Äpfel können uns vor dem Konkurs bewahren?«

Auf sehr unstrukturierte Weise hatte Sophia von den Ereignissen des Vortags bis hin zu ihrem Entschluss in der Anwaltskanzlei berichtet: wie sie vor Monets Gemälde im Museum gestanden hatte, von der Begegnung mit den potenziellen Käufern und dann wieder von den alten Rezepten ihrer Großmutter. Hayley war überglücklich, dass Sophia die Bar behalten wollte, und hörte geduldig zu, während sie gemeinsam die vereinzelten Frühstücksgäste versorgten.

»Wenn wir etwas machen, was von Herzen kommt, etwas, was wir selbst lieben, dann werden andere es auch lieben.«

Als sie einen ungestörten Moment hinter der Bar hatten, erzählte Sophia weiter von Apfelkompott mit gerösteten Haselnüssen und anderen Apfelgerichten. Sie beschrieb Emmys Garten in Kramfors, der im Herbst geradezu übergequollen war vor Äpfeln, und alles, was sie aus den geernteten Früchten gemacht hatten.

Hayley ließ sie reden und schob nur hin und wieder eine Frage nach den Kosten und Zubereitungszeiten ein.

»Ich habe vor ein paar Jahren eine Reportage über kulinarische Trends in Stockholm gemacht«, fuhr Sophia enthusiastisch fort. »Du ahnst nicht, was es alles gibt, die seltsamsten Sachen können groß rauskommen, wenn sie nur authentisch und liebevoll angeboten werden.«

Hayley nickte und wirkte mit einem Mal ernst.

»Ja, wie Brokkoli im Kaffee zum Beispiel, *oh, là, là*. Da sind die Australier draufgekommen, und bei denen scheint das auch einzuschlagen. Aber ich bitte dich, Sophia: keine Äpfel im Kaffee. Wir können nicht an dem Heiligsten, was wir haben, herumpfuschen.«

»Versprochen. Keine Äpfel im Kaffee.«

Sie einigten sich darauf, dass Sophia die Gerichte, die für sie infrage kamen, probekochen sollte, aber mit dem Servieren würde sie warten, bis Olivier und Louis ebenfalls da waren.

Die Stunden zogen sich wie Kaugummi. Olivier fing an diesem Tag um zwei Uhr an und arbeitete bis Ladenschluss. Als er endlich kam, waren Louis und Yanis auch mit dabei. Wie immer war die Bar fast leer, obwohl es aufs Wochenende zuging, und die wenigen Mittagsgäste, die da gewesen waren, hatten inzwischen das Feld geräumt.

Sophia holte tief Luft und wollte gerade zu ihrem Vortrag ansetzen, als Louis einen hartnäckigen Hustenanfall bekam. Besorgt sah sie, wie er keuchend um Atem rang, und reichte ihm eine Flasche Wasser.

»Alles in Ordnung?«

Hayley schaute von Louis zu Yanis und stellte den beiden ihren Nachmittagsespresso hin.

»Das ist ein anderes Thema.« Louis war ungewohnt kurz angebunden. »Ich nehme gerne etwas Stärkeres als Kaffee. Einen Cognac.«

Sophia wusste weder Louis' Verhalten noch die Situation einzuordnen, hatte aber sofort ein mulmiges Gefühl im Bauch, als verheimlichten Louis und Yanis ihr etwas. Unwillkürlich musste sie an den schicksalhaften Tag zurückdenken, als ihr Vater ihr offenbart hatte, dass sie nach Stockholm ziehen würden. Sie hatte seine Worte noch genau im Ohr.

»Sophia, du weißt doch noch, wie nett wir es hatten, als wir bei Gabriel und Disa zu Besuch waren, oder?«

Er hatte so ein dümmliches Grinsen im Gesicht gehabt.

»Ja, als wir zu Besuch waren«, hatte sie geantwortet.

Sophia hatte natürlich geahnt, dass es eines Tages so kommen würde. In gewisser Weise hatte sie die Vorstellung, in Stockholm zu leben, sogar ganz spannend gefunden. Aber wirklich dorthin ziehen? Nein, undenkbar. In Kramfors hatte sie ihre Großmutter, dort waren all ihre Freunde und das Haus. Ihr Elternhaus.

Papa räusperte sich.

»Wie fändest du es, wenn wir nach Stockholm ziehen und mit Disa und Gabriel zusammenwohnen würden? Wir würden uns eine neue, größere Wohnung kaufen, sodass du auch ein eigenes Zimmer bekommen kannst.«

Sophia schloss die Augen und schob die Erinnerung beiseite. Dann schenkte sie Louis seinen Cognac ein.

»Ich habe eine Idee, die ich gern mit euch teilen würde. Am liebsten jetzt, bevor Hayley nach Hause geht, dann sind wir alle zusammen«, begann sie.

Ihr klopfte das Herz in der Brust.

»Au ja, die Großgrundbesitzerin spricht zum Volk«, sagte Olivier in leicht sarkastischem Ton, aber auch mit einem Lächeln auf den Lippen. »Kleiner Scherz!«, rief er und zwinkerte ihr zu.

Sophia seufzte.

»Okay. Wir brauchen mehr Gäste, stimmt's?«

Alle nickten.

»Wir haben immer noch zwei unbezahlte Rechnungen«, sagte Louis.

»Genau. Wir müssen den Umsatz ankurbeln. Deshalb denke ich, wir sollten hier ein bisschen renovieren. Und …«, sie machte eine kurze Kunstpause, »… eine Arbeitskraft in die Küche verlegen. Ich bin ja jetzt hier, und Karen hilft manchmal aus, da sollte das funktionieren.«

Sie wandte sich Louis zu, der sie nur fragend ansah.

»Was hat das zu bedeuten, Sophia?«

Er musste sie für übergeschnappt halten, dass sie jetzt vom Renovieren und von mehr Unterstützung in der Küche redete, wo sie doch verkaufen und zurück nach Stockholm reisen wollte.

Olivier hob die Hand, als wäre sie plötzlich die Lehrerin.

»Ja, Olivier?«, sagte sie und nickte ihm zu. Diese neue Rolle als Gruppenleiterin gefiel ihr irgendwie.

»Renovieren sagst du. Was genau meinst du damit?«

»Wirklich nur leicht. Ein bisschen frische Farbe an die Wände, die alte runter von Fenstern und Türen, damit es etwas einladender aussieht. Vielleicht auch den Boden abschleifen. Die Blumenkästen draußen neu bepflanzen. Wir müssen alle zusammen anpacken und sehen, wie viel wir hinkriegen.«

Sie schluckte und sah von einem zum anderen.

»Außerdem sollten wir was an der Speisekarte machen. Denkt mal in Richtung Äpfel«, sagte sie und versuchte, ihr Herz zu ignorieren, das ihr bis zum Hals schlug.

»Fängst du jetzt wieder mit diesem Wursteintopf an?«, fragte Olivier und unterdrückte ein Lachen.

Louis sah sie skeptisch an. »Aber, Sophia. Wozu das alles? Du hast doch sowieso vor ...«

»... die Bar zu verkaufen?«, vollendete Hayley seinen Satz und lächelte. Sie genoss es offensichtlich, die Einzige im Raum zu sein, die schon wusste, dass Sophia das Le Lulu behalten wollte.

»Wie bitte?«, rief Olivier. »Verkaufen?« Mit einem Mal herrschte betretenes Schweigen. »Du willst das Le Lulu verkaufen?«

Er funkelte Sophia finster an und stand mit einer so heftigen Bewegung auf, dass sein Barhocker umfiel.

»Warte«, sagte sie und hob beschwichtigend die Hände. *Verdammt.* Sie hätte am richtigen Ende anfangen sollen. So war das nicht geplant gewesen.

»Ich hätte es dir erzählen sollen, Olivier, aber das ist jetzt auch egal. Ich will nämlich gar nicht mehr verkaufen. Ich will das Le Lulu behalten.«

Die Stimmung hing am seidenen Faden. Louis hob die Augenbrauen.

»Du willst was?«

»Ich will es behalten.«

Sie steckte die Hände in die Hosentaschen, um sich diskret den Schweiß abzuwischen. Hoffte, dass niemand ihre Nervosität bemerkte. Die durfte auf keinen Fall durchschimmern.

»Ich habe den Käufern abgesagt. Ich glaube, wir können es hinbekommen, dass die Bar wieder mehr Umsatz macht und schwarze Zahlen schreibt. Dann könnten wir es weiter so handhaben wie in der Zeit mit Britta. Vielleicht könntest du, Louis, die nächsten paar Jahre noch ein wachsames Auge auf uns haben, wenn du Lust und Energie dazu hast. Und dann kann vielleicht einer von euch beiden die Leitung übernehmen.« Damit blickte sie zu Hayley und Olivier. »Oder wir stellen noch jemanden ein. Nur wenn ihr wollt, natürlich.«

Olivier verschränkte die Arme.

»Unfassbar. Haben etwa alle außer mir von den Verkaufsplänen gewusst?«

Hayley, Yanis und Louis nickten.

»Aber die haben sich ja jetzt erledigt. Bitte entschuldige.« Die letzten beiden Worte brachte Sophia nur murmelnd hervor.

Sie sah zu Louis hinüber, und in seinen Augen blitzte es auf. Yanis schaute zwischen den beiden hin und her und vergrub das Gesicht in den Händen.

»Was ist los, Yanis?«, wollte Sophia wissen.

Yanis warf Louis einen fragenden Blick zu.

»Ich finde es großartig, dass du das Le Lulu behalten willst. Was für eine überaus erfreuliche Nachricht«, sagte Louis mit einer ausladenden Geste. »Wir werden den Kahn schon wieder auf Vordermann bringen!«

»Aber, Louis …?«, wandte Yanis ein.

Sophia betrachtete ihn nachdenklich. So ernst hatte sie ihn noch nie gesehen. Er war doch eigentlich jemand, der immerzu lachend durchs Leben zu gehen schien.

»Kein Aber«, fuhr Louis fort und lächelte.

Olivier und Hayley wirkten skeptisch.

»Ich komme nicht ganz mit. Wir sollen hier also Äpfel servieren und das Lokal aufmöbeln, aber von welchem Geld? Und wenn der Umsatz steigt, behältst du die Bar? Was, wenn er nicht steigt, willst du dann wieder verkaufen?«, fragte Olivier in spitzem Ton.

»Der Umsatz wird steigen. Meine Großmutter hat mir etwas Geld hinterlassen, das ich in die Renovierung stecken will. Es sind zwar keine Unsummen, aber wenn wir alle mit anfassen, wird es uns ein gutes Stück weiterbringen.«

»Das funktioniert doch nie.« Olivier kniff die Augen zusammen. »Wenn wir garantiert Erfolg haben wollen, brauchen wir …«

Louis hob die Hand und unterbrach ihn.

»Garantiert? Weißt du eigentlich, was Erfolg ist, Olivier? Erfolg ist die Fähigkeit, von einem Misserfolg zum anderen zu gehen, ohne seine Begeisterung zu verlieren. Wenn es nicht funktioniert, probieren wir eben etwas anderes! Die Hauptsache ist doch, dass Sophia die Bar behalten und es versuchen will.«

Mit Genugtuung nahm Sophia das Zitat des britischen Premierministers zur Kenntnis, das Louis in seine weisen Worte eingeflochten hatte.

»Churchill«, sagte sie.

Louis lächelte schief.

»Brittas Regelung war nicht schlecht«, fuhr Olivier widerstrebend fort. »Davon hatten wir alle was, nehme ich an. Aber Äpfel? Das ist doch eine wahnsinnige Idee. Fällt uns wirklich nichts Besseres ein?«

Sophia seufzte und beschloss, seinen Kommentar geflissentlich zu ignorieren.

»Ich habe mir dazu was angelesen. Recherchieren und Dinge herausfinden kann ich, das ist mein täglich Brot. Wenn man ein Restaurant eröffnen will, muss man sich über seine Grundwerte im Klaren sein und Leute einstellen, die zu diesen Werten passen. Außerdem muss man seine Zielgruppe kennen und über den Markt Bescheid wissen.«

Die anderen starrten sie an.

»Ihr alle liebt doch dieses Lokal und seine Geschichte, also seid ihr genau die richtigen Vertreter für unsere Grundwerte. Äpfel, bodenständiges Handwerk und die Geschichte des Le Lulu – darauf bauen wir unser Konzept und Markenzeichen auf. Könnt ihr mir folgen?«

»Vielleicht«, sagte Hayley zweifelnd.

»Außerdem sind Äpfel nicht nur Teil der schwedischen Volksseele, ich habe mir mal die Zahlen zur französischen Apfelproduktion angesehen, und die sind enorm. Das ist jetzt nicht abgesichert, aber auf irgendeiner Seite habe ich gelesen, dass Frankreich im vergangenen Jahr 1,5 Millionen Tonnen Äpfel produziert hat. Ist euch klar, wie viel das ist? Denkt nur mal an eure *tarte aux pommes*, diesen

Kuchen, der so wunderschön fächerartig mit Äpfeln belegt ist.«

Sie hielt einen Moment inne und fuhr dann mit Nachdruck fort: »Und Cidre! Meine Güte, wenn Apfelwein nicht zur französischen Volksseele gehört, was denn dann?«

»Ich backe eine hervorragende *tarte aux pommes*«, sagte Olivier zufrieden.

»Wunderbar. Meine Großmutter hat alles Mögliche aus Äpfeln gemacht. Und glaubt mir, die sind nicht nur für Kuchen und Desserts gut, sondern passen auch ausgezeichnet zu verschiedenen Fleisch- und Fischsorten. Das hat etwas mit der Süße und Säure des Apfels zu tun. Ich bin keine Expertin und weiß Gott keine Sterneköchin, aber ich glaube, mit vereinten Kräften können wir das hinbekommen. Wir brauchen etwas, was das Le Lulu aus der Menge hervorstechen lässt.«

Sie machte eine Pause und betrachtete die Gruppe vor sich. Niemand sagte etwas.

»Bevor das Sushi nach Frankreich kam, hätte auch niemand gedacht, dass roher Fisch hier mal so beliebt sein würde, oder?«

Für einen Augenblick war sie zurück im Museum und hörte Tristans Worte.

»Okay. Wir machen es so: Ich gehe jetzt einkaufen, und in ein paar Stunden könnt ihr hier die ersten Apfelgerichte probieren. Glaubt mit, ihr werdet von Äpfeln träumen, wenn wir fertig sind.«

Sie schlug die Hände zusammen und versuchte, so überzeugt wie möglich zu klingen, aber Tatsache war, dass sie kein einziges von Oma Emmys Rezepten jemals nachgekocht hatte.

48

Als Sophia eine Weile später aus dem Laden an der Ecke zurückkam, verschwand sie geradewegs in die Küche. Sie hatte versprochen, die üblichen Nachmittagsarbeiten dort nicht zu stören, denn auch wenn es nur wenige Gäste gab, hatten sie natürlich Vorrang vor ihren Experimenten.

Die Papiertüte voller Äpfel knisterte, als sie sie auf der Arbeitsplatte abstellte. Es dauerte einige Zeit, bis sie herausgefunden hatte, wie die Öfen funktionierten, doch schließlich waren beide in Betrieb. Sie krempelte sich die Ärmel hoch, band sich das blonde Haar zu einem Dutt zusammen und breitete dann die ausgewählten Rezepte vor sich aus.

Jetzt brauche ich deine Hilfe, Oma.

Sophia atmete einmal tief durch und machte sich ans Werk. Sie fing mit den Apfelchips an, denn die brauchten am längsten im Ofen. Nach einigem Suchen in den Schränken fand sie eine hübsche alte Reibe, auf der sie ein paar Äpfel in Scheiben hobelte. Dann suchte sie Ingwer, Zimt und ein Blech zusammen, das mit gefettetem Backpapier ausgelegt wurde. Darauf breitete sie die Apfelscheiben aus und massierte anschließend die Gewürze ein. Nun musste das Ganze schleunigst bei niedriger Hitze in den Ofen, damit die Äpfel genug Zeit zum Trocknen hatten.

Als Nächstes musste das Hühnchen mit Rosmarin eingerieben und mit Kartoffeln, Apfelspalten und noch mehr Rosmarin auf ein Backbleck gelegt werden. Das Blech schob Sophia in den anderen Ofen.

Weiter ging es mit dem Apfelkompott, das zum Hühnchen serviert werden sollte. Sie nahm sich noch ein paar Äpfel aus der Tüte und schnitt sie in kleine Stücke. Auf der Suche nach einem passend großen Topf wanderte ihr Blick zur Decke, wo eine Reihe ungeputzter Messingtöpfe hing. Um sich den richtigen herunterzuholen, musste sie auf einen wackligen Hocker steigen. Dann kochte sie Wasser mit Essig und Bouillon auf und ließ die Apfelstückchen mit einem rhythmischen Platschen hineingleiten.

Zum Schluss gab sie noch einen weiteren Schluck Wasser hinzu, ehe sie alles langsam aufkochen ließ. Sie rührte um und sog den aufsteigenden Duft ein.

Auch das Hühnchen im Ofen verbreitete allmählich ein angenehmes Aroma, und Sophia genoss es, so konzentriert bei der Arbeit zu sein.

Als die Chips endlich fertig waren, ließ sie sie abkühlen und füllte sie anschließend in kleine weiße Schälchen.

»*Voilà*«, sagte sie zufrieden, als sie aus der Küche kam und die Schälchen auf den Tresen stellte. Louis probierte als Erster.

»Die könnten wir vielleicht *chips de pomme* nennen, oder?«, sagte Sophia etwas unsicher.

»*Chips de pomme*«, wiederholte Louis und nickte, sodass sein grauer Pferdeschwanz leicht auf und ab wippte.

Nun kam auch Olivier und schob sich ein paar Chips in den Mund. Er runzelte die Stirn und schien einen Moment zu überlegen.

»Lecker, aber etwas trocken. Könnte man vielleicht einen Dip dazu anbieten?«

»Gute Idee«, sagte Sophia, ehe sie noch einmal in die Küche ging, um nach dem Hühnchen und dem Apfelkompott zu sehen.

Als sie wenig später mit den tiefen Tellern der Bar zurückkam, die so hübsch mit feinen grünen Ornamenten verziert waren, blickte sie in die höflich lächelnden Gesichter von Yanis, Louis, Hayley und Olivier. Sie sah ihnen die Skepsis deutlich an, als sie die Teller auf dem Tresen aufreihte. Das Kompott hatte sie vorsorglich über das Hühnchen gegeben, damit niemandem die Geschmackskombination entging.

»Riechen tut es schon mal gut«, sagte Louis und wedelte sich den vom Teller aufsteigenden Dampf zu.

»Rosmarin, richtig?«, fragte er.

Sie lächelte geheimnisvoll.

»Ich verrate nichts. Probiert einfach.«

Louis hob einen Finger.

»*Attends!* Dieser denkwürdige Moment verdient ein Glas Champagner. Findest du nicht auch?«

Hayley kam dazu und schüttelte den Kopf. »Habt ihr vergessen, wie knapp wir bei Kasse sind? Spart euch den Champagner lieber.«

Olivier ignorierte ihren Kommentar und holte prompt eine Flasche Veuve Clicquot hinterm Tresen hervor. Er ließ den Korken knallen und fing ihn gekonnt mit der Hand auf.

»Wenn wir zugrunde gehen, dann wenigstens mit Stil.«

Er schnalzte mit der Zunge, stellte ein paar Champagnerkelche zurecht und füllte sie bis zum Rand.

Louis, Hayley und Yanis nahmen am Tresen Platz und stießen feierlich mit klirrenden Gläsern an. Olivier und Sophia standen daneben. Dann probierten alle das Hühnchen mit den weichen Apfelspalten und dem Apfelkompott. Sophia hielt den Atem an. Sie beobachtete, wie Louis die Augenschloss, genau schmeckte, einen Schluck Champagner trank und dann die Lippen befeuchtete.

»Hmm«, machte er leise und nickte.

Während sie von ihrem eigenen Teller aß, verfolgte sie die anderen aufmerksam mit dem Blick. Hayley starrte vor sich hin und nahm noch einen Bissen. Sie sah nicht so überzeugt aus. Olivier griff nach den Apfelchips und knabberte einen in sich hinein. Yanis nickte schweigend und wiegte den Kopf hin und her. Er war ungewöhnlich still.

»So hatte ich mir das gar nicht vorgestellt«, sagte Louis schließlich. »So lecker.«

Sophia wusste nicht genau, wie ehrlich er war.

»Wenn das nur einem von euch nicht schmeckt, lassen wir es«, sagte sie und nippte an ihrem Champagner.

Im selben Moment ging die Tür auf, und Karen kam herein. Sie warf sich das lilafarbene Haar aus dem Gesicht und starrte auf die Teller.

»Was zur Hölle esst ihr denn da?«

»Bitte achte auf deine Sprache«, seufzte Hayley und sah ihre Tochter mahnend an.

Sophia klopfte mit der Hand auf einen Barhocker.

»Komm, setz dich.«

Widerstrebend nahm Karen Platz.

»Hier, nimm schon mal was von den Apfelchips, ich hole dir auch einen Teller«, sagte Sophia und hielt Karen ein weißes Schälchen hin.

»Apfelchips?« Karen machte große Augen. »Kourtney Kardashian LIEBT Rote-Beete- und Apfelchips. Wisst ihr eigentlich, wie angesagt das ist?«

Sophia lächelte zufrieden und brachte Karen auch etwas von dem warmen Gericht. Schweigend wurde weitergegessen. Sie spürte ihren Puls steigen, fast wie bei einer Livesendung, gespannt, was das Publikum sagen würde. Erneut nippte sie an ihrem Champagner.

»Also, echt jetzt mal. Das war megalecker«, sagte Karen nach einer Weile.

Um den Tresen entspann sich ein Gespräch um weitere Variationen und Geschmacksrichtungen. Was würden die Gäste dazu sagen? Wie viele verschiedene Apfelgerichte sollten sie auf die Karte setzen? Konnte man auch ein apfelinspiriertes Frühstück servieren? Vielleicht etwas mit Apfelmus? Mit welchen anderen Beilagen ließ sich das kombinieren?

»Ich könnte mal testen, ob man nicht irgendwelche Apfeldrinks mixen kann«, sagte Olivier und zückte gleich sein Smartphone, um Rezepte herauszusuchen.

Sophia beugte sich über den Tresen und lauschte der Unterhaltung. Das Interesse war schon einmal geweckt. Und alle Teller waren leer.

»Wie wäre es mit einem Frozen Apple Martini?« Olivier sprach den Drink mit einem so starken französischen Akzent aus, dass Sophia ein Lächeln verbergen musste.

»Klingt super«, sagte sie, und die anderen pflichteten ihr bei.

»Oder einem Sparkling Apple Gin Cocktail?«, fuhr er in ebenso charmantem Frenglisch fort.

Die Ideen sprudelten nur so hervor, alle hatten etwas beizutragen. Yanis erzählte von einer herrlichen Pizza mit einer weißen Basis anstatt Tomatensoße, die er vor Kurzem bei einem Theaterkollegen gegessen hatte.

»Als Belag gab es Chèvre, dünne Apfelscheiben und Rucola. Vielleicht wäre das ja auch was?«

Sophia schaute aus dem Fenster, ließ die Hand verträumt durch die Luft kreisen und murmelte leise auf Schwedisch vor sich hin: »Le Lulu – Äpfel und Champagner. Wie hätte dir das gefallen, Oma?«

Zum ersten Mal seit Jahren spürte sie ein Kribbeln unter der Haut, das sie noch aus der Kindheit kannte, wenn sie vollkommen ins Spiel vertieft gewesen war. Es fühlte sich an wie Kohlensäure, die von den Beinen durch den ganzen Körper aufstieg.

Wenn sie jetzt nur nicht die falsche Richtung vorgab.

Ging das hier schief, war das Le Lulu auf jeden Fall bankrott. Für Misserfolge war dieses Mal kein Raum, Churchill hin oder her.

49

Olivier ließ das große weiße Laken vor dem Fenster herunter, und das Lokal verdunkelte sich. Noch am Vorabend hatten sie Schilder mit der Aufschrift »Wegen Renovierung geschlossen« aufgehängt. Nun war es früh am Samstagmorgen, und alle waren da, um zu helfen.

Das Abdecken der Fenster gehörte zu den ersten Dingen, die sie taten.

»Wir müssen ein bisschen Magie erzeugen.«

Sophia hatte entschieden, dass in zwei Wochen die Neueröffnung stattfinden sollte. Das war ein ambitiöser Zeitplan, aber im Grunde hatten sie keine andere Wahl. Hielten sie länger geschlossen, würden ihnen zu viele Einnahmen entgehen.

Hayley war zuversichtlich und bot an, auch Karen mit ins Boot zu holen, die ja samstags nicht in der Schule war. Olivier kannte eine Handwerkerin, und Yanis hatte glücklicherweise gerade nichts am Theater zu tun, sodass er ebenfalls mithelfen konnte. Sophia war überrascht, von Oliviers Bekannter zu hören, versuchte jedoch, sich nichts anmerken zu lassen.

»Danke für den Tipp, aber ich fürchte, ich kann gerade niemanden engagieren. Dazu reicht das Geld einfach nicht.«

»Gegen ein paar Mittagessen hilft Lucy uns bestimmt ein paarmal nach Feierabend aus. Sie isst für ihr Leben gern auswärts, hat aber nie Geld dafür.«

»Sicher?«

»Ja.«

»Aber ich kenne sie überhaupt nicht, wieso sollte sie mir so einen Gefallen tun?

»Hör auf, dir den Kopf zu zerbrechen. Ich sage doch gerade, dass sie zur Verfügung steht. Ich kann mal anrufen und hören, ob sie gleich heute Zeit hat. Willst du die Hilfe jetzt haben oder nicht?«

»Doch. Vielen Dank.«

Finanziell war die vorübergehende Schließung eine echte Belastungsprobe, doch parallel zum Tagesgeschäft war die Renovierung schlicht nicht durchführbar. Innerhalb der nächsten zwei Wochen wollten sie den Boden abschleifen und ölen sowie Wände, Decke und Holzreliefs streichen. Im hinteren Bereich des Lokals sollte eine Tapete angebracht werden, und auch die Gästetoilette sollte in neuem Glanz erstrahlen. Für die hinterste Wand, die im Moment noch leer war, hatte Sophia zudem einen Plan, den sie vorerst für sich behalten wollte. Das war ihr kleines Geheimprojekt. Eine Überraschung für die Neueröffnung.

Es hatte etwas ungemein Befreiendes, sich zur Abwechslung mal auf rein praktische Dinge zu konzentrieren und mit den Händen zu arbeiten anstatt mit dem Kopf.

»Ich verstehe nicht, wie wir denken konnten, die Decke sei weiß«, sagte Louis, der ein Stück weiter auf einer Leiter stand und mit einer Malerrolle weiße Farbe auftrug. »Siehst du den Kontrast hier, Sophia? Das ist doch nicht normal.«

Sophia nickte zustimmend und schmunzelte über seine Wortwahl.

»Nein, normal ist das wirklich nicht«, sagte sie, indem sie seinen Tonfall imitierte.

Sobald die Decke fertig war, sollten die vier großen Kristallkronleuchter, die im Moment mit Tüchern abgedeckt waren, geputzt werden. Auch die alten Deckenverzierungen aus Stuck sollten einen neuen Anstrich bekommen, und anschließend würden ihre feinen Details mit Goldfarbe herausgearbeitet. All das war Louis' und Oliviers Projekt.

Gegen drei Uhr nachmittags brachte Lucy, die Handwerkerin, das rettende Know-how ins Spiel. In abgeschnittenen Jeansshorts, dicken Arbeiterstiefeln und mit einem langen Pferdeschwanz kam sie ins Lokal gepoltert und wusste vermutlich als Einzige von allen, was genau zu tun war. Außerdem war sie entschlossen.

»So ein Holzboden ist nicht mal eben abgeschliffen, da gibt es einiges zu beachten. Zuerst muss man ihn ordentlich reinigen, sonst arbeitet man Dreck ein. Alle alten Nägel und Schrauben müssen raus. Wenn die Schleifmaschine nur einen kurzen Moment auf der Stelle dreht, hat man sofort Vertiefungen im Boden. Und du willst doch in deiner neuen, schicken Bar keine Löcher im Boden, oder?«

Sophia schüttelte den Kopf. Lucy durfte sich nur zu gern ums Schleifen kümmern.

Der erste Renovierungstag verging wie im Flug. Verblüfft stellte Sophia fest, dass sie schon seit Stunden nicht mehr an Tristan gedacht hatte, und ehe sie sich's versah, war der Abend gekommen.

Sie empfand unsagbare Dankbarkeit dafür, dass alle mit solchem Eifer bei der Sache waren. Sie nahmen die Arbeit ernst. Niemand schien schnell irgendwohin zu müssen. Niemand beklagte sich. Sie machten das zusammen. Es war deutlich zu spüren, dass alle wussten, was auf dem Spiel stand. Die Bar musste überleben. Von ihrer Leiter ganz hinten im Lokal, auf der sie gerade Risse und Löcher in der Wand verspachtelte, konnte sie sehen, dass sogar Karen aufrichtig Spaß zu haben schien.

»Meintest du so?« Karen zog den grauen Spachtel über eine der Wände.

»Nicht ganz. Warte, ich zeig's dir.«

Sophia kam die Leiter hinunter, um Karen ein paar Tipps zu geben, wie sich das anschließende Schmirgeln möglichst in Grenzen halten ließ. Früher, als sie noch zu Hause wohnte, hatte ihr Vater sie fast alle zwei Jahre ihr Zimmer neu streichen lassen. Sie war stets selbst in den Laden gegangen, um sich eine Farbe auszusuchen, und dann hatten sie sich gemeinsam an die Arbeit gemacht. Noch heute dachte sie voller Wonne an die Wochenenden mit Pinseln, Spachtelmasse und Schmirgelpapier.

Auf dem Weg zurück zu ihrer Leiter stolperte Sophia über Karens Tasche. Bücher, Stifte und Schminksachen verteilten sich über den Fußboden.

»Oh nein, entschuldige!«

Vorsichtig begann sie, alles wieder einzusammeln, möglichst ohne etwas in die Finger zu bekommen, was Karen vielleicht zu privat war.

»Schon gut.«

Karen schien das nicht weiter zu stören und kam hinzu, um zu helfen. Sophia reichte ihr Buch für Buch, damit sie die Sachen selbst wieder einpacken konnte.

»Ist das hier dein Englischbuch?« Sophia betrachtete das dicke Lehrbuch in ihrer Hand.

Karen antwortete nicht, sondern verzog nur den Mund, als wollte das Buch ihr etwas antun. Sophia räusperte sich diskret. Hier war Fingerspitzengefühl gefragt.

»Was ich neulich gesagt habe, war übrigens ernst gemeint. Du weißt schon, das mit Englisch. Ich kann dir gern helfen.«

Einen Moment herrschte Schweigen, dann nickte Karen langsam.

»Ich würde Papa schon gerne zeigen, dass ich mit allen reden kann, wenn ich ihn besuchen komme.«

Sophia atmete auf. Dann erzählte Karen von einer Hausaufgabe, die bis zur nächsten Woche erledigt sein sollte, und im Nu hatten sie Tag und Uhrzeit für ihre erste Nachhilfestunde vereinbart. Aus dem Augenwinkel sah Sophia, wie Hayley, die ein Stück entfernt stand, mit einem gerührten Lächeln auf den Lippen zu ihnen hinübersah.

Als Sophia am späten Abend zurück in ihre Wohnung kam, ließ sie sich schwer wie ein Stein aufs Sofa fallen. Sie konnte nicht einmal mehr aufstehen, um sich etwas Süßes aus der Küche zu holen. Stattdessen griff sie zum Handy und rief Fatima an, die von ihrem Plan, die Bar zu behalten, noch gar nichts wusste.

»Okay. Sitzt du gut?«, fragte sie, als sie Fatima endlich am Hörer hatte.

»Ach, weißt du, das überrascht mich kein bisschen«, sagte Fatima nach Sophias ausführlichem Bericht.

»Echt?« Sophia war etwas enttäuscht, dass sie Fatima mit dieser großen Neuigkeit nicht schocken konnte.

»Dir ging es ja offensichtlich nicht gut in letzter Zeit. Schon vor der Livesendung, noch bevor du die Absage für den neuen Job bekommen hast. Ich glaube, das ist jetzt genau das Richtige für dich. Da rückt die Redaktion und das alles mal ein bisschen auf Abstand. Patrik, zum Beispiel, hast du einen einzigen Gedanken daran verschwendet, wie es ihm in Kairo geht?«

»Nein.«

»Siehst du? Stell dir nur mal vor, wie viel Zeit und Energie dich das gekostet hätte, wenn du zu Hause in Stockholm geblieben wärst. Oder Viktor! Es ist echt nicht fair, wie viel Kraft dir dieser Typ das letzte halbe Jahr geraubt hat, obwohl ihr längst geschieden seid. Jetzt hast du eine Bar, die dich auf Trab hält. Ist doch super!«

Sophia erzählte auch von der Renovierung, von der geplanten Neueröffnung in zwei Wochen und von dem roten Faden ihres neuen Konzepts: Äpfel.

Nachdem sie sich verabschiedet hatten, blieb Sophia noch eine ganze Weile mit dem Smartphone in der Hand auf dem Sofa liegen. Am liebsten hätte sie gleich noch einmal angerufen und von Tristan und dem Kuss im Museum erzählt. Von dem Termin mit den Käufern, für den er sich so ins Zeug gelegt und mit dem sie ihn dann einfach allein gelassen hatte. Sie hätte gern etwas Hilfe beim Sortieren ihrer Gefühle gehabt. Ob sie sich mal bei ihm melden sollte?

50

Die folgenden Tage vergingen wie im Flug. Von frühmorgens bis spätabends wurde gemeinsam gearbeitet, und wenn Sophia anschließend zu Bett ging, spürte sie Muskeln, von denen sie nicht einmal wusste, dass sie existierten.

Am Mittwochmorgen, als sie wie gewöhnlich auf dem Weg zur Bar war, wurde ihr klar, dass sie innerhalb von vier Tagen schon erstaunlich viel geschafft hatten. Unterwegs griff sie zum Handy, immer noch unsicher, ob sie sich nicht mal bei Tristan melden sollte. Sie hätte ihm gern eine Nachricht geschickt, wenn es sich nur nicht so kompliziert angefühlt hätte. Was sollte sie ihm schreiben?

Zwei Tauben weigerten sich, ihr Platz zu machen. Sie ging um sie herum und streckte den Rücken. So viel wie in den letzten Tagen hatte sie selten körperlich gearbeitet. Beim Blick in den Himmel hatte sie das Gefühl, dass der an diesem frühen Morgen fast unwirklich blau war. Mit einem leisen Summen auf den Lippen setzte sie ihren Weg zum Le Lulu fort.

Der Himmel war für sie immer gleichbedeutend mit ihrer Mutter gewesen. Nun hatte sie zum ersten Mal das Gefühl, auch Oma Emmy darin zu entdecken. Sophia war nicht religiös, im Gegenteil. Aber sie empfand oft eine Art Spiritualität, ohne genau zu wissen, was eigentlich darin lag. Jedenfalls fand sie es falsch, dass das Christentum oder andere Religionen den Himmel für sich allein haben sollten. Konnte dort nicht auch Platz für Geister und andere übernatürliche Wesen sein?

Auf der Beerdigung ihres Großvaters hatten sie »Der

Himmel ist so unschuldig blau« gespielt. Ohne nachzurechnen, konnte sie gar nicht mehr genau sagen, wie alt sie bei seinem Tod gewesen war. Alt genug jedenfalls, um sich an die Beerdigung zu erinnern.

Am Le Lulu angekommen, zupfte sie erst einmal ein paar welke Blätter von den frisch gepflanzten dunkelroten Pelargonien ab. Die Farbe hatte sich von selbst ergeben, immerhin war die Markise über dem Außenbereich rotweiß gestreift. Schon aus der Ferne leuchteten die Blumen wie knallroter Lippenstift, fand Sophia.

»Die sehen wirklich schön aus«, sagte Louis, der ihr vor der Tür entgegenkam.

Sein warmes Lächeln vertrieb sofort jeden Gedanken an die Beerdigung ihres Großvaters.

»Du …«, sagte sie zögernd.

Sie hatte Louis schon lange fragen wollen, ob er ihr nicht noch mehr von Oma Emmys Zeit in Paris erzählen konnte, aber während der Renovierungsarbeiten hatte sie bisher nie die richtige Gelegenheit gefunden.

Er nickte, als wüsste er genau, worum es ging.

»Du denkst an unser letztes Gespräch über Emmy hier draußen, oder? Willst du wissen, wie es mit Corinne und deiner Großmutter weiterging?«

Sie nickte.

»Also, wo waren wir stehen geblieben, bei der Reise ins Loiretal, stimmt's? Ist noch Zeit für einen kleinen Spaziergang?«

Sie hakten sich unter und gingen ein Stück durch das sechste Arrondissement. Geduldig wartete Sophia, bis Louis zu erzählen begann, sie wollte ihn selbst den Anfang machen lassen. Doch irgendwann hielt sie es nicht mehr länger aus.

»Was … was ist denn nun auf dieser Reise passiert?«

Hinter der Metrohaltestelle Saint Germain des Prés bogen sie links ab und schlenderten eine kleine Straße entlang, die Sophia noch nicht kannte.

»Emmy hatte angefangen, von ihrer Heimreise zu reden. Sven schrieb ihr Liebesbriefe, und sie musste sich entscheiden. Wenn sie ihn heiraten wollte, hatte sie nicht mehr viel Zeit. Sie konnte nicht einfach in Paris bleiben, nicht, wenn sie ihn haben wollte. Corinne, die gegen das Establishment und gesellschaftliche Konventionen war, hielt überhaupt nichts davon. Sie wollte ihre neue Freundin nicht verlieren.«

»Das klingt jetzt nicht sehr dramatisch. Zwei Freundinnen, die unterschiedlicher Meinung waren? Oma Emmy konnte doch tun und lassen, was sie wollte, oder?«

Louis schluckte und drückte sanft ihren Arm.

»Ja, nur Emmy hat sehr zu Corinne aufgesehen. Die war gebildet und belesen, konnte gut argumentieren und hatte so ihre Tricks und Kniffe, um Emmy in Paris zu halten. Unter anderem die Reisen ins Loiretal. Nach ihrer Rückkehr konnte man Emmy genau anhören, dass sie lange Gespräche über Feminismus geführt hatten.«

Er lächelte breit und fuhr fort:

»Corinne hat immer gesagt, dass Jesus aus reiner Demut als Mann zu den Menschen gekommen sei. Und sie liebte den Gedanken, Adam wäre nur Gottes erster Versuch gewesen, Eva hingegen die Vollendung des Menschen.«

An einem größeren Boulevard bogen sie ab und kehrten zum Le Lulu zurück.

»Die Tage vergingen. Corinne war nicht immer in der besten Verfassung. Sie hatte ihre Hochs und Tiefs, und in dieser Zeit war sie gerade auf dem Weg nach unten, das war sehr deutlich. Es war die Zeit vor … ja, vor allem.«

Sie näherten sich der Bar, und Sophia spürte, wie die Frustration in ihr wuchs. Sie wollte endlich erfahren, was es mit der Geschichte auf sich hatte, aber es ging so langsam vorwärts. Wie ein Puzzle mit tausend Teilen, von denen sie immer nur ein einziges bekam.

Den Rest des Tages über wurde hart gearbeitet. Yanis war nicht gerade der Geschickteste, doch er hatte einen eisernen Willen, und damit kam er schon weit. Sophia hatte ihn gebeten, sich um die Gästetoilette zu kümmern. Dort sollten die Wände neu gestrichen und Waschbecken und Wasserhahn ausgetauscht werden, am liebsten gegen etwas Antikes. Im jetzigen Zustand war dieser Bereich heruntergekommen und ohne jeglichen Charme. Sophia hoffte inständig, dass Lucy Yanis bei der Installation zur Hand gehen würde, sonst bestand die Gefahr, dass das Le Lulu als Schwimmbad endete.

»Kennt jemand einen guten Flohmarkt, auf dem man vielleicht schöne Wandleuchten findet? An einer Wand in der Toilette hätte ich gern ein paar einzelne Messing- und Zinnleuchten.«

Yanis lachte. »Ob ich einen Flohmarkt kenne? Schätzchen, ›Pariser Flohmarkt‹ ist mein zweiter Vorname! Haben wir uns noch nicht kennengelernt? Olivier, kommst du mit?«

Olivier nickte erfreut. Eine Pause von der Feinarbeit an der Stuckdecke schien ihm gerade gelegen zu kommen.

Auch Sophia hätte die beiden am liebsten begleitet.

»Wir fangen mit dem Marché des Rosiers an. Dann weiter zum Puces de Montreuil«, sagte Yanis.

Olivier schüttelte den Kopf.

»Falsch. Wenn wir nach antiken Wandleuchten suchen, sollten wir zum Puces de Vanves fahren. Ich habe gehört, dass Monsieur Baruchel gerade wegen einer längeren Einkaufsreise geschlossen hatte.«

Nickend zog sich Yanis die Jacke über. »Wenn du es sagst.« Er wandte sich zu Sophia um. »Oliviers Mutter liebt Antiquitäten. Stimmt's, Olivier? Sie hat zu Hause lauter Kram, den Oliviers Großvater von seinen Reisen als Seemann mitgebracht hat.«

Olivier antwortete nicht. Er ging seine Jacke holen und tat so, als hätte er Yanis nicht gehört.

»Er redet nicht gern über seine Familie«, fuhr Yanis flüsternd fort.

Sophia musste an den Abend denken, als sie zu viel Champagner getrunken und so manch anderes miteinander getrieben hatten. Da hatte Olivier davon gesprochen, dass er keinen Kontakt mehr zu seiner Familie hatte. Traurig.

»Solltest du jemals einen alten Silberlöffel in einer bestimmten Größe oder einen konservierten Blumenstrauß aus Logwy im Nordosten Frankreichs suchen, ja, oder irgendwas anderes, was man so gebrauchen kann, dann frag Olivier. Er hat sowohl von mir als auch von seiner Mutter gelernt.«

Die beiden machten sich auf den Weg. Sophia strich sich eine Strähne aus dem Gesicht und fuhr sich mit dem Handrücken über die Stirn. An diesem Tag war es warm in Paris, und Wände zu streichen brachte nicht gerade Abkühlung. Dennoch genoss sie die Arbeit und den Anblick der neuen olivgrünen Farbe, die sich mehr und mehr ausbreitete. Das alte Gelb verschwand schnell unter ihrer Malerrolle. Dadurch wurde es im Lokal richtig heimelig, und der goldene Zwischenton der neuen Wandfarbe sorgte für eine Wärme, die gut zur Theke, zu den Möbeln und den Golddetails an der Decke passte.

Wie die Wand ganz hinten aussehen sollte, wusste Sophia noch nicht genau. Die Wahl der Tapete erschien ihr entscheidend für die Atmosphäre im Raum. Am liebsten hätte sie auch dort etwas Altes. Etwas, was zum Lokal passte. Da kam ihr plötzlich eine brillante Idee.

Sie wählte Oliviers Nummer.

»Kennst du einen Antiquitätenhändler, der auf alte Tapeten spezialisiert ist? Also, ich meine so richtig alte Rollen.«

Olivier antwortete etwas, doch seine Stimme ging in dem ohrenbetäubenden Tuten unter, das das Schließen der Türen an den Metrohaltestellen ankündigte. Sie sah vor sich, wie Olivier und Yanis dicht gedrängt in einem überfüllten U-Bahn-Wagen standen.

Ein paar Missverständnisse später hatten sie ungefähr herausgefunden, was Sophia im Sinn hatte. Doch bevor etwas gekauft wurde, wollte sie erst einmal ein Foto sehen, das war ihr wichtig.

Ihre Vision folgte der Kontrasttheorie, über die Hayley sie aufgeklärt hatte: je eleganter der Look, desto weniger Schmuck. Mit den Kristallkronleuchtern an der Decke und dem glänzenden Tresen war das Le Lulu schon elegant bis zum Abwinken, deshalb musste die Wand, der Sophia sich widmete, eher diskret ausfallen. Und sie sollte ja auch nicht zu sehr von ihrem eigentlichen Zweck ablenken. Sophias Geheimnis.

Gegen Nachmittag wurde es staubig, und ein dumpfes Dröhnen erfüllte das Lokal, als Lucy zum zweiten Mal mit der Schleifmaschine über den Boden ging. Sämtliche Tische und Stühle standen draußen auf der Straße, damit sie nicht ganz und gar einstaubten. Die vorbeigehenden Passanten versuchten, durch das kleine Fenster in der Tür einen Blick ins Innere der Bar zu erhaschen. Das Laken vor dem großen Fenster verdeckte ja schon das meiste, aber Sophia nahm sich vor, auch an der Tür einen Sichtschutz anzubringen, um den Reiz des Neuen aufrechtzuerhalten und die Leute noch neugieriger zu machen.

»Ich bin so dankbar für deine Hilfe«, sagte Sophia, als Lucy endlich eine Pause einlegte und die ohrenbetäubende Schleifmaschine für eine Weile verstummte.

»Was meinst du zum Boden in der Toilette? Kann man den auch abschleifen?«

»Puh!«, schnaubte Lucy nur.

Sophia hatte keine Ahnung, was das zu bedeuten hatte.

»Das ist ja ne Nasszelle«, sagte Lucy und steckte den Kopf zur Toilettentür hinein. »Eigentlich brauchst du da Fliesen.«

»Verstehe. So was kann ich mir gerade nicht leisten. Das muss erst mal warten.«

Lucy zuckte die Achseln.

»Ich hab zu Hause noch ein bisschen was rumliegen. Ist bei einer Baustelle übrig geblieben, auf der wir zu tun hatten. Gefällt dir Hellgrün und Weiß im Schachbrettmuster?«

Sophia nickte.

»*Voilà*! Dann ist das abgemacht. Ich bring die Fliesen beim nächsten Mal mit und klatsch sie dir da hin.«

»Viele Dank, das ist wirklich ...« Sophia kam nicht dazu, ihren Satz zu vollenden, denn Lucy hatte sich bereits den Hörschutz über die Ohren gezogen und mit einem unverständlichen Murmeln die Maschine wieder angeworfen.

Sophia sah sich um und ließ die entstehende Atmosphäre auf sich wirken. Im Moment war es zwar noch etwas chaotisch, aber man konnte bereits erahnen, wie schön es hier werden würde. Alles erwachte zu neuem Leben. Wie ein Garten nach einem langen Winterschlaf.

Und Fatima hatte so recht gehabt. Seit Tagen hatte Sophia weder an Kairo noch an Viktor gedacht. Nur von einem Gedanken konnte die Bar sie nicht ablenken: Tristan.

51

Als Karen ein paar Stunden später in der Tür stand, kam Sophia mit einem erwartungsvollen Blick von der Leiter geklettert. Yanis und Olivier waren noch nicht von ihrem Flohmarktausflug zurück.

»Wie lief es mit der Hausaufgabe? War der Lehrer zufrieden?« Sie zog die Ärmel ihres fleckigen Arbeitskittels hoch.

Karen nahm die Flasche Wasser entgegen, die Sophia ihr reichte, trank ein paar große Schlucke und nickte.

»Ja, er fand's gut. War ein schönes Gefühl.«

Sie warf ihre Tasche auf den Boden und lehnte sich an die Leiter.

»Hast du was Neues für nächste Woche aufbekommen?«, wollte Sophia wissen.

Karen verzog das Gesicht. »Ja, so ein beschissener Aufsatz.«

»Perfekt! Überleg dir, worüber du schreiben willst, und dann setzen wir uns hin und arbeiten den Text zusammen aus.«

Karen war nun schon den dritten Tag in Folge nach Schulschluss ins Le Lulu gekommen. Sowohl Montag als auch Dienstag hatte sie vorbeigeschaut und ein paar Stunden mitgearbeitet. Als ihre Schicht zu Ende war, hatte Sophia eine Pause vom Streichen und Schmirgeln gemacht und Karen beim Englischlernen geholfen.

Sie genoss die Gesellschaft des Mädchens und hegte allmählich den Verdacht, dass Karen ihr hinter dem lilafarbenen Haarvorhang und der grimmigen Mine ebenfalls wohlgesinnt war. Sophia hatte nie engeren Kontakt zu Kindern oder Jugendlichen gehabt. Viktors Schwester, die genau wie seine Eltern in Danderyd lebte, hatte zwei Kinder im Alter von zehn und zwölf. Sophia hatte versucht, sie kennenzulernen, doch das hatte nie funktioniert. Dass Karen sie nun zu mögen schien, weckte etwas in ihr und wärmte einen ganz besonderen Platz in ihrem Herzen. Einen Platz, von dem sie bisher nicht gewusst hatte.

»Außerdem üben wir gerade, englische Formulare auszufüllen.«

Karen reichte ihr einen Zettel, der wie ein Visumantrag aussah.

»Aha«, antwortete Sophia zögernd.

Für eine Hausaufgabe wirkte das Formular verblüffend echt.

»Das habt ihr in der Schule bekommen?«

Sie drehte und wendete den Zettel. Karen nickte, und Sophia überflog, was darauf anzugeben war.

»Okay. Kriegen wir hin. Kein Problem.«

Karen lächelte mild. »Vielen Dank.«

In diesem Moment ging die Tür auf, und Yanis kam herein, den Arm voller Papiertüten vom Flohmarkt.

»Olivier ist nach Hause gefahren, will aber morgen früher hier sein«, sagte Yanis und stellte die Tüten direkt an der Tür ab.

Sophia nickte und kam eifrig näher.

»Lucy musste heute auch früher weg. Aber jetzt lass erst mal sehen, was hast du mitgebrach?«

Das Zeitungspapier, in das die Flohmarktfunde eingewickelte waren, knisterte, als Yanis vorsichtig Wandleuchte für Wandleuchte hervorholte und auf den Tresen legte. Von manchen gab es zwei gleiche, bei anderen handelte es sich um ausgefallene Einzelstücke. Doch alle waren sorgfältig ausgesucht, wie feinstes Backwerk.

»Wunderbar«, sagte Sophia und strich mit ihren staubigen Fingern über die zierlichen Details.

»Und habt ihr auch Tapten geknipst?«

Yanis sah sie an und zögerte. Schließlich sagte er:

»Okay, Chef. Nicht sauer werden jetzt, aber wir haben drei Rollen Tapete gekauft, die wir beide ziemlich passend fanden. Erinnert ein bisschen an eine, die hier hing, bevor wir die Wände in diesem grässlichen Gelbton gestrichen haben. Ich war mir so sicher, dass sie dir gefällt, da haben wir sie einfach mitgenommen.«

Sophia verschränkte unwillkürlich die Arme vor der Brust.

»Okay ... ich will nicht undankbar erscheinen, aber ich habe ja noch gar nicht verraten, was ich mit der hinteren Wand genau vorhabe. Kann also sein, dass die Tapete nicht passt, das nur vorweg.«

Langsam und feierlich steckte Yanis die Hand in die Papiertüte, um eine der Rollen hervorzuholen. Louis, Sophia, Karen und Hayley reckten gespannt die Köpfe.

»Hast du was Lebendiges da drin?«, fragte Karen.

Yanis hob die Augenbrauen. »Fast.« Er räusperte sich und sah sich um. »Seid ihr bereit?«

Alle nickten eifrig.

»Jetzt mach schon!« Karen warf ungeduldig den Kopf in den Nacken.

Zum Vorschein kam eine Tapete mit weich gezeichneten Blüten in Weiß und Grau. Niemand sagte etwas, während Yanis die Plastikhülle aufschlitzte, in die der Verkäufer die alte Rolle verpackt hatte. Dann zog er andächtig das Schutzpapier beiseite und breitete ein Stück der Tapete vor ihnen aus.

Sophia neigte den Kopf und betrachtete das spezielle Muster.

»Genau diese Tapete soll bei Simone de Beauvoir zu Hause gehangen haben.« Yanis warf einen zögernden Blick in die Runde. »Das hier ist alles, was von der Serie noch übrig ist.«

Schweigend starrten alle auf die Rolle. Sophia runzelte die Stirn, sie war skeptisch. Das klang etwas zu gut, um wahr zu sein. Sicher nur ein Verkaufstrick. Oder wie wahrscheinlich war es, dass die alte Tapete einer sagenumwobenen Pariser Prominenz einfach so auf dem Flohmarkt auftauchte?

Yanis sah sie prüfend an.

»Du weißt doch sicher, wer … also, die Philosophin. Autorin des ersten großen feministischen Buches unserer Zeit. *Das andere Geschlecht*. Sie war mit Jean-Paul Sartre zusammen und …«

Sophia hob die Hand und unterbrach ihn.

»Mein lieber Yanis. Wofür hältst du mich? Wenn ich etwas unsicher aussehe, dann wohl eher wegen des Wahrheitsgehalts dieser Geschichte.«

Er schüttelte den Kopf.

»Jetzt warte mal. Der Antiquitätenhändler ist ein guter Freund von mir und arbeitet obendrein für eine renommierte französische Auktionsfirma, und er hat mir Folgendes bestätigt: Simone soll zwölf Rollen von dieser Tapete hier bestellt haben, aber nur sieben davon wurden verwendet. Das heißt, die drei hier sind der ganze Rest.«

»Cool«, sagte Karen, aber Sophia konnte ihr nicht so ohne Weiteres zustimmen.

Hayley strich verträumt über die Tapete.

»Ich liebe Simone de Beauvoir.«

Yanis sah zufrieden aus und fuhr fort:

»Ich dachte, die bringt hier etwas Charakter rein. Sowohl deine Großmutter als auch ihre Schwester haben Simone bewundert, das weiß ich.«

Sophia fuhr mit den Fingern über die Blüten, und erst da sah sie, dass es sich um Fliederblüten handelte. Die hatte Oma Emmy immer so gemocht. Sie schluckte, brachte jedoch kein Wort hervor.

Yanis betrachtete sie erwartungsvoll.

»Wenn du sie nicht im Le Lulu haben willst, ist das überhaupt kein Problem, dann bringen wir sie bei uns zu Hause an.«

Eine Tapete aufzuhängen, die etwas mit ihrer Großmutter und zudem mit der feministischen Ikone von Paris zu tun hatte, fühlte sich gut an. Auch wenn Sophia die Verbindung zu Simone de Beauvoir für frei erfunden hielt. Mit großer Wahrscheinlichkeit hatte Yanis einfach nur einen ziemlich guten Geschäftsmann getroffen, aber dass da potenziell etwas dran war, machte die Tapete nicht gerade hässlicher, so viel stand fest.

»Sie gefällt mir«, sagte sie und lächelte Yanis an.

Im selben Moment ertönte ein lautes Klopfen. Augenblicklich hielten alle inne und drehte sich zur Tür um, die nun langsam aufging.

52

Die Tür war unverriegelt, und durch das weiße Laken war nicht zu erkennen, wer auf der anderen Seite stand. Langsam trat der unbekannte Besucher ein.

»*Bonsoir …?*«, sagte jemand zögernd.

Sophia spürte, wie ihr Puls in die Höhe schoss. Die Stimme kannte sie. Und zwar nur zu gut.

Einen Take-away-Kaffee in der Hand und die Sonnenbrille nonchalant ins Haar geschoben, stand er da: Viktor.

»Hier ist ja ganz schön was los.« Er stieß ein Pfeifen aus. »Was für ein Chaos!«, rief er auf Schwedisch.

Selbstsicher wie eh und je.

»*Quoi?*« Yanis war der Erste, der etwas sagte.

Fassungslos starrte Sophia Viktor an. Das war doch nicht möglich. Wie hatte er sie hier gefunden? Und was wollte er? Diese Aktion sah ihm mal wieder ähnlich. So eine überschwängliche, romantische Geste. Einfach unangemeldet in Paris auftauchen. Ging es noch besser und kitschiger?

Karen fuhr sich mit den Fingern durch das lilafarbene Haar und ließ eine große Kaugummiblase mit einem lauten Knall zerplatzen.

»Wer ist das?«, sagte sie mit einem Blick zu Sophia.

Sophia schwindelte. Sie war verwirrt.

Viktor streckte den Rücken durch und antwortete auf Englisch:

»Ich bin Sophias Mann.«

»Ex-Mann«, schob Sophia murmelnd hinterher.

Nachdem man sich gegenseitig vorgestellt, ein wenig ausgetauscht und über sprachliche Barrieren hinweggeholfen hatte, wusste Sophia erst einmal nicht, wie es weitergehen sollte. Ihre innere Stimme schrie geradezu, dass sie im Le Lulu bleiben und Viktor vor die Tür setzen sollte, vielleicht sogar abschließen. Doch so kam es nicht.

Am Ende standen sie zusammen auf der Straße, während die Tür zu den anderen verschlossen war.

»Wir sind geschieden, Viktor. So was kannst du nicht bringen. Hättest du nicht wenigstens vorher Bescheid geben können?«

»Dein Telefon schien nicht zu funktionieren.«

Stille.

»Ich will doch nur … einen Neuanfang für uns. Ich glaube, wir können zusammen wieder richtig stark werden.«

Stark? In Sophias Ohren klang das absurd, sie hatte sich lange nicht so schwach wie in diesem Moment gefühlt.

»Du siehst dir so gar nicht mehr ähnlich.«

Lachend fuhr er ihr mit den Fingern übers Haar. »Da war etwas Farbe.«

»Wir renovieren«, murmelte sie und tastete ihre Stirn und Haare ab.

Erneut lachte er. »Was ist das überhaupt für eine Versammlung da drinnen? Scheint mir ja ein bunter Haufen zu sein. Nicht gerade deinesgleichen.«

Sie blickte ihn an, ohne seinem Kommentar über ihre neuen Freunde Beachtung zu schenken.

»Was willst du eigentlich hier?«

Sie versuchte, möglichst beherrscht zu klingen, doch es fiel ihr schwer. Als stünde sie an einem ruhigen Strand, doch am Horizont braute sich bereits ein Unwetter zusammen.

»Komm, lass uns eine Runde gehen«, sagte sie und schluckte den Kloß hinunter, den sie im Hals spürte.

Während sie in Richtung Jardin du Luxembourg liefen, hatte Viktor zunächst einmal allerlei praktische Fragen. Wo sie wohne, wie lange sie bleiben wolle und wie es ihr nach dem Tod ihrer Großmutter gehe. Irgendwann hörte sie ihn kaum noch. Sein Gerede war wie schmutziges Wasser, das sich über den Bürgersteig ergoss. Wort für Wort plätscherte in diesem Rinnsal dahin.

»Wohin gehen wir eigentlich? Wieso läufst du so schnell?«

Er versuchte, ihre Hand zu nehmen und sie zum Stehenbleiben zu bewegen. Blitzschnell zog sie den Arm zurück, als wären seine Finger aus Feuer und könnten ihr Schaden zufügen.

»Ich … ich bin hier, weil ich eine Veränderung im Leben brauche und weil ich mehr über Oma erfahren will.«

Sie wusste selbst nicht, wo die Worte herkamen. Stimmte das? War sie auf der Suche nach etwas Neuem?

Er runzelte die Stirn, schien ihr nicht ganz folgen zu können.

»Auf deiner Arbeit hat man versucht, mit dir in Kontakt zu kommen. Schon seit ein paar Tagen. Per Handy warst du nicht zu erreichen, es schien so, als wäre es ausgeschaltet oder gar nicht mehr in Betrieb. Also haben sie es über mich versucht.«

Der Gedanke an die Redaktion und die wohlbekannte Welt in Stockholm ließ ein Gefühl in ihr aufkommen, als wachte sie gerade aus einem Traum auf.

Die Arbeit? Kairo?

Einen Moment ging sie in sich. Massierte sich die Schläfen und versuchte, die Verbindung zur Wirklichkeit wiederherzustellen.

»Warum denn über dich?«

»Vielleicht, weil du auf der Arbeit noch nichts von unserer Trennung erzählt hast? Womit ich vollkommen einverstanden bin, ich denke ja auch, dass das nichts Endgültiges ist.«

Sophia spürte den Geschmack von Galle auf der Zunge.

»Viktor, ich …«

Er unterbrach sie.

»Ich weiß, du brauchst Zeit. Ich weiß, was wir durchgemacht haben. Dass ich alles zerstört habe. Aber ich werde mich ändern. Ich bin für dich da, jetzt und für alle Zeit. Ich habe eine Therapie angefangen. Habe angefangen, mich von meinen Eltern abzugrenzen. Ich bin nicht mehr derselbe wie früher, merkst du das nicht?«

Nein, ich merke nur, dass du mich zu manipulieren versuchst, so wie immer.

»Wer auf der Arbeit hat denn nach mir gefragt?«

»Deine Vorgesetzte. Nettan.«

Sophia nickte und wich einen Schritt zurück. Viktor ergriff ihre Hände und schaute ihr tief in die Augen.

»Sophia, ich bitte dich von ganzem Herzen. Geh noch ein einziges Mal mit mir essen. Das ist alles, was ich möchte, danach werde ich dich nie mehr belästigen. Wir hatten doch schon unser ganzes Leben zusammen geplant. Du bist meine Zukunft! Ich muss wenigstens die Gelegenheit haben, mich anständig zu entschuldigen.«

Sie schloss die Augen. Dachte an die Rezepte. An Oma Emmy. Den Kuss mit Tristan. Daran, wie sie in den vergangenen Wochen durch Paris geirrt war.

»Ein einziges Essen. Morgen? Oder übermorgen?«, fragte er.

Ein einziges Essen.

»Okay, morgen«, antwortete sie matt.

Sie fühlte sich schwach. All die Kraft, die sie kurz vor Viktors Erscheinen noch im Le Lulu verspürt hatte, war wie weggeblasen.

53

Mit Beyoncés kraftvollem Song »Halo« auf den Ohren joggte Sophia am nächsten Tag zur Mittagszeit das Seineufer entlang. Sie lief wie im Gleichschritt mit einer guten Freundin, ließ sich vom Rhythmus der Musik mitreißen und flog regelrecht dahin.

Ihr Herz schlug schnell, zum Blutgeschmack im Mund gesellten sich Bilder vom Vortag in ihrem Kopf. Wie seltsam, dass Viktor einfach hier in Paris aufgetaucht war.

Und wie falsch.

Sie versuchte, ihre Gefühle zu sortieren. Heute war es eine Woche her, dass sie Tristan in der Kanzlei hatte sitzen lassen. Seitdem war kein Tag vergangen, an dem sie nicht an ihn gedacht hatte, ihm etwas schreiben, sich bei ihm melden wollte.

Aber er hatte auch nichts von sich hören lassen.

Sie dachte an seine Lippen. An diesen Blick. Den Duft nach Moschus und Vanille.

Vor ihr lag nun die Pont Neuf, bei der es sich keineswegs um eine neue Brücke handelte, wie der Name vermuten ließ. Tatsächlich war sie die älteste bewahrte Brücke, die über die so verschmutzte und doch so beliebte Seine führte.

Als ihr Handy klingelte, blieb sie stehen und warf einen Blick aufs Display. Wischte sich heftig atmend den Schweiß von der Stirn.

Eine schwedische Nummer.

Auf Viktors Hinweis hin hatte sie am Vormittag versucht, Nettan zu erreichen, und in der Zentrale in Stockholm ihre französische Nummer hinterlassen.

Einen Moment beruhigte sie noch ihren Atem und überlegte, ob sie überhaupt rangehen sollte. Eigentlich fühlte sie sich nicht in der richtigen Verfassung für dieses Gespräch. Im letzten Moment siegte dann aber doch die Neugier, und sie nahm den Anruf entgegen.

»Sophia Lindgren?«

»Hallo, hier ist Nettan. Wie geht es dir?«

Sophia schloss die Augen und sammelte Kraft. Sie war immer noch wütend darüber, dass die Nachrichtenchefin ihr die in Aussicht gestellte Position nicht anvertraut hatte. Auch wenn das allmählich in immer weitere Ferne rückte.

Sie wollte selbstsicher klingen. Wie die alte Sophia.

»Freut mich, deine Stimme zu hören«, sagte sie so vergnügt sie konnte.

Im folgenden Gespräch ging es abwechselnd darum, was Sophia in Paris tat, und um die altbekannten Dinge, die Nettan zu beklagen hatte: inkompetente Vertretungskräfte, einen viel zu vorlauten Praktikanten und einen Vorgesetzten aus den obersten Chefetagen, der mal wieder alles umstrukturieren wollte.

Sophia betonte, wie gut sie sich inzwischen erholt habe, und ließ ein paarmal das Wort entspannt fallen.

Die Verlegenheit lag wie ein Filter über dem Gespräch.

»Ach, ich habe es doch die ganze Zeit gewusst, Sophia. Du brauchtest nur ein bisschen Urlaub«, sagte Nettan.

Sophia blickte über die lange, breite Brücke, die so wunderschön vor ihr lag. Sie drehte sich einmal im Kreis, lehnte sich an das gewaltige Geländer und ließ sich vom Anblick dieses Bauwerks gefangen nehmen. Es war wie ein Schmuckstück aus Stein, das von der Geschichte und dem Geist der Vergangenheit erfüllt war. Brücken sind viel mehr als nur Verbindungsglieder zwischen zwei Ufern, dachte sie. Brücken sind Hoffnung, sie stehen für Entwicklung und Fortschritt.

»Bist du noch da, Sophia?«

Nettans Stimme holte sie abrupt zurück in die Gegenwart. Was hatte die Chefin gerade gesagt?

»Ja, ich bin noch da.«

»Du, ich rufe aus einem bestimmten Grund an.«

Sophia hörte, dass Nettan während des Telefonats umherging. Sie sah sie vor sich, schwarz gekleidet und mit ihrer großen Brille. Vermutlich lief sie den langen Korridor der Redaktion auf und ab.

»Patrik ist abgesprungen.«

Sophia blieb fast das Herz stehen. Für die Schönheit der Pont Neuf hatte sie nun keine Augen mehr. Ihr Fokus verschob sich, und das Leben in Stockholm war mit einem Mal allgegenwärtig, als wäre sie durch ein schwarzes Loch im Universum gereist und plötzlich wieder dort.

Zurück in ihrem alten Leben.

»Wie bitte?«

»Ich weiß, das ist völlig absurd. Er hat seine Freundin mitgenommen, aber schon zwei Wochen später rief er mich an und meinte, es geht nicht. Die Frau könnte die Stadt nicht ausstehen und wollte ihn sitzen lassen. Ist das nicht unfassbar? Ich meine, was hat er denn gedacht? Oder sie? Dass sie da gemütlich rumsitzen und Wasserpfeife rauchen würden? Also bitte! Ich wollte ihn am Ort des Geschehens haben. Er wird von uns zu Einsätzen in der näheren Umgebung geschickt. Nach Istanbul, Bagdad, du weißt schon. Jetzt haben wir einfach niemanden mehr vor Ort.«

Nettan hielt einen Moment inne.

»Ich will dich dahaben, Sophia. Die Leitung ist einverstanden, trotz … ja, trotz allem, was passiert ist. Du hättest die Stelle von Anfang an bekommen sollen, er hat uns mit seinem Charme ganz schön an der Nase herumgeführt. Wir haben die falsche Entscheidung getroffen.«

Erneut entstand eine kurze Pause. Sophia suchte nach Worten, auf keinen Fall wollte sie die Fassung verlieren. Nettan brach das Schweigen.

»Hättest du denn Interesse?«

Sophia antwortete prompt.

»Selbstverständlich. Das ist mein Traum. Ich würde alles dafür geben, und noch mehr dazu. Das weißt du.«

Nettan stieß einen tiefen Seufzer aus.

»Yes, ich wusste es. Das freut mich wahnsinnig, Sophia. Und du darfst auf keinen Fall das Gefühl haben, du wärst die zweite Wahl. Das bist du nicht.«

Ach, nein? Was denn sonst?

»Wann soll ich anfangen?«

»So bald wie möglich. Dein Urlaub läuft noch bis ...« Sophia hörte Nettan in ihren Unterlagen blättern. »... Ende Mai.«

»Ihr könnt auf mich zählen.«

Sophia ließ erst gar keine Zweifel aufkommen. Ihre Gefühle überschlugen sich.

Nach Kairo? Als Auslandskorrespondentin? Jetzt also wirklich! In einem Monat würde sich erfüllen, wonach sie sich jahrelang gesehnt, worauf sie hingearbeitet hatte. Und als Sahnehäubchen hatte sich das Problem mit ihrer vermieteten Wohnung in Stockholm nun von selbst gelöst.

»Danke für euer Vertrauen.«

Sie legten auf.

Sophia stand da, das Smartphone in der Hand und das Headset im Ohr, und spürte ihr Herz unter dem nass geschwitzten Trainingstop klopfen.

Verdammt. Was ist hier gerade passiert?

Ihre Zeit in Paris war begrenzt, das war klar. Aber wie

anders doch alles gekommen war. Niemals hätte sie damit gerechnet, dass sie Louis, Yanis, Hayley und Karen so fest ins Herz schließen würde. Sie hockte sich hin und holte tief Luft.

Oder jemanden wie Tristan treffen. Auch wenn das Kapitel inzwischen abgeschlossen war.

Einer Person musste sie nun unbedingt von der Beförderung erzählen, ehe die Nachricht auf anderen Wegen die Runde machte.

Fatimas Stimme überschlug sich förmlich.

»Machst du Witze?«

Sophia sah sie lebhaft vor sich. Ihre Mimik. Die ausladenden Gesten. All die vertrauten Regungen.

Nachdem sie sich verabschiedet hatten, atmete Sophia ein paarmal tief durch, schaltete Beyoncé wieder ein und setzte ihre Laufrunde fort.

Die Musik pulsierte.

Sophia lief und lief.

Immer schneller.

Und das Blut rauschte durch ihre Adern, bis sie zu fliegen glaubte.

54

Das weiße Laken vor dem Fenster flatterte, als die Tür aufging und Olivier später am Nachmittag mit einem großen Karton im Arm hereinkam.

»*Oh, là, là.* Wie sollen wir das nur schaffen?«

Yanis stand in der Bar und betrachtete das Renovierungschaos um sie herum. Er fuhr sich mit der Hand übers Gesicht und ließ sich schwer auf einen der Barhocker fallen.

Sophia tätschelte ihm aufmunternd die Schulter.

»Nächsten Samstag, Yanis. Heute ist erst Donnerstag! Das kriegen wir schon hin.«

Sie versuchte, Sicherheit und Ruhe auszustrahlen, ihre eigene Nervosität zu überspielen. Die Nachricht, dass die Stelle in Kairo nun ihr gehörte, hatte plötzlich alles ins Wanken gebracht. Was wollte sie eigentlich dort? Irgendwann einmal war sie auf diese Idee gekommen, und dann hatte sie sich darauf eingeschossen, doch im Laufe der Zeit war etwas anderes daraus geworden. Vielleicht ging es inzwischen gar nicht mehr um die Stelle an sich, sondern nur um ihren Wettbewerbsinstinkt. Die Position bedeutete Macht, Prestige und einen maximalen Schub für ihr Ego. Aber was, wenn sie das alles gar nicht mehr wollte? Was, wenn der Lebenstraum, an den sie zwanzig Jahre lang geglaubt hatte, eigentlich gar nicht mehr existierte?

Wer bin ich dann noch?

Sie schüttelte das unangenehme Gefühl ab und ging zum Tresen, wo Louis gerade eine wohlverdiente Pause von der Arbeit machte und Tee zubereitete.

»Woran denkst du?«

Der Klang seiner ruhigen Stimme entspannte sie ein wenig. Sie sah ihn an und nahm dankend die Tasse Pfefferminztee entgegen, die er ihr reichte.

»Du bist ein Schatz.«

Sie trank einen Schluck und schloss die Augen, als der frische Duft des heißen Getränks ihr in die Nase stieg.

Kurz dachte sie darüber nach, ihm etwas vorzuflunkern, beschloss dann aber schnell, dass sie keine Lust auf weitere Lügen hatte. Also erzählte sie von dem Gespräch mit Nettan und ihren Zweifeln, ob sie die Stelle in Kairo wirklich haben wollte.

»Ich weiß genau, wie das ist. Erinnerst du dich, dass ich vor einer halben Ewigkeit als Pressefotograf für Le Monde gearbeitet habe?«

Er setzte sich auf den Barhocker neben ihr und strich ihr unvermittelt mit der Hand über die Wange.

»Mein Traum war es, einen Titel zu ergattern. Und zwar nicht irgendeinen, ich wollte das World Press Photo of the Year schießen. Alle sollten sehen, dass ich der Beste war. Ich musste in der Topliga mitmischen, sonst hätte ich nicht das Gefühl gehabt, dass meine Arbeit etwas wert war.«

Sophia nickte langsam und studierte seine runzligen Hände. An seinem rechten Ringfinger glänzte der Ehering aus Weißgold, der gleiche, den auch Yanis trug.

»Hast du aufgegeben?«

Sofort bereute sie ihre Wortwahl. Sie wollte nicht verurteilend klingen. Louis lachte.

»Ach, Sophia. Du hast sie auch in dir, diese verdammte Siegermentalität. Genau wie Emmy. Aber du musst wissen, dass du immer eine Wahl hast. Welchen Weg du gehst, entscheidest nur du, nicht irgendein Traum oder ein Ziel, das du dir vor zehn, zwanzig Jahren mal gesteckt hast.

In gewisser Weise bereue ich, dass ich nicht ein bisschen mehr dafür gekämpft habe, meine Fotos in einer Galerie unterzubringen, aber den Job für Le Monde an den Nagel zu hängen, war genau die richtige Entscheidung. Der hat mich fertiggemacht. Und entsprach überhaupt nicht dem, was ich mit meinem Leben anstellen wollte. Ich weiß nicht, wem ich damit einen Gefallen tun wollte. Wahrscheinlich ging es um Ansehen.«

Er musste husten und wandte das Gesicht ab. Als der Anfall vorüber war, räusperte er sich und wischte sich ein paar Tränen aus den Augen, die der Husten hervorgerufen hatte. Anschließend legte er die flache Hand zuerst auf den Bauch und dann auf die Brust.

»Auf zwei Dinge im Körper solltest du besonders gut hören: den Bauch und das Herz. Lass das Nachdenken. Lass das ständige Siegenwollen. Such Orte auf, an die dein Herz dich führt, die deinen Bauch mit Schmetterlingen füllen. Manchmal ist es das Beste, einen alt gewordenen Traum wie einen Ballon in den Himmel steigen und zerplatzen zu lassen, sich einen neuen Traum zu suchen, neue Ziele, Gewohnheiten und Sehnsüchte zu entwickeln. Finde heraus, wozu du dich berufen fühlst.«

Sie schwieg und dachte einen Moment nach.

»Was glaubst du, warum Oma so überstürzt aus Paris verschwunden ist?«

»Ich glaube, sie musste das Feuer in sich beruhigen.«

»Waren sie öfter zusammen unterwegs, sie und Corinne?«

Louis nickte.

»Ja, das kleine gelbe Auto ist noch so manches Mal mit ihnen herumgefahren.«

»Und was haben sie dann gemacht?« Dieses Gerede um den heißen Brei ließ Sophia allmählich ungeduldig werden.

Warum kann er nicht einfach klipp und klar sagen, was da los war?

»Das mit den alten Schlössern und Gebäuden war doch nur ein Vorwand, oder? Haben sie gekifft? Sich mit Männern getroffen? Was haben sie gemacht?«

Lächelnd blickte Louis in seine Teetasse.

»Ach, wenn es nur das gewesen wäre. Ich wünschte, ich könnte dir antworten. Aber so einfach ist das nicht. Ich habe ein Versprechen abgelegt.«

Er stand auf und gab ihr einen sanften Kuss auf die Stirn.

55

»Zwei Champagner«, sagte der Kellner und stellte die Gläser auf den Tisch.

Sie saßen im Außenbereich eines Lokals auf dem rechten Seineufer, das Viktor ausgewählt hatte, ein teures Fischrestaurant. Das Gespräch verlief zunächst holprig, und Sophia bereute bereits, dass sie sich auf die Verabredung eingelassen hatte. Doch dann kam es zu kleinen Augenblicken der Vertrautheit. Viktor erkundigte sich nach Sophias Familie und erzählte wiederum von seiner. Sie redeten über gemeinsame Bekannte. Als Viktor auf ein Pärchen zu sprechen kam, mit dem sie früher öfter zu tun hatten, musste sie sogar lachen. Diese Leute waren eigentlich richtige Stadtmenschen, doch nun hatten sie sich einen Bauernhof gekauft und waren aufs Land gezogen.

»Selbstversorger und so«, sagte Viktor und schüttelte den Kopf.

Eine Weile amüsierten sie sich über die Geschichte, dann wurde es wieder still zwischen ihnen.

»Siehst du, wir können immer noch zusammen lachen«, sagte er und versuchte, ihr ein Lächeln zu entlocken.

Sie wandte den Blick ab und sah dem Kellner nach, der gerade mit Weißbrot und Aioli an ihrem Tisch vorbeieilte.

»Ich habe die Stelle in Kairo bekommen«, sagte sie schnell und leerte ihr Glas.

»Als Auslandskorrespondentin? Wollten sie deshalb mit dir sprechen?«

Sophia nickte.

»Im Juni geht es los.«

Mit leerem Blick starrte er sie an, es war nicht zu erkennen, was er dachte.

»Ich komme mit.«

»Was?«

»Du und ich in Kairo. Ich werde dich unterstützen. Ich bleibe immer an deiner Seite. Begleite dich auf all deinen Reisen. Nichts wird uns mehr trennen. Auch nicht deine Arbeit. Erst recht nicht deine Arbeit.«

Sophia schloss die Augen und schüttelte den Kopf.

»Viktor. Du kommst nicht mit mir nach Kairo. Ich weiß ja nicht einmal, warum ich überhaupt hier bin.«

»Weil du mich liebst, natürlich.«

»Nein, das war einmal. Du hast mich nicht gut behandelt. Wie herablassend du immer über meine Arbeit gesprochen hast! Du hast versucht, mich zu kontrollieren, und wolltest nicht, dass ich weiter arbeiten gehe, wenn wir Kinder bekommen. Du hast mich erniedrigt. Hast mich fast zunichtegemacht. Aber damit habe ich jetzt abgeschlossen.«

Sie räusperte sich, beugte sich ruhig zu ihm vor und nahm seine Hand. Er drückte ihre sanft.

»Du musst aufhören, mich ständig anzurufen. Ich möchte keinen Kontakt mehr zu dir. Ich will, dass du mich in Ruhe lässt.«

Mit einem steifen Gesichtsausdruck sah er sie an.

»Aber, Sophia, ich werde niemals aufhören, für unsere Liebe zu kämpfen.«

»Doch, das wirst du. Es gibt nichts mehr, worum du kämpfen könntest. Zwischen uns …« – sie deutete von sich auf ihn und wieder zurück – »… ist nur noch Leere, verstehst du? Leere.«

»Ich verlasse dich nicht.«

Sie sah Viktor auf der anderen Seite des Tisches sitzen,

und mit einem Mal war ihr, als befänden sie sich ohne Schwimmweste in einem großen schwarzen Meer. Die Wellen tosten, der Wind pfiff und ein ohrenbetäubendes Unwetter wütete über ihnen. Ringsumher trieben zum Teil gekenterte Rettungsboote, doch keins davon war in greifbarer Nähe. Nicht ein einziges. Sie schloss die Augen und stellte sich vor, wie sie den Arm ausstreckte. Da war niemand, der sie herauszog, sie brachte sich selbst in Sicherheit, indem sie sich zu einem der Boote vorkämpfte und es nach großer Anstrengung auch hineinschaffte. Viktor hingegen blieb in den dunklen, schäumenden Wellen zurück.

Dieses Mal würde sie nicht untergehen. Das finstere Meer würde sie nicht verschlucken.

Sie räusperte sich und drückte den Oberkörper durch.

»Wenn du nicht aufhörst, mich zu belästigen, wenn du mich nicht ab sofort in Ruhe lässt, werde ich zur Polizei gehen und dir die übelsten Sachen anhängen. Ich werde dich in den sozialen Medien so dermaßen durch den Dreck ziehen, dass du nicht mehr in Stockholm bleiben kannst. Meine Kontakte bei der Boulevardpresse werden groß und breit darüber berichten, dass ich von meinem Ex-Mann verfolgt werde. Kapiert?«

Viktor beugte sich vor, sein Händedruck wurde härter.

»Glaubst du etwa, ich habe Angst vor dir?«

Sophia schlug das Herz bis zum Hals, doch sie rührte sich nicht und versuchte, möglichst ruhig zu atmen.

Jetzt ist Schluss.

Vor ihren Augen blitzte es auf. Sie schluckte, holte tief Luft und rief laut auf Französisch:

»Hilfe, ich werde bedroht!«

Viktor riss die Augen auf und ließ ihre Hand los.

»Was schreist du denn da? Hör auf damit, ich verstehe kein Französisch«, zischte er und sah sich um.

Ein Kellner kam an ihren Tisch. Mehrere Gäste drehten sich um und blickten zu ihnen herüber.

»Er hat mich bedroht, wir haben uns über eine Dating-App kennengelernt. Ich bin diesem Menschen vorher noch nie begegnet. Er hat gesagt, er will mich in ein Taxi zerren und über mich herfallen.«

Sophia legte eine Hand auf ihre Brust und atmete schnell, als wäre sie außer sich vor Angst, was an und für sich auch stimmte. Der Kellner packte Viktor an der Schulter und erklärte ihm auf Englisch, dass er das Restaurant sofort verlassen solle.

»Sonst muss ich die Polizei rufen.«

Viktors Gesicht lief dunkelrot an vor Wut. So hatte sie ihn noch nie gesehen. Die wüstesten Beschimpfungen von sich gebend, taumelte er auf die Straße. Sie folgte ihm ein Stück und blieb in der Eingangstür stehen.

Er winkte sich ein Taxi heran.

»Soll es so zwischen uns enden? Ist das dein Wunsch?«

Sie antwortete nicht.

Es gab nichts mehr zu sagen.

Ihr Herz raste noch immer, als sie ein paar Schritte hinaus auf die Straße machte. Geräuschvoll zog er die Nase hoch und spuckte ihr einen Klumpen Schleim vor die Füße. Sie spürte, wie ihr die Hände zitterten, und steckte sie in die Jeanstaschen, um ihre Angst zu verbergen.

Ein Taxi bremste und kam vor Viktor zum Stehen. Wortlos riss er die Tür auf und stieg ein.

Als der Wagen verschwunden war, zog Sophia die Hände aus den Taschen und legte sie sich auf den Bauch. Ihr ganzer Körper bebte. Einen Moment blieb sie so stehen und starrte einfach vor sich hin. Kurz darauf kam ein Keller mit einem Glas Wasser zu ihr. Er fragte, ob alles in Ordnung sei und ob er die Polizei rufen solle. Sie bedankte sich für das

Wasser, sagte, sie komme schon zurecht, und bezahlte die Rechnung. Dann machte sie sich langsam auf den Weg zur Rue Notre Dame des Champs, zurück zu ihrer Wohnung.

Irgendetwas sagte ihr, dass sie von Viktor nichts mehr zu befürchten hatte. Sie hoffte, ihn nun ein für alle Mal abgeschreckt zu haben und in ihrem Rettungsboot sicher an Land zu kommen.

Von allen Nächten, in denen Sophia wachgelegen und an ihre Mutter gedacht hatte, war dies die längste. Sie wusste nicht, ob sie froh oder betrübt war, und fragte sich, warum es ihr ausgerechnet in dieser Nacht so schwerfiel, die Gedanken an ihre Mutter ruhen zu lassen.

Es war erst wenige Stunden her, dass Viktor im Taxi verschwunden war. Doch in diesen Stunden hatte sie ein unfassbares Freiheitsgefühl ergriffen, ein Gefühl, auf das sie seit ihrer Scheidung gehofft hatte.

In dieser Nacht kam es ihr so vor, als befände sich ihre Seele an einem leeren Strand, an dem nur der Mond etwas Licht spendete. Das Wasser spülte in gleichmäßigen Wellen an Land und befeuchtete ihre Zehen, jedoch ohne sie zu kühlen.

Sie lag auf ihrer Schlafempore, wälzte sich im Bett und versuchte, alle aufkommenden Erinnerungen zuzulassen. Nichts wollte sie verdrängen. Da waren Bilder vom Alltag mit ihrer Mutter. Schulbücher auf dem Küchentisch. Frikadellen in der Pfanne. Papa, der im Vorbeigehen einen sanften Wangenkuss von Mama bekam. Mama im Badezimmer, wie sie roten Lippenstift auftrug, während Sophia hinter ihr stand und sie neugierig im Spiegel betrachtete. Nichts davon war sonderlich bemerkenswert, doch es war alles da. Und sie hatte schon viele, viele Jahre nicht mehr daran gedacht.

Sie schloss die Augen und versuchte, sich auch die Stimme ihrer Mutter zu vergegenwärtigen, obwohl sie sich unmöglich an den Klang erinnern konnte.

Doch an die Worte erinnerte sie sich. Zumindest glaubte sie das.

»Soll ich dir was sagen, Sophia? Du rufst all die Träume in mir wach, die ich längst vergessen habe.«

Ein kräftiges Sonnenlicht schien ihnen entgegen.

»Was sind das für Träume?« Sophias Worte waren die eines Kindes.

»Träume von Freiheit, von Glück. Du machst mich glücklich. Papa auch. Ihr beide seid alles, wovon ich jemals geträumt habe. Und ich habe euch hier, direkt vor mir. Ist das nicht fantastisch? Meine Liebe kannst du dein ganzes Leben lang mit dir herumschleppen.«

Das waren die Erinnerungen, die Sophia brauchte, wurde ihr nun klar. Sie brauchte sie, weil sie ein Teil von ihr waren, weil sie bestimmten, wer sie war, so schmerzhaft sie auch sein mochten. Das Kopfkissen war feucht von ihren Tränen. Mamas Liebe konnte sie ihr ganzes Leben lang mit sich herumschleppen.

56

»Noch zwei Tage bis zur Neueröffnung«, sagte Sophia und verriegelte die Tür zur Bar.

Sie ließ den Schlüsselbund ein paarmal um den Zeigefinger kreisen und blickte die Fassade hinauf. Ein Gefühl von Ruhe breitete sich in ihr aus, obwohl noch einiges zu tun war. Die letzte Woche war unglaublich schnell vergangen. Sie hatten jeden Tag von früh bis spät gearbeitet und neben der Renovierung des Lokals auch ein paar warme Gerichte und Desserts in der Küche getestet.

Ihr Konzept und die neue Speisekarte nahmen allmählich immer klarere Form an.

Einen Moment blieben alle noch gemeinsam vor der Bar stehen.

»Danke für den Hinweis«, konterte Olivier ihren Kommentar, »aber ich glaube, wir wissen alle ziemlich gut, wann die Neueröffnung ist. Am Samstag.«

Sophia lachte. Es war ein schöner Abend. Die Stimmung war gut, auch wenn sie erschöpft waren, und sie plauderten noch ein wenig über die vergangene Woche, die Renovierungsarbeiten und die großen Fortschritte, die sie gemacht hatten. Karen und Hayley standen zur Abwechslung mal beieinander, Hayley hatte den Arm sanft um die Schultern ihrer Tochter gelegt. Olivier und Lucy lehnten an einem Cafétisch. Sie alle blickten dem großen Tag voller Aufregung entgegen. Wie viele Leute würden wohl kommen? Würde es gelingen, die Gäste für ihre Apfelkarte zu begeistern?

Olivier hatte mehrere Tage am Stück Apfeldrinks gemixt. Sein wunderbarer *Frozen Apple Martini* bestand aus Vodka, Zitronen- und Apfelsaft, Zuckersirup und Eis. Er schmeckte frisch und säuerlich zugleich. An den Rand kam ein wenig Zimt und Zucker, und zur Dekoration wurde eine dünne Scheibe Apfel an das Martiniglas gesteckt. Seine zweite Kreation war ein prickelnder Drink auf Gin-Basis. Olivier nannte ihn *Sparkling Apple Gin Cocktail* und servierte ihn in hohen Champagnerkelchen. Neben Sekt und Gin enthielt das Getränk natürlich Apfelsaft, der dem Ganzen ein ungeahntes Geschmacksniveau verlieh. Und Olivier hatte darauf bestanden, dass eine Blüte darin schwimmen sollte. Nachdem sie die Kosten geprüft hatten, waren sie zu dem Schluss gekommen, dass Veilchen nicht allzu teuer waren, und Sophia musste zugeben, dass es durchaus effektvoll aussah, wie die kleine violette Blüte in dem hohen Glas auf den aufsteigenden Bläschen tanzte. Sie mochte beide Drinks, aber der *Frozen Apple Martini* war ihr Favorit.

Yanis hatte einige seiner Theaterfreunde zur Neueröffnung eingeladen, sodass in Pariser Kulturkreisen bereits von der neuen Apfelbar auf der Rue Notre Dame des Champs gesprochen wurde.

Louis lehnte müde an seiner Schulter. Der Husten war im Laufe des Abends immer schlimmer geworden, Sophia hatte die beiden während der Arbeit beobachtet und die Blicke gesehen, die sie gewechselt hatten.

Die verheimlichen mir doch was, hatte sie mehrmals gedacht. Ob es nun um den Husten oder um etwas anderes ging, war schwer zu sagen, aber irgendwas war da im Busch, und das Gefühl mochte sie ganz und gar nicht. Wie genau sie am besten dahinterkommen sollte, wusste sie noch nicht, doch sie war fest entschlossen, den beiden auf den Zahn zu fühlen.

Nach einer Weile verebbte das Gespräch, und einer nach

dem anderen verabschiedete sich. Zum Schluss stand Sophia allein im Schein der Straßenlaternen und genoss den kühlen Abend.

Die Stille war herrlich. Sie schloss die Augen und atmete tief durch die Nase ein. Ihre Gedanken wanderten nach Kairo.

Es ist die richtige Entscheidung, dort hinzugehen.

Das ist mein Traum.

Sie versuchte, sich die Zukunft vorzustellen. Wie wäre es wohl, wieder vor der Kamera zu stehen? Im Scheinwerferlicht, alle Blicke auf sie gerichtet. In der Hitze.

»*Salut*«, murmelte plötzlich jemand.

Sie zuckte zusammen, schlug die Augen auf und war mit einem Mal zurück im Hier und Jetzt.

Vor ihr stand Tristan. Nicht der förmliche Anwalt im Anzug, sondern der lässige Typ in Jeans und Sneakers. Der, den sie geküsst hatte.

Sie hatten sich zwei Wochen nicht gesehen. Hatten nichts mehr voneinander gehört, seit sie Hals über Kopf aus dem Gespräch in der Kanzlei verschwunden war. Dennoch fühlte es sich vollkommen natürlich an, dass er nun vor ihr stand.

»Hast du Lust auf einen Spaziergang?«, fragte er und sah sie mit einer leichten Falte zwischen den Augen an.

Sie gingen ein Stück und genossen die Abendluft, kamen an Straßencafés vorbei, die gerade schlossen, und schlenderten unter Baumkronen den Boulevard Saint Germain entlang. Dort standen prächtige Pariser Wohnhäuser mit grünen Fensterläden und schwarzen Balkonen, Häuser aus dem neunzehnten Jahrhundert, die ihnen zuzuflüstern schienen, was sie alles gesehen hatten. Vermutlich wussten diese Häuser mehr über die Menschen als sie selbst.

Nach einer Weile bogen sie in eine kleine Gasse mit Kopfsteinpflaster ein.

»Tut mir leid, dass ich dich mit den Käufern allein gelassen habe. Ich hatte plötzlich den Impuls, die Bar zu behalten.«

»Du folgst gern deinen Impulsen, oder?«

»Ja. Du scheinst da ein bisschen überlegter zu sein.«

»Ein bisschen.« Er schaute sie an und lächelte, ehe er fortfuhr: »Aber jetzt, mit etwas Abstand, halte ich es für die richtige Entscheidung.«

Es tat gut, so durch Paris zu spazieren. Während sie nebeneinander hergingen, war ihr die ganze Zeit bewusst, wo sich seine Hand im Verhältnis zu ihrer befand. Nach einer halben Stunde waren sie zurück auf der Rue Notre Dame des Champs. Vor ihrer Tür blieben sie stehen, und mit einem Mal war dieses Gefühl wieder da, das sich kurz vor ihrem Kuss im Musée d'Orsay eingestellt hatte.

»Kommst du noch mit hoch?«, fragte sie und schaute ihm tief in die Augen.

»Ist das ein Impuls?«

»Nein, das ist genau durchdacht«, antwortete sie und nahm seine Hand.

Oben angekommen standen sie sich eine Weile am Panoramafenster gegenüber, über den Dächern von Paris mit all den kleinen Schornsteinen. Ihr Herz schlug so schnell, dass sie glaubte, es würde jeden Moment zerspringen.

»Ich bin froh, dass du mitgekommen bist.«

»Ich bin froh, dass du gefragt hast.«

Er blickte ihr in die Augen und strich vorsichtig über ihre Arme, ihre Wangen. Es war, als wollte er jeden Millimeter ihrer Haut ertasten.

Du gehst nach Kario. Du wirst nicht hierbleiben. Keine Lügen mehr.

»Ich habe mit meiner Chefin telefoniert«, sagte sie plötzlich.

Er hielt inne.

»Sie will mich nach Kairo schicken. Anfang Juni.«

Er nickte und sah sie prüfend an.

»Die Frage ist, ob du das auch willst.«

Sophia nahm seine Hand, und sie verschlangen die Finger ineinander, seine dunklen in ihre hellen. Ihre Lippen näherten sich, und sie versank im Augenblick, als er sie sanft küsste. Sie fuhr mit den Händen über seine Arme und tastete sich weiter zum Rücken vor. Legte den Kopf an seine Schulter und sog den Duft seiner Haut ein. Küsste seinen Hals.

»Sophia.« Seine Stimme bebte. »Wie ist es möglich, so zu empfinden?«

Er schüttelte den Kopf und blickte schweigend zur Decke, als hätte er Angst, durch seine Worte den Moment zu zerstören. Sophia nickte nur, nahm sein Gesicht in die Hände und holte ihn zurück in ihre Welt.

»Ich weiß, was du meinst. Das frage ich mich auch. Wir sind so unterschiedlich, aber noch nie habe ich mich jemandem so nah gefühlt wie dir. Ist das nicht verrückt?«

»Ganz und gar nicht.«

Die Nacht legte sich über Paris, doch die Lichter der Stadt erhellten jeden Winkel. Die Decke über der Schlafempore schien sich zu drehen, als Sophia atemlos aufblickte und zum dritten Mal mit einem leichten Schrei nach Luft schnappte.

Lachend sank sie neben Tristan in die Kissen. Hier war nichts in Szene gesetzt, nichts war wie eine Kulisse. Er war echt, und sie war echt. Noch nie hatte sie erlebt, dass Sex so sein konnte. Er redete die ganze Zeit mit ihr, wollte wissen, ob es ihr gefiel, wenn er sie auf eine bestimmte Weise berührte, ob er tiefer in sie eindringen sollte, wenn sie die Stellung änderten. Was jemals unnahbar und hochmütig an ihm gewirkt hatte, schien nicht mehr zu existieren.

Später in dieser Nacht wollte sie unter die Dusche, doch auf dem Weg die Treppe hinunter blieb sie noch einmal stehen und blickte im Dunkeln zu ihm hinüber. Nackt stand sie da und sah ihm beim Schlafen zu.

Sie war überwältigt von Gefühlen.

Mitten in der Nacht war man allem so wehrlos ausgeliefert. Sie brauchte Kleidung, um sich vor dem Unbekannten zu schützen, das ihr Herz bewegte. Verliebte sie sich etwa gerade?

Sophia Lindgren, du bist ein rationaler Mensch. Lass nicht die Gefühle mit dir durchgehen.

Sie schluckte und schloss die Augen. Aus ihrer letzten Beziehung hatte sie eins gelernt: Wenn etwas zu gut aussah, um wahr zu sein, musste sie sich davor in Acht nehmen.

57

Als sie am nächsten Morgen aufwachten, stellte Sophia fest, dass ihre Hände immer noch ineinander verschlungen waren. Das Tageslicht fiel durch die Schlitze des Rollos, und sie konnte nicht aufhören, sein Gesicht zu betrachten. Er lag auf dem Bauch und hatte den Kopf in ihre Richtung gedreht. Der Bart wirkte ein kleines bisschen wilder als sonst.

Sie strich mit dem Finger über seine vollen Lippen. Nun, da sie ihn so nah vor sich hatte, sah sie, dass sein schwarzes Haar an den Schläfen bereits ein wenig grau wurde.

Seufzend kroch sie unter seinen Arm. In ein paar Wochen würde sie zurück nach Stockholm und von da aus weiter nach Kairo reisen. Nun war alles etwas komplizierter, als sie es sich vorgestellt hatte.

Seine Hände erwachten zum Leben. Sie vergrub das Gesicht unter seinem Brustkorb und sog seinen Duft ein. Musste sich abermals darüber wundern, wie vertraut sich alles anfühlte. Wie war das möglich? Sie kannten einander kaum.

»Hast du Lust auf Kaffee?«, fragte sie, als er die Augen aufschlug.

Blinzelnd lächelte er sie an.

»Guten Morgen, Mademoiselle.«

Sie räusperte sich.

»Oh, ich wusste nicht, dass wir so formell sind. Guten Morgen, Monsieur. Einen Kaffee gefällig?«

»Nur, wenn du versprichst, mich nicht damit zu bekleckern. Sonst muss ich vielleicht unter die Dusche.«

Sie schmiegte sich an ihn und rollte ihn auf den Rücken, kitzelte ihn mit dem Fuß an der Innenseite seines Schenkels.

»Versprichst du das?«

Er lachte und zog sie ein Stück nach oben, sodass er ihre Brust genau vor dem Mund hatte.

»Hmm. Sehr strategisch von dir. Hast du für alles, was du tust, einen Plan?«, fragte sie, als er ihre Brust küsste.

»Für alles.«

Sie frühstückten zusammen, und er rief in der Kanzlei an, um Bescheid zu sagen, dass er aus privaten Gründen etwas später komme. Über diese Ausdrucksweise musste sie lachen. Ein bisschen fühlte es sich so an, als spielten sie nur erwachsen, als wären sie fünfzehn Jahre alt und schwänzten die Schule, um miteinander rumzumachen. So leichtfertig und sorglos. Hätte sie nicht noch einmal zur Bar gemusst, um die letzten Dinge für die Neueröffnung am nächsten Tag vorzubereiten, hätte der Morgen einfach in den Mittag übergehen können, ohne dass sie irgendetwas davon mitbekommen hätten.

Ihr war, als hätten sie sich in einer Schneekugel aus Glas verkrochen, und nichts, was sich außerhalb davon befand, spielte eine Rolle.

»Wieso sammelst du eigentlich diese Flaggen?«, fragte sie und trank ihr Glas Orangensaft leer.

Er lachte und sah sie mit seinen durchdringenden dunklen Augen fragend an.

»Willst du das wirklich wissen?«

Auf seinen Wangen bildeten sich zwei tiefe Grübchen, wenn er sie so anstrahlte. Sie betrachtete die markante Linie seines Wangenknochens. Du lieber Himmel, er hatte so makellose Gesichtszüge wie eine Michelangelo-Statue.

»Wieso sollte ich sonst fragen?«

»Nun ja, als wir das letzte Mal darüber geredet haben, sahst du so aus, als würdest du jeden Moment einschlafen.«

»Ich verspreche, nicht einzuschlafen.«

Er hob eine Augenbraue und nickte ihr mit einem skeptischen Blick über den Tisch hinweg zu. Sie streckte die Hand aus und berührte sanft seine Finger, unterdrückte den Impuls, zu ihm hinüberzugehen und sich auf seinen Schoß zu setzen.

»Okay. Die Kurzfassung. Mein Großvater war Kapitän, und als er gestorben ist, habe ich die alten Flaggen geerbt, die der alte Kerl von seinen Reisen mitgebracht hat. Ich wollte sie nicht einfach so herumliegen lassen, deshalb habe ich einen Schrank gekauft, um sie ordentlich aufzubewahren.«

»Einen Schrank?«, fragte sie, während sie aufstand und zu dem hellgrauen Sofa am Fenster ging.

Die Beine über der Armlehne machte sie es sich darauf gemütlich, und es dauerte nicht lange, bis Tristan ihr folgte und sich zu ihr legte. Erneut kam sie sich vor wie ein Teenager.

Sie roch an seinem Hals und küsste seine Haut. Lange lagen sie sich einfach in den Armen. Dann erzählte sie noch ein bisschen von der Stelle in Kairo und von ihren Plänen, die Bar aus der Ferne weiterzuführen. Er wiederum sprach offen über die Probleme in seiner Familie nach dem Tod seiner Zwillingsschwester. Über seinen Vater, der nach Algerien verschwunden war, und seinen Bruder, der sich mehr und mehr von der Familie entfernt hatte. Über die Beziehung zu seiner Mutter, die mit der Zeit immer angespannter geworden war.

Nichts fühlte sich natürlicher an, als bei helllichtem Tag halb nackt mit ihm zusammenzuliegen und sich einfach nur zu berühren und miteinander zu reden. Während er sprach, tanzten ihre Finger verspielt über seinen Bauch und Brustkorb, und es dauerte nicht lange, bis das Gespräch erst einmal warten musste.

Eine Stunde später waren sie schließlich angezogen und allmählich bereit, ihre Schneekugel zu verlassen, so gern sie auch geblieben wären. Sophia machte beiden noch einen Kaffee, bevor es Zeit war zu gehen.

Sie reichte Tristan eine Tasse und setzte sich ihm gegenüber an den Tisch. Er hielt kurz die Nase darüber, trank einen Schluck und strich sich mit dem Finger den Schaum von der Oberlippe.

Erneut kamen sie auf ihre Familien zu sprechen.

»Ich glaube, Mama hatte ganz einfach wahnsinnige Angst, meinen Bruder und mich auch noch zu verlieren. Ich habe mich mit ihrem Bedürfnis nach Kontrolle abgefunden, mein Bruder allerdings nicht.«

»Wie traurig. Aber gut, dass du ihn hast. So seid ihr wenigstens nicht allein mit dem Schmerz und könnt vielleicht abwechselnd mal für deine Mutter da sein, oder?«

»Wir haben keinen Kontakt. Leider, denn er fehlt mir. Und meine Mutter hört auch nicht mehr so oft von ihm.«

Tristans Stimme veränderte sich, als er über seinen Bruder sprach.

»Wie kommt das? Wohnt er weit weg?«

»Nein, er wohnt in Paris. Arbeitet in irgendeiner Bar, glaube ich.« Tristan trank noch einen Schluck Kaffee und schüttelte den Kopf. »Ich weiß nicht, warum er sich so verhält. Er scheint wegen irgendetwas wütend zu sein. Ich habe ihn mal gefragt, das ist schon ein paar Jahre her. Aber das hat zu nichts geführt.«

Tristan seufzte.

»Das Schlimmste ist, dass Olivier Maman so unglücklich

macht. Das hat sie wirklich nicht verdient, nachdem sie schon ein Kind verloren hat und sich all die Jahre ganz allein um uns kümmern musste.«

Sophia verschluckte sich fast an ihrem Kaffee.

Olivier? Ihr wurde heiß und kalt.

Das ist unmöglich. In Paris wimmelt es doch sicher von Männern namens Olivier, die in einer Bar arbeiten ... oder?

»Ähm ... hast du vielleicht ein Foto von ihm?«

Sie versuchte, sich nichts anmerken zu lassen.

Tristan stand auf und holte sein Handy. Nach einigem Suchen zeigte er ihr schließlich ein Profilbild auf Facebook.

»Ich nehme an, das ist relativ neu, denn als ich ihn das letzte Mal gesehen habe, hatte er deutlich längere Haare.«

Sophia hatte Mühe, nicht die Fassung zu verlieren. Der Mann auf dem Foto lächelte charmant und sehr einnehmend in die Kamera. Er trug eine schwarze Lederjacke und hatte dunkles Haar. Es gab nicht den geringsten Zweifel.

58

Der vergoldete Klopfer mitten auf der Tür fühlte sich kalt an, als Sophia danach griff. Er hatte die Form eines Löwen, der sie anstarrte.

Die Wohnung befand sich in einem der schönsten Häuser auf der Rue Notre Dame des Champs, in der vierten Etage. Das Klopfen hallte durchs ganze Treppenhaus. Verlegen rieb sie sich das Bein, versuchte, nicht mehr an Tristan und den gemeinsamen Vormittag mit ihm zu denken, ebenso wenig wie an das, was sie vor wenigen Stunden über Olivier erfahren hatte.

Sie hatte ein wichtiges Anliegen. Die Sache konnte nun nicht mehr länger warten. Louis und Yanis hatten Geheimnisse, über die sie Bescheid wissen musste, und zwar vor der Neueröffnung morgen. Aus Louis war nichts herauszubekommen, wie sie schon festgestellt hatte, somit schien der einzige Weg zur Wahrheit über Yanis zu führen.

Erstaunt sah er sie an, als er die Tür öffnete.

»Hallo, Süße, schön, dass du mal vorbeischaust.«

Er trat zur Seite und ließ sie hinein.

»Komm rein, ich muss nur den Herd im Blick behalten.«

Damit verschwand er in der großen Wohnung. Wie immer begann Sophia, sich erst einmal die Schuhe auszuziehen, bis ihr einfiel, dass man das in Frankreich nicht tat. Sie hängte ihren Mantel an einen Kleiderhaken und sah sich neugierig um. Aus der Küche duftete es herrlich, vielleicht ein Fischeintopf mit Safran, vermutete sie.

Sie ging weiter durch den Flur und entdeckte in einer

Ecke eine riesige Harfe. Entgeistert betrachtete sie das Instrument.

Wer hat schon eine Harfe im Flur?

Über einem runden Tisch hing ein Kristallkronleuchter von der Decke, und genau darunter war eine Vase voll Rosen platziert. Sophia beugte sich vor, um an den aprikosenfarbenen Blüten zu riechen, und ein angenehmer sanfter Duft stieg ihr entgegen.

Herrlich.

Sie ging weiter, bis sich auf der rechten Seite eine große Küche auftat. Die Fronten wirkten abgenutzt, und die Steinarbeitsplatte war vermutlich einmal von besonderer Qualität gewesen. Sophia konnte gar nicht genau sagen, aus welchem Material sie gefertigt war. Auch wenn die Ausstattung deutlich in die Jahre gekommen war, machte dieser Raum immer noch etwas her. Neben Krabbenschalen und einer geöffneten Flasche Chablis stand eine große Schüssel voller Feigen, Birnen und Zitronen. Yanis gab einen Schluck Wein in den Kochtopf und wedelte sich mit der Hand den aufsteigenden Dampf zu.

»Beeindruckend«, murmelte Sophia und sah sich um. Yanis rührte um, legte dann vorsichtig einen Deckel auf den Topf und drehte die Herdplatte hinunter.

»So, jetzt kann das erst mal eine Weile vor sich hin köcheln. Komm, wir setzen uns ins Wohnzimmer.«

Gemeinsam gingen sie weiter und gelangten zu einem Raum, der so groß wie Sophias ganze Wohnung in Stockholm war. Sophia stockte der Atem, als sie in der geöffneten Doppeltür stand.

»Meine Güte«, sagte sie und sah sich von der Türschwelle aus um.

Zwei dunkelgrüne, elegant geschwungene Sofas standen sich auf einem riesigen Flokati gegenüber, der den Steinfußboden bedeckte. Bunte Kissen mit Tiermustern lagen hübsch drapiert auf den Polstern.

»Die Wohnung ist der Wahnsinn. Verzeih, wenn ich frage, aber wie …?«

Beeindruckt schaute sie sich um und betrachtete jedes noch so kleine Detail.

»Wie konnten wir uns die leisten?«, vollendete Yanis ihre Frage.

Sophia nickte.

»Ich habe sie geerbt. Mein Onkel war steinreich. Er hatte keine eigenen Kinder, und seine Geschwister hat er gehasst. Also hat er mir seine Wohnung vermacht. Mitsamt den Möbeln und allem Drum und Dran. Sein Vermögen hat er einem Heim für herrenlose Katzen gespendet.«

»Im Ernst?«

Yanis nickte und näherte sich einem der Sofas. Sophia folgte ihm. Sowohl nach vorn zur Straße als auch nach hinten zum Hof gingen große Fenster hinaus. Die Decke war geradezu schwindelerregend hoch und mit wunderschönem Stuck verziert. Bei aller Eleganz war es Louis und Yanis gelungen, für eine gemütliche Atmosphäre zu sorgen, fand Sophia. Sie fühlte sich unmittelbar wohl in ihrem Zuhause.

Yanis schien es gewohnt zu sein, dass seine vier Wände Eindruck hinterließen.

»Es ist eine besondere Wohnung, wir sind sehr froh, dass wir sie haben. Sie zu heizen, ist zwar eine kostspielige Angelegenheit, das können wir uns nicht immer leisten. Aber es gibt ja zum Glück warme Pantoffeln, Decken und Liebe. Wie läuft es mit den Vorbereitungen für morgen?«

»Gut«, sagte sie und setzte sich auf das weiche Sofa. »Ich glaube, wir haben alles unter Kontrolle für die Neueröffnung.«

»Schön.«

Er bot ihr Kaffee und Wein an, doch sie lehnte beides höflich ab.

»Ich nehme an, du bist nicht gekommen, um dir die Wohnung anzuschauen, oder? Dann hättest du dich sicher mit Louis verabredet.«

Sophia nickte.

»Ich mache mir Sorgen um ihn. Er hat so einen schlimmen Husten. Es scheint ihm gar nicht gut zu gehen. Yanis, weißt du irgendetwas?«

Mit einem nichtssagenden Gesichtsausdruck schüttelte Yanis den Kopf.

»Nein, das ist sicher nur der Rest seiner hartnäckigen Erkältung aus dem Winter.«

Sophia betrachtete ihn, versuchte herauszufinden, ob er ihr etwas verheimlichte. Er lächelte, doch über seinem rechten Auge registrierte sie ein leichtes Zucken.

»Vielleicht hast du recht«, sagte sie, auch wenn sie ahnte, dass das Gegenteil der Fall war und er vermutlich mehr wusste, als er zugab.

Sie stand auf und ging zu einem der riesigen Fenster. Der Himmel hing wie eine graue Glocke über Paris, und es regnete auf die Straßen der Stadt.

»Warum fragst du ihn nicht selbst?«, wollte Yanis nach einer Weile wissen.

»Das habe ich versucht.« Sie wandte sich um und lehnte sich an den Fensterrahmen. »Aber er will von meinen Fragen nichts wissen.«

Sophia seufzte und beschloss, das Thema auf sich beruhen zu lassen. Stattdessen kamen sie noch einmal auf die Wohnung zu sprechen, das wirkte weniger verfänglich. Sie redeten darüber, wie Louis und Yanis hier vor langer, langer Zeit eingezogen waren, und Yanis gab kleine Anekdoten über einzelne Möbelstücke zum Besten.

»Habt ihr hier auch gewohnt, als Oma in Paris war?«

Sophia war sich nicht sicher, doch Yanis schien bei der Frage leicht zusammenzuzucken.

»Ja, haben wir.«

»Dann war sie also auch mal hier?«, fragte sie und ging verträumt durch das Wohnzimmer.

Yanis beobachtete Sophia schweigend und nickte. Sie drehte sich um, die Hand an einer der goldenen Doppeltürklinken.

»Kannst du mir nicht ein bisschen mehr von ihr erzählen? Wie war sie als junge Frau? Von Louis habe ich ja schon einiges erfahren, aber …«

Sie blickte Yanis an. Er wirkte unsicher.

»Das ist alles so lange her. Ich erinnere mich gar nicht genau, sprich lieber noch mal mit Louis darüber. Der hat das besser im Kopf.«

Sophia ließ nicht locker.

»Ja, das ist schon etwas her. Aber Britta war doch in den letzten Jahren häufiger hier.«

»Ja. *Sie* ist zurückgekommen.«

Er betonte das *Sie* ein bisschen zu stark.

»Ja. Warum ist Oma denn so überstürzt aus Paris abgereist?«

»Das weiß ich nicht. Es gab da wohl etwas, was zu Hause auf sie wartete.«

Während der nun eintretenden Stille betrachtete Sophia ein paar Schwarz-Weiß-Bilder an der Wand. Mehrere Fotos waren zu einer Collage zusammengesetzt. Sie erkannte ihre Großmutter in jungen Jahren, an anderer Stelle glaubte sie Louis und Yanis zu sehen. Schließlich blieb ihr Blick an dem Foto eines Kindes hängen. Sie kniff die Augen zusammen und fuhr mit dem Finger darüber, das Gesicht kam ihr irgendwie bekannt vor.

Eine Erinnerung flackerte in ihr auf, sie versuchte noch, sie einzuordnen, als plötzlich die Wohnungstür aufging und sie aus ihren Gedanken riss.

59

»Ist das ein Wetter, Liebling«, hörte sie Louis rufen, während er seine Jacke im Flur aufhängte. »Jetzt regnet es wie aus Kübeln.«

»Sophia ist da«, erwiderte Yanis und erhob sich vom Sofa.

»Aha! Wie nett. Schön, dass du endlich auch einmal unser trautes Heim siehst«, sagte Louis und erschien in der Tür.

Sophia räusperte sich und holte tief Luft.

»Louis. Bist du krank? Bitte sag mir einfach, was los ist.«

Er ließ die Schultern hängen und wirkte gleich ein paar Zentimeter kleiner, wie er dort in der riesigen Doppeltür stand. Sämtliche Hüllen schienen von ihm abzufallen. Yanis ging hinüber und nahm ihn in den Arm.

»Du kannst es nicht länger geheim halten. Du musst es ihr sagen. Und den anderen auch.«

Louis schloss die Augen und lehnte sich an die starke Schulter seines Yanis. Verlegen betrachtete Sophia die beiden. Sie wusste nicht so recht, wohin mit ihren Händen. Nach einer Weile löste Yanis seine Umarmung.

»Ich gehe mal zu meiner Fischsuppe. Dann könnt ihr ungestört reden.«

Louis führte die Hände zum Kopf und zupfte sich nervös den Pferdeschwanz zurecht.

»Dann … bist du also tatsächlich krank?«, fragte sie.

»Ja.«

Louis' Miene veränderte sich, ein Schatten huschte über seine Augen, und er sank erschöpft aufs Sofa.

»Ich musste es erst einmal selbst verdauen. Tut mir leid. Aber jetzt erzähle ich es dir«, brachte er murmelnd hervor.

Sophia warf einen Blick durch die Doppeltür zur Küche, die gleich hinter dem Wohnzimmer lag. Dort stand Yanis mit der Kelle in der Hand und rührte sich nicht. Alles in der Wohnung schien innezuhalten.

Louis schluckte und schaute auf die Stadt hinaus. Vor dem Fenster zog ein Schwarm Vögel vorbei. Er sah ihnen nach und blieb mit dem Blick an einem hängen, der sich von den anderen löste und sanft auf dem Fensterbrett landete.

Die Stille im Raum schien gar nicht mehr enden zu wollen. Der Vogel pickte ein wenig vor dem Fenster herum, ehe er sich wieder in die Luft schwang und davonflog, jedoch nicht, ohne ein kleines Andenken an seinen Besuch zu hinterlassen.

»Reizend«, sagte Louis mit einem Lächeln und musste husten.

Sophia versuchte ebenfalls zu lächeln, doch bis auf ihre Mundwinkel war ihr Gesicht wie versteinert. Sie setzte sich zu Louis aufs Sofa. Sie saßen nur ein kleines Stück auseinander, aber es fühlte sich wie mindestens ein Kilometer an.

»Die Prognose ist schlechter als ursprünglich angenommen.«

»Was heißt das?«, fragte sie vorsichtig.

»Im besten Fall noch ein halbes Jahr.«

Ein halbes Jahr? Sophia spürte, wie ihr die Luft wegblieb. Ihr wurde schwindelig.

»Was sagst du da? Wie konntest du das für dich behalten?«

Louis streckte vorsichtig eine Hand nach ihr aus.

»Ich hatte solche Angst, dass du die Bar einfach verkaufen würdest. Mir war die ganze Zeit klar, dass du das eigentlich vorhattest. Aber ich hatte gehofft, du würdest bleiben und ein bisschen Herzblut hineinlegen, wenn die Dinge nicht allzu aussichtslos wären ... wenn du nur das Gefühl hättest, mich weiter vor Ort zu haben.« Er machte eine kurze Pause und holte Luft, ehe er fortfuhr: »Deshalb war Yanis auch so skeptisch, als du uns erzählt hast, dass du die Bar behalten willst und ich noch ein paar Jahre ein Auge darauf haben soll.«

Sie nickte und legte ihre Hand auf seine. Er hatte sie hinters Licht geführt. Er hatte gelogen. Aber was noch viel schlimmer war: Er würde bald sterben.

Ein halbes Jahr.

»Wissen die anderen davon? Olivier und Hayley, wissen sie Bescheid?«

Louis hielt den Blick auf ihre Hand gerichtet, die wie ein Schutzschild auf seiner ruhte. Ihre Haut wirkte jung im Kontrast zu den Furchen, die das Leben auf seiner hinterlassen hatte. Er schaute auf und sah in ihre tränenerfüllten Augen.

»Nein.«

60

Als der Hammer zum zweiten Mal auf Sophias Daumen traf, setzte sie sich hin und schrie laut auf vor Wut.

»Verdammt noch mal.«

Sie schleuderte den Hammer von sich, sodass er durch die Luft flog und in einiger Entfernung krachend zu Boden fiel. Es war noch früh am Morgen, und sie war allein in der Bar. In der Nacht hatte sie kaum ein Auge zugetan. Ihre Gedanken waren unentwegt um Louis, Kairo und die Zukunft gekreist und hatten sich mit Bildern von Tristan und Olivier gemischt.

»Wie schwer kann es sein, ein paar dämliche Nägel einzuschlagen?«, fluchte sie weiter und lutschte an ihrem blutigen Daumennagel, unter dem es schmerzhaft pochte.

Doch schon im nächsten Moment ließ sie von ihrem Daumen ab und sah entsetzt auf, als ihr klar wurde, dass der Hammer womöglich gerade auf den frisch geschliffenen Fußboden gekracht war. Sie sprang auf und murmelte ein paar dankbare Worte, als sie ihn in einem Haufen Müll wiederfand. Den schönen neuen Fußboden hatte sie um wenige Zentimeter verfehlt.

Seufzend hob sie den Hammer auf und schloss einen Moment die Augen. Sie musste Kraft für den Tag sammeln. Heute war es so weit, die Bar würde neu eröffnet. Trotz aller Widrigkeiten. Trotz der Tatsache, dass Louis todkrank war. Sie hatte ihn gefragt, ob sie das Fest lieber abblasen sollten, doch da hatte er sie angesehen, als wäre sie von allen guten Geistern verlassen. Das kam offenbar nicht infrage.

Sie machte ein paar Schritte zurück, schob die lästigen Gedanken beiseite und versuchte, sich auf die Wand vor sich zu konzentrieren. Dort hingen Louis' eingerahmte Bilder und glichen allmählich einer richtigen kleinen Kunstausstellung. Die Tapete mit dem blassen Fliedermuster stellte einen hübschen Hintergrund dar.

Sophia hatte keine Ahnung, wie sie mit der unausweichlichen Begegnung zwischen Tristan und Olivier umgehen sollte, die nun immer näher rückte. Olivier wollte irgendwann im Laufe des Vormittags kommen. Sollte sie ihn vorbereiten? Sollte sie Tristan anrufen? Am liebsten hätte sie einfach den Kopf in den Sand gesteckt und auf alles gepfiffen.

Nach zwei Stunden harter Arbeit an der Wand war sie endlich fertig. Während sie eine Flasche Wasser leerte, betrachtete sie zufrieden ihr Werk. Dann verhüllte sie das Ganze mit ein paar Laken und hoffte, dass Louis sich freuen würde.

Die folgenden Stunden vergingen in rasantem Tempo. Hayley, Karen, Olivier und Lucy kamen einer nach dem anderen in die Bar und packten kräftig bei den letzten Vorbereitungen mit an. Gegen Mittag stießen auch Louis und Yanis dazu und füllten in der Küche große Platten mit wunderschönen Häppchen, die natürlich alle in irgendeiner Form mit Äpfeln zubereitet wurden. Auf eine Platte legten sie kleine Scheiben Brot mit einer Creme aus geräuchertem Lachs, Creme Fraîche, fein gehackten Äpfeln und Walnüssen, auf eine andere in schmale Streifen geschnittenen Apfelkuchen, der mit ein paar Tropfen Karamellsoße serviert wurde.

Sophia, Louis und Yanis versuchten, sich vor den anderen möglichst normal zu verhalten, was nicht so leicht war. Doch Louis hatte darauf bestanden, dass Olivier und

Hayley erst nach der Neueröffnung von seinem Zustand erfahren sollten.

»Ich gehe mal ein paar Blumen zum Dekorieren besorgen«, sagte Sophia zu Olivier, der gerade Unmengen von Champagnergläsern auf dem Tresen aufreihte.

Er deutete mit dem Daumen nach oben und konzentrierte sich weiter auf das Bereitstellen der Gläser.

Als sie zurück ins Lokal kam, war es bereits Nachmittag. Die Arme voller Päonien, rosa Buschröschen, Schleierkraut und Frauenmantel schob sie die Tür mit der Schulter auf und sah mit einem Mal, wie schön es in der Bar geworden war. Alle anderen Gedanken schob sie getrost weiter beiseite.

Ganz hinten war die verhüllte Wand mit den eingerahmten Fotos. Sie freute sich schon darauf, das Laken wegzuziehen. Die Tapete würde noch besser zur Geltung kommen, wenn die Wand erst einmal vollständig zu sehen wäre. Ihr Blick wanderte weiter nach oben. Die Stuckdecke und die Kronleuchter waren geradezu magisch. Wie ein einziges großes Schmuckstück fingen sie den Blick eines jeden, der hier über die Schwelle trat. Sie holte tief Luft und näherte sich der langen Theke, die sich in all ihrer Pracht vor ihr ausbreitete. Sie legte die Schnittblumen ab, schloss einen Moment die Augen und versuchte, sich zu vergegenwärtigen, wie es hier bei ihrem ersten Besuch ausgesehen hatte. Wie lange war das nun her? Fast einen ganzen Monat, wie sie nach einigem Nachdenken feststellte. Sie drehte sich um und wollte gerade etwas zu Louis über ihre erste Begegnung sagen, als sie merkte, dass der sie schon eine ganze Weile zu beobachten schien.

Er sah angespannt aus, sein ganzer Körper wirkte verkrampft.

»Louis … Was ist? Geh nach Hause und ruh dich ein wenig aus, wenn du musst.«

Doch ehe Louis etwas antworten konnte, wurden sie von Hayley unterbrochen, die mit gestresster Miene hinter ihnen auftauchte.

»Wann schieben wir das Hühnchen in den Ofen? Jetzt dauert es nur noch vier Stunden, bis alle kommen«, rief sie.

Sophia schaute auf die Uhr.

»Wir sollten wohl langsam anfangen. Ich will nur schnell nach Hause unter die Dusche und mich umziehen.«

»Gut. Du siehst auch ziemlich verschwitzt aus, wenn ich ehrlich sein soll.«

Zwei Stunden später war Sophia zurück und trug ein Kleid, das anders war als alles, was sie jemals besessen hatte. Hayley war mit ihr in einem Laden ganz in der Nähe gewesen und hatte sie überredet, es zu kaufen. Es war knielang, aus rotem Stoff, hatte kurze Ärmel und einen offenen Rücken.

»Das symbolisiert dein neues Ich. Angehende Auslandskorrespondentin in Kairo und Pariser Barbesitzerin. Kannst du es spüren? Es ist total cool und sexy zugleich. Genau wie du.«

Nun stand sie am Herd und hatte vorsorglich eine Schürze umgebunden, damit das Kleid möglichst unversehrt blieb, während sie fieberhaft durch zwei große Kupfertöpfe voll Wursteintopf mit Apfelspalten rührte. Sie wollte das Gericht gerade abschmecken, da hörte sie hinten im Restaurantbereich jemanden Schwedisch reden.

»Glaubst du wirklich, hier ist es?«

»Hu, hu! Hallo!«

Sophia runzelte die Stirn, legte den Löffel beiseite und strich mit den Händen über ihre Schürze. Im selben Moment kamen ihr die Stimmen plötzlich bekannt vor.

Das waren doch nicht etwa …?

Als sie ihren Vater und Fatima vor der glänzenden Theke stehen sah, war es um sie geschehen. Ihr kamen die Tränen. Sie ließ sie laufen, ohne sich darum zu kümmern, dass sie vor allen anderen weinte. Diese beiden Menschen vermittelten ihr eine solche Geborgenheit, dass sie sich buchstäblich in ihre Arme fallen ließ.

»Aber Liebes, ist alles in Ordnung? Wir wollten dich nur überraschen. Als du von der Neueröffnung erzählt hast, dachten wir, da müssen wir dabei sein.«

Erik hatte ebenfalls Tränen in den Augen und verbarg sein Gesicht ein wenig, als er seine Tochter fest in den Arm nahm.

»Ist das schön hier!«, sagte Fatima und sah sich beeindruckt um.

Sophia lachte und wischte sich die Tränen mit der Seite ihrer Hand weg.

»Überrascht bin ich in der Tat. Woher wusstet ihr, dass …?«

»Du hast es mir doch erzählt. Weißt du das nicht mehr?«

Breit lächelnd hielt Fatima ihr eine Flasche Champagner hin. Dann hob sie den Arm mit der Flasche hoch in die Luft und rief siegessicher:

»Auf die Zukunft!«

»Nein, auf die Äpfel«, entgegnete Sophia fröhlich und lachte.

Doch sie merkte, dass sie den Arm nicht ganz so enthusiastisch in die Höhe hob wie Fatima.

61

Lautes Stimmengewirr breitete sich im Lokal aus, als immer mehr Leute hereinströmten. Sophia schlängelte sich in ihrem roten Kleid durch die Menge, das blonde Haar fiel ihr offen über die Schultern. Ein Glas in der Hand sah sie sich nach Fatima um.

Sie beobachtete ihren Vater, der von Tisch zu Tisch ging. Irgendjemand hatte ihn gebeten, Sekt zu servieren, was er nur zu gern tat. Sein Nacken schien immer noch ein wenig steif zu sein, wenn er den Kopf drehte, doch das fiel vermutlich niemandem auf. Sophia hoffte, dass er keine Schmerzen hatte.

Gerade lachte er über die Bemerkung eines Gastes und schaute auf. Ihre Blicke begegneten sich, und plötzlich fühlte es sich so an, als würde ein dicker Klumpen Schnee in ihrem Bauch schmelzen. Er winkte etwas unbeholfen mit seiner freien Hand und lächelte über das ganze Gesicht. Besorgnisbekundungen oder zudringliche Fragen nach ihrem Befinden hatte er sich bisher verkniffen.

Sophia ging weiter durch die Tür und erblickte Fatima an einem Tisch im Außenbereich. Sie drängte sich an den Gästen vorbei, blieb hier und da stehen, grüßte und prostete jemandem zu, wenn es ihr wichtig erschien, bis sie schließlich bei ihrer Freundin angelangt war.

»Da bist du ja! Ich habe dich gesucht.«

Sie setzte sich zu ihr und nippte an ihrem Champagner.

»Das war superlecker«, sagte Fatima und deutete auf ein leeres durchsichtiges Probierschälchen.

»Danke, ich bin ein bisschen nervös, wie das ankommt.

Die Bar steht kurz vor dem Konkurs. Wenn dieses Apfelkonzept nicht funktioniert, dann … tja, dann war's das mit dem Lokal.«

Sie blickte auf Fatimas Glas.

»Du trinkst keinen Champagner?«

»Ich hatte gerade Lust auf eine Cola«, sagte sie nur kurz und trank einen Schluck.

In dem Moment trudelte eine neue Gruppe Gäste ein. Yanis nahm sie mit Wangenküsschen und lautem Gelächter an der Tür in Empfang. Dann stellte er ihnen Sophia vor und versorgte seine Bekannten mit Champagner.

Als sie endlich fort waren, nahm Sophia erneut neben Fatima Platz.

»Kommst du mit nach Kairo? Als Videoredakteurin?«

Fatima sah sie nachdenklich an, räusperte sich und drückte den Oberkörper durch.

»Das geht leider nicht. Ich habe inzwischen einen anderen Auftrag.«

Sophia lachte auf.

»Was meinst du?«

»Ich bin …« Fatimas Augen leuchteten vor Glück, doch ehe sie den Satz beenden konnte, wurden sie unterbrochen.

»Sophia?«

Sie drehte sich um und erblickte Tristan. Eine wohlige Wärme erfüllte sie. Sie stand auf und gab ihm einen sanften Kuss auf die Wange.

Tristan und Fatima begrüßten einander, leicht verwirrt. Sollten sie sich die Hand oder einen Wangenkuss geben? Es wurde ein bisschen was von beidem, und im selben Moment steckte Olivier den Kopf zur Tür hinaus.

»Sophia, wir brauchen mehr Apfelchips. Wo hast du die Tüten hingelegt?«

Tristan sah zu seinem Bruder hinüber, und die Blicke der beiden begegneten sich.

»Was machst du denn hier?«, fragte Tristan erstaunt.

»Ich arbeite hier. Und du?«

Sophia holte einmal tief Luft und schaute schnell zwischen den Brüdern hin und her.

»Er ist mit mir hier.«

Sie sah Tristan an, der lächelnd ihren Blick erwiderte. Während der kurzen Stille, die nun eintrat, musterten sich alle. Olivier runzelte die Stirn und deutete abwechselnd auf Tristan und Sophia.

»Ist es so, wie es aussieht? Geht ihr miteinander ins Bett?« Er lachte auf und grinste schelmisch. »Mannomann, Sophia, schläfst du etwa mit ganz Paris?«

»Achtung«, entgegnete sie schnell.

Tristans Körperhaltung veränderte sich prompt. Der gelassene Gestus fiel von ihm ab, und er ging augenblicklich in Angriffsposition. Verächtlich sah er seinen Bruder an.

»Für wen hältst du dich? Spar dir solche Bemerkungen.«

Fatima, die dem schnellen Wortwechsel auf Französisch nicht folgen konnte, stand auf. »Was ist hier los? Können sich alle mal ein bisschen beruhigen?«

»Es ist alles in Ordnung«, sagte Sophia, spürte jedoch, wie ihr Puls stieg. »Was Olivier meint, ist …«

Tristan unterbrach sie:

»Warum sagst du das? Wart *ihr* etwa zusammen im Bett?«, fragte er mit einer Stimme, die kaum trug.

Sophia rieb sich mit der Hand über die Stirn und spürte, wie die Wut in ihr hochbrodelte. Immer wieder hatte Viktor sie wegen früherer Beziehungen an den Pranger gestellt.

So etwas würde sie niemals mehr akzeptieren.

62

»Was ich gemacht habe, bevor wir zwei uns begegnet sind, geht dich überhaupt nichts an«, fuhr Sophia Tristan an.

»Hast du mit meinem Bruder geschlafen?«

Olivier und Fatima verfolgten den Wortwechsel und schauten zwischen den beiden hin und her.

»Was ist dein Problem? Selbst wenn es so wäre, lief zwischen uns zu dem Zeitpunkt noch gar nichts. Was stimmt eigentlich nicht mit euch Männern? Wieso glaubt ihr, ihr könntet Frauen wie euer Eigentum behandeln? Das könnt ihr vergessen, kapiert?«

Fatima legte einen Arm um sie. Sicher würde sie nun sagen, Sophia solle sich beruhigen, doch stattdessen sagte sie laut und deutlich auf Englisch, sodass alle sie verstanden:

»Ich weiß zwar nicht, was ihr da auf Französisch sagt, aber eins weiß ich genau: Von kontrollsüchtigen Männern hat Sophia mehr als genug gehabt.«

Sophia warf ihr einen dankbaren Blick zu.

»Ich bin kein kontrollsüchtiger Mensch. Es hat mich nur etwas überrascht, dass … dass … Wir haben ja noch über ihn gesprochen, und du wolltest ein Foto von ihm sehen! Du hättest doch wenigstens was sagen können, oder?«

Tristan sah aus wie an dem Tag, als sie ihn mit Kaffee bekleckert hatte. Arrogant und steif. Sie starrte ihn an.

»Was hätte ich denn sagen sollen? Willst du eine Liste, mit wem ich alles im Bett war? Ich kann mich nicht daran erinnern, von dir so eine Liste bekommen zu haben.«

Sie erkannte sich selbst nicht wieder. Das Blut rauschte nur so durch ihre Adern. Es war, als könnte sie ihrer Wut keinen Einhalt gebieten. Mit erhobenen Händen wich Tristan einen großen Schritt zurück.

»Ich glaube, ich bin fertig hier.«

»Das glaube ich auch. Vielleicht willst du ja zur Abwechslung mal was wagen und ein bisschen reisen. Wie wär's mit Gotland? Da haben sie eine Flagge mit einem Schaf drauf. Genau das Richtige für so einen Schafskopf.«

Er drehte sich um und wollte gerade gehen, als Hayley angelaufen kam. Heftig atmend blieb sie vor ihnen stehen. Sie hielt einen Brief in der Hand und hatte Panik in den Augen.

»Es geht um Karen«, sagte sie keuchend.

»Hayley? Ich dachte, du seist in der Bar! Was ist mit ihr?«

Hayley wedelte mit dem Brief durch die Luft.

»Sie ist abgehauen. Sie will nach New York fliegen, schreibt sie. Zu ihrem Vater.«

Fatima war mittlerweile ein einziges Fragezeichen. Aber Sophia konnte die anderen jetzt nicht darum bitten, Englisch zu reden, dazu war keine Zeit. Sie musste ihr die Sache später erklären.

Sie hob die Hand.

»Beruhig dich, Hayley. Das kriegen wir schon wieder hin.«

»Das glaube ich nicht. Sie wollte zur Eröffnungsfeier kommen, aber dann ist sie einfach nicht aufgetaucht und auch nicht ans Handy gegangen, und da bin ich nach Hause gelaufen, um nach ihr zu sehen. Ich habe den Brief in der Küche gefunden. Wahrscheinlich dachte sie, dass ich ihn heute erst später entdecke. Wir müssen sie aufhalten. Sie kann nicht allein in die USA fliegen! Um Himmels willen. Sie schreibt, das mit dem Visum und so weiter hätte sie alles heimlich geregelt. Ich verstehe nicht, wie sie das ganz allein hingekriegt hat!«

Plötzlich ergab alles Sinn. Karen hatte Sophia den Visumantrag als Hausaufgabe verkauft, dabei hatte sie in Wirklichkeit von langer Hand ihren Flug in die USA geplant.

Sophia schluckte und sah Hayley besorgt an.

»Ich glaube, da hatte ich womöglich meine Finger mit im Spiel.«

»Wie bitte? Hast du sie noch alle?«

»Ich hatte keine Ahnung, worum es ging! Sie hat behauptet, es sei eine Hausaufgabe.«

Hayley sah Sophia ernst an.

»Wie kann man nur so bescheuert sein? Als Hausaufgabe ein Visum beantragen? Macht ihr so was an schwedischen Schulen?«

Sophia fand keine Worte. Sie wusste nichts zu ihrer Verteidigung zu sagen. Natürlich lag die Verantwortung bei ihr. Sie war erwachsen, Karen ein Kind. Aber woher hatte das Mädchen überhaupt so viel Geld? Als hätte Olivier ihre Gedanken gelesen, sagte er:

»Scheiße. Sie hat mich angepumpt. Ich habe ihr was geliehen. Für ein neues Fahrrad, meinte sie. Dich wollte sie angeblich nicht fragen, weil ihr sowieso schon so knapp bei Kasse seid. Ich bin so ein Vollidiot.«

Fatima trank ihren letzten Schluck Cola und wollte gerade etwas sagen, als Tristan das Wort ergriff.

»Da hast du zur Abwechslung mal recht.«

Hayley schaute verdutzt zu Tristan hinüber.

»Entschuldigung, aber sind Sie nicht Sophias Anwalt? Was machen Sie denn hier?«

Tristan, Sophia und Olivier antworteten wie aus einem Mund, nur leider jeder etwas anderes.

»Ich bin Oliviers Bruder.«

»Er wollte nur mal vorbeischauen.«

»Er schläft mit Sophia.«

Hayley runzelte die Stirn und sah verwirrt von einem zum anderen.

»Dafür habe ich jetzt keine Zeit. Ich muss Karen finden.«

Sie winkte ein Taxi heran, das gerade vorbeifuhr.

»Warte!«, rief Olivier. »Ich komme mit.«

»Ich auch«, sagte Sophia und reichte Fatima ihr Glas. Während Hayley und Olivier ins Taxi stiegen, rief Hayley ihr zu: »Nein, bleib hier und halt die Stellung, Sophia!« Dann wandte sie sich an den Taxifahrer: »FAHREN SIE! Zum Charles de Gaulle.«

Mit quietschenden Reifen verschwand der Wagen die Straße hinunter. Sophia kam nicht mehr mit. Was passierte hier nur? Perplex stand sie da und sah dem Taxi hinterher.

Tristan kam auf die Straße und schüttelte den Kopf.

»Das war nicht sehr klug«, murmelte er.

Er zog den Ärmel seines Sakkos zurück und schaute auf die Uhr.

»Es ist viel zu viel Verkehr. Das werden sie nie rechtzeitig schaffen.«

Beim Anblick seines Handgelenks musste Sophia schlucken. Sie dachte an seine Finger und daran, wie sie ihm diese Armbanduhr ausgezogen und auf ihren Nachttisch gelegt hatte. Schnell schob sie die Gedanken beiseite.

»Ich muss mit. Ich kann nicht einfach hierbleiben. Wie kommt man am schnellsten zum Flughafen? Mit dem Zug?«

»Mit dem Motorrad«, antwortete er.

»Mit dem Motorrad?«

»Das habe ja sogar ich verstanden«, murmelte Fatima und stellte Sophias Glas ab.

»Ich kann dich fahren.«

Sophia blickte Tristan skeptisch an.

»Fahr nur«, sagte Fatima. »Erik und ich kümmern uns hier um alles.«

Sophia runzelte die Stirn.

»Sicher?«

»Sicher. Los. Tu, was du tun musst.«

63

Der Fahrtwind sauste ihr um die Beine und ließ den Rock des roten Kleides aufflattern wie ein Segel, als sie über die Seine fuhren, vorbei am Bahnhof Châtelet-Les-Halles und weiter ins zehnte Arrondissement von Paris. Sie hatte die Arme fest um Tristans Taille geschlungen und versuchte, sich nicht vorzustellen, was bei einem Unfall passieren würde. Für den Extrahelm, den er noch in der Seitentasche gehabt hatte, war sie jedenfalls dankbar.

Wie bin ich nur hier gelandet? Es war so banal, hinten auf einem Motorrad zu sitzen und sich eng an einen Mann zu schmiegen. Dennoch stellte sich durch diese körperliche Nähe unweigerlich Wohlbehagen ein, sosehr sie sich vorher gestritten hatten.

Das Leben stand gerade komplett kopf.

Komplett.

Es gab so vieles, was sie am liebsten ungeschehen gemacht hätte, aber Angst verspürte sie keine. Sie brauchte sich nicht aufs Atmen zu konzentrieren und hatte das deutliche Gefühl, zur rechten Zeit am rechten Ort zu sein. Was sie tat, war von Bedeutung. Sie half den Menschen, die ihr wichtig waren.

Ihre Lungen füllten sich mit Luft, sie atmete frei und unbeschwert.

Im selben Augenblick wich Tristan einem großen Bus aus, der gerade vor ihnen ausscherte. Hinter ihnen hupte ein Auto, und dicht neben ihnen bremste ein Fahrrad ab. Sophia stieß einen Schrei aus, schloss die Augen und presste das Kinn auf die Brust. Als sie nach einer Weile wieder hinzusehen wagte, stellte sie verwundert fest, dass sie noch lebte.

Sobald sie den Stadtkern ein Stück hinter sich gelassen hatten, lockerte der Verkehr auf, und der eben noch so greifbare Tod schien etwas auf Abstand zu rücken. Sie atmete ein paarmal tief durch und lenkte ihren Fokus vom reinen Überleben hin zu der Frage, wie sie am besten zu Karen gelangten, falls sie bereits die Sicherheitskontrolle passiert hatte. Wahrscheinlich mussten sie sich an die Polizei wenden. Je näher sie dem Flughafen Charles de Gaulle kamen, desto voller wurden die Straßen wieder, und sie mussten sich dicht an der Fahrbahnbegrenzung an langen Autoschlangen vorbeidrängeln.

Als Tristan das Motorrad endlich geparkt und sich den Helm vom Kopf gezogen hatte, sahen sie sich einen Moment an. Mit versteinerter Miene wischte er sich ein paar Schweißperlen von der Stirn. Sie überlegte, ob sie etwas zu Olivier sagen sollte, entschied sich aber dagegen. Jetzt war nur Zeit für Karen, alles andere musste warten. Sophia gab Tristan ihren Helm und zückte das Handy. Das Taxi mit Hayley und Olivier hatte immer noch etwa die Hälfte der Strecke vor sich. Sie beendete das Gespräch und wandte sich an Tristan.

»Okay. Wir teilen uns auf. Ich suche das Gate und du schnappst dir einen Polizisten und erklärst das Ganze.«

Er nickte, und sie liefen zum Eingang.

Es war wie die Suche nach der berühmten Nadel im Heuhaufen, nur dass der Heuhaufen zusätzlich streng von Polizisten und Sicherheitskräften bewacht war. In fünfzig Minuten ging ein Flug nach New York, vermutlich Karens, wie sie annahmen. Nachdem sie eine Weile umhergeirrt waren und versucht hatten, der Polizei und dem Personal die Lage verständlich zu machen, konnten sie sich schließlich Einblick in die Passagierlisten verschaffen und herausfinden, dass ihre Vermutung stimmte. Nun standen sie betreten da und warteten auf Nachricht von der Polizei, ob der Flieger schon abgehoben hatte oder nicht. Tristan sah sie an.

»Sie ist dir wichtig, oder?«

Sophia nickte, sie war selbst ein wenig überrascht.

»Ja. Sehr wichtig.«

Sie schickte Hayley eine Nachricht und beschrieb ihr, wo genau auf dem riesigen Flughafengelände sie sich befanden und was bisher geschehen war. Dann standen sie und Tristan wieder schweigend nebeneinander und warteten. Die Sekunden zogen sich in die Länge. Menschen mit Handgepäck, Take-away-Kaffee, Tüten und Kofferwagen gingen an ihnen vorbei. Nach einer gefühlten Ewigkeit erblickten sie endlich eine kleine Gestalt mit lilafarbenem Haar, die in Begleitung zweier Polizisten und einer Mitarbeiterin der Fluggesellschaft näher kam.

Sophia stürmte auf sie zu und schlang die Arme um Karen. Sie spürte, wie ihr die Tränen kamen, und merkte erst nach einer Weile, dass das Mädchen ebenfalls weinte.

Sophia löste ihre Umarmung und lächelte Karen schief an.

»Nach New York, hm?«

Karens Körpersprache war anders als sonst. Sie wirkte weder defensiv noch abweisend, eher verletzlich und klein.

Sie nickte kurz und biss sich auf die Unterlippe.

»Wo ist Mama?«

»Auf dem Weg hierher. Sie sitzt im Taxi, steckt sicher im Stau.«

Einen Augenblick war es still, dann flüsterte Sophia: »Warum hast du nichts gesagt?«

»Bitte. Lass mich einfach.«

Im selben Moment ertönte der Schrei einer Frau. Sie drehten sich um und sahen Hayley, die mit Olivier im Schlepptau angerannt kam. Sie warf sich ihrer Tochter regelrecht um den Hals und hätte das Mädchen beinahe umgerissen. Um sie herum blieben die Leute stehen und beobachteten die Szene.

»Mein Kind! Ich habe dich so lieb. Weißt du das eigentlich? Gott sei Dank, dir ist nichts passiert. Ist dir auch wirklich nichts passiert?«

Karen nickte und Hayley fuhr fort:

»So etwas darfst du nie wieder tun. Versprichst du mir das?« Sie drückte sie noch fester an sich. »Ach, mein Kind. Mein liebes Kind.«

Als alle zusammen auf dem Weg zum Ausgang waren, rief Fatima an. Yanis ließ ausrichten, dass er gern schon einmal das Laken von der Wand nehmen könnte, oder würde sie es noch rechtzeitig zurückschaffen? Sophia sah verstohlen zu Tristan hinüber. Nun würde sie ihn wohl noch einmal um einen Gefallen bitten müssen.

Irgendwie brachte sie dann den Rest des Abends noch erfolgreich hinter sich. Tristan setzte sie vor dem Le Lulu ab und verschwand ohne ein Wort oder einen Blick. Fatima war sofort zur Stelle und nahm sie in Empfang, und von da an war es, als hätte die wilde Fahrt zum Flughafen nie stattgefunden. Als wäre alles nur ein Traum gewesen.

Nach einer Rede vor allen Gästen, in der sie erklärte, was sie zu der neuen Speisekarte und der Idee mit den Äpfeln inspiriert hatte, zog sie das Laken von der Wand. Louis war zwar bestimmt schon hinter ihr Geheimnis gekommen, aber er tat zumindest überrascht und schien aufrichtig gerührt.

Die Wand hatte den Namen »Louis' Pressegalerie« erhalten. Hier sollten junge Pressefotografen die Möglichkeit bekommen, ihre Bilder neben Louis' Werken auszustellen. Louis versuchte, eine Dankesrede zu halten, in der er sowohl Britta als auch Emmy erwähnte, doch sein Husten unterbrach ihn immer wieder, sodass er einiges ungesagt lassen musste. Während er sprach, schielte Sophia zu Yanis hinüber und sah, wie ihm mehr und mehr die Farbe aus dem Gesicht wich.

Anschließend wurde noch bis tief in die Nacht weitergefeiert. Viele Stunden später, als die letzten tapferen Gäste halb sitzend, halb liegend am Tresen zusammengefunden hatten und sich unterhielten, ging Sophia einen Moment vor die Tür.

Sie schaute zum Himmel, dachte an Oma Emmy, an Kramfors. Dieser Tag war so ganz anders verlaufen, als sie gedacht hatte. Im Grunde galt das für ihren gesamten Frankreichaufenthalt. Nichts in Paris war so verlaufen wie sie vorher gedacht hatte.

64

Hayley lehnte am Tresen und las Zeitung. Leicht apathisch stand Sophia neben ihr und brach kleine Stücke von einem Schokocroissant ab. Sie schaute zur Küche und sah Karens Füße, die über die Lehne des geblümten Sofas baumelten. Das Mädchen hatte sich mit Kopfhörern hinter einem Bildschirm verschanzt und schmollte.

Die missglückte Ausreise in die USA saß ihr noch immer in den Knochen, und da Hayley sie an diesem Tag nicht allein zu Hause lassen wollte, war sie auf das Küchensofa im Le Lulu verwiesen worden. Sie benahm sich, sofern das überhaupt möglich war, noch selbstmitleidiger als sonst.

Hayley legte die Zeitung beiseite und ging zu ihrer Tochter hinüber, strich ihr sanft über den Nasenrücken und fragte sie etwas.

»Bitte«, sagte Karen nur laut und wandte den Kopf ruckartig ab.

Hayley seufzte matt und sagte geduldig:

»Ich hab dich trotzdem lieb.«

Dann kam sie zurück zum Tresen und las weiter. Sophia warf diskret einen Blick in die aufgeschlagene Zeitung. Stellungsanzeigen? Suchte Hayley etwa einen neuen Job? Sie spürte einen Stich in der Brust.

»Was machst du?«, fragte sie so neutral wie möglich.

Hayley schaute unschuldig auf und begegnete Sophias verletztem Blick.

»Ich gucke nur mal.« Sie seufzte tief. »Tut mir leid, ich will einfach auf der sicheren Seite sein. Was, wenn wir jetzt bankrottgehen? Wenn das mit den Äpfeln nicht funktioniert? Ich brauche auf jeden Fall einen Plan B.«

Sophia nickte matt und legte Hayley eine Hand auf die Schulter. Nach dem gestrigen Abend fühlte sie sich erschöpft. Sie hatte getan, was sie konnte, und sogar noch mehr. Nun galt es abzuwarten, ob die Pariser ihre Äpfel annahmen oder nicht.

Was, wenn sie das Le Lulu in den Ruin getrieben hatte? Dann stünde Hayley ohne Arbeit da und Louis müsste mit dem Wissen sterben, dass es mit der Bar vorbei wäre. Sie schob sich das letzte Stück Croissant in den Mund, rieb sich die fettigen Finger an der Jeans ab und ging in die Küche, um mit dem Abwasch weiterzumachen. Im selben Moment kamen ihr Vater und Fatima ins Lokal, und es wurden Wangenküsschen und lobende Worte zum Vortag ausgetauscht.

»Das war so ein tolles Fest«, sagte Erik und nippte an seinem Cappuccino, als alle gemeinsam am Tresen Platz genommen hatten.

»Stimmt.« Sophia brachte nur mühsam ein Lächeln hervor. Sie wandte den Kopf ab und schloss resigniert die Augen. Ob die Neueröffnung nun ein Erfolg oder ein Flop war, konnte sie immer noch nicht sagen, aber alles in allem war der Abend für sie das reinste Fiasko gewesen. Sie war nach wie vor wütend, sowohl auf Tristan als auch auf sich selbst. Wie konnten sie nur alles so verderben? Warum hatte sie ihm nicht einfach von Olivier erzählt? Und warum hatte er so dämlich reagiert?

»Unser Flug geht morgen in aller Frühe«, sagte ihr Vater. »Fatima und ich wollten heute noch auf den Eiffelturm und dann ein bisschen die Champs Elysée entlangspazieren.« Er lachte auf. »Wird das so ausgesprochen?«

Sophia sah ihn voller Wärme an. An seiner Oberlippe klebte etwas Milchschaum. Wie war das Leben in Kramfors eigentlich für ihn all die Jahre gewesen, nachdem ihre Mutter gestorben war? Sie hatte ihn nie danach gefragt, wie ihr plötzlich klarwurde. Das musste sie unbedingt nachholen. Nur nicht gerade jetzt. Im Moment fehlte ihr dazu die Kraft.

»Wann reist du nach Kairo, Liebes?«

»Anfang Juni. Bis dahin müssen wir zusehen, dass sich die Neuerungen hier einigermaßen einspielen.«

Er nickte langsam.

»Habe ich dir schon gesagt, wie stolz ich auf dich bin?«

Erstaunt sah sie ihn an.

»Sowohl wegen all der Dinge, die du hier zustande gebracht hast, als auch wegen der Stelle in Kairo. Ich weiß, wie belastend es ist, dass ich mir ständig solche Sorgen um dich mache. Ich weiß, das ist … schwer. Ich möchte nur, dass du glücklich bist. Aber das heißt nicht, dass du deine Probleme vor mir verheimlichen musst, du kannst immer mit mir reden. Das wollte ich dir nur mal sagen.«

Sie schluckte und ließ die Tränen, die ihr in die Augen schossen, einfach laufen. Es gab keinen Grund mehr, ihre Gefühle zu verbergen.

»Danke, Papa«, antwortete sie.

Ohne Maske. Ohne doppelten Boden. Ohne etwas anderes zu meinen als genau das. Gerade wollte sie ihm noch sagen, wie froh sie war, dass er nach Paris gekommen war, als das Telefon hinterm Tresen klingelte.

»Ich gehe ran«, sagte Hayley und nahm den Anruf entgegen. »*Bonjour*, herzlich willkommen beim Le Lulu. Was kann ich für Sie tun?«

Das Telefon in der einen Hand, griff sie mit der anderen nach dem Reservierungsbuch und notierte verblüfft die eingehende Tischreservierung. Nachdem das Telefonat beendet war, schaute sie Sophia ungläubig an.

»Das war eine größere Gruppe, die für heute Abend einen Tisch haben wollte. Sie wollen das mit den Äpfeln mal probieren, meinten sie.«

Sophia sah Hayley an. »Aha«, war das Einzige, was sie hervorbringen konnte.

Hayley neigte den Kopf und räusperte sich.

»Vielleicht …«, setzte sie an, doch dann ging die Tür auf und unterbrach sie.

»Guckt mal!«

Olivier kam mit langen Schritten herein und warf ihnen die Morgenzeitung vor die Nase.

»Gestern muss ein Kritiker hier gewesen sein«, sagte er aufgeregt auf Französisch. »Da steht, das hier sei der trendigste Kandidat in der Kategorie neuer preisverdächtiger Lokale in Paris.«

Sophia sah ihn skeptisch an und nahm die Zeitung in die Hand. Hayley kam und stellte sich neben sie. Schweigend lasen sie den Artikel.

»Was steht da?«, fragte Fatima auf Englisch und schaute neugierig von einer zur anderen.

»Ja, erzählt schon!«, sagte Erik.

Nach einer Weile schaute Sophia auf und begegnete den erwartungsvollen Blicken der beiden.

»Wir haben es geschafft!«, rief Olivier. »Das ist der Wahnsinn!«

»Haben wir?«, fragte Sophia zweifelnd.

Olivier war kaum noch zu zügeln. »Ja! Dieser Kritiker ist nicht irgendwer, der hat was zu sagen, das kann ich dir versprechen.«

Hayley nickte zustimmend.

Sophia kratzte sich am Kopf. »Yanis wusste offenbar, wen er über seine Theaterkontakte eingeladen hat.«

»Ich hätte nie gedacht, dass diese Apfelgeschichte funktionieren würde, Sophia. Aber da habe ich mich wohl getäuscht«, sagte Hayley lachend.

Etwas später winkten sie Fatima und Erik zu, die sich ins Pariser Stadtleben verabschiedeten. Währenddessen klingelte das Telefon im Le Lulu immer weiter, und Hayley notierte eine Bestellung nach der anderen in dem ehemals so leeren Reservierungsbuch.

»Wir bräuchten eigentlich so schnell wie möglich noch jemanden für die Küche«, stellte Sophia nach einer Weile fest. »Kennt ihr irgendwen, der hier kurzfristig anfangen könnte?«

Sie schaute zwischen Olivier und Hayley hin und her.

Olivier nickte. »Bestimmt. Ich höre mich mal im Freundeskreis um.«

Hayley schien einen Moment zu zögern, ehe sie sagte: »Ich weiß ja nicht, was ihr dazu denkt, aber ich könnte mir schon vorstellen, hier als Köchin anzufangen.«

Sie hielt kurz inne. »Wenn ihr glaubt, dass ich das hinbekomme?«

Augenblicklich wurde Sophia von einer grenzenlosen Dankbarkeit ergriffen. Sie war zutiefst gerührt. Noch vor wenigen Wochen waren diese beiden Menschen Fremde für sie gewesen. Dass sie sich so sehr für das Wohl der Bar ins Zeug legten, bedeutete ihr viel. Die Zukunft des Le Lulu war gesichert, das wusste sie nun.

Das Sonnenlicht fiel durch die frisch geputzten Fenster, und Sophia schloss Olivier und Hayley gleichzeitig in die Arme, einen rechts, die andere links.

»Ach, ihr beiden.«

Hayley lachte und sah sie fragend an.

»Ist das ein Ja?«

65

Fünf Monate später

»Das ist kein Problem, ich werde mich schon irgendwo einloggen können. Ich nehme mir ein Taxi zum Four Seasons, das hat fünf Sterne. Da klappt das auf jeden Fall mit der FTP-Verbindung.«

Sophia raffte schnell ihre Sachen zusammen, während sie über das Headset weitertelefonierte. Es war ein heißer Tag in Kairo. Sie spürte, wie ihr der Schweiß den Rücken hinunterlief, und fuhr sich mit dem Arm über die Stirn. Die Haustür fiel hinter ihr ins Schloss, und im Laufschritt ging es die Treppe hinunter.

»Aber wir sprechen hier von vierzig Minuten, Sophia. Vierzig! Sag mir lieber jetzt, dass es nicht klappt, dann fülle ich deine Sendezeit mit etwas anderem, was wir schon in der Box haben.«

»Ich habe noch nie eine Deadline verpasst. Du kannst dich auf mich verlassen. Wenn ich sage, ich kriege das hin, dann kriege ich das auch hin.«

Sie sah Nettan genau vor sich, wie sie in dem riesigen Nachrichtenmeer saß, umgeben von Bildschirmen, Digitaluhren und Journalisten. Jetzt nahm sie wahrscheinlich ihre Brille ab und lächelte.

»Lieber was Halbgutes abliefern als gar nichts«, murmelte Sophia ihr altes Mantra, während sie sich das Handy in die Gesäßtasche steckte.

Die orangefarbene Sonne am ägyptischen Himmel blendete sie wie eine grelle Lampe, als sie auf die bevölkerte und stark befahrene Straße trat. Sie zog sich das Kopftuch etwas strammer und winkte ein Taxi heran.

Inzwischen war sie seit fünf Monaten in Kairo, und von etwas so Banalem wie einer wackligen Internetverbindung wollte sie sich auf keinen Fall daran hindern lassen, ihre Reportage rechtzeitig abzuliefern.

Als sie kurze Zeit später die Hotellobby erreichte, fühlte es sich so an, als hätte sie Hunderte von Kilometern zurückgelegt, dabei befand sie sich immer noch mitten in Kairo. Seichte Klaviermusik und eine angenehme Kühle schlugen ihr entgegen und mischten sich mit einem milden Jasminduft. Sie betrachtete die reichen Touristen um sich herum, als sie eins der Hotel-Cafés betrat und sich einen Pfefferminzeistee bestellte. Sie nahm das Glas und setzte sich damit auf einen der strahlend weißen Sessel.

Das Pfefferminzaroma ließ ihre Gedanken zum Le Lulu wandern. Sie musste bald noch einmal nach Paris reisen und Louis besuchen, bevor es ihm zu schlecht ging. Bevor das Unausweichliche geschah. Sie nahm einen Schluck von ihrem Eistee und klappte den Laptop auf. Das Leben war gerade so schön einfach hier in Kairo, wo sie wusste, was von ihr erwartet wurde. Wo sie ablieferte und sich kompetent fühlen konnte. Und in der Bar lief alles wunderbar ohne sie.

Hayley war eine ausgezeichnete Köchin, für den Service hatten sie noch zwei weitere Aushilfen eingestellt, und Olivier genoss seine Rolle als Chef des Lokals. Aber irgendetwas in Sophia hatte sich verändert. Ihre Beiträge fühlten sich nicht mehr ganz so wichtig an, und die Livesendungen gaben ihr nicht mehr denselben Kick wie früher.

Sie klickte sich durch ihre Dateien und begann mit dem Upload. Allmählich kühlte ihr Körper etwas ab, das tat gut. Als der Übertragungsbalken vollständig grün war, rief sie im Kontrollraum in Stockholm an, um sich bestätigen zu lassen, dass alles angekommen war und das Bildformat stimmte. Dann lehnte sie sich in ihrem Sessel zurück, atmete aus und rief Fatima an.

»Na, lass mal hören, wie geht es dir? Vermisst du mich?«

Sophia lachte.

»Gut geht's. Habe gerade einen Beitrag abgeschickt.«

Sie unterhielten sich eine Weile und erzählten, was es bei ihnen Neues gab.

»Jetzt sehe ich den Beitrag! Über die Frauengraffiti auf dem Tahrir-Platz? Cool. Dein Kameramann fängt fast genauso gute Bilder ein wie ich.«

»Werde ich ihm ausrichten. Mit Betonung auf ›fast‹?«

Sophia sank tiefer in den Sessel und ließ den Blick durchs Hotelfoyer schweifen.

»Du fehlst mir. Kann dieses Baby nicht bald mal kommen?«

»Wenn es nach mir ginge, hätte die Geburt am besten gestern schon stattgefunden. Aber ich habe noch ein paar Wochen vor mir. Das ist alles so unwirklich.«

»Kann ich mir vorstellen.«

»Wie läuft's denn sonst so?«

Fatima klang plötzlich sanft, als wollte sie ihr irgendetwas entlocken.

»Gut. Richtig gut.«

Wen wollte sie hier überzeugen, Fatima oder sich selbst? Sie wusste es nicht genau, berichtete aber munter weiter von ihrem neuen Alltag in Kairo.

»Gestern Abend war ich mit ein paar Korrespondenten von BBC, CNN und einem ziemlich interessanten Mädel, das bei Al Jazeera arbeitet, essen. Das ist wie im Traum. Genau, was ich immer wollte. Und immer noch will, natürlich. Hier haben alle so viel Ahnung und so interessante

Gedanken und Perspektiven auf die Dinge und das ist … das ist wirklich inspirierend und …«

Sie merkte selbst, wie schnell sie redete. Und wie sprunghaft. Fatima unterbrach sie.

»Aber, sag mal … Du denkst nicht vielleicht trotzdem noch an die albernste Stadt der Welt? An so eine Bar mit einem Faible für Äpfel? An Teenager, die von zu Hause abhauen und Nachhilfe brauchen? An einen hustenden Franzosen, der deine Oma so gut kannte? An klischeehafte Männer, die mit geschiedenen Frauen in roten Kleidern auf dem Motorrad durch die Gegend düsen?«

»Mann, Fatima. Du bist echt …«

»… direkt?«

Sophia schloss die Augen und legte das Gesicht in Falten.

»Ach, ich weiß nicht. Ich habe ja ziemlich viel davon geredet, dass ich das hier unbedingt will.«

»Ziemlich viel ist eine Untertreibung.«

Sophia lächelte und räusperte sich.

»Okay. Ich war völlig besessen.«

»Fehlen sie dir denn gar nicht? Hayley, Karen, Olivier, Louis?« Fatima machte eine Pause. »Und Tristan?«

Sophia schwieg einen Moment, ehe sie antwortete.

»Ich denke schon oft an sie«, flüsterte sie schließlich.

»Ist doch kein Wunder, oder?«

»Ich frage mich, wie es ihnen geht. Es gibt so vieles, worüber man am Telefon nicht so richtig reden kann. Wie es um Louis steht. Ob Karens Blick immer noch so finster ist oder ob sie langsam etwas sanfter wird.«

Nachdem sie sich verabschiedet hatten, blieb Sophia noch eine Weile sitzen. Sie musste auch über die letzten Puzzleteile in der Geschichte über ihre Großmutter nachgrübeln, die Louis angefangen, aber nie beendet hatte.

Noch immer wusste sie nicht, warum Oma Emmy Paris so überstürzt verlassen hatte und nie mehr zurückgekehrt war.

Sophia schloss die Augen und nahm den Duft des Hummus und des Baba Ghanoush vom Nebentisch wahr. Das hier liebte sie einfach. Aber vielleicht hatte Fatima recht. Vielleicht wäre sie trotzdem lieber woanders.

Ihr Blick wanderte zur Decke, an der große Ventilatoren kreisten. Drei wohlgekleidete Frauen, die laut miteinander sprachen, kamen mit klackernden Absätzen in die Lobby. Sophia wandte den Blick von der Decke ab und betrachtete das Grüppchen. Sie unterhielten sich auf Französisch über ihre Pläne für den Abend, und eine von ihnen begann, das gastronomische Angebot von Kairo mit den Pariser Restaurants zu vergleichen.

»Immer nur Austern und Fleisch? Nein, danke. Etwas mehr Abwechslung wäre doch ganz schön, nicht wahr? Das liebe ich ja an Ägypten, muss ich sagen. Die Speisekarten hier haben immer was zu bieten. Da kommt keine Langeweile auf.«

Zufrieden dachte Sophia an ihren Apfelerfolg. Was das betraf, hatte sie jedenfalls alles richtig gemacht. Auch wenn sie ansonsten immer noch nicht genau wusste, wo es eigentlich langgehen sollte im Leben.

Eine halbe Stunde später verließ sie das Hotel. Sie spazierte durch den parkähnlichen Eingangsbereich, bis sie wieder auf der großen Straße stand, wo Kairos Wirklichkeit ihr mit voller Wucht entgegenschlug. Diese Hitze, diese Intensität. War es vielleicht langsam an der Zeit, das alles loszulassen?

Ihr Handy klingelte. Nettan wollte die Schlagzeilen für das Ende der Woche diskutieren. Die Stimme der Nachrichtenchefin im einen Ohr und das Brausen des Nils im anderen, schlenderte Sophia am Flussufer entlang nach Hause.

66

Sophia schnallte sich die Schwimmweste um und half, das Kanu zum Ufer hinunterzutragen. Es war kurz nach sieben am Sonntagmorgen, und der kleine Kanuclub am Nilufer hatte soeben seine Türen geöffnet.

»Jetzt machen wir es uns schön, Sophia«, rief ihre norwegische Kollegin voller Elan und drehte sich zu ihr um.

»Alles klar«, antwortete Sophia und musste unweigerlich über so viel Enthusiasmus am frühen Morgen lächeln.

Die Kollegin, die beim norwegischen Schwesterkanal arbeitete, hatte sie am Abend zuvor zu einer gemeinsamen Paddeltour eingeladen, und Sophia hatte widerstrebend zugesagt. Doch das frühe Aufstehen hatte sich gelohnt. Bisher sah alles danach aus, als würde dieser Tag es unter die Top-Ten ihrer schönsten Erlebnisse in Kairo schaffen.

Sophia füllte die Lungen mit der kühlen Morgenluft. Die Norwegerin reichte ihr einen Kaffee, doch die Tasse war so voll, dass ein Tropfen danebenging und ihr über die Hand lief. Verschütteter Kaffee war nur eins der Dinge, die bei ihr unerwünschte Erinnerungen aufkommen ließen.

Sie setzte sich auf einen weißen Plastikstuhl und trank genüsslich von dem heißen Getränk. Das Gespräch mit Fatima vor ein paar Tagen machte es nicht gerade leichter, die Gedanken an das Leben in Paris abzuschütteln. Im Le Lulu hatte sie eine Seite an sich kennengelernt, von der sie nie etwas geahnt hatte. Weit weg vom Rauschen des Arbeitsalltags und des Lebens zu Hause in Stockholm war es ihr leichter gefallen, in sich hineinzuhorchen. Nun schien das Rauschen wieder da zu sein und ihre Gedanken auf Abwege zu führen.

Ein greller Signalton zerriss die Stille am Nilufer. Es dauerte einen Moment, bis Sophia verstand, dass da ihr eigenes Handy klingelte. Sie warf einen Blick aufs Display und sah, dass Yanis anrief.

Ihr Herz schlug schneller.

Louis.

»Ist was passiert?«, fragte sie, ohne Zeit für eine Begrüßung zu verlieren.

Seit ihrer Ankunft in Kairo hatten sie ein paarmal miteinander gesprochen. Louis' Zustand hatte sich zunehmend verschlechtert, aber nicht ganz so schnell wie die Ärzte befürchtet hatten.

»Jetzt dauert es nicht mehr lange. Er hat nach dir gefragt.«

Sie richtete sich auf und sah, dass die anderen sich allmählich am Ufer versammelten, nun ging es bald los.

»Ich würde ja gern kommen, Yanis. Aber im Moment habe ich ziemlich viel um die Ohren.

»Er möchte dich wirklich gern sehen. Ich weiß nicht, wie viele Tage er noch ansprechbar ist.«

Sie atmete tief ein.

»Ich habe heute Abend und morgen noch eine Livesendung. Ich glaube nicht, dass ich hier so kurzfristig wegkann.«

Es fühlte sich nicht gut an, Louis den Wunsch nach einem Wiedersehen auszuschlagen, auch sie wollte ihn noch ein letztes Mal sehen und vielleicht das Puzzle über ihre Großmutter vervollständigen. Aber sie hatte eine Sendung abzuliefern.

Man rechnete mit ihr.

Nettan rechnete mit ihr.

Sie beendeten das Gespräch, und das herrliche Gefühl von eben war auf einmal wie weggeblasen.

Als der Abend über Kairo hereinbrach, machte sie sich bereit für ihre Livesendung, nur eine von vielen, doch in Gedanken war sie nach wie vor bei Yanis.

Die Kameralampe schien ihr ins Gesicht und blendete sie einen Augenblick. Sie blinzelte. Unterhalb des Hotelbalkons, auf dem sie für die Sendung Stellung bezogen hatten, waren hupende Autos und das Gerede und die Rufe vorbeigehender Menschen zu hören. Die Hitze des Tages lag immer noch in der Luft, auch wenn es mittlerweile Abend geworden war.

Sophia starrte in die Kameralinse. Sie wusste, dass sie live übertrugen und Millionen von Menschen zusahen.

Sie schloss die Augen und atmete einmal tief durch. In ihrem Inneren tauchte die Wohnung von Yanis und Louis auf. Sie musste daran denken, wie sie von Louis' tödlicher Krankheit erfahren hatte. Wie sie vor der Wand mit den Schwarz-Weiß-Bildern gestanden hatte, während sie und Yanis sich unterhalten hatten. Über Oma. Dann war Louis hereingekommen und hatte das Gespräch mit Yanis unterbrochen. Auf einem der Fotos war ihr etwas bekannt vorgekommen.

Nein, sie konnte das Puzzle nicht zusammensetzen.

Irgendetwas stimmte nicht ganz.

»Sophia? Hörst du uns? Wir sehen dich, aber der Ton scheint weg zu sein.«

Der Duft ihres Haarsprays mischte sich mit den Abgasen der Stadt. Sie legte die Hand ans Ohr. Hörte, wie der Programmleiter in Stockholm, etwa sechstausend Kilometer weit entfernt, mit ihr redete.

Louis. Ich muss zu ihm. Muss mich verabschieden. Und fragen, worüber er auf dem Sterbebett mit mir reden möchte.

Aber jetzt nicht daran denken.

Konzentrier dich.

Das Schicksal führt den Willigen, der Unwillige wird mitgeschleift.

Endlich verstand sie, was ihre Großmutter mit diesen Worten gemeint hatte. Sophia wollte nicht mehr mitgeschleift werden! Damit war jetzt Schluss. Ab sofort würde sie sich nicht mehr mitschleifen lassen.

Sie öffnete die Augen wieder, schaute auf ihre Hände und stellte fest, dass sie sich nicht über den Finger gerieben hatte, an dem sie früher ihren Ehering getragen hatte … schon lange nicht mehr. Sehr lange.

»Jetzt höre ich euch. Die Verbindung war gerade nur schlecht«, sagte sie mit fester Stimme.

Sie brachte die Sendung perfekt über die Bühne. Doch als die Lampe verlosch, wusste sie, dass es ihre letzte gewesen war. Sie war hier fertig.

Ein für alle Mal.

Als Sophia Nettans Nummer wählte und kurz darauf die Freizeichen in der Leitung ertönten, verspürte sie keinerlei Unruhe, keine Angst. Sie war sich ihrer Sache sicher. Das Gefühl war so ähnlich wie bei ihrem Fallschirmsprung, irgendwann in ihren Zwanzigern: Wenn sie losließ und in die Tiefe stürzte, würde der Fallschirm dafür sorgen, dass sie weich landete, darauf konnte sie vertrauen.

Sie ließ los.

67

Er wirkte klein und verletzlich, wie er dort lag. Ein völlig anderer Mensch als bei ihrer Abreise im Mai. Sie sah, wie er die Finger krümmte und versuchte, sich ein wenig zu drehen, aber sein Körper gehorchte ihm nicht mehr. Der Krebs fraß ihn buchstäblich von innen auf.

»Ich sterbe, Sophia«, war das Erste, was er sagte, als er die Augen aufschlug und sie erblickte. »Aber das tun wir wohl streng genommen alle«, fuhr er dann fort und klopfte sacht mit der Hand aufs Bett.

»Ja«, sagte sie und fühlte sich dumm, weil ihr nichts Besseres einfiel.

Sie wollte noch mehr sagen, aber es war, als wären keine Worte mehr da.

»Du bist zurückgekommen.« Er lächelte. »Emmy wäre stolz auf dich. Und Britta auch.«

Sie nahm seine Hand in ihre und fragte flüsternd: »Wie meinst du das?«

»Ich freue mich einfach, dass ich dich treffen durfte, das ist alles.«

Sie streichelte beruhigend über seine dünne Hand. Sie fühlte sich an wie ein kleiner Vogel. Dünn und zerbrechlich.

»Ich möchte mit dir über Emmy sprechen. Deine Großmutter war eine fantastische Frau.«

Die Worte kamen ihm nur mühsam über die Lippen, er hatte offensichtlich Schmerzen.

»Yanis hat erwähnt, dass du die Fotos im Wohnzimmer gesehen hast. Geh und schau sie dir noch einmal an. Und dann kommst du zurück zu mir.«

Erstaunt blickte sie ihn an.

»Tu einfach, was ich gesagt habe. Bitte.«

Sophia stand auf und ging hinüber ins Wohnzimmer, wo Yanis auf einem der großen Sofas saß und in einem Magazin blätterte. Sie stellte sich dicht vor die Fotos und kniff die Augen zusammen. Schnell fand sie das Bild wieder, dass ihr beim ersten Mal bereits aufgefallen war. Das Herz in ihrer Brust schlug schneller.

»Das ist doch Mama«, sagte sie und drehte sich zu Yanis um. »Das Foto da kenne ich. Großmutter hatte das gleiche bei sich zu Hause. Warum …? Wie kommt das?«

Mit einem Mal war es, als würde die Zeit stillstehen. Sophia schloss die Augen und rechnete zurück. Sie erinnerte sich an die Worte, die Louis bei ihrer ersten Begegnung in der Bar gesagt hatte.

»Emmy und Britta haben mir alles übers Leben und die wahre Liebe beigebracht.« Der Raum um sie herum begann sich zu drehen. Die Wände schienen ihr entgegenzufallen.

Noch einmal wandte sie sich an Yanis.

»Die wahre Liebe? Die Liebe zu einem Kind?«

Mit einem Mal war es mucksmäuschenstill in der großen Wohnung. Nur Louis' keuchender Atem im Schlafzimmer war zu hören. Yanis begegnete ihrem Blick. Er musste offenbar Kraft sammeln, ehe er etwas sagen konnte.

»Jetzt weißt du es«, flüsterte er unsicher.

Er sah Sophia lange in die Augen, dann deutete er in Richtung Schlafzimmer.

»Geh zu ihm.«

Gehorsam setzte sie sich wieder auf die Bettkante, auch wenn sie am liebsten davongerannt wäre. Sie fühlte sich betrogen. Aufgebracht. Doch einen Sterbenden verließ man nicht, sosehr er mit seiner wahren Identität hinterm

Berg gehalten haben mochte. Außerdem wollte sie mehr erfahren. Verstehen. Jetzt erst recht. Sie schaute auf ihre Hand und sah, dass sie zitterte.

»Ich verstehe, dass du wütend bist. Aber lass mich erklären. Alles fing mit Corinne an, wie du dir sicher denken kannst«, sagte Louis. »Deine Großmutter war verliebt, und zwar heftig. Sie hat gesagt, so eine tiefe, intensive, leidenschaftliche Liebe habe sie noch nie empfunden. Damals war es nicht so leicht, zu seiner Sexualität zu stehen, erst recht nicht in ländlichen Gegenden. Weder in Schweden noch in Frankreich. Glaub mir, ich weiß, wovon ich rede.«

»War Oma bisexuell?«

»Ja. Jetzt weißt du, was auf ihren Reisen geschah. Sie fuhren los und genossen die Zweisamkeit. Waren im siebten Himmel. Es hätte eine schöne, unschuldige Liebelei sein können, wenn nicht … so eine Wucht dahintergesteckt hätte. Für ein Mädchen, das von klein auf dachte, es sei falsch, sowohl Männer als auch Frauen zu lieben, war das eine geradezu erschütternde Erfahrung.«

Er hustete. Sophia richtete ihn auf und reichte ihm ein Glas Wasser mit Strohhalm. Er umschloss ihn mit seinen trockenen Lippen, trank und ließ sich zurück in die Kissen fallen.

»Corinne ging es nicht gut«, fuhr er schwer atmend fort. »Sie hatte psychische Probleme. Die Aussicht, dass Emmy eines Tages zu Sven zurückkehren würde … das war zu viel für sie. Sie versank in einer tiefen Depression, und eines Tages, als deine Großmutter zu ihr in die Wohnung kam, lag dort ein Zettel auf dem Schreibtisch.«

Louis schloss die Augen und schluckte. Sophia bemerkte kleine Zuckungen in seinem Gesicht, wohl hervorgerufen durch die Erinnerung.

»Emmy hat sie gefunden.«

»Hat Corinne sich das Leben genommen?«

Louis nickte und wandte den Kopf ab.

»In der Badewanne«, flüsterte er. »Ich sehe es noch genau vor mir. Es muss seltsam klingen, aber für mich fühlt es sich fast so an, als wären seit damals nur ein paar Stunden vergangen. Es ist alles noch so präsent.«

Sophia nickte vorsichtig. Sie wusste nicht, was sie sagen sollte, also schwieg sie einfach.

»In den folgenden Wochen ging es drunter und drüber. Ich habe versucht, Emmy zu trösten. Wir hatten einen besonderen Draht zueinander. Wir waren uns ... nah.« Louis sah Sophia an und schüttelte den Kopf. »Nicht so, wie du jetzt denkst, wir waren kein Liebespaar. Wir waren Seelenverwandte.«

Sophia versuchte zu verbergen, wie abgedroschen das für sie klang, offenbar nicht sehr erfolgreich.

»Das mag sich idiotisch anhören, aber so war es nun mal. Ist es dir übrigens unangenehm, dass ich auf diese Art von deiner Großmutter spreche?«

»Überhaupt nicht. Erzähl bitte weiter.«

Sie drückte seine Hand.

»In Ordnung. Das waren die Sechziger, alles war so frei. Wir waren in Paris und ... ja, eins führte zum anderen. Yanis wusste davon und hatte nichts dagegen. Er wusste, dass ich sowohl Frauen als auch Männer mochte.«

»Du hast mit Oma geschlafen?«

Nie im Leben hätte sie gedacht, dass sie jemals diesen Satz aussprechen würde. Louis sah Sophia an, seine Augen waren nun feucht.

»Emmy wurde schwanger«, sagte er und seine Stimme verriet, wie schwer es ihm fiel, darüber zu reden.

»Von dir?«

»Von mir. Am Abend vor ihrer Abreise rief sie Britta,

Yanis und mich zusammen und bat uns – nein, sie befahl uns –, nie auch nur irgendwem zu erzählen, dass ich der Vater ihres Kindes war. Auch über ihre Liebesgeschichte mit Corinne durften wir kein Wort verlieren. Wir versprachen es. Natürlich. Was hätten wir auch sonst tun sollen? Sie sagte, sie werde nie mehr nach Paris kommen. Es sei alles ein Fehler gewesen. Corinne, ich, alles. Am nächsten Tag reiste sie nach Hause. Wenige Wochen später fand die Hochzeit mit Sven statt, der in Kramfors auf sie gewartet hatte. Sie schwor, dass sie alles vergessen würde, was hier geschehen war. Als das Kind auf die Welt kam, schickte Britta mir Fotos, und ich kann dir sagen, das war mitunter die schwerste Zeit meines Lebens. Wie gern hätte ich dieses kleine Menschlein kennengelernt.«

»Mama …«

Louis nickte.

»Wir sind uns nie begegnet.«

Eine Weile saßen sie schweigend nebeneinander. In Sophias Hals brannte es.

»Warum … wer … wie konnte …?«

Sie stockte, wusste nicht mehr, ob sie Schwedisch oder Französisch sprach.

»Trotzdem habe ich dieses Kind geliebt. Das habe ich wirklich. Ich habe Emmy versprochen, ihr Geheimnis zu hüten. Und daran habe ich mich gehalten.«

Er schluckte und sah Sophia an.

»Bis jetzt.«

Sophia war schwindelig. Tief im Inneren hatte sie das alles vermutlich bereits seit ihrem ersten Besuch in der Wohnung gewusst, als sie das Foto ihrer Mutter an der Wand gesehen hatte und Louis plötzlich zur Tür hereingekommen war, doch erst jetzt drang die Information wirklich zu ihr durch. Sie hatte verdrängt, was sie gesehen hatte.

»Dann bist du also mein Großvater?«

Er verzog das Gesicht und versuchte zu lächeln.

»Eigentlich ist Sven dein Großvater, denn mit ihm bist du groß geworden. Aber ich bin auch dein Großvater. So hätten wir das jedenfalls in den Sechzigern gesehen.«

Er schloss die Augen, und eine ganze Weile blieb es still. Sophia hatte fast das Gefühl, er wäre eingeschlafen, da schlug er die Augen wieder auf und räusperte sich.

»Nicht alle Träume müssen riesengroß sein, was ist schon ein großer Traum? Deine Oma hat davon geträumt, zu lieben, wen sie wollte. Du träumst davon, nicht ständig die Erwartungen anderer erfüllen zu müssen. Karen träumt davon, Englisch zu sprechen und ihren Vater zu treffen. Ich habe davon geträumt, meine Tochter kennenzulernen. Und meine Enkelin. Alles ganz kleine große Träume, wenn man so will.«

Sophia wurde ungeduldig, sie wollte gern zurück zum eigentlichen Thema.

»Aber warum hat sie euch einfach im Stich gelassen? Warum ist sie nie zurückgekommen? Hat dich das nicht wütend gemacht? Es war doch auch dein Kind!«

»Ich glaube, es war einfach zu schwer für sie«, sagte er. »Aber natürlich, ich habe sehr darunter gelitten. Von Britta habe ich viel über euch erfahren, aber es war immer mein Wunsch, euch zu sehen. *Dich* zu sehen.«

»Ich bin so froh, dass ich dich kennenlernen durfte«, sagte Sophia mit schwacher Stimme.

»Ich auch.«

Sie beugte sich vor und legte den Kopf an seine Wange.

»Jetzt kriegst du ganz schönen Ärger da oben. Weil du Omas Geheimnis verraten hast.«

»Da oben? Ich dachte, du seist nicht religiös, Sophia.«

Sie zögerte einen Moment.

»Heute Nacht schon.«

»Das klingt gut«, antwortete er mit röchelnder Stimme und drückte ihre Hand.

68

»Oh, là, là, mon dieu!«, rief Olivier, als er Sophia am nächsten Morgen in der Tür erblickte.

Er stand hinter dem wohlbekannten Tresen und schenkte Apfelsaft in drei Gläser mit Eiswürfeln. Mit ausgebreiteten Armen kam er auf sie zu und rief gleichzeitig in die Küche: »Hayley, komm her! Sie ist da!«

Als Hayley mit der weißen Schürze, ihrem kurz geschnittenen Haar und den knallroten Lippen aus der Küche kam, bestand kein Zweifel mehr daran, wer hier die Küchenchefin war. Alles an ihr wirkte professionell.

Lachend fielen die drei sich in die Arme. Es war wie der erste Schultag nach den Sommerferien, wenn alles vertraut und aufregend zugleich ist.

Hayley und Olivier berichteten von allem, was passiert war, sie wollten nichts vergessen und fielen sich gegenseitig ins Wort. Es gab Neuerungen auf der Speisekarte, neue verrückte Stammgäste und natürlich neue Zahlen, über die gesprochen werden musste. Sophia hatte zwar per E-Mail Kontakt gehalten und auch ein paarmal mit ihnen telefoniert, aber das hier war etwas anderes.

Zu Hause, dachte sie.

So fühlt es sich an, irgendwo dazuzugehören.

Sie überlegte, ob sie Tristan anrufen oder vielleicht mal bei ihm im Büro vorbeischauen sollte. Sie könnte ihn überraschen. Aber das traute sie sich nicht. Er hatte ihr ziemlich klar zu verstehen gegeben, dass er kein Interesse mehr an ihr hatte. Die Sache würde nie funktionieren, und sie wollte ihm weitere Verletzungen ersparen. Genau wie sich selbst.

Das Verhältnis zwischen Tristan und Olivier hatte ihr einiges Kopfzerbrechen bereitet. Die ohnehin schon angespannte Beziehung der Brüder war durch die Szene auf der Eröffnungsfeier sicher nicht besser geworden. Sophia plagten Schuldgefühle, auf keinen Fall wollte sie die beiden noch weiter auseinandertreiben. Doch nun hatte sie eine Idee, wie sie den angerichteten Schaden vielleicht wiedergutmachen konnte. Alles, was sie brauchte, waren ein Gespräch unter vier Augen mit Olivier, und Hayleys Handy. Aber das konnte ruhig noch ein paar Tage warten.

Als Sophia gegen Nachmittag einen Moment mit Hayley allein war, konnte sie die Freundin endlich etwas fragen, was sie schon seit dem Frühjahr beschäftigte.

»Bist du mir eigentlich böse wegen der Sache mit Karen?«

Hayley seufzte und fuhr sich mit den Händen durch das kurze Haar.

»Zuerst war ich das. Aber dann ist mir klar geworden, dass ich damit nur meine Verantwortung auf dich abwälze. Karen und ich müssen an unserer Beziehung arbeiten. Eigentlich bin ich sehr froh darüber, dass sie so ein gutes Verhältnis zu dir aufgebaut hat. Auch wenn du dich echt leicht übers Ohr hauen lässt«, sagte sie mit einem schiefen Lächeln und knuffte Sophia in die Seite. »Sie hat dich übrigens vermisst.«

»Wirklich?« Sophia strahlte auf. »Ich habe sie auch vermisst. Sehr sogar. Und ich habe noch etwas zu erzählen: Dieses Mal möchte ich in Paris bleiben.«

Hayley sah sie an und machte große Augen.

»Nimmst du mich jetzt auf den Arm?«

»Nein. Meine Wohnung in Stockholm ist jetzt dauerhaft an diese Medizinstudentin vermietet. Es ist alles entschieden. Den Job beim Fernsehen habe ich gekündigt. Da bin ich fertig, das hat nicht mehr gepasst. Jetzt habe ich neue Träume, ganz kleine große, wenn man so will.«

Hayley fiel Sophia um den Hals und brach in Tränen aus. Sophia nahm sie fest in den Arm und beschloss, ihren Gefühlen ebenfalls freien Lauf zu lassen. Was war schon dabei, vor anderen zu weinen? Sie nahm all ihren Mut zusammen und stellte noch eine weitere Frage, die ihr auf der Seele brannte.

»Also, da ist noch etwas. Gestern, als ich gekommen bin, habe ich im Hotel eingecheckt, aber ... ohne mein altes Gehalt habe ich dieses Mal nicht das Geld für eine teure Ferienwohnung. Wie sieht es denn mit eurem Extrazimmer aus? Habt ihr gerade irgendwen zur Untermiete?«

Hayley sah sie entgeistert an.

»Im Moment nicht.«

»Du musst natürlich zuerst mit Karen sprechen.«

Dann strahlte Hayley sie mit dem größten Lächeln an, das Sophia jemals in ihrem Gesicht gesehen hatte.

»Du bist die beste Untermieterin, die ich mir wünschen kann. Und darüber brauche ich auch nicht zuerst mit Karen zu sprechen, ich weiß genau, dass sie dich bei uns haben will.«

69

Die Luft roch nach Herbst und Großstadt, als Sophia früh am nächsten Morgen im Trainingsanzug vor dem Hotel stand und tief einatmete. Sie hatte all ihre Sachen gepackt und wollte im Laufe des Tages bei Hayley und Karen einziehen. Es versprach ein herrlicher Herbsttag zu werden.

Ein behaglicher Schauer lief ihr über den Rücken, als ihr klar wurde, dass sie von jetzt an hier wohnen würde. Schlendernd machte sie sich auf den Weg zur Bar.

Vor dem Le Lulu sah sie Olivier, der gerade auf einem Stuhl im Außenbereich saß und sich die Laufschuhe zuband.

»Willst du auch eine Runde laufen?«, fragte Sophia und ließ sich auf dem Stuhl neben ihm nieder.

Er schaute auf und wirkte überrascht, als er ihr Sport-Outfit sah.

»Ja, vielleicht. Wieso?«

»Ich komme gern mit, wenn ich darf. Es gibt da was, worüber ich mit dir reden möchte.«

Seufzend stand Olivier auf, dehnte demonstrativ die Arme über dem Kopf und ließ den Nacken in beide Richtungen knacken.

»Wie schnell bist du denn, Lindgren?«

»Schnell.«

Gemeinsam liefen sie in Richtung Seine. Die Baumkronen am Flussufer trugen wunderbar bunte Blätter, die in feurigem Rot, Gelb und Orange leuchteten. Sophia atmete tief ein und genoss den Duft nach Erde und feuchtem Laub, der ihre Nase kitzelte. Nachdem sie ein paar Minuten schweigend nebeneinanderher gejoggt waren, beschloss sie, ohne Umschweife gleich zur Sache zu kommen.

»Was ist das Problem zwischen dir und Tristan?«

Bei dieser Frage geriet Olivier prompt ins Stolpern und rempelte aus Versehen eine ältere Frau an, die gerade rechts an ihnen vorbeiging.

»Entschuldigen Sie bitte, Verzeihung. Das war wirklich keine Absicht.«

Die Dame warf Olivier einen verärgerten Blick zu und hob erbost den Finger.

Olivier und Sophia blieben stehen, verschnauften einen Moment und schauten der Frau, die mittlerweile weitergegangen war, verwundert nach. Dann sahen sie sich an und mussten unweigerlich loslachen. Als sie sich wieder beruhigt hatten, gingen sie zum Rand des Bürgersteigs und setzten sich auf die hohe Steinmauer an der Seine. Der Wind war kühl, doch das Laufen hatte sie bereits aufgewärmt.

»Jetzt, wo du meinen Bruder kennst, hast du wahrscheinlich keine so hohe Meinung mehr von mir, was?«

»Im Gegenteil. Er hat mir erzählt, wie gut ihr euch als Kinder immer verstanden habt. Bis seine Zwillingsschwester gestorben ist.«

Sophia schwieg einen Moment und ließ die Beine baumeln. Dann fuhr sie so neutral wie möglich fort:

»Du fehlst ihm, weißt du das eigentlich?«

Olivier riss die Augen auf und sah sie beinahe entsetzt an.

»Wie bitte? Er hält mich für Abschaum.« Eine Weile herrschte bedrücktes Schweigen. Olivier wandte den Kopf ab. »Tristan findet, dass ich mich mehr um unsere Mutter kümmern soll. Aber sie erdrückt mich, verstehst du?«

Er seufzte tief, legte die Hände in den Nacken und beugte den Kopf weit nach unten, als wollte er sich am liebsten irgendwo verkriechen.

»Ich weiß schon, was du hier versuchst. Aber wir werden jetzt nicht losziehen und zusammen Fußball gucken oder Bier trinken oder so was.«

Er richtete sich auf und blickte über die Seine. Seine Hände waren nun auf dem Bauch gefaltet wie zum Gebet.

»Wir reden nie über sie. Die Sache ist wie eine große Wunde, an der unsere ganze Familie leidet und die nie verheilt.«

»Die Sache mit eurer Schwester?«

Olivier nickte. Sophia ließ eine Weile Stille herrschen, ehe sie fortfuhr:

»Tristan würde dich gern am Sonntagmittag an ihrem Grab treffen. Er möchte sich mit dir aussprechen.«

Sie biss sich auf die Lippe und hoffte, dass Olivier ihre Lüge nicht durchschaute. Mit Tristan hatte sie immerhin keinen Kontakt mehr gehabt, seit er sie mit dem Motorrad vor dem Le Lulu abgesetzt hatte.

Olivier sah sie skeptisch an.

»Im Ernst? Hat er das gesagt?«

Olivier murmelte irgendetwas Unverständliches.

»Gehst du hin?«

»Mal sehen.«

70

Sophia stand an der Wursttheke und sah sich um. Sie war bereits eine Weile durch die Regale geschlendert, um ein paar Sachen einzukaufen, mit denen sie den Kühlschrank bei Hayley füllen konnte. Wie sie die Kosten untereinander aufteilen wollten, hatten sie noch nicht genau besprochen, aber bis es so weit war, wollte sie Hayley auf keinen Fall auf der Tasche liegen.

Hier könnte er ihr vielleicht über den Weg laufen. Sie erinnerte sich an ihre letzte Begegnung in diesem Supermarkt, als ihr Handy zu Boden gefallen und der Bildschirm zersprungen war. Sie hatte es immer noch nicht reparieren lassen.

»Cirka zwanzig dünne Scheiben, bitte.«

Sie nahm ihre Trüffelsalami entgegen und schaute sich hoffnungsvoll um. Als sie einen Mann mit kurzem dunklem Haar von hinten erblickte, machte ihr Herz einen Hüpfer und schien einen Augenblick stehen zu bleiben. Der Mann drehte sich um, und sie war fast schon auf dem Weg zu ihm, als sie sah, dass es nicht er war.

Verlegen räusperte sie sich.

Das hätte peinlich werden können. Jetzt reiß dich mal zusammen, Sophia.

»Pass auf, dass du die Milch nicht zu lange erhitzt«, sagte Olivier zu ihr, als sie tagträumend an der Kaffeemaschine stand.

Schnell zog sie die kleine Edelstahlkanne von der Maschine weg und fluchte still in sich hinein.

»Ich verstehe es einfach nicht, das habe ich jetzt schon so oft geübt, und trotzdem vergesse ich jedes Mal die Zeit.«

»Das kommt schon noch«, sagte Olivier geduldig und verschwand in der Küche, während Hayley zwei Teller Wursteintopf mit Apfelspalten herausbrachte.

Sie stellte das Essen vor einem deutschen, offenbar frisch verliebten Pärchen ab, das eng aneinandergeschmiegt auf dem Sofa saß, und holte anschließend zwei Gläser Champagner von der Bar.

»Wursteintopf und Champagner …«, flüsterte Hayley Sophia im Vorbeigehen zu. »Komisch, oder?«

Sophia zuckte mit der Schulter und wartete, bis Hayley zurück war.

»Aber ein Erfolg. Du, kann ich mir vielleicht kurz dein Handy leihen?«

»Klar. Was willst du damit?«

»Ich müsste mal anonym eine Nachricht verschicken.«

»Wieso das denn?«

»Erkläre ich dir später, okay? Bitte.«

»In Ordnung. Hier.«

Sophia nahm das Smartphone und formulierte eine wohlüberlegte Nachricht an Tristan. Nachdem sie auf Senden gedrückt hatte, fühlte sie sich wie eine richtige Intrigenspinnerin. Im selben Moment kam Olivier wieder aus der Küche.

»Habt ihr noch was von Louis gehört?«, fragte er.

»Sein Zustand ist unverändert. Ich gehe später hin und löse Yanis ab, damit der sich mal ein bisschen ausruhen kann«, sagte Sophia.

Die Laufrunde am nächsten Morgen tat gut. Die Luft roch noch ein wenig nach dem Regen des Vortags, und um die Pfützen am Bordstein hockten die Stadttauben und tranken. Sophia stoppte zur Abwechslung mal nicht die Zeit, sondern ließ sich einfach treiben, wobei sie aufmerksam den Hundehaufen auswich, die achtlose Hundebesitzer auf dem Gehweg zurückgelassen hatten.

Sie lauschte den Geräuschen der langsam erwachenden Stadt. Irgendwo lärmte ein LKW und gab ein schwaches Piepen von sich, während durch die Blätter über ihrem Kopf ein Rauschen ging, das wie leichte, ruhige Atemzüge klang.

Sie genoss das Nebeneinander von Gegensätzen und die Wechselhaftigkeit der Stadt. Hier gab es Menschen, die sich auf ausgetretenen Pfaden bewegten, und gleichzeitig andere, die nach neuen Wegen suchten. Jetzt, da sie wieder in Paris war, schien das Gefühl von innerer Stärke, das sie sich aufgebaut hatte, durch nichts erschüttert werden zu können.

Auf der Pont Neuf blieb sie stehen und ließ den Blick über die Stadt schweifen. Ein einsamer Vogel flog über die Seine, er kam von Norden und schwebte lautlos wie ein Blatt durch den kühlen Morgen. Sophia dachte an Louis. Dass er ihr Großvater war, kam ihr überhaupt nicht mehr komisch vor. In den letzten Tagen war sie oft in der Wohnung gewesen, hatte einfach bei ihm am Bett gesessen und seine Hand gehalten. Sie hatte auch Lieder auf Schwedisch gesungen und von ihrer Kindheit erzählt. Es waren viele Tränen geflossen, sie wusste nicht, ob er sie überhaupt gehört hatte. Doch hin und wieder war ihr gewesen, als hätte er zur Antwort leicht ihre Hand gedrückt.

Sie lehnte sich ans Brückengeländer und sah weiter dem Vogel zu, der über der Seine dahinschwebte. Die langen Touristenschiffe würden erst später am Tag auf dem Fluss auftauchen, nun war dort nur ein Kanu mit zwei Frühaufstehern zu sehen, das sich ebenso lautlos fortbewegte wie der Vogel. Auf dem vorderen Platz saß eine Frau, die den Vogel erblickte und auf ihn deutete, als er gerade auf die Pont Neuf zusteuerte und sich genau vor Sophia auf dem Geländer niederließ.

Regungslos stand sie da, um den Kleinen nicht zu verschrecken, der ihr so nah gekommen war. Er hüpfte sogar noch ein Stück näher und ließ ihr ein kleines Andenken an seinen Besuch da. Dann neigte er mit einer ruckartigen Bewegung den Kopf wie zum Gruß, ehe er sich ebenso schnell, wie er gekommen war, wieder in die Luft schwang und in Richtung Eiffelturm verschwand.

Sophia lächelte über den freimütigen Piepmatz, nahm ihr Smartphone in die Hand und schaute aufs Display. Es war zehn nach acht, Zeit, den Rückweg anzutreten, eine Dusche zu nehmen und mit dem Tag zu beginnen.

Sie steckte sich die Kopfhörer zurück in die Ohren und joggte gemächlich das letzte Stück zu Hayleys Wohnung.

Als sie eine Weile später aus der Dusche kam, hatte sie einen entgangenen Anruf von Yanis auf dem Handy. Sofort wusste sie, was los war.

»Er ist tot.«

Yanis versagte die Stimme, und er brach in Schluchzen aus.

Louis' Hand fühlte sich kalt an, als Sophia sie ein letztes Mal in ihre nahm. Sie betrachtete sein Gesicht, wie es friedlich auf dem weißen Kissen ruhte. Endlich erlöst von der Krankheit, die ihn so sehr gequält hatte, endlich Ruhe in seiner Seele.

Sie strich ihm vorsichtig über die Stirn. Yanis erzählte von den letzten Stunden. Wie sie nach und nach die Morphindosis erhöht hatten und er schließlich in aller Ruhe seinen letzten Atemzug getan hatte.

»Ich hätte hier sein müssen«, flüsterte sie.

»Nein, Liebes. Niemand wusste, wann es passieren würde. Es hätte noch mehrere Tage dauern können.«

Sophia nickte.

»Um zehn nach acht ist seine Seele davongeflogen«, sagte Yanis.

Sophia wischte sich die Tränen weg. Er hatte sich von ihr verabschiedet, dort auf der Brücke, ehe er über die Dächer von Paris hinweggeschwebt war.

71

Es war seltsam, wie schnell Louis Zugang zu Sophias Innerem gefunden hatte. Dass er ihr biologischer Großvater war, spielte dabei eigentlich kaum eine Rolle. Sie vermisste ihn täglich, einfach als den, der er gewesen war. Sie vermisste es, mit ihm zu sprechen, ihm Dinge zu erzählen, mit ihm zu lachen.

Tag für Tag ging sie nun von Hayleys Wohnung zur Bar und wieder zurück, fand langsam neue Routinen. Yanis nahm sich eine Weile vom Theater frei und war am liebsten im Le Lulu. Dort war Sophia nicht nur damit beschäftigt, die Speisekarte um ständig neue Apfelvarianten zu erweitern, sie half auch Karen bei den Hausaufgaben und gab Olivier Ratschläge in der Liebe. Dass er mit Lucy zusammengekommen war, hatte sie nicht sonderlich überrascht, sie hatte sich sehr für ihn gefreut, zumal dadurch die leidige Dreiecksgeschichte zwischen ihr und den Brüdern Martin etwas auf Abstand gerückt war. Anfangs hatte Sophia sich noch Sticheleien von Olivier anhören müssen, doch das Thema hatte mehr und mehr an Bedeutung verloren, je wichtiger die Sache mit Lucy für ihn geworden war. Vielleicht hatten die Brüder sich inzwischen auch ausgesprochen. Ob es zu dem Treffen am Grab der Schwester gekommen war, wusste sie nicht. Olivier hatte kein Wort darüber verloren, und um den wiederhergestellten Frieden nicht aufs Spiel zu setzen, fragte Sophia auch nicht weiter nach.

Sie bekam Fotos von Fatimas Tochter aufs Handy geschickt, sah die Blätter von den Bäumen fallen, trank Pfefferminztee.

Trauerte um Louis.

Trauerte um Oma Emmy.

Gleichzeitig gab es noch etwas anderes, das ihr einfach keine Ruhe ließ: der Gedanke an Tristan. Er war da, sobald sie morgens die Augen aufschlug, schlich sich in ihr Bewusstsein, wenn sie sich einen Espresso machte, er war die ganze Zeit präsent, in ihrem Kopf und in ihrem Herzen.

Eines Nachmittags, als sie mal wieder in ihrem geliebten Musée Marmottan stand und das Gemälde betrachtete, das sie zum Behalten der Bar bewogen hatte, sprach sie es zum ersten Mal laut aus. Sie murmelte die Worte auf Schwedisch, als gerade niemand sonst im Ausstellungsraum war.

»Ich liebe ihn.«

Ihn, Tristan Martin, der so unfähig war, die Kontrolle abzugeben, der so arrogant und in all seiner Unvollkommenheit doch so vollkommen war. Sie liebte ihn. So sah es aus. Aber im Grunde bedeutete das nichts. Noch im selben Moment, als die Worte ausgesprochen waren, beschloss sie, von ihm abzulassen.

Okay, sie liebte ihn.

Aber sie konnte nicht so weitermachen und die ganze Zeit betrauern, was geschehen war.

Es gab so viel anderes im Leben, was gut war. Zum ersten Mal stand sie zu sich und tat endlich Dinge, die sie liebte.

Ein paar Wochen später war sie zu Hause in Schweden, um Fatima zu besuchen und deren kleine Tochter Ines kennenzulernen. Fatima hatte gestrahlt vor Glück, und wie sich herausstellte, hatte Ines die gleichen dunklen Augen und die gleiche Entschlossenheit im Blick wie ihre Mutter.

Ein paar Nächte hatte Sophia auch bei ihrem Vater und Disa verbracht, was deutlich einfacher und gemütlicher gewesen war als sonst. Ihr Verhältnis zu den beiden war nach dem Parisaufenthalt irgendwie unkomplizierter geworden. Sie hatte nicht mehr dasselbe Bedürfnis, eine glückliche Fassade vor ihrem Vater aufrechtzuerhalten. Zum ersten Mal seit dem Tod ihrer Mutter vertraute sie darauf, dass er mit ihren Gefühlen umgehen konnte.

Erik und sie hatten es sogar geschafft, zusammen nach Kramfors zu fahren und nach Großmutters Haus zu sehen. Ob sie es verkaufen oder behalten wollten, stand noch nicht fest. Doch mit der Entscheidung eilte es nicht, den ganzen nächsten Sommer über würde das Haus erst einmal weiter in ihrem Besitz bleiben.

Es waren schöne Tage im kalten Schweden gewesen, nun aber war es an der Zeit, nach Paris zurückzukehren. Weihnachten rückte immer näher, und im Le Lulu gab es große Pläne für einen stimmungsvollen Advent. Außerdem hatten sich bereits mehrere junge Pressefotografen gemeldet, die von Louis' Pressegalerie gehört hatten und ihre Werke dort ausstellen wollten.

Als Sophia vor der Sicherheitskontrolle am Flughafen Arlanda wartete, musste sie daran denken, wie sie zuletzt genau dort gestanden hatte. Das war noch in diesem Jahr gewesen, aber es fühlte sich so an, als wäre seitdem ein ganzes Leben vergangen. Da war sie nach Paris gereist und hatte fest vorgehabt, die Bar zu verkaufen.

Sie lächelte still vor sich hin. Wie viel sich in den vergangenen Monaten doch verändert hatte. Auf ihrer ersten Reise war sie noch voller Angst gewesen, gefangen in dem hoffnungslosen Gefühl, dass nichts in ihrem Leben nach Plan lief. Nun erklang ein ganz anderer Akkord in ihr. Sie fuhr zurück nach Paris, zurück in ein ruhiges, harmonisches Leben, in dem sich alles um das Wiederaufblühen der Bar drehte.

Langsam rückte die Schlange zur Sicherheitskontrolle weiter vor. Als Sophia an der Reihe war und ihr Handy gerade in eine Kunststoffschale gelegt hatte, begann das Smartphone zu vibrieren.

Sie stürzte nach vorn, um die Schale aufzuhalten, die schon auf dem Weg in den Röntgenscanner war. Halb auf dem Rollband liegend versuchte sie mit unbeholfenen Bewegungen, das Handy wieder herauszufischen, aber die Schale bewegte sich beunruhigend schnell immer tiefer in den Bauch der Maschine hinein. Soeben war ihr das Handy endgültig entwischt, da tauchte auf der anderen Seite des Rollbandes eine Hand auf und bekam es zu fassen.

»Wichtiger Anruf?«, fragte eine Stimme, die ihr entfernt bekannt vorkam.

Sophia schaute auf und blickte in das Gesicht der südschwedischen Mitarbeiterin, die ihr genau an dieser Stelle begegnet war, als sie auf dem Weg nach Frankreich war, um die Bar zu verkaufen, und noch von Viktor verfolgt wurde.

Überrascht lachte Sophia auf.

»Ich hoffe schon.«

Sie nahm das Handy entgegen, das die Mitarbeiterin ihr hinhielt.

»Danke.«

»Kommen Sie nur ein bisschen auf die Seite hier.«

Sophia stockte das Herz, als sie sah, von wem der Anruf kam. Sie drückte auf Annehmen.

»Hallo?«

Einen Moment war es still in der Leitung. Nur das gleichmäßige Piepen der Sicherheitskontrolle im Hintergrund war zu hören.

»Ich möchte mich entschuldigen.«

Tristan klang zielgerichtet, als hätte er eine wichtige Angelegenheit mit seinem Chef zu besprechen. Einen Augenblick vergaß Sophia zu atmen, und ihre Gefühle schlugen wild in die verschiedensten Richtungen aus.

»Schon wieder?«, fragte sie schließlich.

Er seufzte.

»Ja, schon wieder. Sophia, du bist ... Oh Mann. Ich habe versucht, mich auf dieses Gespräch vorzubereiten, und jetzt das. Ich bin nicht besonders gut in so was. *Merde.*«

Seine Stimme klang plötzlich verändert, als wäre er mindestens zwanzig Jahre jünger. Wie ein nervöser Fünfzehnjähriger, der um die Gunst seiner Angebeteten bat.

Sophia fuhr sich mit der Hand übers Gesicht. Einerseits war sie froh über seinen Anruf, sie vermisste ihn und hatte ja selbst darüber nachgedacht, sich bei ihm zu melden. Andererseits hatte sie das Kapitel Tristan gerade erst für beendet erklärt. Sie liebte ihn zwar, doch das Ganze erschien ihr zu kompliziert, und seine Reaktion zuletzt vor der Bar lag ihr immer noch im Magen.

»Wie soll ich es erklären?«, fuhr er fort. »Ich ... ich kann nicht aufhören, an dich zu denken.«

Sophia schluckte und sah sich verstohlen um. Seit Monaten hatte sie seine Stimme nicht gehört, es war so seltsam, dass er plötzlich wieder da war.

Sie verließ der Mut.

»Ich habe auch an dich gedacht. Das habe ich wirklich. Aber die Sache mit mir und Olivier ...«

Er unterbrach sie.

»Meine Reaktion war unverzeihlich. Es hat so wehgetan. Aber es war trotzdem falsch von mir. Das weiß ich.«

Das Piepen der Sicherheitskontrolle schien immer leiser zu werden, während sie die Augen schloss und ihm weiter zuhörte.

»Olivier und ich versuchen gerade, wieder zueinander zu finden. Wir haben uns vor einiger Zeit am Grab unserer Schwester getroffen, unsere Mutter war auch dabei. Uns war übrigens klar, dass du dahintersteckst … aber egal. Ich schweife ab. Schweife ich ab?«

Er holte tief Luft, und sie sah genau vor sich, wie er sich mit den Fingern durch das kurze Haar oder vielleicht auch über den wohlgestutzten Bart fuhr.

Nach einem Räuspern fuhr er fort.

»Olivier hat mir vor Augen geführt, wie … wie daneben ich mich an dem Abend vor der Bar benommen habe. Wir sind alles andere als beste Freunde, aber wir versuchen jetzt zumindest, uns irgendwie zu verständigen.«

Sophias Gedanken überschlugen sich. Sie wäre wirklich gern mit Tristan zusammen gewesen, jede Faser ihres Körpers schrie danach, doch sie wusste auch, wie riskant es war, ihre inneren Mauern einzureißen. Und sie wusste, dass sie an dem ganzen Durcheinander im Grunde selbst schuld war. Wenn sie ehrlich gewesen wäre, als er ihr beim Frühstück das Foto von Olivier gezeigt hatte, wenn sie sofort mit der Sprache herausgerückt wäre, dann sähe jetzt vielleicht alles ganz anders aus.

»Ich hätte dir von Olivier und mir erzählen sollen. Gleich als du mir sein Bild gezeigt hast. Jetzt ist alles so kompliziert. Ich fürchte, es ist zu spät, Tristan. Es tut mir leid.«

72

Tristan schwieg, genau wie sie. Es gab nicht mehr viel zu sagen. Sophia wollte gerade das Gespräch beenden, da ergriff er noch einmal das Wort.

»Augen zu.«

»Augen zu?«, fragte sie.

»Ja, schließ mal die Augen. Stell dir vor, du kletterst auf einen Baum. Höher und höher …«

»… bis ich mich nicht weitertraue?«

Sie schluckte und spürte, wie ihre inneren Mauern allmählich brüchig wurden und zu winzigen Steinchen zerbröselten.

»Genau. Wer steht da unter dem Baum? Bin ich das? Versteckst du dich vor mir?«

Ihr Herz schwoll an. Es war, als füllte es sich mit warmer Luft, wie ein Ballon, der langsam aufstieg. Ohne dass sie es selbst merkte, breitete sich ein Lächeln in ihrem Gesicht aus.

»Nein. Du sitzt neben mir«, sagte sie mit kaum hörbarer Stimme.

»Angst zu haben, ist kein Grund, es nicht zu versuchen, weißt du? Ich liebe dich, Sophia. Wahrscheinlich schon seit du mir den Kaffee übergekippt hast.«

Liebe? Sie stand da und presste sich die Hand auf die Brust. Versuchte, all den Gefühlen, die plötzlich in ihr aufwallten, mit körperlicher Kraft etwas entgegenzusetzen.

»Sophia? Bist du noch da?«

»Ja.«

Nachdem sie etwas verwirrt verabredet hatten, sich im Le Lulu zu sehen, sobald sie zurück in Paris wäre, beendeten sie das Gespräch, und Sophia merkte, dass bis zum Abflug nicht mehr viel Zeit war. Schleunigst brachte sie die Sicherheitskontrolle hinter sich und eilte dann weiter zum Gate. In Paris angekommen, gönnte sie sich ein Taxi. Noch nie war ihr die Strecke zwischen dem Flughafen Charles de Gaulle und dem Stadtzentrum so weit vorgekommen. Nicht einmal an dem Tag, als Karen davongelaufen war.

Mit jedem Kilometer, den das Taxi hinter sich legte, sanken ihre Schultern ein wenig. Sie lehnte den Kopf an das Lederpolster der Nackenstütze und griff nach ihrem Handy in der Tasche. Gespannt sah sie nach, ob noch eine Nachricht gekommen war, aber das Display war leer. Typisch Tristan. Keine Extras.

Wie sollten sie jemals zusammenpassen? Gegensätzlicher konnten zwei Menschen doch kaum sein. Oder lag genau dort das Geheimnis? Vielleicht kam es ihr deshalb so vor, als öffnete die Welt ein Fenster und begänne zu singen? Sie schloss die Augen.

Als das Taxi endlich vor der altbekannten Fassade hielt, schlug ihr das Herz bis zum Hals. Tristan saß mit einem Glas Apfel-Ingwer-Limonade an einem Tisch im Außenbereich und hatte irgendetwas auf dem Schoß.

Während Sophia aus dem Taxi stürzte, erhob er sich vorsichtig von seinem Stuhl und machte ein paar langsame Schritte auf sie zu. Was er eben noch auf dem Schoß gehabt hatte, hielt er nun in der Hand.

»Sophia. Ich …«

Er breitete die Arme aus, als sie auf ihn zugestürmt kam, und ehe Tristan noch etwas sagen oder auch nur denken konnte, umschloss sie sein Gesicht mit den Händen. Keiner der beiden bemerkte, wie der Taxifahrer lächelnd Sophias Gepäck aus dem Kofferraum holte. Auch von den verblüfften Blicken der Passanten bekamen sie nichts mit. Oder von Hayley, Olivier, Yanis und Karen, die hinter der Spitzengardine des Le Lulu hervorlugten. Das Herz in Sophias Brust pochte heftig.

»Mein Gott, ich liebe dich so.«

Sein Gesicht noch immer in den Händen, küsste sie ihn langsam.

Als sich ihre Lippen voneinander lösten, wich er ein paar Schritte zurück und überreichte ihr ein kleines graues Wollschaf.

»Was ist das?«, fragte sie erstaunt.

»Erkennst du es nicht?«

»Doch … das ist ein Souvenir, oder? Aus Gotland.«

Er nickte und konnte nur schwer verbergen, wie stolz er war.

»Ich habe mich ins Auto gesetzt und bin nach Schweden gefahren. Da habe ich mir die Flagge mit dem Schafskopf und dieses Schäfchen hier gekauft.«

»Du bist gereist?«

»Du hattest recht. Hundert Prozent ist ziemlich viel. So sicher war ich mir dann doch nicht, dass ich nicht gern reise.«

»Das heißt, es hat dir gefallen? Das Reisen?«

»Es war auf jeden Fall besser, als ich dachte. Jetzt weiß ich, wie Safranpfannkuchen schmecken.«

Sophia lachte. »Oh, es gibt in der Welt noch so viel mehr zu entdecken als Safranpfannkuchen, das verspreche ich dir.«

»Ich bin gespannt.«

Sophia schaute zum Himmel auf und lächelte, ehe sie den Blick wieder senkte und Tristan ansah.

»Dass ich dich hier habe, direkt vor mir. Ist das nicht fantastisch? Meine Liebe kannst du dein ganzes Leben lang mit dir herumschleppen.«

Tristan zog sie näher zu sich.

»Die schleppe ich gern mit mir herum.«

Epilog

»Hast du auch alles?«

»Ja, du nervst.«

»Lass uns bitte nicht so kurz vor deiner Abreise noch streiten.«

Hayley strich mit der Hand über den lilafarbenen Schopf ihrer Tochter.

Sophia hielt Karen ein englisches Taschenbuch hin.

»Da kannst du im Flugzeug mal reinschauen. Es handelt von … ach, ich verrate lieber nichts. Aber ich weiß, dass es dir gefallen wird. Es spielt in New York.«

Karen nahm das Buch und drückte Sophia.

»Na dann. Ich schicke euch eine Nachricht, wenn ich bei Papa angekommen bin.«

Sie gab Hayley und Sophia jeweils ein Wangenküsschen, zog den Rucksack etwas höher und machte eine Blase mit dem Kaugummi.

»Bye, bye. Never more Paris!«, rief sie und drehte sich einmal im Kreis.

»Hör mal! In drei Wochen sehen wir uns wieder. Du fährst nur in die Weihnachtsferien. Wenn dein Vater dich dabehalten will, komme ich höchstpersönlich und hole dich wieder nach Hause.«

»Ja, ja. Bis in drei Wochen.«

Sie winkte ein letztes Mal und verschwand dann in der Sicherheitskontrolle.

Hayley wischte sich die Tränen weg und legte den Kopf an Sophias Schulter.

»Er wird sich gut um sie kümmern, ihr habt ja ausgiebig

miteinander gesprochen«, sagte Sophia mit beruhigender Stimme.

Langsam gingen sie zum Ausgang und hinaus in das winterkalte Paris.

»Hast du Hunger?«, fragte Sophia und wand sich ihren roten Schal noch ein weiteres Mal um den Hals.

»Ein bisschen.«

»Ich kenne da einen guten Laden, wo es lauter Apfelgerichte gibt. Sollen wir den mal testen?«

»Gern«, antwortete Hayley und lächelte trotz der Tränen, die einfach nicht versiegen wollten. »Es ist schwer zu erklären«, fuhr sie fort. »Aber irgendwie gibt es nichts Schlimmeres, als Karen beim Groß- und Selbstständigwerden zuzusehen. Sie wird erwachsen. Geht ihre eigenen Wege. Genau das will ich ja, aber trotzdem. Solltest du mal Kinder bekommen, genieß jede Sekunde mit ihnen, solange sie noch klein sind. Selbst die anstrengenden Momente, in denen du sie am liebsten auf den Mond schießen würdest. Denn ehe man sich's versieht, steigen sie plötzlich selbst in ihr Raumschiff und sind weg.«

Sophia nickte und legte den Arm um Hayley.

»Ich werde dran denken.«

Als sie zurück in die Rue Notre Dame des Champs kamen, war die Sonne bereits hinter den Häuserzeilen verschwunden. Olivier war gerade dabei, die Kerzen auf den Tischen anzuzünden, als Sophia und Hayley die Bar betraten.

»Jetzt verkrafte ich aber kein einziges Gefühl mehr«, rief Sophia und setzte sich auf einen Barhocker. »Kinder in die Welt ziehen zu lassen macht echt fertig.«

Olivier schaute zu ihnen hinüber, während er die letzte Kerze anzündete.

»Ich fürchte, es warten leider noch mehr Gefühle auf

dich, Chef. Yanis sitzt auf dem Sofa in der Küche und liest. Er meinte, es sei wichtig.«

Sophia runzelte die Stirn, und während sie sich Mantel und Schal auszog, ging sie in den hinteren Teil des Lokals. In der Küche sah Yanis zu ihr auf. Er wirkte zerknirscht.

»Ist was passiert?«

Sie ließ sich neben ihm auf dem geblümten Sofa nieder und legte Mantel und Schal über die Armlehne.

»Sophia, ich komme gleich zur Sache. Es gibt etwas, was du noch nicht weißt. Louis wollte dir eigentlich davon erzählen.«

Mit einem langsamen Nicken legte er vorsichtig das Buch, in dem er gelesen hatte, auf seinem Schoß ab und ließ die Hände darauf ruhen.

»Ich war mir die ganze Zeit unsicher, wie ich damit umgehen soll, aber ich glaube, ich habe keine andere Wahl. Du musst davon erfahren.«

Er hielt einen Moment inne und holte tief Luft.

»Was ich dir jetzt sage, hätte Louis dir gern selbst noch erzählt, aber er wollte dich erst einmal verdauen lassen, dass du seine Enkelin bist. Und dann ging am Ende alles so schnell.«

Sophia schluckte und nickte erwartungsvoll.

»Ich höre.«

»Die Schwester deiner Großmutter …«

»Britta.«

»Britta …«

Er räusperte sich, fuhr sich mit der Hand übers Kinn und blickte Sophia in die Augen.

»Britta hat einen Sohn. Sie hat ihn hier in Frankreich zur Welt gebracht, bevor deine Großmutter herkam. Aber das waren noch andere Zeiten damals. Für eine unverheiratete, alleinerziehende Mutter mit einer Bar war es schlichtweg unmöglich, ein kleines Kind großzuziehen …« Er seufzte und ließ die Schultern hängen. »Sie hat den Jungen seinem Vater überlassen, und so ist Alfie bei seinen Großeltern väterlicherseits aufgewachsen.«

Sophia hob die Augenbrauen.

»Dann hat Mama einen französischen Cousin?«

»Ja, ich weiß nur leider gar nichts über ihn. Ich weiß nicht, ob er Kinder hat oder ob er überhaupt noch lebt. Die Sache ist nur …«

Yanis sah sie ernst an.

»Als Britta starb, wurde deiner Großmutter die Bar vermacht, weil es keine anderen Erben zu geben schien.«

Sophia ließ seine Worte einen Moment sacken.

»Und wenn es doch welche gab? Was passiert, wenn Alfie hier auftaucht?«

Eine bedrückende Stille legte sich über die Küche des Le Lulu. Yanis bewegte langsam den Kopf von einer Seite zur anderen.

»Das weiß ich auch nicht.«

Dank

Wenn man etwas tut, was man noch nie zuvor getan hat, ist es wichtig, ja, geradezu unerlässlich, dass man einen Menschen hat, der an einen glaubt. Einen, der sich geduldig auf endlose Detailschilderungen einlässt, den ersten Entwurf liest und sagt: Das kriegst du hin. Dieser Mensch bist du, Hannes. Danke, dass du stets mein erster Leser bist, dass du mir Zeit zum Schreiben gibst und mich durchs Leben trägst.

Danke auch an meine Verlegerin Louise Bäckelin. Ein Hoch auf deinen Glauben an mich und mein Buch. Es war ein magischer Moment, als du mir zugesagt hast, Sophias Geschichte herauszubringen, und die gemeinsame Reise bis zum fertigen Buch mit dir und all den anderen großartigen und professionellen Menschen bei LB war nicht weniger magisch.

Ich danke der wundervollen Lektorin Heléne Jensen. Ohne deinen aufmerksamen Blick und all die klugen Hinweise hätte ich es nie gewagt, das Buch aus den Händen zu geben. Du hast mir geholfen, einen tieferen Blick ins Innere der Figuren zu werfen, den Leserinnen und Lesern zu vertrauen und auch mal Dinge auszulassen.

Ein großer Dank an Kristin Lidström für das wunderschöne Coverdesign. Du hast all meine Träume erfüllt, wie das Buch aussehen sollte! Mit deinen Farben und feinfühligen Pinselstrichen hast du die Seele des Buches eingefangen.

An meinen Vorgesetzten Ashok Swain am Institut für Friedens- und Konfliktforschung an der Universität

Uppsala: Danke, dass ich in Teilzeit arbeiten und nebenher schreiben durfte.

An Isabel Björnfot, Anna Ek, Sissela Nelander und Sara Törnblom: Danke für eure Expertise in Personalfragen, Rechtssprache und Dramaturgie. Eure Kommentare und Gedanken waren für viele Teile des Buches von großer Bedeutung.

Mama: Danke, dass du all meine Textversionen gelesen und stets kluge Gedanken dazu beigesteuert hast. Was würde ich nur ohne dich tun? Von dir habe ich meine Liebe zur Literatur, auch dafür will ich dir danken!

Meinem Vater und meiner großen Schwester Josefine danke ich ebenfalls fürs Lesen und Bestätigen. Ohne eure Liebe hätte ich nicht gewagt zu glauben, dass das hier wirklich mal ein Buch werden würde.

Sofia Ohlander, Karin Forssell, Åsa Secher und Lotta Sandhammar: Danke für alles, was ihr zu dem Buch beigesteuert habt – von Namen bis hin zu endlosen Diskussionen über Liebe, Trauer und Verletzlichkeit.

Auch meinen Großeltern, die nicht mehr unter uns sind, habe ich zu danken, denn ihre starken Persönlichkeiten haben mich auf unterschiedliche Weise inspiriert.

Meinen Kindern Alicia, Elenore und Theodor möchte ich sagen: Danke für eure schönen Bilder und Vorschläge für den Umschlag. Ihr seid fantastisch!

Vieles in diesem Buch ist durch meine zehnjährige Tätigkeit bei Sveriges Television inspiriert. Ein ganz herzliches Dankeschön an all meine großartigen ehemaligen KollegInnen. Ein Besuch in der Fernsehredaktion im Stockholmer Viertel Gärdet wird sich für mich immer ein bisschen wie Nachhausekommen anfühlen.

Und schließlich auch Danke an alle, die dieses Buch gerade gelesen haben. Was für eine Ehre, dass ihr euch diese

Geschichte ausgesucht habt! Schreibt mir gern auf Instagram, dort findet ihr mich unter @karolina_schutzer.

Hoffentlich bis zum nächsten Buch, wenn im Le Lulu Weihnachten gefeiert wird.

Die herzlichsten Grüße
Karolina

P.S.: Kann man sich bei einer Stadt bedanken? Falls ja: Danke, Paris, für all die Liebe!